KERRIGAN BYRNE

Victorian Rebels

Das Versprechen einer Nacht

KERRIGAN BYRNE

Victorian Rebels

Das Versprechen einer Nacht

Roman

Ins Deutsche übertragen
von Inka Marter

LYX

LYX in der Bastei Lübbe AG
Dieser Titel ist auch als E-Book erschienen.

MIX
Papier aus verantwortungsvollen Quellen
FSC® C019821

Die Originalausgabe erschien 2017 unter dem Titel
»The Duke« bei St. Martin's Press

Published by arrangement with the author
Dieses Werk wurde vermittelt durch die Literarische Agentur
Thomas Schlück GmbH, 30 827 Garbsen

Für die deutschsprachige Ausgabe:

Textredaktion: Angela Herrmann
Umschlaggestaltung: ZERO Werbeagentur, unter Verwendung von Motiven
von © FinePic / shutterstock
Satz: Greiner & Reichel, Köln
Gesetzt aus der Adobe Caslon
Druck und Verarbeitung: C.H.Beck, Nördlingen
Printed in Germany
ISBN 978-3-7363-0976-0

1 3 5 7 6 4 2

Sie finden uns im Internet unter www.lyx-verlag.de
Bitte beachten Sie auch: www.luebbe.de und www.lesejury.de

Für Monique
Die den Wald trotz lauter Bäumen sieht.
Und weiß, wo sie alle hingehören.

1

London, Februar 1876

Imogen Pritchard erschauderte, die feinen Härchen ihres Körpers stellten sich warnend auf. Die sonst eher drückende Atmosphäre des Gin- und Tanzlokals Nacktes Kätzchen war plötzlich elektrisch aufgeladen, und sie spürte mit jedem Nerv, dass sich Gefahr näherte. Imogen stellte die leeren Ale- und Gingläser auf die Anrichte, nahm unbemerkt ein Messer aus der Schublade und barg es in den Falten ihrer Röcke, bevor sie sich umdrehte, um der Bedrohung gegenüberzutreten.

Ein Trupp rot gekleideter Soldaten kam durch die Tür marschiert, die schlanken, jungen Körper angespannt von männlicher Unruhe. In ihren Augen glänzte animalischer Hunger. Sie erinnerten Imogen an ein umherstreifendes Rudel Wölfe, das voller Vorfreude auf einen grausigen Festschmaus die scharfen Fangzähne bleckte.

Seit sie gezwungen war, im Nackten Kätzchen zu arbeiten, war Imogens Instinkt für Gefahr scharf geworden wie die Säbel, die die Soldaten an der Seite trugen. Diese Männer, diese jungen Wölfe, waren auf der Jagd nach Ärger. Sie warteten nur darauf – ungeduldig –, dass der Leitwolf sie mit einer einzigen Geste von der Leine ließ.

Aber auch wenn sie sich vielleicht als gefährlich herausstellen würden, Imogen wusste gleich, dass die jungen Soldaten, die sich jetzt zu einem Halbkreis formierten, nicht der Grund für ihre instinktive Furcht waren.

Es war ihr Anführer.

Er war die verstörende Ruhe inmitten ihrer richtungslosen Energie. Er überragte sie um Kopf und Schultern und blickte schon aufgrund seiner unglaublichen Körpergröße auf die anderen herab. Ihm gehörte die eiserne Faust, die sie in Schach hielt. Es war allein sein Wille, von dem ihr Leben oder ihr Tod abhing. Von ihm kam der Befehl, den sie ohne zu fragen ausführten.

Und das wusste er genau.

Imogen erinnerte sich nicht, jemals eine solch stolze Stirn gesehen zu haben, ein solch erstaunlich gut aussehendes Gesicht. Er hätte den griechischen Bildhauern als Modell dienen können. Sie hätten ihre präzisesten Werkzeuge benutzt, um seine fast perfekt symmetrischen, aristokratischen Züge aus dem wertvollsten Marmor zu hauen. Ihre Hand schloss sich fester um das Messer, obwohl sie lieber zu einem Malpinsel gegriffen hätte. Sie würde seinen aufragenden Körper mit strengen Linien und breiten, kühnen Strichen malen.

Dann streifte sie eine vage Erinnerung. Sie hatte ihn schon einmal gesehen, ganz sicher. Die einzigartige Farbgebung seines Aussehens schlummerte irgendwo tief in ihrem Gedächtnis. Es war, als hätte ein Gott ihn aus kostbaren Metallen geformt. Seine Haut war golden, das Haar glänzte in einem dunkleren Bronzeton, und seine Augen, zu strahlend, um einfach nur braun zu sein, leuchteten in dem schwachen Lampenlicht wie glühendes Kupfer, als er die dunklen Ecken und Winkel des großen Raums in Augenschein nahm.

Dann landete sein Blick auf ihr und verweilte dort für eine unbehaglich lange Zeit. Seine nüchtern prüfende Miene veränderte sich nicht. Aber die Falte zwischen seinen Augenbrauen und ein lockerer Zug um den Kiefer verwiesen auf Gefühle, die sie verwirrten.

War er … erschöpft? Oder traurig?

Als Imogen jetzt nach Luft rang, war sie sich ziemlich sicher, ihm niemals zuvor begegnet zu sein. Sie würde sich erinnern, wenn sie je in einem Raum mit ihm gewesen oder ihm gar vorgestellt worden wäre. Und doch hatte sie diese gerade, edle Nase schon einmal bewundert. Hatte die barbarischen Wangenknochen und den breiten, quadratischen Kiefer gesehen, der den perfekten Rahmen für den harten Strich seiner Lippen bildete.

Aber wo?

Unter dem Gewicht seines erbarmungslosen Blicks fühlte sie sich langsam wie ein Reh, das der Leitwolf ausgesucht hatte, um es von der Herde zu trennen und zu reißen. Sie trat zurück, machte auf dem Absatz kehrt und stieß beinahe mit Devina Rosa zusammen.

»*Mierda*, das wird eine lange Nacht«, klagte diese, warf die schwarzen Locken zurück und kippte einen Rest Gin hinunter, den jemand nicht ausgetrunken hatte. Imogen war sich nie sicher, ob Devina ihr richtiger Name war, oder ob die spanische Dirne sich nur so nannte.

»Aye, so sieht's aus.« Heather, eine sommersprossige, vollbusige Schottin stimmte ihr zu, während sie ihr Mieder zurechtrückte, um ihre üppigen Brüste noch mehr zur Schau zu stellen. »Ich erkenn einen Mann mit Marschbefehl, wenn ich einen seh. Die werden heut versuchen, sich die Angst aus dem Leib zu vögeln.«

»Ich hole noch mehr Öl.« Devina seufzte.

»Und ich sorge dafür, dass sie betrunken sind«, bot Imogen an.

»Ach ja, bitte, Ginny.« Heather rief sie bei dem Spitznamen, unter dem sie in dem Freudenhaus arbeitete. »Dann machst du dich wenigstens ein kleines bisschen nützlich.«

Imogen hörte die Bitterkeit in ihren Worten kaum noch. Sie wusste, vielen der Mädchen gefiel die Abmachung nicht, die sie mit dem Besitzer des Etablissements getroffen hatte, denn sie musste die Beine nicht breit machen wie die anderen.

»Wenn wir Glück haben, kriegen ein paar von denen keinen mehr hoch, und wir bekommen trotzdem unser Geld«, überlegte Heather laut.

»Du meinst, del Toro bekommt unser Geld«, schimpfte Devina und warf dem Zuhälter und Besitzer des Nackten Kätzchens einen bösen Blick zu. Der Mann zwängte sich seitlich durch den Raum, um keine Stühle oder Gäste umzuwerfen, und begrüßte die Neuankömmlinge überschwänglich.

Die Frauen dämpften ihre Stimme, damit er sie nicht hörte.

»Warum sollten sie keinen hoch kriegen?« Imogen flüsterte Devina die Frage zu, und die lachte derb.

»Weil sie zu viel gesoffen haben, du dumme Kuh«, antwortete Heather an Devinas Stelle und verdrehte die Augen. »Wenn einer zu viel intus hat, isses, als wollte er dich mit 'nem Seil erstechen, kapiert?«

»Natürlich«, murmelte Imogen und wurde knallrot. »Deine Erklärung ist völlig ausreichend, danke.« Sie wagte einen Blick auf die Soldaten, die Ezio del Toros korpulenter Gestalt an einen für wichtige Gäste reservierten Tisch folgten. Imogen runzelte die Stirn und fragte sich, warum. Del Toro, ein italienischer Einwanderer, hatte nicht viel übrig für Männer in egal welcher Uniform, und besonders patriotisch war er auch nicht.

Weshalb also die Sonderbehandlung?

Del Toro schnappte sich Flora Latimer, als sie vorbeirauschte, und präsentierte stolz ihre üppigen Formen. Floras Augen wurden vor Erstaunen immer größer, als er ihr Anweisungen ins Ohr flüsterte. Als er sie danach Richtung Anrichte schob, wo Imogen und die anderen standen, sah sie aus wie eine große, blauäugige Eule.

»Ihr kommt nie drauf, wer sich grad hier rein verirrt hat«, kicherte sie, das Gesicht vor Aufregung gerötet. »Und ich hab keine Ahnung, was er in Soho will. Von der Sorte sieht man hier nicht oft welche.«

»Spuck's schon aus, blöde Kuh, wir fangen jetzt nicht an zu raten«, sagte Heather.

»Seht ihr den da?« Flora zeigte auf den hochgewachsenen Offizier, der sich auf einen Stuhl am Kopfende des Tisches niederließ. »Der Große, der aussieht wie'n gefallener Engel?«

Alle nickten. Als könnte irgendjemand ihn übersehen, dachte Imogen.

»Nun, der hübsche Kerl is' Collin Talmage, und er kommt direkt von der Beerdigung von seinem Vater und seinem Bruder. Del Toro sagt, er hat morgen seinen letzten Einsatz für die Krone, und danach nimmt er seinen Platz als Duke of Trenwyth ein.«

Natürlich. Deshalb kam er ihr so bekannt vor. Seine Geschichte war eine solche Sensation gewesen, dass man ihr unmöglich hatte entgehen können. Sein Vater, der letzte Duke of Trenwyth, seine Mutter, die Duchess, und der rechtmäßige Erbe, Robert, waren bei einem Zugunglück umgekommen. In der Nähe der Französischen Alpen war ihre Lokomotive entgleist, und so waren nur die zweitgeborene Harriet und der jüngste Sohn, Collin, übrig geblieben. Sein Konterfei war eine Woche lang auf allen Titelseiten gewesen. Gott, aber es war ihm nicht gerecht geworden, hatte das kraftvoll Männliche nicht einfangen können, das wie ein Königsmantel auf seinen breiten Schultern lag.

Und er gehörte tatsächlich fast zur Königsfamilie – als etwas entfernter Hannoveraner, verbandelt mit einer alten Familie aus Cornwall, war er direkt mit ihrer verehrten Queen Victoria verwandt. Es war nur logisch, dass er von diesen wilden Germanen abstammte, die Rom vor so langer Zeit auf Abstand gehalten hatten. Sie sah es an seinem Körperbau, an der Art, wie er seine Umgebung in Augenschein nahm, als hätte er sie bereits erobert.

Selbst sie hatte er so angesehen.

Und sie hatte recht gehabt. Sie hatte Trauer in seinen Zügen gesehen. Eine Trauer, die er tapfer verbarg.

»Keine Zeit zu trödeln.« Flora deutete auf den Tisch. »Del Toro sagt, alle packen mit an, und alle Männer am Tisch sollen mit dem Gefühl nach Hause gehen, sie hätten heut Geburtstag. Vor allem Seine Gnaden, weil er schließlich die Rechnung zahlt.«

Die Frauen drehten sich um und prüften ihr Aussehen in dem vergoldeten Spiegel über der Anrichte. Selbst Imogen schob ihre dunkle Perücke zurecht und vergewisserte sich, dass das Lippenrot frisch und gleichmäßig aussah. Eigentlich war nicht wichtig, wie sie aussah, solange sie schnell genug die Getränke servierte. Sie bediente nur, und man konnte sie anstarren, verspotten und begrabschen, aber nicht mehr als das.

So lautete die Abmachung mit del Toro. Sie arbeitete so lange nachts im Nackten Kätzchen, bis sie die Spielschulden ihres verstorbenen Vaters getilgt hatte – sie übergab dem widerlichen Mann sogar ihr Trinkgeld. Außerdem war sie tagsüber im St. Margarets Royal Hospital als Krankenschwester tätig. Mit dem, was sie dort verdiente, ernährte sie ihre Mutter und ihre jüngere Schwester Isobel.

»Du hast sie gehört.« Heather stieß Imogen so hart mit dem Ellbogen in die Seite, dass sie stolperte. »Hör auf zu trödeln, und füll sie ab.«

Imogen schnappte sich ein leeres Tablett von der Anrichte

und presste es sich vor den Bauch, als könnte sie sich damit schützen.

Sie bahnte sich einen Weg zur Theke, wo Jeremy Carson schon einen Krug mit Ale fertig hatte und gerade den zweiten füllte. Mit seinen zwanzig Jahren war er nur etwas jünger als sie, und Imogen hatte ein schlechtes Gewissen, dass er für sie immer eher ein Junge war als ein Mann. Sein Gesicht – sauber, ernst und so jung, dass es wehtat – passte überhaupt nicht zu dem Akzent, der direkt von den Docks in Liverpool zu stammen schien. »An den Abend wird man sich noch erinnern, was, Ginny? Ein Duke hier und so.«

»Ich kann es selbst kaum glauben.« Sie stellte die Krüge und saubere Gläser auf das Tablett. Sie wusste wirklich zu schätzen, wie reinlich Jeremy war, und wie sehr er auf die Bedürfnisse der Kunden achtete.

»Was glaubst du, will ein Mann wie er trinken?«, überlegte der Barmann und warf ihr ein verschwörerisches Lächeln voller schiefer Zähne zu, mit dem er noch jünger aussah.

Selbst an den schlimmsten Tagen im Nackten Kätzchen war es Imogen unmöglich, Jeremy Carsons Lächeln nicht zu erwidern. »Das werde ich gleich herausfinden.«

»Aber pass auf in ihrer Nähe, Ginny«, warnte er sie mit untypischer Besorgnis. »Sie sagen, man muss Soldaten fürchten und respektieren, auch wenn sie einen eigentlich beschützen sollten.«

Imogen hatte keine Ahnung, wer das wohl gesagt hatte, sie hatte es noch nie gehört, aber als sie sich auf bleiernen Beinen zwischen den spärlich besetzten Tischen hindurch zu dem Duke und seinen ungehobelten Kameraden schlängelte, wurde ihr klar, dass es stimmte.

Trenwyth hatte eine Miene boshafter Belustigung aufgesetzt, nahm jedoch kaum an dem Gespräch zwischen den

Männern teil. Obwohl sie sich ihm von der Seite aus näherte und noch weit von ihm entfernt war, hatte er aufgesehen, sobald sie sich in Bewegung gesetzt hatte, und ließ sie jetzt nicht mehr aus den Augen. Sein durchdringender Blick verwandelte den harmlosen Weg durch den Schankraum in einen gefährlichen Gang, bei dem ihr das Herz bis zum Hals schlug.

Kurz bevor sie bei den Männern ankam, stolperte sie, und das Tablett wäre fast umgekippt. Mit vor Scham brennenden Wangen stellte sie sich zwischen Trenwyth und einen schwarzhaarigen Schotten, der eigentlich recht gut aussah, wäre da nicht dieses grausame Leuchten in seinen schwarzen Augen gewesen. Vorsichtig schenkte sie das Ale ein und mied den Blick des Duke, der sie stumm betrachtete.

Als das geschehen war, machte sie den Mund auf, um die Männer – um ihn – anzusprechen, erstarrte und suchte in ihrer Erinnerung panisch nach der richtigen Anrede. Jede Bedienung, die die Stärke in ihren Röcken wert war, wusste, dass man zuerst die Person mit dem höchsten Rang am Tisch ansprach und sich dann nach unten durcharbeitete. Aber wie sollte sie Trenwyth anreden? Ein Duke war, abgesehen von der Königsfamilie, der hochrangigste Aristokrat im Land. Im Allgemeinen sprach man ihn mit »Euer Gnaden« an. Aber sobald jemand Uniform trug, ersetzte der militärische Rang oft den Adelstitel, nur hatte sie einen Uniformrock, wie Trenwyth ihn trug, noch nie zuvor gesehen. Er war vor allem schwarz, das traditionelle Rot schmückte nur die Ärmelaufschläge und den hohen Kragen. Er trug auch keine Kopfbedeckung, die ihr hätte weiterhelfen können. Die gestickte Litze an Ärmeln und Schultern war kompliziert und fein und ihr völlig unbekannt. Er konnte alles sein zwischen einem Hauptmann und einem Oberst, und sie hatte nicht die geringste Ahnung, was davon zutraf.

»Mach lieber den Mund zu, Schätzchen, oder soll das Reklame für deine Dienste sein?«, fragte der dunkle Schotte gedehnt. »In diesem Fall schätzen wir deinen Eifer, aber wenn es dir nichts ausmacht, würden wir zuerst gern etwas trinken.«

Imogen klappte den Mund so rasch zu, dass sie fürchtete, sich einen Zahn zerbrochen zu haben, als das gute Dutzend Männer um den Tisch auf ihre Kosten loswieherte. Ihr war furchtbar elend zumute, aber sie verjagte das Gefühl mit dem strahlendsten Lächeln, das ihr möglich war, und wandte sich an Trenwyth. Er wenigstens lachte nicht.

»Was – was hätten Sie gern?«, war alles, was sie herausbrachte.

»Was bieten Sie denn an?« Seine Frage landete in ihrem Bauch wie heiße Kohlen, die aus dem Kamin rollten. Sein Mund bewegte sich kaum, als er sprach, und seine Stimme war nicht lauter als ein Murmeln, aber so tief und hallend, dass sie in ihr vibrierte, und die Zweideutigkeit sie mitten in die Brust traf.

Wieder war sie atemlos und brachte kein Wort heraus.

»Im Nackten Kätzchen gibt es keinen Punsch, Sherry, Brandy oder Port«, antwortete der Schotte für sie. »Nur Gin, Absinth und Whiskey und das beste Ale auf dieser Seite der Themse. Ein Platz für einen richtigen Mann, nicht für einen Gentleman. Und die mangelnde Auswahl beim Alkohol wird durch das Angebot an anderen Lastern mehr als ausgeglichen. Stimmt's, Mädchen?« Er kniff sie kräftig in den Hintern, und sie schnappte nach Luft. Tränen schossen ihr in die Augen.

Imogen stellte sich so, dass das Tablett zwischen ihr und dem Schotten war, zeigte ihm die zusammengebissenen Zähne und hoffte, del Toro würde das als Lächeln interpretieren. »In der Tat, Sir«, sagte sie steif und sah vorsichtig zu ihrem geschäftstüchtigen Arbeitgeber, der sie mit Blicken mahnte, sich zusammenzunehmen.

Das würde in einer Katastrophe enden, sie spürte es.

»Nenn mich Major Mackenzie, den Großen, und das ist ein Versprechen.« Er packte sich anzüglich in den Schritt, und der Tisch brach wieder in Gelächter aus. »Wenn du später nicht mehr gehen kannst, wird man sehen, dass ich es gehalten habe.«

Imogen stieß einen Laut der Überraschung aus, als sie plötzlich um die Taille gepackt, nach hinten und unten gerissen wurde und schließlich auf Trenwyths Knien landete.

Alle am Tisch schienen das unglaublich unterhaltsam zu finden, außer natürlich Major Mackenzie, dessen Gesichtszüge sich rebellierend verzogen. Imogen versteifte sich und machte sich bereit, wieder auf die Füße zu springen und sich hinter der Theke in Sicherheit zu bringen. Das hatte sie früher schon getan, sie musste sich nur schlaff und biegsam aus dem Griff des jeweiligen Betrunkenen herauswinden.

Aber keiner war bisher so groß wie dieser gewesen, keiner so massiv und unnachgiebig.

»Keine. Bewegung.« Der harte Befehl ließ Imogen erstarren. Sie drehte sich zu ihm um und blickte hoch, um einzuschätzen, ob Trenwyth eine Gefahr für sie war.

Seine Augen leuchteten mit bedrohlichem Feuer, Kupfer glühte in der Schmiede seines Zorns, aber er sah nicht sie an und sagte auch kein weiteres Wort. Sein unverwandter, herrischer Blick war auf Major Mackenzie gerichtet. Die Luft wurde dicker durch den stummen Zweikampf der Männer, drohte, Imogen zu ersticken. Sie spürte, wie der Duke seine Muskeln anspannte, und fürchtete fast, er könnte sie aus Versehen zerquetschen. Ganz regungslos und still blieb sie sitzen, um die Aufmerksamkeit der beiden Wölfe nicht auf sich zu lenken, damit sie sie nicht in zwei Stücke rissen.

Major Mackenzie wandte als erster den Blick ab und richtete ihn auf den Tisch.

Trenwyths Arm um ihre Taille entspannte sich, aber er ließ sie nicht los. »Ich nehme Whiskey.«

»Eine Kiste müsste genügen«, sagte ein junger Lieutenant mit einem dunklen, aber spärlichen Schnurrbart und lachte leise. »Er wird uns Appetit auf andere Vergnügungen machen, die die Nacht für uns bereithält.«

Imogen nickte und wollte aufstehen, aber der Duke zog sie fester an sich. Sie hielt sich mit den Beinen an seinem Knie fest und drückte den Rücken durch, um den Abstand zu seinem Oberkörper so groß wie möglich zu halten.

»Wenn ich Ihre Getränke holen soll«, sagte sie freundlich, »müssen Sie mich aufstehen lassen.«

Nach einem Moment der Stille gab er einen verächtlichen Laut von sich, und sie roch den süßen Apfelduft nach Brandy in seinem Atem.

Er hatte schon getrunken.

Anstatt sie loszulassen, winkte er del Toro, der in diskretem Abstand bereitstand und so schnell herbeigeeilt kam, wie seine kurzen Beine es ihm erlaubten.

»Wir nehmen Ihren besten Whiskey. So viele Flaschen wie nötig.« Seinen Männern entlockte das eine derbe Freude, und del Toro schien im Kopf schon seinen Profit auszurechnen.

»Wir haben gerade eine Kiste von Ravencrofts berühmtem Scotch geliefert bekommen.«

»Dann nehme ich Gin«, knurrte Major Mackenzie. »Ich würd lieber stinkendes Themsewasser trinken als noch einen einzigen Tropfen dieses Scotchs.«

»Aber, Hamish, ist Ravencroft nicht ein Mackenzie?«, fragte der schnauzbärtige Lieutenant den Major.

Dieser schwieg, auch wenn seine Fingerknöchel weiß waren vor Anspannung.

»Und ob, Thompson«, rief ein anderer Soldat dazwischen.

»Der Marquess of Ravencroft, der Highlandteufel höchstpersönlich, ist Hamishs jüngerer Bruder.«

»Jüngerer Bruder?« Thompson hob überrascht die Augenbrauen. »Das hieße ja, Sie sind–«

»Ein Bastard«, beendete Hamish düster den Satz. »Wollen Sie herausfinden, was für ein Bastard ich sein kann?«

»Es reicht«, sagte Trenwyth ruhig. »Whiskey für den Tisch und Gin für meinen Freund, den Major.«

Hamish warf Trenwyth einen dankbaren, wenn auch grüblerischen Blick zu. Die Spannung zerstreute sich, und der mürrische Hamish Mackenzie vergaß Imogen.

»Leider können wir uns nur den jüngeren Whiskey leisten, aber der steht Ihnen natürlich zur Verfügung, genau wie alles andere, was mein Etablissement zu bieten hat.« Del Toro deutete mit einem Lächeln auf die Frauen, das routinierter und einladender war als ihr Lächeln, das den Männern galt.

»Hervorragend.« Imogen mochte Trenwyths brüske Art zu reden, auch wenn sie nicht sagen konnte, warum. »Die Jungs sind anscheinend ganz wild auf Gesellschaft.«

Leise aber begeisterte Zustimmung erklang am Tisch, als die berühmten »Kätzchen« der Lower St. James Street mit hörbarem Schnurren näher kamen. Zu Imogens Überraschung machte Heather einen weiten Bogen um Major Mackenzie. Sie sah ihn widerwillig an und beugte sich über einen jungen Mann auf der anderen Seite des Tisches. Imogen konnte sich nicht erinnern, dass die derbe Frau je Angst gehabt hätte. Major Mackenzie hatte über das Lokal gesprochen, als würde er hier häufiger verkehren. Imogen kannte ihn nicht, aber Heather vielleicht schon. Vielleicht hatte sie schlechte Erfahrungen mit ihm gemacht. Imogens eigene Instinkte schlugen in seiner Gegenwart schrill Alarm, warnten sie davor, dass dieser Mann zu den schrecklichsten Dingen fähig war.

Auch wenn das mit Sicherheit auch für Trenwyth galt.

»Du hast ihn gehört, Ginny«, sagte del Toro knapp und unterbrach ihre Gedanken. »Hol die Getränke.«

Imogen nickte und wollte gehorchen, aber der eiserne Griff Trenwyths hielt sie weiter fest.

»Sie bleibt, wo sie ist.« Trenwyths Äußerung – so freundlich sie auch klang – duldete keinen Widerspruch. Auch wenn sein Akzent die adlige Abstammung verriet, schnitt seine Stimme wie Stahl durch alle angeborene Vornehmheit. Er musste nicht laut werden, damit man ihm gehorchte. »Sie wird heute nur mich bedienen.«

Imogen spürte, wie ihre Augen sich weiteten und ihre Lippen sich alarmiert zusammenpressten, als Trenwyth das Serviertablett aus ihrer Hand befreite und träge del Toro übergab.

»Wie Sie wünschen, Euer Gnaden.« Ihr Arbeitgeber verbeugte sich, so gut es mit seinem dicken Bauch ging, und winkte nach einer anderen Bedienung. Dann wandte er sich ab, ohne Imogen eines weiteren Blickes zu würdigen.

Sie hatte gar nicht bemerkt, dass sie zitterte, bis Trenwyth sich vorbeugte und den Mund sehr dicht an ihr Ohr brachte.

»Ginny.« Das Wort rumpelte ihr das ganze Rückgrat hinab und jagte ihr über die Haut, bis jedes Härchen sich aufrichtete. »Ist das dein Name?«

»Ja, Euer Gnaden«, flüsterte sie die Lüge. Es war ihr Name im Nackten Kätzchen. Der Name der Person, zu der sie nachts in dem schummrigen, überdrehten und lärmenden Lokal wurde, wo arme Künstler, Soldaten und wohlhabende Kaufleute gleichermaßen ein- und ausgingen. Adlige kamen selten. Für Leute seines Schlags gab es Orte wie Madame Regina und andere Freudenpaläste, in denen es ganz sicher nicht nach Absinth und kaltem Tabakrauch stank.

»Lassen wir die Formalitäten, Ginny.« Sein Atem traf auf ihr

Ohr, und sie musste sich auf die Lippe beißen, um die merkwürdigen und fiebrigen Empfindungen zu unterdrücken, die er dabei hervorrief. »Nenn mich heute Nacht nicht Euer Gnaden, alle anderen tun es auch nicht.«

Sie senkte das Kinn zu einem Nicken. »Wie soll ich Sie denn dann nennen?«, fragte sie und drehte unwillkürlich den Kopf zu ihm um, ohne sich bewusst zu sein, wie nah sich ihre Lippen dabei kämen, die sich jetzt fast berührten.

»Die mir nahe sind, nennen mich Cole«, ließ er ihren Mund wissen.

»Aber … ich bin Ihnen nicht nah.«

Er legte den Arm wieder fester um ihre Taille, packte mit der anderen Hand ihre Hüfte und zog sie in einer langsamen, wie selbstverständlichen Bewegung seinen erschreckend langen und muskulösen Oberschenkel hinauf, bis es nicht mehr weiterging. Selbst durch die Röcke und Unterröcke spürte sie die ungewohnte Reibung zwischen ihren Beinen, die eine beunruhigende, aber nicht unangenehme Empfindung hervorrief. Er hörte erst auf, als die Rundung ihres Pos an seinem Schoß lag und sie eine überraschend feste, zylindrische Form bemerkte, die sich an sie presste. Imogen arbeitete lange genug im Nackten Kätzchen, um ziemlich genau zu wissen, was das war.

»Es liegt mir fern, einer Lady zu widersprechen, aber ich bin anderer Ansicht. Wir sind uns in der Tat sehr nah.«

Imogen hatte ihre Anspannung nicht bemerkt, aber jetzt wurde das schmerzhafte Zittern ihrer Muskeln fast unerträglich. »Ich bin keine Lady.« Sie meinte es als Feststellung, aber es klang wie eine Klage.

»Genau deshalb habe ich dich ausgesucht.« Sanft strich er die Locken ihrer schwarzen Perücke zur Seite und drückte ihr einen beiläufigen Kuss auf die nackte Schulter, als eine Flasche Whiskey und zwei saubere Gläser vor sie hingestellt wurden.

Imogen spürte den Kuss in jedem Teil ihres Körpers.

»Deine Aufgabe ist heute, dafür zu sorgen, dass ich den Boden dieses Glases nicht sehe, und allem zu widersprechen, was ich sage. Würdest du das tun, Ginny?« Er äußerte seine Befehle in gutgelauntem Tonfall, aber darunter lag etwas anderes. Etwas Verzweifeltes, Düsteres.

»Ihnen widersprechen?«

»Ja«, murmelte er, sein Blick lag gebannt auf ihren Lippen. »Es wäre einmal eine Abwechslung, wenn nicht immer alle tun, was ich sage.«

»Natürlich, Euer–« Sie fing sich rechtzeitig. »Natürlich … Cole.« Seinen Namen auszusprechen, verlieh dem Moment noch mehr Intimität, also wandte sie sich ab und schenkte das Glas voll.

»Braves Mädchen«, rief der Lieutenant ihr zu. »Mach ihn so betrunken, dass er uns erzählt, wo er hingeht.«

»Es zu wissen, brächte Sie in Gefahr, nicht mich«, gab Trenwyth zurück und kippte den Whiskey in einem Schluck hinunter. »Ich darf nur sagen, dass Major Mackenzie mich begleitet.«

Der Lieutenant lachte. »Sie sind ein Spion, geben Sie es zu«, rief er gutmütig. »Geheime Missionen, die einmalige Uniform, und Sie dürfen nicht einmal jetzt zuhause bleiben, obwohl …« Der Mann konnte sich gerade noch zurückhalten, bevor er das Begräbnis erwähnte. »Trotz der Umstände. Ich meine, Sie sind jetzt ein Duke, zur Hölle.«

»Wir wollten doch nicht darüber reden.« Wieder war Trenwyths Tonfall täuschend sanft, aber der Lieutenant wurde blass. »Und es sind wohl kaum geheime Missionen, wenn offensichtlich jeder über sie Bescheid weiß«, fuhr der Duke trocken fort.

»Wir finden es immer erst hinterher heraus«, stellte ein anderer Offizier fest. »Sie sind weg, dann munkelt man, dass ein

Warlord in irgendeiner Wüste ermordet wurde, und plötzlich kommen Sie braungebrannt zurück und behaupten, in den Ferien gewesen zu sein.«

»Nicht zu vergessen das Mal, als Sie weg waren und diese furchterregende Geschichte in den Alpen plötzlich geklärt war.« Der Lieutenant redete wieder mit, ermutigt durch Trenwyths rätselhaftes Grinsen. »Zufällig erzählte ein Freund, der in einem Militärhospital in der Schweiz war, dass man Sie zu eben dieser Zeit dort wegen Frostbeulen behandelt hat.« Er gab Laute von sich, als ob er einen sportlichen Wettkampf gewonnen und die Glückwünsche seiner Kameraden entgegennehmen würde.

»Ich hörte den Highlandteufel höchstpersönlich sagen, Sie seien so gefährlich wie er und doppelt so gut ausgebildet«, stichelte ein weiterer.

»Er war nur nett«, sagte Trenwyth bescheiden.

»Kennen Sie meinen Bruder?«, fragte Hamish über die Schulter der kichernden Devina, die es sich auf seinem Schoß bequem gemacht hatte. »Er ist nie nett.«

Trenwyth ließ einen Laut hören, der Freude oder Bitterkeit bedeuten konnte. Es war unmöglich zu sagen. Als er sich vorbeugte, um sein Glas nachfüllen zu lassen, hatte Imogen die Flasche schon in der Hand. »Du glaubst ihnen doch nicht, oder?«, flüsterte er ihr zu, während sie ihm wieder Whiskey eingoss.

»Kein Wort«, gab sie zurück und schenkte ihm das erste echte Lächeln des ganzen Abends.

»Ich wusste, dass du klug bist.« Sie versteifte sich nicht mehr halb so sehr, als er ihr erneut die Lippen auf die Schulter drückte, diesmal näher am Hals.

Im Verlauf der nächsten Stunde entspannte sich Imogen immer mehr. Irgendwann, als die Männer das Raten nach seinem nächsten Einsatz zu einem Trinkspiel machten, gestattete sie sich, sich an ihn zu lehnen. Da die großen Knöpfe seiner Jacke sie im Rücken drückten, richtete sie sich wieder auf. Sofort schob er sie mühelos etwas vor, knöpfte die Jacke auf und entledigte sich ihrer, dann zog er sie wieder an sich, als wäre dort ihr angestammter Platz. Seine Bewegung steigerte ihre Wahrnehmung seines Körpers um ein Tausendfaches. Außerdem, dachte sie, waren die meisten Männer in ihrer Bekanntschaft nicht halb so rücksichtsvoll, und ihre Meinung von ihm stieg enorm.

Seine Brust an ihrem Rücken war hart und warm. Bei jeder Bewegung spürte sie das Spiel seiner gestählten Muskeln. Sie ertappte sich sogar dabei, dass sie seinen Geruch genoss – nach der Zedernholztruhe, in der er zweifellos seine Uniform aufbewahrte, nach gutem, scharfem Whiskey und nach etwas, das sie nicht verorten konnte. Etwas, das sie nicht bestimmen oder beschreiben konnte, wie der Geruch von Regen oder einer vollkommen reifen Beere.

Die Männer einigten sich darauf, dass Afghanistan sein nächstes Ziel sein würde, aufgrund der Probleme, die sich dort zwischen Russland, England und dem Osmanischen Reich entwickelten. Dann wurden die Trinkspiele zu Saufgeschichten und dann zu einer abartigen Anzahl ausgebrachter Toasts. Sie tranken – natürlich – auf die Queen, und auf gefallene Kameraden, lebende Kameraden, Schlachten, die sie gewonnen hatten, Schlachten, die sie verloren hatten, auf Schiffe, mit denen sie gesegelt waren, und sehr leidenschaftlich auf Frauen, die sie geliebt hatten. Imogen fand es merkwürdig, dass sie nicht auf den neuen Duke of Trenwyth tranken, oder auf seine kürzlich verstorbene Familie. Andererseits schien er das Thema unbedingt vermeiden zu wollen.

Natürlich war es nicht an ihr, mitzureden, aber sie ertappte sich dabei, dass sie ihm über die Schulter verstohlene Blicke zuwarf. Er brachte keinen eigenen Toast aus, prostete aber jedes Mal allen zu. Er erzählte auch keine Geschichten, gab aber die entsprechenden Laute von sich, die ihn als aufmerksamen Zuhörer auswiesen. Er wirkte nachdenklich. In sich gekehrt. Aber sein umwerfend gut geschnittenes Gesicht war immer freundlich, wenn er sie anblickte, und seine Berührungen waren eher beiläufig sinnlich als fordernd oder geschmacklos.

Allein das war schon eine angenehme Abwechslung. Die meisten Männer waren plump, wenn sie tranken, kniffen, drückten oder betatschten Körperteile von ihr, bis sie sich wünschte, nichts Weibliches an sich zu haben, das ihre Aufmerksamkeit auf sich ziehen konnte. Aber Trenwyths Hände, obwohl ungewöhnlich groß, liebkosten sie, wenn sie gelegentlich ihre Kurven erforschten. Er legte sie über den Röcken auf ihre Oberschenkel oder ließ sie über die Taille hinaufwandern, und ihr Herz erbebte jedes Mal, auch wenn er kurz unter ihren Brüsten innehielt und sie nur leicht mit den Fingerspitzen berührte.

Trotzdem biss sie die Zähne zusammen, aber nicht vor Ekel. Es war ... etwas vollkommen anderes.

Inzwischen war die Hälfte der Männer hinter dem Vorhang neben der Theke verschwunden, hinter dem sich ein langer Flur mit vielen Türen durch das ganze Gebäude zog. Wer mit einem Kätzchen durch eine dieser Türen ging, musste zuerst del Toro bezahlen.

Als Trenwyth seine Position veränderte, rieb sein Bein sie auf eine Weise, dass sie bei der Empfindung keuchte und die Muskeln ihrer Scham sich zusammenzogen.

Sofort spannte sein Oberschenkel sich unter ihr an, und einen Moment fürchtete Imogen, ihn gekränkt zu haben.

Bis er es wieder tat.

Sie musste sich am Tisch festhalten, so heftig war die sündige Lust, die sie durchfuhr.

Sein Geschlecht wurde wieder hart an ihrem Rücken, und er beugte sich vor und zog sie dichter an sich. »Du scheinst so leicht in Brand zu geraten wie Zunder.« Seine Worte klangen ein wenig verschliffen, aber seine Bewegungen waren ruhig, als eine Hand von der Taille hinunter-, die andere ihren Oberschenkel hinaufwanderte, als wollten sie sich in der Mitte treffen.

Imogen packte seine Handgelenke, und er ließ sich von ihr aufhalten, als hätte sie die Kraft dazu. »Ihre Anweisung zwingt mich, Ihnen zu widersprechen«, sagte sie rasch. Sie hatte keine Ahnung, was er meinte. Sein Mund erkundete eine Stelle hinter ihrem Ohr, glitt dann ihren Hals hinab, bis er an der sanften Kurve knabberte, die zu ihrer Schulter führte.

Köstliche Schauer liefen ihr über den ganzen Körper, und sie war unfähig, das unwillkürliche Zusammendrücken ihrer Schenkel zu kontrollieren, als eine beunruhigende Wärme sich zwischen ihren Beinen sammelte.

»Das ist mir gleich.« Seine Stimme war tiefer als vorher, rauer, und ihre Brustwarzen wurden hart als Reaktion darauf. »Nimm dir so viel Zeit, wie du willst.«

2

Imogen schluckte, ihr Mund war plötzlich trocken, und sie riss sich zusammen, um nicht zu keuchen, obwohl ihre Lungen sich wie eingezwängt fühlten. »Möchten Sie … noch etwas trinken?« Als das nicht funktionierte, reichte sie ihm, in der Hoffnung, ihn abzulenken, das halbvolle Glas, das er auf den Tisch gestellt hatte.

Er hielt inne und lehnte sich zurück, als würde er über die Frage nachdenken.

»Nein.« Er artikulierte das Wort mit der Vorsicht eines Mannes, der sich seiner Trunkenheit bewusst war.

»Dann … möchten Sie noch etwas anderes?«, fragte sie. »Ich müsste wirklich langsam wieder meinen … Pflichten nachgehen.«

»Ich habe dich eine Weile hier gehabt, ohne dich für deine Zeit zu entschädigen«, sagte er umständlich. »Das muss der Grund sein, weshalb dein … Arbeitgeber ständig hersieht.«

»Überhaupt nicht«, beeilte Imogen sich, ihn zu beruhigen. Del Toro hatte ihr mit warnenden Blicken zu verstehen gegeben, dass sie es zu spüren bekommen würde, wenn sie die Situation vermasselte.

Trenwyths Kraft erstaunte sie erneut, als er sie mühelos hochhob und auf der Bank neben sich absetzte. »Entschuldige mich«, murmelte er, dann stand er auf und ging wankend auf del Toro zu.

Imogen war überrascht, dass er überhaupt gehen konnte – er hatte genug Whiskey getrunken, um einen Elefanten darin zu ersäufen. Jeder Augenblick, den er und del Toro miteinander sprachen, bedeutete eine Ewigkeit der Anspannung für sie, aber die beiden schienen zu einer Übereinkunft zu gelangen, die ihnen zusagte. Trenwyth gab ihm Geld und verschwand ohne einen Blick zurück hinter dem Vorhang.

Imogen wunderte sich nicht lange über die plötzliche Enttäuschung, die sie empfand, sondern sie stand auf und ging zur Anrichte, um Tablett und Lappen zu holen und anzufangen, abzuräumen.

Del Toro trat ihr in den Weg, und als sie den Glanz in seinen Augen sah, regte sich ängstlich ein Verdacht in ihr, den er schnell bestätigte.

Sie unterbrach ihn. »Sie haben mir Ihr Wort gegeben, dass ich niemals …«

»Das war, bevor er mir eine Zwanzig-Pfund-Note gegeben hat«, sagte del Toro, noch immer fassungslos.

»Zwanzig Pfund?« Imogens Knie gaben nach, und sie sank auf einen leeren Stuhl. »Sie meinen sicher zwei.« Und selbst zwei Pfund waren ein unerhörter Preis an einem Ort wie diesem. Nur Covent Garden oder Madame Regina konnten so viel fordern.

Del Toro kratzte sich an seinem schütteren Haar, zeigte ihr den Schein, ließ sie ihn aber nicht anfassen. »Für zwanzig Pfund würde ich meine eigene Tochter verkaufen«, sagte er ohne die geringste Scham. »Denk doch mal nach. Das ist fast ein Drittel der Summe, die dein Vater mir schuldet.«

Imogen blickte zu den Männern an den Spieltischen und gab sich einer verzweifelten Hoffnung hin. Zwanzig Pfund war mehr als ein halber Jahreslohn im Krankenhaus. Im Nackten Kätzchen würde sie etwa ein Jahr brauchen, um so viel zu verdienen. Von den Schulden ihres Vaters musste sie noch einundsechzig Pfund zurückzahlen. Es würde ihr also ein Jahr ihres

Lebens an diesem elenden Ort ersparen. Und ihr Urteil – so sah sie es inzwischen – von drei auf zwei Jahre verringern.

Aber es würde sie ihre Jungfräulichkeit kosten.

Auch wenn Trenwyth geradezu lächerlich gut aussehend und begehrenswert war, schüttelte Imogen schon den Kopf, bevor sie wirklich beschlossen hatte, sich zu weigern. Ihre Kindheitsträume von Reisen auf dem Kontinent auf der Suche nach künstlerischen Entdeckungen hatte sie bereits aufgegeben, weil sie sich um ihre Familie kümmern musste. Aber sie hatte noch nicht die Hoffnung verloren, irgendwann einmal ein normales Leben zu führen. Sie wollte heiraten. Ihr Vater war ein zwanghafter Spieler gewesen, aber auch ein wohlhabender und respektabler Tuchhändler. Ihre Familie hatte noch viele Verbindungen, und sie hatte immer gehofft, vielleicht einen Bankier oder Arzt zu heiraten, einen achtbaren Mann.

Aber wenn sie nicht mehr Jungfrau war …

»Ich kann nicht.«

»Du wirst.« Del Toro sprach im Allgemeinen in leisen Tönen, aber wenn sein Temperament mit ihm durchging, dann zeigte er seine dunkle, brutale Seite, und es wurde klar, wie wenig er sich um die Frauen scherte, die in seinen Diensten standen. Manchmal schlug er die, die aus der Reihe tanzten, und Imogen hatte sich immer vor dem Tag gefürchtet, an dem er die Hand gegen sie erheben würde.

»Sie verstehen nicht, wenn ich … in Umstände komme, verliere ich meine andere Stellung und kann mich nicht mehr um meine Familie kümmern.« Zusätzlich ein Kind zu ernähren, stand völlig außer Frage.

Del Toro zuckte mit den Achseln, sein Doppelkinn wabbelte abstoßend. »Dann werden meine Kätzchen dir ein paar neue Stellungen beibringen, und du kannst hier arbeiten.« Er lachte leise über sein eigenes, schreckliches Wortspiel, dann grinste er sie höhnisch an. »Oh, ich vergaß, du bist ja zu gut für uns, zu respektabel, um tagsüber mit uns gesehen zu werden.«

»Das habe ich nicht–«

»Ich frage mich, ob Isobel sich auch zu fein für dieses Lokal wäre. Ich könnte Bartolomeo und Giorgio losschicken, um sie zu holen. Genau, wie ich es mit dir gemacht habe.« Del Toro hielt sich die Banknote unter die Nase und schwelgte im Duft von so viel Geld.

»Sie ist erst fünfzehn«, keuchte Imogen, eine verzweifelte Angst nahm ihr den Atem. »Sie haben versprochen, sie nicht mit hineinzuziehen, und dass sie und meine Mutter nie erfahren werden –«

»Ich hatte früher schon so junge Mädchen hier. Und ich habe dieses Versprechen gegeben, bevor man mir zwanzig Pfund in die Hand gedrückt hat.« Er zuckte mit den Achseln. »Was glaubt deine Familie, tust du die ganze Nacht? Sind sie wirklich so dumm, nicht ohnehin schon den Verdacht zu hegen, dass du eine Dirne bist?«

»Ich habe ihnen gesagt, dass ich Nachtschichten im Krankenhaus mache und Ihnen das Geld zurückzahle.«

»Du oder deine Schwester.« Seine Stimme und seine Gesichtsfarbe wurden kräftiger, beides Vorboten seines gefährlichen Zorns. »Du bist ohnehin bald zu alt, vielleicht kann ich dich die zwei Jahre, die du hier arbeiten müsstest, gar nicht mehr gebrauchen. Isobel dagegen ist jung und biegsam … Ich könnte leicht etwas aus ihr machen, und du könntest nichts dagegen tun.«

Seine Worte legten sich schwer auf ihre Schultern und verschlimmerten noch den Druck, unter dem sie ohnehin schon lebte. Mit dreiundzwanzig war sie wirklich langsam zu alt für diesen Beruf. Und nicht nur das, sie war gefährlich nahe daran, eine ewige alte Jungfer zu werden.

Del Toro packte sie und riss sie vom Stuhl hoch, seine Finger gruben sich schmerzhaft in ihren Arm. »Jetzt rein da«, knurrte er und drängte sie Richtung Vorhang. »Du machst alles, was er will, und wenn er nicht als der zufriedenste Kunde geht, der je durch diese Tür gegangen ist, werden meine Männer dein Gesicht verunstalten, nachdem sie dir etwas Demut beigebracht haben – und dann nutzt du überhaupt niemandem mehr.«

Hölzern drehte Imogen sich zu dem Vorhang um. Die rot-schwarzen Ornamente waren verblasst und schmuddelig, nachdem so viele Männer ihn auf dem Weg zu den Zimmern beiseitegeschoben hatten.

»Zimmer siebzehn«, rief del Toro ihr nach.

Natürlich war es Zimmer siebzehn. Für den Duke of Trenwyth nur das Beste.

Zimmer siebzehn war eines der wenigen im Obergeschoss befindlichen des langen, schmalen Gebäudes, in dem das Nackte Kätzchen untergebracht war. Die Treppen hinaufzugehen war, wie den Kilimandscharo zu besteigen, und als Imogen oben ankam, war sie völlig außer Atem. Nicht, weil sie das Treppensteigen nicht gewöhnt war, sondern weil das Korsett und die Angst ihr gleichermaßen die Lungen abschnürten. Zimmer siebzehn hätte ebenso gut der Galgen sein können. Es war ja nicht so, dass ihr der Mann nicht gefiel, der darin wartete – seine Schönheit war unvergleichlich –, aber es bedeutete, dass wirklich aus ihr geworden war, was sie nie für möglich gehalten hatte.

Eine Prostituierte.

Sie ergriff die Klinke und hielt inne, legte sich eine Hand auf den Bauch, wo ein ganzer Schwarm Vögel im Rhythmus mit ihrer Angst mit den Flügeln zu schlagen schien.

Stumm schloss sie die Augen und bat einen Gott um Kraft,

der sie für das, was sie gleich tun würde, verdammte. Dann trat sie ein und ließ ihre Unschuld draußen.

Trenwyth war schon nackt.

Vor Schreck drückte sie sich an die Tür und starrte ihn mit unverhohlener Verblüffung an. Als Krankenschwester und auch als Künstlerin hatte Imogen schon vorher nackte Männerkörper gesehen. Aber nichts, gar nichts, hätte sie trotz ihrer umfangreichen Erfahrung auf die Herrlichkeit Collin Talmages vorbereiten können. Nicht einmal, als er sie auf seinem Schoß gehalten hatte, hatte sie seine sehnige, rohe Kraft erahnt. Er stand mit dem Rücken zu ihr, und so konnte sie sich ein wenig an den Anblick seines perfekten, nackten Körpers gewöhnen.

Bevor sie gezwungen sein würde, ihn zu berühren.

Eine Öllampe flackerte trüb auf dem Nachttisch, wo er, ohne sich für seine Nacktheit zu schämen, ein Glas neben eine Karaffe stellte. Die Schatten, die die einsame Flamme in die Mulden seiner langen, straffen Muskeln warf, waren ebenso verlockend wie die beleuchteten Teile.

»Willst du etwas trinken?« Er deutete auf den golden schimmernden Whisky, den er zur Seite gestellt hatte. »Ich glaube, ich hatte genug.«

Er drehte sich um, und Imogen hätte nicht einmal schlucken können, wenn man ihr Flüssigkeit in den offenen Mund gegossen hätte. Irgendwie wusste sie, dass Collin Talmage, der Duke of Trenwyth, nie im Leben aufgrund von zu viel Alkohol versagt hätte. Sein Geschlecht erhob sich stolz vor den schönen, schlanken Hüften. Er sah etwas verlegen an sich hinunter und warf ihr einen auffordernden Blick voller Sünde zu.

Er wollte das … das da … doch sicher nicht in sie hineinstecken. Es würde, konnte nicht passen. Ihr Verstand schreckte zurück, aber ihr Körper … ihr Körper reagierte. Mit einem

Mal fühlte sie sich wie eine Rosenknospe kurz vor der Blüte, erzitterte mit dem instinktiven Wunsch, sich zu öffnen. Sich zu entblößen. Dieser Drang flößte ihr eine solche Angst ein, dass sie in einem törichten Versuch, sich zusammenzuhalten, die Arme um sich schlang.

Sie blickte zu dem Stuhl hin, auf dem er seine Uniform abgelegt hatte, und bemerkte das metallische Glänzen eines wahren Waffenarsenals. Zwei Pistolen, sieben Messer unterschiedlicher Größe, der Säbel, eine merkwürdig aussehende Armschiene, die unter den Ärmeln gesessen haben musste, und … guter Gott, war das eine Spritze? Wie hatte er das alles bei sich tragen können?

Imogen blickte den Duke mit großen, aufgerissenen Augen an. Und wenn er wirklich ein Spion war?

Er erwiderte ihren wilden Blick mit Ruhe. Vorsichtig, ohne sie aus den Augen zu lassen, ließ er sich auf das Bett sinken, seine Knie fielen leicht auseinander, als er saß. Ein ruhender Löwe.

»Komm her«, sagte er und streckte die Hand nach ihr aus.

Imogen spürte kaum, wie ihre Beine sie zu ihm trugen, aber irgendwie durchquerte sie das dunkle, purpurrote Zimmer, bis sie wie versteinert vor ihm stand.

Aus dieser Nähe war es schwierig, sich nicht von seiner Schönheit überwältigen zu lassen. Seine gelassene Haltung war trügerisch, merkte sie, denn seine Muskeln waren angespannt wie die eines Raubtieres vor dem Sprung. Obwohl sein Gesichtsausdruck unergründlich blieb, lag eine Art gezügelter Gewalt in der Luft zwischen ihnen, auch wenn seine sanften, rätselhaften Züge nichts davon offenbarten.

Er stieß den Atem aus, den er zu lange angehalten hatte, seine Augen wurden schwer, und er befeuchtete seine trockenen Lippen mit der Zunge.

Er griff nach ihr und schien es sich dann anders zu überlegen. »Zieh das aus«, befahl er sanft.

Plötzlich unsicher geworden, glaubte sie nicht, dass ihre Hände dazu in der Lage wären.

»Sie könnten …«, bot sie zögernd an. »Sie könnten mich ausziehen, wenn Sie mögen.«

»Du würdest es aber vielleicht nicht mögen«, warnte er sie und wandte sich leicht von ihr ab.

»Es macht mir nichts. Ich soll tun, was immer Sie wollen.«

»Wenn ich dieses Kleid berühre, werde ich es zerreißen«, sagte er angespannt. »Und ich glaube nicht, dass du dafür bereit bist.« Sie verstand nicht, wie ein Mann brutal, niedergeschlagen und verführerisch zugleich sein konnte. Aber am Ende war es der quälende Schmerz hinter der nackten Begierde in seinen Augen, der sie dazu brachte, die Hände zu heben und die Knöpfe des skandalös tief ausgeschnittenen Mieders zu öffnen.

Sein ungezähmter Blick lag auf ihren zitternden Händen, und Imogen suchte nach Worten, als sie die Ärmel des Kleides hinunterschob.

»Zwanzig Pfund?« Sofort schloss sie vor Scham die Augen. Wie vulgär und dumm war es, über Geld zu reden, wenn man für eine Illusion bezahlt wurde.

»Mir hat es nicht gefallen, wie Mackenzie dich angefasst hat.« Seine Hände ballten sich zu Fäusten, als das Kleid zu Boden fiel, und sie nur noch in Korsett, Unterhose, Strümpfen und Schuhen dastand. »Dann habe ich gemerkt, dass ich dich selbst anfassen wollte. Und zwar nur ich. Den ganzen Abend konnte ich deine Wärme auf meinem Schenkel spüren.«

Die Erinnerung war anscheinend zu viel für ihn.

Er packte sie, und sie erschrak, aber die Arme, die sie zu ihm aufs Bett zogen, waren vorsichtig, wenn nicht gar zärtlich.

Trenwyth war sich seiner Kraft bewusst. Er war es gewohnt, sie zu mäßigen, zu kontrollieren und nur gegen die zu entfesseln, die es verdienten.

Er spreizte ihre Schenkel über seinem Schoß, zerriss wie angekündigt mit seinen großen Händen ihre Unterhose und warf sie zu Boden. Sie war zu überrascht, um einen Laut von sich zu geben, kniete nur über ihm und hoffte, dass ihre zitternden, nackten Schenkel nicht nachgaben. Ohne nachzudenken, packte sie seine festen Schultern, um sich abzustützen.

Ihre Blicke trafen sich und ließen sich nicht los, ihr Gesicht war nur wenige Zentimeter von seinem entfernt. Sie wagte nicht, hinunterzusehen, versuchte, die kühle Luft an der Hitze ihrer intimsten Körperstelle zu ignorieren. Vor dieser Nacht hatte sie diese Stelle noch vor niemandem entblößt. Sie wollte nicht sehen, wie nah sie seinem erregten Geschlecht war.

Lieber Gott, dachte sie panisch, wie sollte sie das nur hinter sich bringen?

Seine Hände umfassten ihre Hüften, um sie zu stützen. Ihre Muskeln zitterten und bebten unter seinem Griff, und er strich beruhigend mit den Daumen über ihre Hüftknochen.

»Von allen Qualen, die ich erlebt habe, und es waren viele, war keine so köstlich, wie den ganzen Abend die Hitze deiner Spalte an meinem Bein zu spüren.« Die zügellose Verderbtheit seiner immer unklarer artikulierten Worte entlockte ihr einen erschrockenen Laut, den er mit einem Kuss erstickte.

Ihr Mund fühlte sich ungewöhnlich weich an unter seinen harten Lippen. Ihre Haut, ihre Gestalt so zart an seinem harten und schlanken Körper.

Er erinnerte sie daran, wie zerbrechlich sie war und doch … fühlte sie sich beschützt.

Begehrt.

Seine forschende Zunge drängte sich zwischen ihre Lippen,

und ein Instinkt brachte sie dazu, ihn einzulassen. Er zog sie, noch in Korsett und Strümpfen, an sich und ließ ein Knurren hören, als seine feuchte Zunge ihren Mund erkundete. Der Laut vibrierte zwischen ihren Körpern und verlieh der Nacht einen noch dunkleren Ton. Hätte sie an einem anderen Ort ein solches Geräusch gehört, wäre sie weggelaufen und hätte um Hilfe geschrien. Aber jetzt, so, erfüllte es sie mit einem Schauder und löste tief in ihr einen weiteren dieser beunruhigenden Krämpfe aus. Und ihr Geschlecht schloss sich um seine eigene Leere.

Imogen glaubte, vorher schon geküsst worden zu sein, aber sie hatte sich ganz und gar geirrt. Er belagerte ihren Mund, hörte nicht auf, bis sie keine Luft mehr bekam und es ihr egal war. Ihre Gedanken stoben auseinander wie ein Schwarm panischer Vögel. Obwohl er betrunken war, war er mit dem Mund so geschickt, dass sie fast den Verstand verlor. Er schmeckte nach Scotch und Sünde, und Imogen fragte sich, ob Trunkenheit so ansteckend sein konnte wie Fieber, weil ihr irgendwie seltsam zumute war.

Gerade als sie glaubte, es sei keine Stelle ihres Mundes mehr übrig, die er nicht mit seiner Zunge berührt hatte, begann er zu saugen und zu zwicken. Zu kosten und zu genießen. Erst ihre Unterlippe, dann die obere, bevor er sanft ihre Zunge in Besitz nahm. Sie glaubte, verrückt zu werden von den vielen Empfindungen.

Irgendwann hörte er auf, zog seine Zunge zurück und fuhr mit breiten, sanften Bewegungen mit dem Mund über ihren, sodass seine abendlichen Bartstoppeln über ihre zarten Lippen rieben.

Seine Hände waren auch nicht müßig. Sie betasteten die Strumpfbänder, die die Strümpfe an ihren Oberschenkeln hielten. Sie umfassten ihre Hüften, schwelgten offensichtlich in diesem Teil ihrer Anatomie, strichen dann über die Rundung ihres Pos, bevor sie daruntergriffen und –

Imogen bog sich zurück und versuchte erfolglos, ihre Schenkel zusammenzupressen, als ein forschender Finger den Ursprung der Feuchtigkeit zwischen ihren Beinen fand.

»Halt still«, keuchte er zitternd.

Entsetzt und überreizt blinzelte Imogen ein paar Tränen der Verwirrung zurück. »Sie müssen nicht ... Wir können einfach ... es einfach tun.« Er sollte – nein – er musste aufhören, bevor sie die Nerven verlor. Eine heiße Neugier war in ihr erblüht und kribbelte auf ihrer Haut. Sie fühlte sich lüstern. Nicht wie eine Dirne, sondern wie eine Liebende. Und sie wusste, was er jetzt auch immer mit ihr tat, war gefährlich.

Gefährlich, weil sie nicht wollte, dass er aufhörte.

Er hatte etwas geweckt, ein sündhaftes Bedürfnis, und sie wusste, wenn sie etwas anderes als Widerwillen bei ihm empfand, würde die Scham hinterher nur umso schlimmer sein.

Er blinzelte, sah sie an, betrachte sie mit seinen für seinen Zustand irritierend klugen Augen, während seine Hände ihre Taille umfassten. »Ich nehme an, du hast nicht viele ... Kunden, die dir Lust bereiten wollen.«

Imogen biss sich auf die vom Küssen wunden Lippen, bevor sie vorsichtig antwortete. »Eigentlich nicht.«

Seine Augen wurden warm, das Kupfer schmolz zu einer glühenden Flüssigkeit. Er drückte seine Nase an ihre, bevor er ihr einen leichten, zärtlichen Kuss gab, der sie beinahe aus der Fassung brachte.

»Willst du wissen, warum ich dich heute ausgewählt habe? Warum ich die zwanzig Pfund gezahlt habe? Ich meine, abgesehen von deiner exotischen Schönheit natürlich?«

Er schmeichelte ihr nur, aber Imogen konnte nicht verhindern, dass sie errötete.

»Deine Augen.« Er fuhr mit dem Daumen unter ihren Augen entlang, deren Form sie mit Kajal betont hatte. »Sie sind schön, aber müde. Erschöpft. Du siehst aus, als hättest du schwere Zeiten durchgemacht.«

Imogen senkte die Lider, beunruhigt, dass sie so viel preisgegeben hatte. Sie presste die Lippen aufeinander, unterdrückte die Tränenflut, die seine Freundlichkeit zu entfesseln drohte, und schluckte sie hinunter. Fast vergaß sie für einen Augenblick ihre intime Position.

»Meine Woche war eher aufreibend«, murmelte er. »Du hast sicher davon gehört.«

Sie nickte, Mitgefühl durchdrang ihren eigenen Kummer.

Seine Finger fuhren über ihre Wange zu ihrem Kiefer und über ihre nackte Brust. Er ermutigte sie, ihn anzusehen, jetzt, da sie sich wieder beruhigt hatte.

Gott, sie würde sich nie an die Schönheit gewöhnen, die auf sie einstürmte, sobald sie sein Gesicht sah.

»Ich wollte heute trinken, um vergessen zu können …« Seine Augen glänzten verdächtig, und er brauchte einen Moment, um sich zu sammeln. Seine Stimme war heiserer, als er fortfuhr, tiefer, wenn das überhaupt möglich war. »Ich will, dass wir beide diesen Moment genießen. Dieses Vergessen. Diese Nacht soll für uns eine Atempause sein … denn in der Morgendämmerung kommt alles zurück, nicht wahr? Die Pflicht denkt nicht an Sorgen oder Erschöpfung. Ich muss nach –« Er unterbrach sich rechtzeitig und presste die Lippen aufeinander. »Es ist egal, wo ich hingehe. Ich meine einfach, die Welt dreht sich weiter, egal, was wir verloren haben. Egal, was wir gewonnen haben … was wir wollen oder – nicht wollen.«

Imogen floss über vor Mitgefühl, als sie die nackte Trauer in seinen Augen sah. Sie umfing sein Gesicht und spürte sein hartes Kinn unter ihren Händen. Dieser Mann hatte seine Familie verloren, und selbst der kälteste Soldat oder Spion musste auf seine Weise trauern.

»Nimm dir, was du brauchst, Cole«, flüsterte sie. »Mach dir um mich keine Gedanken.«

Mit einem hatte er recht gehabt: Das tat auch sonst niemand.

Er atmete zitternd aus. »Hier.« Er packte ihre Hand, führte sie zwischen ihren Körpern nach unten und legte ihre Finger um seine überraschend heiße Erektion. Ihre kleine Hand konnte die samtweiche Haut um das stählerne Glied darunter kaum umfassen.

Ihr Blick weitete sich erschrocken. Was sollte sie damit tun?

»Siehst du?«, sagte er atemlos. »Es ist besser, ich sorge dafür, dass du kommst. Dass du bereit bist. Selbst die erfahrensten … Damen haben manchmal Schwierigkeiten.«

Imogen schluckte ihre Angst hinunter und zog ihre Hand weg. Allerdings wusste sie zu schätzen, dass er sich bemüht hatte, sie nicht Dirne zu nennen.

Er schlang die Arme um sie und zog sie an sich. »Lass mich«, befahl er und raubte ihr den Atem mit einem weiteren Kuss. »Lass uns die Lust gemeinsam erleben, als wären wir Liebende und nicht Fremde.«

Er liebkoste ihren Körper nicht noch einmal, legte einfach die Hand über das Nest feinen Haars zwischen ihren Beinen und tauchte mit unerbittlichen Fingern in ihr Geschlecht ein. Imogen keuchte und zitterte, und auch er sog schwer den Atem durch die zusammengebissenen Zähne ein.

Mit der anderen Hand hielt er sie fest, packte wieder ihre Hüften, während seine rauen Finger feucht wurden, als ihr Körper sie mit ihrem Verlangen überzog. Ein Lustgefühl durchbohrte sie wie ein Blitz, als er einen bestimmten Punkt berührte, aber er verweilte dort nicht, sondern glitt mit leichten, spielerischen Bewegungen durch und über die Falten ihres Geschlechts.

Ihr Bauch spannte sich an, als eine schmerzliche, pulsierende Sehnsucht in ihrem Inneren erwachte. Unwillkürlich folgten ihre Hüften seinen klugen Fingern, suchten mit fordernden Bewegungen diese erste, erregende Berührung. Er liebkoste und spreizte ihre Scham, neckte und lockte sie, während er gleichzeitig mit seiner forschenden Zunge ihren Mund beschäftigte.

Ihr Atem kam stöhnend, dann keuchend, dann stieß sie ein leises, wortloses Wimmern aus, als er endlich wieder den richtigen Punkt streichelte, und dann wieder, bis sie die Fingernägel in seine Schultern grub, und eine eindringliche, brennende Lust von ihr Besitz ergriff.

»Cole?«, wimmerte sie und hielt sich an ihm fest. Fast hatte sie Angst vor dem, was alle Muskeln unterhalb ihrer Brust in unkontrolliertes Pochen versetzte.

»Ja«, knurrte er in ihren Mund. »Komm. Tu es für mich, verflucht. So ist es gut.«

Der aufziehende Sturm ging mit einer Heftigkeit auf sie nieder, dass sie fast schrie. Tränen traten ihr in die Augen, als sie ihre Schenkel um seine schloss, als würde sie einen mächtigen Hengst reiten, anstatt Welle auf Welle unvorstellbarer Lust. Er hatte magische Hände, und sie machte den Mund auf, um es ihm zu sagen, aber nur ein leiser Schrei kam heraus. Oder vielleicht nichts. Sie konnte es nicht sagen. Sich nicht erinnern. Und es war auch egal.

Als es zu viel, zu intensiv wurde, biss sie ihn dort, wo sein Hals in seine Schulter überging, und er machte wieder dieses Geräusch. Diese dunkle, wilde Stöhnen, das in einer so breiten und tiefen Brust wie der seinen zu einem Knurren wurde.

Aber er schien zu begreifen, denn seine Liebkosungen wurden sanfter, bis er nur noch einmal ganz leicht über diese Knospe der Empfindungen strich und sie erzittern ließ, bevor er die Hand wegnahm.

»Gott, du bist betörend«, keuchte er, der Blick etwas unstet, die Haut gerötet und der Körper lang und angespannt. »Du bist bereit«, stieß er heiser hervor. »Jetzt.«

In einer geschmeidigen Bewegung hob er sie an und drehte sich mit ihr um, sodass sie auf dem Rücken zu liegen kam. Sein Körper war so groß auf ihr, ihre Beine wurden fast unbequem auseinandergedrückt. Sie wollte ihn bitten zu warten, ihr einen Moment zu geben, aber er lenkte sie mit einem tiefen Kuss ab.

Er sagte unverständliche Worte in ihren Mund, und Imogen wusste, dass sie brutal und schmutzig waren. Seine Augen waren jetzt völlig glasig, als wäre sein Verstand desertiert und hätte sie mit diesem Tier aus Lust und Verlangen alleingelassen.

Er hob den Körper an, beugte sich vor und war mit einem geschmeidigen, brutalen Stoß in ihr; zerriss den schwachen Widerstand ihrer Jungfräulichkeit, als würde dieser gar nicht existieren und drängte sich in ihr Inneres, das nicht an ein solches Eindringen gewöhnt war. Der Laut, den er von sich gab, war mehr ein Brüllen als ein Knurren und übertönte ihren wimmernden Protest. Tränen traten ihr in die Augen, und sie biss sich so heftig auf die Innenseite ihrer Wange, dass sie Blut schmeckte, als er seinen endlosen Vorstoß beendet hatte.

Da er so groß war, presste sie ihr Gesicht in seine Halsbeuge und gab sich Mühe, durch den Schmerz hindurch zu atmen. Sie wollte ihre Tränen verbergen, um ihn nicht zu verärgern.

»Verdammt«, fluchte er. »Eng.«

Er glitt aus ihr heraus und stieß wieder vor, diesmal etwas weiter, heiß und brennend an ihrem unerprobten Inneren. Sie spürte, wie ihr Körper versuchte, sich um ihn herum anzupassen.

»Zu … eng …«, keuchte er. Seine Bewegungen wurden weniger ausgreifend, waren hektischer und nicht mehr so anmutig. Ihr Geschlecht fühlte sich an wie ein Knoten aus Anspannung und Feuer, auch wenn sie bei all dem Unbehagen etwas an die Lust erinnerte, in die seine Hände sie eingeführt hatten. Als er nicht mehr so tief in sie eindrang und ihr Körper sich entspannte, fragte sie sich, ob diese unvergleichliche Glückseligkeit noch einmal zu ihr kommen würde.

Ob sie selbst noch einmal kommen würde.

Mit einem leisen Stöhnen krampfte sich sein Körper zusammen. Er zog sich aus ihr zurück, bewegte sein Geschlecht zwischen ihren Körpern ein paar Mal vor und zurück, bis ihn ein großes Zittern überkam, er den Kopf wie bei einem quälenden, fast schmerzhaften Anfall zurückriss und eine warme Flüssigkeit sich über ihren Bauch ergoss.

Imogen drehte sich weg, sie fühlte sich wie ein Eindringling in einem intimen Moment, auch wenn der Moment eigentlich ihr gehören sollte. Sie betrachtete die Muskeln des Arms, den er neben ihrem Kopf abgestützt hatte, wie sie sich wölbten und lebendige Venen an die Oberfläche seiner straffen Haut drängten. Sie hatte in ihrem ganzen Leben noch nichts so wundervoll Sinnliches gesehen.

Wie nach jedem heftigen Sturm herrschte nun eine schwere Stille, während beide ihren Körper wieder unter Kontrolle brachten. Er stützte sich über ihr auf, reglos bis auf die Brust, die sich hob und senkte. Sie glaubte, er hätte so etwas wie »Niemals« geflüstert. Aber das Wort hatte sich in der Dunkelheit verloren.

Es war getan. Was von ihrer Unschuld noch übrig war, war ihr genommen worden. Nein, nicht genommen.

Abgekauft.

Imogen beschloss, dass sich das Opfer ihrer Jungfräulichkeit letztlich gelohnt hatte. Ein paar Sekunden Schmerz für ein ganzes Jahr Freiheit. Ein Leben in Einsamkeit. Die Sicherheit ihrer Schwester.

Für zwanzig Pfund Sterling.

Zärtlich beugte Trenwyth sich vor zu ihr, um sie zu küssen, und einige der dunklen Gedanken zerstreuten sich. Da war auch Lust gewesen. Verbotene, unvorstellbare Lust, die diese brutalen, sanften, männlichen, erfahrenen Hände ihr bereitet hatten.

Mit einem Stöhnen erhob er sich und griff nach einem Handtuch, das am Waschtisch hing. Es war rot, wie alles andere in diesem Zimmer, und würde das Blut ihrer Jungfräulichkeit verbergen. Er machte sich sauber, ohne hinzusehen, dann gab er ihr ein zweites Tuch und achtete ihre Privatsphäre, als sie die Überreste seiner Lust von ihrem Bauch wischte, dankbar, dass er Vorsichtsmaßnahmen gegen eine Schwangerschaft getroffen hatte.

Es würde schließlich nicht angehen, dass das erste Kind des Duke of Trenwyth der Bastard einer Prostituierten wäre.

Sie erwartete, dass er sich jetzt anziehen, gehen und sie der Aufgabe überlassen würde, sich zusammenzureißen.

Stattdessen kam er völlig nackt wieder ins Bett, packte sie und hakte mit ein paar ruckartigen Bewegungen ihr Korsett auf.

»Was tun Sie?«, fragte sie und schlug halbherzig nach ihm.

»Das«, sagte er statt einer Erklärung und riss ihr das Hemd vom Leib.

»Nein … was … Sie … Oh!«

Plötzlich vollkommen nackt, legte sie die Arme über ihre Brüste, und er zerrte sie ungeschickt und flegelhaft die Kissen hinauf und legte sie auf den Rücken. In einem absurden Versuch, den Anstand zu wahren, winkelte sie ein Bein an und legte es quer über das andere.

Er kniete neben ihr, ganz nackte, sehnige Kraft, und betrachtet sie mit diesen heißen, matten Augen. Ein Laut der Befriedigung kam grollend aus seiner Kehle. Unbestreitbar männlich und doch merkwürdig animalisch, ein Schnurren und ein Knurren zugleich, dachte sie.

Er streichelte sie ohne Unterlass, seine forschenden Hände fanden kleine intime Stellen, die sie vorher nicht groß beachtet hatte. Die Grübchen unter ihren Knien, die zitternde Haut unter ihrem Bauchnabel, die empfindlichen Vertiefungen zwischen ihren sichtbaren Rippen. Stellen, die sie vorher nicht als sinnlich betrachtet hatte.

»Du solltest mehr essen«, mahnte er sie, seine attraktiven Gesichtszüge drückten Unmut aus.

Imogen lächelte schmal, nickte zustimmend und biss sich auf die Lippen, um ihm nicht zu sagen, dass bei einem leeren Vorratsschrank und drei leeren Mägen keine üppige Liebhaberin herauskam. Liebend gern würde sie mehr essen als das bisschen, das kaum einer herrenlosen Katze genügte. Aber das ging ihn nichts an, und sie wollte auch jetzt nicht darüber nachdenken. Hunger war im Moment kein Problem. In der Tat spürte sie in ihrem ganzen Körper eine absolute Sattheit.

Trenwyth legte eine Hand auf die leichte Rundung ihrer Hüfte, die durch ihre nicht wirklich sittsame Körperhaltung hervorgehoben wurde. Er fuhr mit dem Finger um ein Mal, das er auf ihrem Po entdeckt hatte. Sie hatte es seit der Geburt.

»Hat man dir jemals gesagt, dass es genau wie unsere Insel aussieht?«, fragte er und beugte sich vor, um seine entzückten Lippen daraufzudrücken.

»Nein«, gab sie schüchtern zu. Niemand außer ihrer Mutter hatte das Mal je gesehen, geschweige denn darüber gesprochen, aber das konnte sie ja nicht sagen.

»Ich glaube, ich habe dich gerade in der Nähe von Cornwall geküsst.« Seine Lippen bewegten sich leicht nach rechts und Norden. »Und hier ist Edinburgh.« Er drückte seinen warmen Mund auf ihre Haut, und die köstliche Empfindung ließ sie erschaudern.

Er kroch an ihrem Körper hoch, rieb seine Nase an ihrer, bis er seine Lippen in einem angenehmen, aber beiläufigen Kuss auf ihre drückte. »Sehr patriotisch, dieses Bild mit dir zu tragen«, neckte er sie mit einem atemberaubenden schiefen Lächeln. »Und an einer so wundervollen Stelle. Ich muss dich im Namen der Queen und unseres Landes loben.«

Trotz allem zuckte unwillkürlich ein schüchternes Lächeln in Imogens Mundwinkeln.

Zumindest bis er ihre Arme von ihren Brüsten nahm, seinen etwas zerzausten Kopf dort an sie drückte, und sich hinlegte.

Gütiger Gott. Er wollte … hier bei ihr schlafen.

Sein großer Körper hob sich mit einem solchen Seufzer, dass sie glaubte, sein Ausatmen fände nie ein Ende, bis er schließlich mit einem Laut der – wagte sie das zu denken? – Zufriedenheit endete.

»Danke.« Er gähnte, legte eine Hand auf ihre Brust, und Imogen versuchte, sich nicht dafür zu schämen, dass sie kaum seine Hand ausfüllte. Noch nicht einmal seine Hand ohne die langen Finger. Auch wenn es ihm nichts auszumachen schien. In der Tat hatte die Geste etwas eher Besitzergreifendes an sich.

Aber vielleicht bildete sie sich das nur ein.

»Du kannst dir nicht vorstellen, was dir gelungen ist …« Seine Worte wurden undeutlicher, als die Erschöpfung sich über seinen großen Körper legte. »Du hast diesen Albtraum von einem Tag in … etwas anderes verwandelt.«

Bewegt von seinen Worten, bedeckte sie seine Hand auf

ihrer Brust mit ihrer eigenen und fragte sich, ob er wohl ihren Herzschlag fühlte. »Ich weiß, wir reden eigentlich nicht darüber«, sagte sie vorsichtig. »Aber Ihr Verlust tut mir wirklich leid.«

Er wurde furchtbar still, und ihr Herz geriet ein wenig ins Stolpern.

»Weißt du … alle gratulieren mir ständig«, sagte er endlich, als könne er es einfach nicht glauben. »Ich habe fast jeden Menschen verloren, der mir jemals etwas bedeutet hat, und alle reden nur davon, was für ein Glück ich doch habe, der jüngste von dreien zu sein und trotzdem den Titel und alles andere zu erben.«

Imogen wusste nicht, was sie dazu sagen sollte, vor allem, weil sie ein derartiges Verhalten ebenfalls erbärmlich fand.

»Ich habe meinen Bruder geliebt«, sagte er düster. »Er und Hamish Mackenzie waren – sind – mir auf der ganzen Welt am nächsten. Und mein Vater … ich habe ihn so geschätzt, er war aufrecht und standhaft und merkwürdig sentimental für einen Mann. Ich werde ihn vermissen.«

Der dumpfe Ton, der sich in seine Stimme geschlichen hatte, brach ihr fast das Herz.

»Und Ihre Mutter?«

»Natürlich. Meine Mutter. Wir standen uns nicht sehr nah, aber ich habe sie geliebt. Und sie mich, auf ihre Art, nehme ich an. Auch wenn sie Robert mehr liebte – ich habe ihr als Junge immer nur Ärger bereitet. Er war der Erbe, und ich war die Reserve, wie man sagt.« Der bittere Laut, den er von sich gab, kitzelte auf ihrer nackten Haut. »Wenn sie … überlebt hätte, würde ihr gar nicht gefallen, dass ich jetzt Duke bin.« In seinem Lachen hörte man ein verdächtiges Stocken.

»Ich bin sicher, sie wäre stolz auf Sie.« Imogen hatte keine Ahnung, aber sie wollte ihn unbedingt trösten.

Er schmiegte sich an sie, und seine Wärme brachte ihr Herz zum Schmelzen.

»Ich will nicht Duke sein«, klagte er und gähnte. »Das wollte ich nie.«

»Sie sind wahrscheinliche der erste, der so etwas sagt.«

Wieder dieses Geräusch. Fast ein Lachen, aber nicht ganz.

Imogen dachte über den Verlust ihres eigenen Vaters nach. Ein freundlicher Mann, wenn er daran dachte, nach Hause zu kommen. Wenn er nicht losging, um das ganze Geld zu verspielen und zu vertrinken. Und ihnen nichts übrig ließ. »Väter.« Sie seufzte. »Sie hinterlassen uns nicht immer das, worauf wir vorbereitet sind, das ist sicher. Man muss sich wohl irgendwie durchschlagen. Das Beste daraus machen und nichts darauf geben, was die anderen sagen. Trauern Sie so lange, wie Sie mögen, Collin Talmage, und wer etwas dagegen sagt, kann Ihnen gestohlen bleiben.«

»Du bist ein seltener Fund, Ginny«, murmelte er und rieb die Nase an ihrer Brust.

»Warum?« Imogen dachte, dass sie das warme Gewicht seines Körpers, das die Kälte der Frühlingsnacht vertrieb, recht gern hatte.

»Eine aufrichtige Person in einer Welt voller Hinterlist.«

Berührt drückte sie seine Hand, und er verschränkte seine Finger mit ihren.

»Ist Ginny dein richtiger Name?«, fragte er.

»Nein«, gab sie zu.

»Dann musst du ihn mir sagen.« Seine Worte waren kaum noch zu verstehen, und Imogen musste nicht lange warten, bis sanftes Schnarchen an ihrer Haut vibrierte

»Ich heiße Imogen«, flüsterte sie. Eine Träne rollte ihr ins Haar, als ihr klar wurde, dass sie die größte körperliche und emotionale Nähe, die sie je erfahren hatte, mit einem Mann erlebte, der nicht einmal ihren Namen kannte. Man hatte sie einander nie vorgestellt, und das würde wahrscheinlich auch nie geschehen. »Ich heiße Imogen Pritchard, Euer Gnaden. Es ist mir ein Vergnügen, Ihre Bekanntschaft zu machen.«

3

London, August 1877, ein Jahr später.

»Der Duke of Trenwyth lebt!« Diese Schlagzeile stand in leichten Variationen auf den Titelblättern aller Tageszeitungen des Britischen Empires, von der *Times* bis zum *Telegraph*. Imogen brannte darauf, stehen zu bleiben und jedes einzelne Detail der Berichte zu verschlingen, als sie sich hastig von der Charing Cross Station entfernte, aber sie musste in zehn Minuten im St. Margarets Royal Hospital sein, und Dr. Fowler war ein ziemlicher Pedant, wenn es um Pünktlichkeit ging.

Ein winziges Pünktchen Licht erschien am immer düsterer werdenden Firmament ihres Gemüts. Collin Talmage lebte. Imogen hatte die Berichte über sein Verschwinden im Vorjahr etwas atemloser verfolgt als der Rest der Nation. Sie hatte ihre gemeinsame Nacht als ein kostbares Geheimnis in ihrer Erinnerung – und ihrem Herzen – bewahrt, während vom Buckingham Palace über das Militär bis hin zu Scotland Yard alle nach Englands liebstem Sohn gesucht hatten.

Imogen hatte den tief schlafenden Trenwyth widerstrebend in Zimmer siebzehn des Nackten Kätzchens zurückgelassen und war genau wie jetzt zu ihrer Schicht im St. Margarets geeilt. Im Verlauf des Jahres, in dem man nach ihm gesucht hatte, hatte sie aus den Zeitungen erfahren, dass er am selben Nachmittag an Bord eines Schiffes nach Indien gegangen war, woraufhin man nichts mehr von ihm gehört hatte. Wilde Spekulationen hatten sich wie eine bösartige Krankheit in der nationalen und internationalen Presse verbreitet. Hatte man ihn an einen orientalischen Dschungel und die dort lebenden Wilden verloren? War er bei den Scharmützeln zwischen Osmanen und Russen getötet worden? Hatte er sich vom obszönen Reichtum eines lasterhaften Sultans kaufen lassen? Oder hatte er irgendwo in der Wüste seinen eigenen kleinen Stamm gegründet, mit einem Harem, der ihm zu Willen war?

Irgendwann hatte die Krone diesen Berichten einen Riegel vorgeschoben, allerdings hatten die liberaleren Zeitungen noch ab und zu einen Artikel über das wechselweise skandalöse und geheimnisvolle Leben des verschwundenen Collin Talmage gebracht. Als drittes Kind einer der vornehmsten und reichsten Familien Englands war er in seiner Jugend ein ausschweifender Tunichtgut gewesen und hatte sein Einkommen für teure Kurtisanen, Feiern und die Sorte Lustbarkeiten verprasst, die vom Gesetz nicht unbedingt erlaubt waren. Irgendwann hatte sein verzweifelter Vater ihm ein Offizierspatent gekauft, und darauf verwendeten die Journalisten die meiste Zeit und Energie. Denn nach einer kurzen Zeit unter dem Kommando von Lieutenant Colonel Liam Mackenzie – dem Mann, den man den Highlandteufel nannte – wurde Collin Talmages Rang und Regiment immer undurchsichtiger. Die Berichte erwähnten oft, wie merkwürdig es sei, dass ein Mitglied des britischen Hochadels – ein Mann, der sogar bei der Thronfolge berücksichtig wurde – auf einen militärischen Einsatz geschickt wurde, noch dazu so kurz nach dem Tod seiner Eltern und seines Bruders. Hatte das Ableben der Talmages etwas mit Collins Verschwinden zu tun? Hatte er etwas mit ihrem Tod zu tun?

Die Zeitungen schrien das Wort heraus, das seine Kameraden in dieser lang vergangenen Nacht im Nackten Kätzchen nur geflüstert hatten.

Spion.

Imogen durchforstete häufig die Erinnerung an diese Nacht und wusste noch genau, dass er vermieden hatte, sein Ziel oder seine Mission zu verraten. Genau so häufig – vielleicht sogar noch öfter – betete sie für seine Sicherheit, für sein Wohl. Der Duke of Trenwyth mochte in seinem Leben vieles gewesen sein, aber ihr gegenüber hatte er sich freundlich verhalten. Großzügig. Sie hatten etwas geteilt in diesem Zimmer über dem Nackten Kätzchen, eine Nähe, die das Körperliche übertraf. Und obwohl er wahrscheinlich nicht mehr daran dachte, hatte seine Freundlichkeit für sie die Welt bedeutet.

Als sie die Hintertreppe des St. Margarets hinaufstieg, war Imogen nach der Taschenuhr, die an ihrem Mieder steckte, exakt elf Minuten zu spät. Sie würde gewiss etwas zu hören bekommen. Rasch brachte sie Handschuhe, Tasche und alles andere in ihrem Spind im Umkleideraum der Schwestern unter, schnappte sich Schürze und Haube und stürzte zur Tür. Ihre Absätze klapperten ungleichmäßig auf dem Steinboden des hinteren Flurs, als sie im Laufen die gestärkte, weiße Schürze über der schwarzen Schwesterntracht festband. Die Sohle ihres linken Schuhs war schon seit Ewigkeiten locker, und sie konnte es sich nicht leisten, zum Schuster zu gehen. In Gedanken machte sich eine Notiz, stattdessen noch einmal etwas Leim aus dem Lagerraum zu stibitzen, bog nach rechts ab und eilte die hintere Treppe hinauf. Als sie im ersten Stock war, hatte sie die Haube auf ihrem Kopf festgesteckt. Hier befand sich der Operationssaal, der nicht zu ihrem Arbeitsfeld gehörte. Deshalb eilte sie weiter, an den überfüllten Bettenstationen im zweiten Stock vorbei zum obersten Geschoss, wo die Trakte mit den Privatzimmern lagen.

Das St. Margarets war ein recht exklusives Krankenhaus, hier wurden nur Patienten behandelt, die sich diese Exklusivität leisten konnten. Im hinteren Treppenhaus war immer jemand vom Personal unterwegs, während die große Haupteingangstreppe Patienten, Angehörigen oder gelegentlich einem Arzt oder einem Förderer vorbehalten war, der eine neue Station oder eine bestimmte Forschungsmethode finanziell unterstützte.

Imogen war so in ihre Gedanken an Trenwyth vertieft, dass sie, erst nachdem sie zwei Stockwerke hinaufgerannt war, bemerkte, dass sie auf der Treppe bisher keiner Menschenseele begegnet war.

Wo waren nur alle? Konnte das Schicksal einmal auf ihrer Seite sein und sie den ganzen Weg zu ihrem Platz schaffen lassen, ohne dass Oberschwester Gibby oder Dr. Fowler ihre Verspätung bemerkten? Sie beschleunigte ihre Schritte, nutzte das Geländer, um Schwung zu holen und kam schlitternd im dritten Stock an. Jetzt musste sie noch durch den langen Flur bis zum Schwesternzimmer im Südtrakt und dann sofort die Tinkturen und Medikamente für den Morgen zusammenstellen, bevor es jemand merkte. Sie würde zuerst nach Lord Anstruther sehen. Jeder wusste, wie sehr sie einander mochten, und würde denken, dass sie sich wie immer von dem alten Earl hatte aufhalten lassen, bevor sie mit ihren Pflichten fortfuhr.

Eilig bog sie in den Flur, dann schlug sie die Hand vor den Mund, um einen überraschten Aufschrei zu unterdrücken, und rannte leicht in Gwen Fitzgibbon hinein, ihr Gegenstück im Nordflügel.

Gwen, eine korpulente und schlagfertige Irin, packte Imogen und schob sie rasch mit dem Rücken an die Wand. Der Instinkt, sich zu wehren, verließ Imogen sofort, als sie merkte, dass fast das gesamte Personal des St. Margarets im Flur stand, und zwar in geradezu militärischer Haltung in einer Reihe an der Wand.

Es kam ihr wie ein Wunder vor – so viele Menschen gleichzeitig auf ihrer Station, und sie gaben keinen einzigen Laut von sich –, aber vielleicht übertönte das Hämmern ihres Herzens auch alle anderen Geräusche. Bevor Gwen sie aufgehalten hatte, hatte sie am Ende des Flurs einen voluminösen schwarzen Rock und viele rote Jacken erspäht. Aber aus der Entfernung konnte Imogen nicht sehen, was da vor sich ging, und sie wagte nicht, sich zu bewegen, bevor ihr Atem sich beruhigt hatte.

Gwen kobaltblaue Augen funkelten vor Aufregung und Ehrfurcht. Sie senkte den dunklen Kopf ein wenig, als sie Imogen zuflüsterte: »Ihre königliche Hoheit und Mr. Disraeli sind da und sprechen mit Dr. Fowler.« Sie legte alle Fassungslosigkeit in ihre Stimme, zu der sie fähig war.

»Was?«, hauchte Imogen. Die Königin von England und der Premierminister? Sie ließ den Kopf gegen die Wand sinken. Warum musste sie von allen Tagen ausgerechnet dann zu spät kommen, wenn Queen Victoria und Benjamin Disraeli sich auf ihrer Station befanden?

Mist. Würde man ihr direkt vor den Augen der Monarchin und ihrem Gefolge kündigen? Hatte sie noch Zeit, sich vorher die Treppe hinunterzustürzen?

»Aye«, fuhr Gwen fort und deutete auf die Königin, die fast völlig von einem Kreis ihrer persönlichen Leibgarde umgeben war. »Sie ist hier, um nach einem entfernten Cousin zu sehen. Weißt du etwas davon?«

»Ein Cousin?« Imogens Herz zersprang wie von einer Axt getroffen in zwei Teile. Die eine Hälfte bestand aus Erleichterung, die andere aus Angst. Das Blut schien sich in ihren Armen und Beinen zu sammeln, die heiß und taub wurden. »Du meinst doch nicht –«. Sie konnte sich nicht überwinden, den Namen auszusprechen, nicht einmal zu flüstern.

»Aye. Collin Talmage, der Duke of Trenwyth, ist hier im Krankenhaus«, bestätigte Gwen.

Imogens Hand flog an das Korsett, wo es ihre Lungen daran hinderte, sich auszudehnen. Trenwyth lebte wirklich. Und wenn er sie erkannte, konnte er alles ruinieren.

»Aber wir werden ihm wohl nicht vorgestellt werden.« Das Mädchen stieß einen langen Seufzer aus.

»Warum nicht?«, fragte Imogen.

»Dem Duke geht es gar nicht gut. Ich hab nicht alles gehört, was der Arzt gesagt hat, aber ich glaube, er hat Typhus.«

Bei dem Wort wanderte Imogens Hand von ihren Lungen zu ihrem Herz. »Nein«, flüsterte sie.

»Aye.« Gwen nickte. »Nach all dieser Zeit. Nach allem, was sie anscheinend unternommen haben, um ihn nach Hause zu holen. Sie glauben nicht, dass er die Nacht überlebt.«

Von woher nach Hause? Trotz der Gefahr, gegen die Etikette zu verstoßen, reckte Imogen den Hals, um in den langen Flur des Südflügels zu blicken. Das königliche Gefolge setzte sich in harten, auffälligen Umrissen von dem anstaltsmäßigen Weiß der Wände ab.

Queen Victoria, eine beleibte, imposante Frau, stand wie ein schwarzer Blütenstempel inmitten der roten Blütenblätter ihrer Garde. Ihre Stimme hallte durch den Flur, als sie mit Dr. Fowler sprach, aber die Worte blieben unverständlich. Wenn die gebieterische Stimme der Königin nicht bis hierher reichte, würde Imogens vorsichtiges Flüstern ihre Majestät sicherlich nicht stören.

»Haben sie erwähnt, wo er die ganze Zeit gewesen ist?«, fragte sie Gwen, die erneut mit einer Mischung aus Ehrfurcht und Zweifel zu der Monarchin hinsah. Als irische Katholikin war Gwen sicher zu Misstrauen gegen die englische Krone erzogen worden. »Was hast du damit gemeint, ›nach allem, was sie anscheinend unternommen haben, um ihn nach Hause zu holen‹?«

»Liest du denn keine Zeitung?« Gwen warf ihr einen ungeduldigen Blick zu.

»Ich fürchte, ich habe heute Morgen verschlafen.« Nach einer besonders wilden Nacht im Nackten Kätzchen hatte sie heute tief und fest geschlafen, bis Isobel sie geweckt und wahrscheinlich vor der Kündigung bewahrt hatte.

»Nun.« Gwen sah sie verschwörerisch an. »Der Londoner Presse zufolge heißt es offiziell, dass er sich im indischen Dschungel Typhus zugezogen hat …« Sie machte eine Kunstpause, und Imogen wollte sie und all ihre eloquenten Verwandten dieser Tendenz zum dramatischen Ausdruck wegen am liebsten schütteln. Aber sie riss sich zusammen. Warum war sie so? Verzweifelt, ungeduldig, fast gierig nach jeder Information über einen Mann, den sie kaum kannte.

Einen Duke, der sie ruinieren konnte. Der das, wie manche sagen würden, bereits getan hatte.

»Gibt es Gründe, es nicht zu glauben?«, drängte Imogen und kämpfte dagegen an, vor Ungeduld die Stimme zu heben.

»Die halbe königliche Armee ist in Indien, oder?«, sagte Gwen spitz. »Warum also den Highlandteufel schicken, um Trenwyth zu holen?«

»Wer weiß?« Beunruhigt kaute Imogen auf ihrer Lippe. »Aber wenn …«

»Schwester Pritchard.« Dr. Fowlers Stimme schallte durch den Flur, als er sich von der Queen abwandte und die ängstlichen Gesichter im Flur nach ihr absuchte. »Schwester Pritchard, treten Sie bitte vor.«

Imogen hätte das schon getan, als er zum ersten Mal ihren Namen rief, wäre nicht sogar das Mark in ihren Knochen versteinert gewesen.

Gwen, immer die hilfreiche Freundin, versetzte ihr einen ermutigenden Schubs – oder eher einen Stoß – in Dr. Fowlers Richtung.

»Ah, Schwester Pritchard, da sind Sie ja.« Dr. Fowlers haarloses Haupt glänzte in der Gasbeleuchtung, Transpiration war das einzige Anzeichen für Stress bei dem sonst unerschütterlichen Mann. Und als würde der einschüchternde Chefarzt des St. Margaret nicht genügen, um Imogen erzittern zu lassen, folgte ihm auch noch die Queen – und löste damit fast einen hysterischen Anfall bei ihr aus.

In der Gewissheit, dass man sie gleich unweigerlich vernichten würde, versuchte Imogen einen perfekten Knicks, doch mit ihren wackligen Beinen konnte man ihn lediglich als leidlich gelungen bezeichnen. »Eure Majestät, Dr. Fowler.«

»Ich habe in Ihrer Akte gelesen, dass Sie schon einmal Typhus hatten.« Dr. Fowler blickte entlang seiner schnabelartigen Nase auf sie herab, in seinen Augen funkelten unausgesprochene Warnungen.

»Das stimmt, Sir.« Sie sah auf den Boden hinunter, weil sie fürchtete, er könnte die schändlichen Geheimnisse in ihren Augen lesen, wenn sie seinen Blick lange genug erwiderte.

»Typhus kann sich in einer Institution wie der unseren schnell ausbreiten, und es wäre unklug, eine Epidemie zu riskieren. Da Sie die einzige vom Personal sind, die die Krankheit überwunden hat, sind Sie immun. Ich teile Sie daher dem Duke of Trenwyth als persönliche Pflegerin zu.«

Zu viele Emotionen, von Freude hin zu Panik, drängelten sich in Imogens Kehle. Sie brachte kein Wort heraus.

»Sie scheint mir eine wohlerzogene und sittsame Person zu sein, Dr. Fowler.« Queen Victoria betrachtete Imogen aus klaren, runden Augen, ihr Blick war so scharf wie ihre Worte freundlich.

»Vielen Dank, Eure Majestät.« Imogen schaffte es, nicht zu stottern.

»Es ist von größter Bedeutung, Schwester Pritchard, dass Trenwyth die beste Pflege erhält. Er ist ein Held Englands, und wir ordnen an, dass er überlebt. Haben wir uns verständlich ausgedrückt?« Die Queen artikulierte jede Silbe mit Ernst und äußerster Klarheit.

Mist. Imogen schluckte den undamenhaften Fluch hinunter und nickte. Wieder konnte sie nicht sprechen. Kaum mehr als die Hälfte der Typhuskranken überlebte. Würde man ihr die Schuld geben, falls Trenwyth starb?

»Ich werde mein Äußerstes tun, um Sie nicht zu enttäuschen, Eure Majestät.«

»Wir hoffen, dass das genügt«, gab die Queen knapp zurück.

»Im Moment ist Dr. Longhurst bei Seiner Gnaden; geben Sie ihnen eine Viertelstunde, dann ist er fertig gewaschen und angezogen, bevor Sie eintreten.« Dr. Fowlers unnachgiebig strenge Stimme machte sie immer nervös, und Imogen hielt sich an ihren Röcken fest, um nicht herumzuzappeln.

»Natürlich, Sir.« Ob sie noch einmal knicksen sollte?

»Vor allem der Schicklichkeit muss Genüge getan werden«, stimmte die Queen zu. »Kommen Sie, Dr. Fowler, wir müssen ein paar heikle Details in Ihrem Büro besprechen.« Als sie den Satz beendet hatte, war sie schon halb an der Treppe.

»Natürlich, Eure Majestät.« Er warf Imogen einen bändefüllenden Blick zu, befahl dem Personal, die Arbeit wieder aufzunehmen, und eilte ihr nach.

Während sich alle zerstreuten, tauschte Imogen einen Blick schieren Erstaunens mit Gwen und beschloss, ihre Viertelstunde klug zu nutzen. Sie eilte zu der dritten Tür vor dem Schwesternzimmer und schlüpfte hinein, keuchend, als wäre sie eine Meile gerannt.

»Ah, meine liebe Miss Pritchard!« Jeder Mensch auf der Welt musste seinen Namen einmal mit so warmer und ernster Freude ausgesprochen hören, dachte Imogen. Es war Balsam für die Seele.

»Lord Anstruther.« Sie grüßte ihn ebenso freudig, als sie die seltsam opulente Düsternis seiner privaten Zimmer betreten hatte. Der hinfällige, siebzigjährige Earl saß mit vielen Kissen im Rücken im Bett und verschwand praktisch unter einem hohen Berg von Decken. Nur sein Kopf und die schmalen, in einen Morgenmantel aus dunkler Seide gehüllten Schultern lugten daraus hervor. »Wie geht es Ihnen heute morgen?«, fragte Imogen mit einem traurigen Lächeln, als sie daran erinnert wurde, wie mitleidlos die Zeit mit ihnen allen umging. »Beschreiben Sie, wie Sie sich fühlen, dann notiere ich es auf Ihrem Krankenblatt.«

»Als würde eine Dampfmaschine in meiner Brust wohnen, aber kümmern Sie sich nicht darum.« Er winkte ab, und Imogen schrieb auf, wie blau die papierdünne Haut seiner Hand geworden war. »Ich nehme an, Sie haben mir eine Kopie der Skulptur der liegenden Bacchantin mitgebracht?« Betont auffällig drehte er den Kopf nach rechts und links, als würde er nach jemandem hinter ihr Ausschau halten.

Mist. Sie hatte dem Earl versprochen, am Samstag, wenn sie normalerweise die Grand Gallery besuchte, eine Skizze von Jean-Louis Durands skandalöser Skulptur anzufertigen. Sie war für sehr kurze Zeit von einem französischen Salon ausgeliehen worden. Anstruther, ebenfalls Künstler, hatte geklagt, dass er zu krank sei, um der Enthüllung der Statue beizuwohnen, und Imogen hatte versprochen, sie würde ihr Bestes tun, um sie in allen unanständigen Details für ihn zu verewigen. Stattdessen hatte sie eine Extraschicht im Nackten Kätzchen übernehmen müssen.

»Nein, Mylord, und ich entschuldige mich dafür. Es war mir unmöglich, in die Galerie zu gehen.« Es war ihr ebenfalls unmöglich, seine Enttäuschung zu ertragen, also beschäftigte sie sich mit seinem Krankenblatt, damit sie ihm nicht in die sanften, braunen Augen blicken musste. »Ich wollte Ihnen mitteilen, dass ich eine Weile nicht zu Ihnen kommen kann. Ich pflege jemanden, der Typhus hat, und wage nicht, diese Krankheit in Ihr Zimmer mitzubringen.«

»Typhus, sagen Sie?« Seine Brauen, zwei silbrig weiße Büschel, hoben sich neugierig und überrascht.

Imogen beugte sich vor, um seinen Puls zu fühlen, warf ihm aber gleichzeitig einen verschwörerischen Blick zu. »Ich weiß nicht, ob Sie es gehört haben, aber Seine Gnaden, der Duke of Trenwyth, ist hier in diesem Krankenhaus.«

»Trenwyth? Sie meinen, man hat den Schlingel gefunden? Den kleinen Collin Talmage?« In seinem schmalen Gesicht zeigte sich ein faltiges Lächeln.

Sie bemühte sich, nicht allzu skeptisch auszusehen. Niemand, der Augen im Kopf hatte, konnte Trenwyth als klein bezeichnen.

»Ich habe mir Sorgen um den Jungen gemacht«, gestand der alte Mann. »Hab mein ganzes Leben lang neben Trenwyth Hall gewohnt. Ich kannte seinen Großvater, bei Gott, ich kannte sogar seinen Urgroßvater. Hab sie alle überlebt, was sagen Sie dazu?« Er zwirbelte seinen Schnurrbart mit den Fingern und brach dann in einen Hustenanfall aus, der Imogen ziemlich beunruhigte. »Typhus, sagen Sie? Bringen Sie sich nicht in große Gefahr?«

Sie schüttelte den Kopf. »Ich habe ihn schon gehabt.«

»Trotzdem … Holen Sie mir Dr. Fowler, ich werde fordern, dass er jemand anders findet.«

Imogen zuckte hilflos mit den Achseln. Seine Sorge um sie

rührte sie. »Ich fürchte, Sie werden es mit der Queen aufnehmen müssen, sie ist gerade gegangen.«

»Die Queen, sagen Sie? Nun, dann will man mir wohl den einzigen Lichtblick meiner Tage wegnehmen.« Er sank sichtlich in sich zusammen und schien dann zu einer Entscheidung gekommen zu sein. »Warum besuchen Sie mich nicht trotzdem? Gegen das Alter oder das, was ich habe, gibt es sowieso kein Heilmittel. Was ist schon Typhus, wenn man über Kunst reden kann?«

Es zerriss Imogen das Herz, als sie die Einsamkeit in seiner Stimme hörte. »Mein lieber Lord Anstruther, Sie wissen, dass ich nie einen meiner Patienten in Gefahr bringen würde, am allerwenigsten meinen Lieblingspatienten.«

Er schnaubte. »Ein Blick auf Trenwyth, und Sie ändern Ihre Meinung, meine Liebe, Typhus hin oder her. Sieht teuflisch gut aus und hat dazu passende Moralvorstellungen, das ist Trenwyth.«

Plötzlich von Neugier gepackt, ließ Imogen sich auf die Bettkante nieder. »Sie kannten – kennen ihn gut?«

»Wir haben die Kinder der Talmages aufwachsen sehen, Sarah und ich.« Sarah, seine Frau, war schon seit langen fünfzehn Jahren von ihm gegangen, und er sehnte sich immer noch nach ihr. »Collin hatte sie besonders gern«, erinnerte er sich. »Wenn sie im Garten war, kam der Junge für ein Pfefferminzbonbon zu uns rüber und strich ihr um die Röcke – wenigstens so lange, bis er anfing, anderen Röcken hinterherzujagen. Brauchte ein wenig weibliche Zuneigung, wenn Sie mich fragen. Die Mutter war kalt wie ein Fisch, Gott hab sie selig.«

Imogen lächelte. »Dann war er ein guter Junge?«

»Cole? Gut? Überhaupt nicht! Aber meine Sarah hatte immer eine Schwäche für uns Schwerenöter und Tunichtgute.« Seine Augen funkelten. »Wir hatten keine eigenen Kinder, und ich glaube, sie hat die Zeit mit dem Jungen genossen. Hat sogar ein bisschen geweint, als er in den Dienst ihrer Majestät eintrat. Sie war mächtig stolz auf ihn.«

Imogen, die sich jedes Detail merkte, ermunterte ihn, weiterzureden. »Angeblich hat er die Krankheit in Indien bekommen.«

Anstruther schluckte den Köder. »Mein Kammerdiener, Cheever, hat eine amerikanische Zeitung in die Finger bekommen«, erzählte er. »Januarius MacGahan schrieb, er habe einen Mann, auf den Trenwyths Beschreibung passt, wie einen Teufel beim Aprilaufstand in Bulgarien kämpfen sehen. Angeblich hat er gesehen, wie die Osmanen ihn wegschleppten.«

»Aber … die Osmanen leugnen, dass der Aprilaufstand jemals stattgefunden hat«, warf Imogen ein. »Sie hätten Trenwyth doch sicher getötet, wenn er ein Zeuge gewesen wäre.«

»Vielleicht haben sie davon abgesehen, weil er mit der Queen verwandt ist.« Er zuckte mit den Achseln. »Vielleicht hat man ihnen sein Gewicht in Gold als Lösegeld angeboten.« Durch die Aufregung des Gesprächs bekam der Earl wieder einen Hustenanfall. Der Krebs war in seiner Lunge, und man konnte nichts tun, als es ihm so leicht wie möglich zu machen. Nur Gott wusste, wann er seiner Krankheit erliegen würde.

Imogen blickte auf die Uhr und stand auf. »Ich schicke Gwen mit einer Kompresse und ihrem Tonikum herein«, sagte sie und hoffte, der fröhliche Ton würde den Kummer in ihrem Herzen vertreiben. »Ich schwöre Ihnen, dass ich Ihnen meine Zeichnung so schnell ich kann bringen werde.«

»Dann geben Sie mir einen Kuss.« Er hielt ihr die Wange hin, und sie gehorchte. Seine Haut war kühl, trocken und dünn unter ihren Lippen.

»Und kümmern Sie sich gut um den Jungen«, mahnte Anstruther sie. »Tut dem Königreich nicht gut, die ganze Familie zu verlieren. Sie gehören zu den wenigen Adelsfamilien, die diese Bezeichnung verdienen.«

»So wie Sie, Mylord.«

Imogen stand vor Trenwyths Zimmer und war wie gelähmt vor Unschlüssigkeit. Dr. Longhursts Stimme drang durch die Tür. Er behandelte den Duke, wahrscheinlich assistiert von einem männlichen Pfleger, und Imogen dankte den Sternen, dass sie noch etwas Zeit hatte.

Sie brannte darauf, Trenwyth zu sehen. Und sie fürchtete sich davor.

Eine zarte, hübsche Schwester mit blondem Haar kam mit einem Arm voller Bettwäsche vorbei, auf der, dem Geruch zufolge, mehr als nur Blut war. Wenn das Mädchen zur Wäscherei ging, würde sie direkt an Gwens Zimmer vorbeikommen. Imogen überlegte fieberhaft, wie sie hieß, sie war erst vor Kurzem eingestellt worden. Man hatte sie einander vorgestellt, aber sie arbeitete im zweiten Stock in den volleren Bettenstationen. Ihr Name fing mit M an … Maggie, Mary …

»Molly«, erinnerte sie sich laut. »Du heißt doch Molly, oder?«

Erschrocken wirbelte das Mädchen herum und ließ das Bettzeug fallen. »Jetzt sieh dir an, was ich deinetwegen gemacht habe!« An ihrer schnoddrigen Art und ihrem Akzent merkte man, dass sie nicht von weiter südlich als Yorkshire kam. Sie kniete sich hin, verzog angewidert das Gesicht und legte das Bettzeug vorsichtig zu einem Bündel zusammen. »Wenn jetzt Flecken auf dem Teppich sind, machst du die weg, nicht ich. Wobei ich nie begreifen werde, was Teppiche in einem Krankenhaus zu suchen haben – wo Blut die am wenigsten eklige Substanz ist, die Flecken machen könnte. Wahrscheinlich hat irgendein dämlicher feiner Pinkel, der glaubt, Bescheid zu wissen, gemeint, er brauche welche unter seinen hochwohlgeborenen Füßen. Und wir müssen natürlich immer tun, was die wollen.«

Imogen blinzelte, verblüfft über den giftigen Ausbruch Mollys.

»Ich … es tut mir leid, lass mich dir helfen.« Sie wollte sich gerade neben sie knien, wurde aber weggescheucht.

»Bleib, wo du bist«, befahl Molly. »Ich will nicht auch noch Typhus kriegen zusätzlich zu dem Tadel, falls der Drache vorbeikommt.«

Imogen tat das Mädchen ein wenig leid, das sich mit Brenda Gibby, der Oberschwester des dritten Stocks, angelegt haben musste. In der Tat fürchtete Imogen die Frau, die man »den Drachen« nannte, mehr als Ezio del Toro, und das wollte etwas heißen.

»Ich war noch nicht im Zimmer Seiner Gnaden, es besteht also keine Gefahr –«

»Ich kann hier keine Zeit vertrödeln, ich habe viel zu tun, um genau zu sein, mit deiner Arbeit, weil du hier eingeschlossen bist«, gab Molly kurz angebunden zurück und betrachtete sie mit unbestimmtem Argwohn, als sie mit dem Bündel wieder aufstand. »Du wolltest mir doch nicht noch mehr aufbürden?«

Imogen warf ihr einen versöhnlichen Blick zu. »Ich wollte dich bitten, auf deinem Weg in die Wäscherei Schwester Gwen Fitzgibbon zu Lord Anstruther zu schicken. Ich weiß nicht, ob ich es rechtzeitig in den Nordflügel hin und zurück schaffe.«

»Kann ich machen«, sagte Molly nach einem Augenblick, und Imogen war fast überrascht, dass sie zustimmte. »Wir anderen haben euch aus dem dritten Stock immer beneidet, weißt du, hier oben mit diesen hochgestellten Leuten zu arbeiten. Aber da ich jetzt eine Kostprobe hatte, wie es ist, werd' ich mich nie wieder über meine Arbeit beklagen.«

Imogen bezweifelte das. Es schien ein besonderes Talent von Molly zu sein, sich zu beklagen. Aber es war schön zu hören, dass jemand merkte, wie anstrengend es war, die Reichen und Anspruchsvollen zu behandeln, ganz abgesehen von den völlig übertriebenen Benimmregeln, die im dritten Stock zu beachten waren.

Es war mit einem Wort kräftezehrend.

Als Molly sie ohne eine weitere bittere Bemerkung verließ, wandte Imogen sich wieder der geschlossenen Tür zu, hinter der ein Mann lag, von dem sie praktisch ein ganzes Jahr fast jede Nacht geträumt hatte.

Collin Talmage. Cole, wie sie ihn in Gedanken immer noch nannte.

Sie hob die Hand, um leise an die Tür zu klopfen, als diese weit aufgerissen und sie fast zu Tode erschreckt wurde.

»Dr. Longhurst.« Imogen sah den jungen Arzt mit offenem Mund an, und dieser tat dasselbe, als hätte sie ihn ebenso erschreckt. Sie hatte Dr. Fowler sagen hören, dass Albert Longhurst der brillanteste medizinische Kopf des Jahrhunderts sei, und sie glaubte es von Herzen. Allerdings tat er Imogen auch ein bisschen leid, denn Dr. Longhurst schien vor allem im Inneren seines brillanten Kopfes zu leben und selten einen Blick auf den Rest der Welt zu werfen. Er war jung und begeistert, sprach schnell und kurzangebunden und vermied in extremer Weise leeres Gerede. Manchmal ließ er ganze Worte aus.

»Schwester Pritchard. Sie sollten nicht hier sein. Es ist Typhus.« Eine kakaobraune Haarlocke lag auf seiner Stirn und fiel ihm ständig vor die Augen, die die Farbe von Eichenlaub im Spätsommer hatten. Imogen bezweifelte, dass Dr. Longhurst daran dachte, öfter zum Barbier zu gehen, aber trotz seiner zerzausten Erscheinung war er durchaus attraktiv.

»Dr. Fowler hat mich Seiner Gnaden als persönliche Pflegerin zugeteilt, weil ich Typhus überlebt habe.«

»Oh.« Seine Miene erhellte sich, und er strich sich übers Haar, als fiele ihm jetzt erst ein, dass er heute Morgen vergessen hatte, sich zu kämmen. »Sehr gut. Treten Sie ein.« Er öffnete die Tür etwas weiter und trat zur Seite. »Kennen Sie William? Er hat auch schon Typhus gehabt und wird Ihnen bei der Pflege von Lord Trenwyth helfen.«

»Natürlich. Hallo.«

»Schwester Pritchard.« William, ein junger, blonder Kerl, nickte ihr zu. »Ich geh jetzt, aber Sie brauchen nur zu läuten, und ich bin im Nu wieder da.«

»Danke.« Imogen hörte kaum, was der junge Londoner sagte, und nahm auch nicht wahr, dass er ging, so gefesselt war sie von dem Schlafenden, der beinahe so weiß war wie die Bettdecke, die über ihn gebreitet war.

Cole.

Der spartanisch aber teuer eingerichtete Raum verblasste, als sie näher heranging, sie wagte kaum zu blinzeln, aus Furcht, das flache Heben und Senken seiner Brust könnte aufhören. »Ist er …?« Sie bemühte sich nicht einmal, das Stocken ihrer Stimme zu verbergen.

»Ich fürchte, er ist etwas beschränkt, aber stark wie ein Ochse und sehr bemüht zu helfen.«

Sie brauchte einen Moment, um zu begreifen, dass Longhurst sie missverstanden hatte. »Nein, nicht William. Ich meine Trenwyth.«

»Ah.« Er stellte sich zu ihr neben das Bett. »Ich gebe zu, die Prognose ist nicht gut. Das Fieber will einfach nicht sinken. Habe alles versucht.« Er seufzte, als wäre Trenwyths Fieber ein widerspenstiges Kind, das seine Geduld herausforderte. »Wäre der Duke so kräftig, wie er sein sollte, ein Mann in seiner Blüte, würde ich ihm größere Chancen geben. Aber so unterernährt, und mit all den Verletzungen …« Er verstummte, da weitere Worte überflüssig waren.

Imogen blickte Trenwyth an, der in einem fiebrigen, anfallsartigen Schlaf lag. Unter der dünnen Decke zuckten unablässig seine Glieder, und die Augen bewegten sich hinter den Lidern.

Sie sog den Anblick gierig in sich auf, betrachtete die ihr bekannten Züge und auch das Neue, die erschreckenden Veränderungen. Die Falten auf seiner Stirn und um die Augen hatten sich in einem Jahr mehr vertieft, als es in ihrer Natur lag. Seine Blässe betonte die Höhlen unter seinen ausgeprägten Wangenknochen, sodass er ausgemergelt und fast skelettartig wirkte. Aber sie erkannte sein Gesicht, sein liebes, vertrautes, schönes Gesicht, und dankte Gott, dass er es nach Hause geschafft hatte.

Zu ihr.

Das eben Gehörte drang durch die Tiefe ihrer Gefühle nur langsam zu ihr durch, und sie wiederholte die letzten Worte Dr. Longhursts.

»Die Verletzungen?«, fragte sie.

Anstatt ihr seine medizinische Einschätzung mitzuteilen, schlug Longhurst die Bettdecke zurück, damit sie selbst sehen konnte.

»Oh Gott.« Ihre Stimme überschlug sich.

»Gott hatte nichts mit dem zu tun, was diesem Mann zugestoßen ist.« Selbst Dr. Longhurst, einem Kollegen, den sie als vollkommen rational und fast gefühllos kannte, gerieten bei dem schrecklichen Anblick von Trenwyths Körper Gefühle in die Stimme.

»W-warum?«, flüsterte Imogen.

Trenwyths großer Körper war an mehr Stellen verletzt als unverletzt. Seine Hüftknochen stachen unter dem dünnen weißen Leinen der Unterhose hervor, die ihm wenigstens ein Mindestmaß an Schicklichkeit zubilligte. Er war unterernährt und offensichtlich gefoltert worden. Seine fahle Haut, einst ein Goldton, der mit sonnenbeschienenen Gerstenfeldern im August wetteiferte, erinnerte sie jetzt an das fast weiße Siegelwachs, das man zum Öffnen einer noch verschlossenen Flasche Ravencroft Scotch entfernen musste. Obwohl die Schnitte und Schürfwunden genäht und versorgt waren, ahnte sie aufgrund der heftigen Blutergüsse, dass er lange mit einem groben Seil gefesselt worden war, das an Hals, Knöcheln und Handgelenken –.

Imogen schloss die Augen, als eine Welle von Zorn, Mitgefühl und Unglauben sie traf.

Seine linke Hand … fehlte.

4

»Sie werden doch nicht weinen?« Panik war aus Dr. Longhursts Stimme herauszuhören.

»Nein.« Imogen schniefte und befürchtete, jeden Moment als Lügnerin dazustehen. Es war alles, was sie tun konnte, um ihren entsetzten Blick von dem verbundenen Handgelenk wegzureißen. »Aber wie ist das passiert? Wer hat ihm das angetan?«

Trenwyth zitterte, obwohl seine Haut mit glänzendem Schweiß bedeckt war, und murmelte merkwürdige, ungereimte Dinge. Imogen half Dr. Longhurst, ihn wieder zuzudecken.

»Meine Meinung?«, fragte Longhurst in seiner üblichen knappen Art und sah sich um, wie um sich zu vergewissern, dass sie allein waren. »Die Osmanen. Und jetzt helfen Sie mir, die Fenster zu öffnen. Es gibt neue Untersuchungen, die erwiesen haben, dass saubere, frische Luft gut für Menschen mit Fieber ist, und bisher sind all unsere Versuche, das Fieber zu senken, fehlgeschlagen.«

Benommen folgte Imogen Dr. Longhurst und war überrascht, wie widerstrebend sie von Trenwyths Seite wich, selbst um diese kleine Aufgabe zu erledigen. »Die Osmanen?«. Er war schon der zweite, der das innerhalb nur einer Stunde behauptete. »Haben Sie auch amerikanische Zeitungen gelesen?«

Er sah sie merkwürdig an. »Nein, aber ich habe einige Zeit unter Persern und Türken verbracht und ein paar ihrer chemischen und medizinischen Fortschritte studiert. Während ich sie sehr respektierte und Gefallen an ihnen fand, habe ich aber auch gesehen, was sie mit ihren Feinden machen. Wissen Sie, was die Scharia ist?«

»Ich fürchte, nein.«

»Wenn man einen Mann für einen Dieb hält, ist es in manchen Gemeinschaften üblich, ihm die verbrecherische Hand abzuhacken.«

»Wie … barbarisch.« Sie zuckte zusammen.

»Nicht barbarischer als das, was wir im Westen tun, glauben Sie mir.«

Ihre Hand flog an ihre Brust. War er mit den Osmanen in Konflikt geraten? Hatte er wirklich an diesem Aprilaufstand teilgenommen? War er die ganze Zeit ein Gefangener gewesen? Ein ganzes Jahr … Sie ertrug den Gedanken daran nicht, dass Trenwyth so viel Leid hatte ertragen müssen – um dann schließlich so zu enden.

»Wird Dr. Fowler etwas gegen die offenen Fenster haben?«, fragte sie. Sie wollte unbedingt ein wenig Normalität in das Gespräch bringen, damit der Arzt nicht merkte, wie bestürzt sie über Trenwyths Zustand war. Frische Frühlingsluft mit dem süßen Duft von den Zimtkuchen und dem karamellisiertem Puffmais der Straßenverkäufer kam hereingewirbelt, brachte aber auch das Aroma von den beißenderen, unangenehmeren Gerüchen der Stadt mit sich, wie Kohlenrauch, Pferdemist und das Bouquet der Themse, über dessen Zusammensetzung man am besten nicht nachdachte.

»Falls ja, kann Fowler mir den Buckel runterrutschen«, sagte Longhurst gleichmütig. »Wenn die medizinischen Zeitschriften sagen, es ist das Beste, dann sollte er darauf hören und nicht auf seine hinterwäldlerischen Traditionen.«

Imogen stimmte schweigend zu, ging zu Coles Bett zurück und las sein Krankenblatt. Er hatte jede mögliche Behandlung erhalten. Eisbäder, Tinkturen, Tees und noch vieles andere hatten jedoch wenig oder keine Wirkung gezeigt. »Was können wir sonst noch für ihn tun, Dr. Longhurst?«

Zu ihrer Überraschung legte der Arzt ihr die Hand auf die Schulter. »Wir können nur noch dafür sorgen, dass er es bequem hat. Und beten, wenn Sie beten sollten. Zudem wird es in Kürze nötig sein, seine Verbände zu wechseln.«

»Ich würde Ihnen gern assistieren, wenn Sie …«

»Ich will nicht … grausam oder gefühllos wirken, Schwester Pritchard, aber anders als Sie habe ich nie Typhus gehabt. Je weniger Zeit ich in diesem Zimmer verbringe, desto besser. Für meine Patienten und für mich. Wenn Sie das Nötige allein tun könnten …?«

Plötzlich gefiel ihr der Gedanke, mit Trenwyth allein zu sein. »Natürlich, Doktor. Könnten Sie William mit etwas Markbrühe, Verbänden und Eiswasser heraufschicken?«

Longhurst nickte, betrachtete sie mit einem, wie sie es nennen würde, ernsten Blick, und ließ sie dann los. »Rufen Sie mich, falls … wenn sein Zustand sich ändert.«

»Ja, Sir.« Imogen bemerkte kaum, dass er ging, weil der Ernst seiner Worte sie erneut beunruhigt hatte. Natürlich würde Trenwyth nicht in diesem ungewissen Zustand bleiben. Er würde entweder gesund werden oder …

Nein. Sie verbannte jeden Gedanken aus ihrem Kopf, der sie traurig machen konnte, dann beugte sie sich über ihn und legte ihm die Hand auf die Stirn. Nach all dieser Zeit schien es unwirklich, ihn zu berühren.

Sein Körper war so unglaublich heiß, dass es ein Wunder war, dass der Schweiß nicht verdampfte.

Bis sie ihn gesehen hatte, war ihre größte Furcht egoistischer Natur gewesen. Dass er sie sehen und sich an sie erinnern würde. Dass er allen erzählen würde, dass sie seine Dirne gewesen war, woraufhin man sie auf der Stelle entlassen würde. Jetzt stieg eine bedrohlichere Angst kalt in ihr auf, und sie beugte sich über ihn, als könnte sie ihn vor Gevatter Tod beschützen.

Sie fürchtete um sein Leben.

Dieser Mann war ein Schuft und ein Heiliger gewesen. Ein Heide und ein Held. Ein gefährlicher Mann und ein rücksichtsvoller Liebhaber.

Und jetzt …

Sie strich ihm das schweißnasse Haar aus der breiten Stirn, und ein zärtliches Gefühl ließ ihre Brust fast bersten. Jetzt brauchte er sie wieder.

»Du wirst leben, Cole«, flüsterte sie ihm zu. »Dafür sorge ich.«

Typhus, eine böse Krankheit, die man vor nicht allzu langer Zeit in England noch Zuchthausfieber genannt hatte, fand seine Opfer erst unter jenen, die im Elend lebten und verschmutztes Wasser tranken. Dann hatte sich die Infektion ausgebreitet und befiel auch Menschen, die in so stickigen und schäbigen Wohnungen lebten wie die Pritchards damals, als Imogen gegen die Krankheit gekämpft hatte.

Nur selten steckte sich jemand wie Trenwyth an, der eigentlich gesund, erwachsen und wohlgenährt war. Wie schlimm musste es in dieser Hölle ausgesehen haben, aus der er gerettet worden war.

William kam mit den Sachen, um die sie gebeten hatte, und Imogen machte sich gleich an die Arbeit. Sie wusste, es würde für den Duke nicht angenehm werden, aber um seine Temperatur unter Kontrolle zu bringen, musste sie ihn gründlich und häufig mit dem Eis abreiben.

»Muss er abführen, Schwester Pritchard? Das hat er nicht, seit er eingeliefert wurde.«

Imogen sah nach und runzelte die Stirn. »Nein. Ich werde klingeln, wenn es nötig ist.«

Sie lehnte Williams Hilfsangebot ab und wartete, bis die Tür sich hinter ihm geschlossen hatte, bevor sie Trenwyths Decke, jetzt feucht von Schweiß, wieder zurückschlug.

Auch wenn sie sich bemühte, war es schwierig, nicht zu verzweifeln, als sie den weichen Lappen in das Eiswasser tauchte und anfing, seine Stirn damit zu benetzen. Zuerst zuckte er zurück, dann neigte sein Kopf sich ihrer Berührung zu, als brächte sie ihm Erleichterung.

In ihrer liebgewonnenen Erinnerung war Trenwyth ein imponierender Mann, fast unmenschlich durch seinen perfekten Körperbau. Oft war sie an ihren freien Tagen durch den Hydepark spaziert, hatte die Wellington gewidmete Statue des Achilles betrachtet und die Ähnlichkeiten zwischen dem griechischen Helden und ihrem einmaligen Liebhaber bewundert.

Jetzt hing dessen Haut schlaff von den kräftigen Knochen. Er war so groß, auf so natürliche Weise kräftig, dass seine Unterernährung umso schrecklicher und augenfälliger war. Sie rieb ihm mit dem Lappen über Nacken und Hals, fuhr über eine schlecht verheilte Narbe, die vom Schlüsselbein zu seiner Schulter reichte. Vor einem Jahr war sie noch nicht dort gewesen. Genau so wenig wie eine Stelle mit merkwürdig runden Dellen, die aussah, als hätten sich Kiesel in seine Haut gegraben, die man dann wieder entfernt hatte. Was konnte eine solche Narbe verursacht haben? Trenwyth wären sicher noch mehr davon zugefügt worden, wenn die Schnitte und Risse, die ihn jetzt zeichneten, verheilt gewesen wären.

Hätten sie die Möglichkeit dazu gehabt.

Sein Murmeln wurde eindringlicher, entfuhr seinen trockenen, eingerissenen Lippen unter gequältem Seufzen und Stöhnen. Er sprach nicht zusammenhängend, und die wenigen Worte, die sie erkannte, ließen sie frösteln. *Marsch. Bayonette. Grabt …*

Kinder.

Lieber wollte sie die in seinem Kopf eingeschlossenen Schrecken nicht erraten. Sie tauchte den Lappen noch einmal in das Eiswasser und breitete ihn über seinem langen Oberkörper aus, auf dem sich die Rippen und die unregelmäßigen Wölbungen seiner Bauchmuskeln abzeichneten. Zuerst verkrampften sich seine Muskeln, und er stöhnte, aber als die extreme Kälte angenehm kühl wurde, entspannte er sich.

»Es tut mir leid, Sie so quälen zu müssen, Cole«, flüsterte sie, sah prüfend unter einen Verband um seinen Oberarm und beschloss, ihn zu wechseln. Sie wickelte ihn ab, träufelte Jod auf die ordentlich genähte Wunde und legte einen frischen Verband an. »Ich tue das, damit Sie überleben. Ich weiß, dass Sie müde sind, sehr müde, aber können Sie nicht noch etwas weiterkämpfen? Ich kämpfe mit Ihnen. Ich tue, was ich kann.«

»Ginny?«

Ihr Name – ihr Spitzname von Nackte Kätzchen – auf seinen Lippen erschreckte sie so sehr, dass sie aufsprang und sich im Raum umsah. Die Freude darüber, dass er sprach, dass er nach so langer Zeit ihre Stimme wiedererkannte, wurde schnell durch große Furcht ersetzt.

Er gab einen gequälten Laut von sich, sein Kopf drehte sich mal hier-, mal dorthin, als suche er nach einem vertrauten Gesicht in der Menge. Dann schlug er mit dem Arm aus, an dem die Hand fehlte, und ihm entfuhr ein Stöhnen, das, wäre es aus einer kleineren Brust gekommen, auch ein Wimmern hätte sein können. Es war der Laut eines völlig verlassenen Menschen. Leise und verzweifelt.

Ihr Herz zerbrach in winzige Stücke.

»Ginny«, rief er diesmal lauter, und sie musste ihm einfach antworten.

»Ich bin hier, Cole«, beruhigte sie ihn und setzte sich zu ihm aufs Bett. »Ich bin hier. Erinnerst du dich an mich?« Es hätte sie nicht so rühren dürfen, aber weichherzig wie sie war, konnte sie nichts dagegen tun.

Sie beugte sich vor, nahm ein Eisstückchen aus einem Glas und drückte es an seine Unterlippe, sodass es in seinen Mund hineinschmolz. Froh, dass er schluckte, nahm sie den Lappen, der auf seinem Körper warm geworden war, und tauchte ihn wieder in die Schüssel.

»Ginny.« Seine rechte Hand umklammerte den groben Stoff der Schwesterntracht und hielt sich mit einer für einen sehr kranken Mann erstaunlichen Kraft fest. »Die Welt hat gebrannt, Ginny«, stöhnte er. »Die Welt hat gebrannt, und ich glaubte, in der Hölle zu sein.«

»Ich weiß«, flüsterte sie und schob ihm die feuchten Haarsträhnen aus der glühenden Stirn. Sie wusste es nicht – wie sollte sie auch –, wollte ihm aber unbedingt ein wenig Trost spenden. Verständnis entgegenbringen.

»Aber es war der Schnee. Der Schnee …« Er war jetzt aufgeregt, riss an ihren Röcken. »Die Hölle ist nicht aus Feuer, Ginny. Sie ist aus Eis.«

»Schschsch«, beruhigte sie ihn und schluckte den Kloß im Hals hinunter, der sie fast erstickte. Sie wusste nicht, was sie sagen sollte, außer »Sie sind jetzt in Sicherheit«, was müde und abgedroschen klang.

Und nicht ganz stimmte.

Wenn er eine schlimme Erfahrung mit Eis gehabt hatte, dann musste die Behandlung eine Art Folter für ihn sein, aber wie sonst konnte sie das gefährlich hohe Fieber daran hindern, ihn bei lebendigem Leib zu kochen?

»Es tut mir leid«, flüsterte sie, und in ihren Augen standen Tränen, als sie den kalten Lappen nahm und seine Füße damit bedeckte, um ihm die Hitze aus dem Kopf zu ziehen.

Er zischte und wiederholte ihren Namen. Dann stockte sein Atem, und jeder einzelne seiner Muskeln wirkte angespannt. Imogen sah hilflos zu, wie sein blasser, geschundener Körper sich zusammenkrampfte, und war froh, dass er zu schwach war, um nach ihr zu schlagen. Gottlob hatte der Typhus nicht den Ausschlag hervorgerufen, der das Fieber meistens begleitete. Als sie die Krankheit gehabt hatte, hatte ihre Haut sich angefühlt, als würde sie langsam von garstigen, kleinen Ameisen aufgefressen. Es war unaussprechlich furchtbar gewesen.

Wenigstens das blieb Trenwyth erspart.

Sie flüsterte leise, sanfte Worte, als sie noch ein Eisstückchen auf seinem Mund zergehen ließ, seine Lippen damit bemalte und das Wasser hineintröpfeln ließ. Das schien er gut zu vertragen, und er seufzte sogar, als sie es wiederholte.

»Ich habe von dir geträumt«, sagte er heiser. Seine Kehle war rau von Wüstensand und Schmerz. »Ich habe von Blut geträumt. Und von dir.«

»Ich habe auch von Ihnen geträumt«, beichtete sie und legte noch einmal die Hand auf seine Stirn. Sie hätte es eigentlich für unmöglich gehalten, aber er fühlte sich noch heißer an als vorher.

»Mist«, murmelte sie und erhob sich.

»Nein.« Mit überraschender Kraft zog er sie wieder auf das Bett zurück.

»Schsch, Cole, schsch«, beruhigte sie ihn und löste seine Finger aus ihren Röcken. Unwillkürlich senkte sie jedes Mal die Stimme, wenn sie seinen Namen aussprach; die intime Anrede fühlte sich verboten an auf ihrer Zunge. Eigentlich müsste sie ihn Euer Gnaden nennen, auch wenn sie miteinander allein waren, aber eine solche Vertraulichkeit schien unter diesen Umständen eine lässliche Sünde. »Ich werde Ihren Verband wechseln.« Sie sprach weiter, da es ihn zu besänftigen und seine Atemzüge zu beruhigen schien. »Dann sehen wir, ob Sie etwas Markbrühe und Tee bei sich behalten können.«

Sie setzte sich auf die andere Seite und streckte seinen linken Arm, so dass das Handgelenk über das Bett hing. Sie wollte den Verband aufschneiden, aber sobald sie die Haut mit der Schere berührte, stöhnte er und zuckte heftig mit dem Arm zurück. Hätte Imogen schlechtere Reflexe gehabt, hätte sie sich geschnitten.

Sie beschloss, den Verband stattdessen abzuwickeln, was sehr lange dauerte, weil ihm schon der geringste Druck Schmerzen bereitete.

Imogen sah sich gern als erfahrene und beherzte Krankenschwester, die niemals Ekel empfand, aber als sie Trenwyths zerschundenen Stumpf dann vor sich sah, keuchte sie unwillkürlich auf. Die Wunde war nicht frisch und schien größtenteils zugeheilt. Aber durch die beliebig gesetzten Nähte und die Unförmigkeit des Stumpfes war klar, dass sie nicht richtig versorgt worden war.

Sie kämpfte gegen ihre Wut und eine neue Welle Mitleid, griff nach dem Jod und träufelte es auf die Wunde.

Trenwyth schrie vor Schmerz auf, und Imogen musste einem heftigen Schlag ausweichen. Frustriert und hilflos sah sie ihn an, und ein Verdacht keimte in ihr auf.

Fieber, Blässe, Delirium und Muskelkontraktionen … das waren durchaus alles Symptome von Typhus. Aber eigentlich gehörte auch ein Ausschlag auf dem ganzen Körper dazu und ein schlimmer, trockener Husten, den Trenwyth nicht hatte. Sicher, sein Atem war flach und sein Puls schwach … aber hatte William nicht gesagt, er habe nicht abgeführt, seit er eingeliefert worden war?

Imogen ließ das Jod fallen und lief aus dem Zimmer, um

Dr. Fowler zu suchen. Trenwyth hatte keinen Typhus, sondern etwas, das ebenso gefährlich, wenn nicht sogar noch gefährlicher war.

5

»Ich hätte nicht gedacht, dass Sie zu solch lächerlichen Anfällen weiblicher Hysterie neigen, Schwester Pritchard.« Für einen dünnen Mann hatte Dr. Fowler recht ausgeprägte Hängebacken, deren schlaffe faltige Haut herunterhing und sein arrogantes Stirnrunzeln noch betonte. »Die Diagnose ist Typhus. Jeder Arzt, der sich von Indien bis hier um den Duke of Trenwyth gekümmert hat, war der Meinung, dass es sich sogar um einen Paradefall von Typhus handelt.«

Falls Trenwyth wirklich aus Indien gekommen war und nicht aus Bulgarien oder Konstantinopel, wie manche Hinweise nahelegten.

»Sie haben die Diagnose also nicht selbst gestellt?«, hakte Imogen nach.

»Seien Sie vorsichtig, Schwester Pritchard, Sie bewegen sich da auf gefährlichem Terrain.« Unmut zeigte sich in seinen ebenfalls von faltiger Haut umgebenen Augen.

»Ich will wirklich nicht respektlos sein, Dr. Fowler«, begann Imogen. »Aber ich glaube, es spricht einiges für eine Blutvergiftung. Wenn Sie gesehen hätten, wie Seine Gnaden reagierte, als ich sein Handgelenk berührte –«

»Man hat dem armen Mann die Hand abgehackt«, unterbrach Fowler sie ungeduldig. »Oder abgesägt, dem Anblick nach zu urteilen. Natürlich hat er noch Schmerzen.«

»Ja, aber die Schmerzen sind wirklich außerordentlich, und –«

»Ist die Wunde geschwollen, Schwester Pritchard?« Er

blickte sie mit einer Verachtung an, als wäre sie ein Nagetier, das man vernichten musste.

»Das kann ich nicht sagen, aber sie ist so unschön verheilt, dass –«

»Ist sie auffällig gerötet oder besonders warm?«

»Sein ganzer Körper ist besonders warm.« Sie war vielleicht eben noch nicht hysterisch gewesen, aber inzwischen hörte Imogen selbst die Verzweiflung in ihrer Stimme.

»Aber die Wunde ist nicht gerötet? Es gibt keinen Abszess? Keine sichtbare Schwellung?«

Sie wollte nicht nachgeben, aber sie wagte nicht zu lügen.

»Wenn Sie sich nur einen Moment Zeit nehmen würden und es sich ansehen, dann könnte ich besser erklären –«

»Sie tun ja so, als hätte ich die Wunde noch nicht selbst untersucht.« Der Direktor betonte seine Worte übertrieben. »Wollen Sie etwa andeuten, dass meine Diagnose fahrlässig war?«

»Das würde ich niemals tun, aber wäre es nicht möglich, noch einmal zu operieren, um einen glatteren Stumpf zu bekommen? Dann wüsste man es mit Sicherheit, und selbst wenn ich mich irre, würde es Seiner Gnaden das Leben etwas angenehmer machen.«

»Unsinn! Einen so kranken Patienten kann ich nicht mit guten Gewissen dem Risiko einer Operation aussetzen«, tobte er. »Ich würde jede Glaubwürdigkeit verlieren und den Arztberuf nicht länger ausüben dürfen. Nein, nein, meine Liebe. Und es ist wirklich mein geringstes Problem, wie der Stumpf des Duke aussieht. Er wird wahrscheinlich nicht einmal lange genug leben, um es zu bemerken –«

Erregt schlug Imogen mit der flachen Hand auf Dr. Fowlers großen Mahagonischreibtisch und beugte sich über seine sitzende Gestalt. »Er darf nicht sterben, Dr. Fowler. Es ist unsere Pflicht, alles zu tun, was wir können, jede Möglichkeit in Betracht zu ziehen und über alternative Diagnosen und Behandlungsmöglichkeiten nachzudenken. Was ist, wenn ich recht habe? Sollte man nicht wenigstens noch einmal nachsehen?«

»Ich denke, ich verstehe jetzt, was hier vorgeht«, sagte Dr. Fowler, nachdem er sie eine unangenehm lange Zeit betrachtet hatte. Er stand auf, und Imogen musste sich zusammennehmen, um nicht zurückzuweichen. Sie stand vor ihm wie David vor Goliath. Nur ohne Schleuder. Oder Armee. Oder irgendwelche Fachkompetenz.

Mist.

»Ich weiß, dass unsere geschätzte Majestät Ihnen die Aufgabe übertragen hat, für Trenwyths Überleben zu sorgen. Sie ist eine imposante und mächtige Frau, aber selbst sie kann den Verlauf der Krankheit nicht beeinflussen. Der Duke befindet sich in Gottes Hand. Die Chancen, dass er diese Krankheit überlebt, sind bestenfalls gering.« Fowler ging durch sein extravagantes Büro, um die Tür zu öffnen und sie hinauszubitten. »Nehmen Sie es nicht so schwer, meine Liebe. Ihre Sorge und Ihr Eifer machen Ihnen alle Ehre, und ich verspreche Ihnen, dass Sie nicht getadelt werden, sollte der Duke dahinscheiden. Sie sorgen dafür, dass er es sauber und behaglich hat, die Diagnose überlassen Sie am besten den Ärzten.«

Imogen wagte kaum, sich zu bewegen. Ihr ganzer Körper zitterte gleichermaßen vor Angst und Zorn. Sie hasste Auseinandersetzungen, ja sie fürchtete sich davor. Aber mehr noch hasste sie ignorante, egoistische Männer, die eher jemanden sterben sahen, als zuzulassen, dass jemand von geringerem Status ihre Meinung in Frage stellte.

Eine Frau.

Gottes Hand, von wegen. Cole befand sich in den Händen

der Ärzte und in ihren Händen, und sie mussten alles tun, was sie konnten. Warum konnte Dr. Fowler das nicht begreifen?«

»Guten Tag, Schwester Pritchard.«

Imogen floh ohne weitere Erwiderung aus dem Raum.

Als sie Dr. Longhurst im Labor fand, bekam sie kaum Luft, die Lungen waren eingeschnürt in ihr Korsett und in ein Band der Verzweiflung.

»Sie müssen etwas tun, sonst stirbt er!«, forderte sie.

»Schwester Pritchard?« Longhurst blinzelte sie durch eine Schutzbrille hindurch an, hinter der seine dunkelgrünen Augen sich überrascht weiteten, und die seine unordentlichen kakaofarbenen Locken hoch auf den Kopf schob. »Was?«

»Col – Seine Gnaden, ich glaube, er leidet an einer Blutvergiftung, nicht an Typhus. Ich glaube, sein Handgelenk ist infiziert und macht ihn krank, und niemand hat das bisher bemerkt.«

Vorsichtig, als würde er mit etwas Explosivem hantieren, stellte Longhurst den Becher, den er gerade inspiziert hatte, auf einem der Arbeitstische ab, die im ganzen Raum verteilt standen. Imogen navigierte um sie herum wie in einem Labyrinth.

»Ich war selbst dabei, als Dr. Fowler den Verband wechselte.« Seine Augen bewegten sich hinter der Brille, als würde er diesen Vorgang in der Erinnerung noch einmal erleben. »Kein Abszess. Kein Anzeichen für eine Infektion oder Fäulnis. Keine Verfärbung der Adern. Aber … abnormaler Schmerz für eine nicht frische Wunde.« Er blickte sie an und betrachtete sie mit klinischer Präzision. »Erklären Sie Ihre Theorie.«

Sie würde sich kurz fassen müssen, um seine Aufmerksamkeit nicht zu verlieren. »Wie Sie wissen, hatte ich Typhus, und die Symptome sind mir sehr vertraut. Es gibt fast immer einen sehr schmerzhaften Ausschlag. Und es fühlt sich an, als ob die Brust mit Watte gefüllt wäre, und man will immer nur husten, es kommt aber nichts heraus. Und dann gibt es ... Verdauungsprobleme, die gelinde gesagt unangenehm und peinlich sind.«

»Sie müssen mir die Krankheit nicht erklären, Pritchard. Ich habe sie oft gesehen.« Ungeduldig öffnete Longhurst die Manschetten seiner Ärmel und krempelte sie bis zum Ellbogen hoch. »Und ich habe sehr viel zu tun.«

Voller Angst, gegen die Wand eines weiteren männlichen Egos zu laufen, sprach sie hastig weiter. »Ich will sagen, dass Trenwyth diese Symptome nicht hat. Er atmet keuchend, aber das ist mit Husten nicht vergleichbar. Und wenn es nur das Fehlen des Ausschlags wäre, oder wenn er den Ausschlag hätte, aber den Husten nicht, dann würde ich vermuten, dass die Krankheit einfach nur ungewöhnlich verläuft. Aber wenn beide Symptome fehlen?«

Er dachte kurz darüber nach, nickte knapp und nahm die Schutzbrille ab. »Und warum Blutvergiftung?«

»Sie selbst haben den Schmerz in dem Stumpf bemerkt. Sein Fieber ist noch weiter gestiegen, und es fällt ihm immer schwerer zu atmen. Sein Puls wird schneller und dann schwächer, es ist fast ein Flattern. William sagt, er hat nicht ein einziges Mal abgeführt. All diese Symptome deuten auf eine schlimme Infektion hin.«

Longhurst eilte mit seinen langen Beinen zur Tür. »Ich werde Trenwyth noch einmal untersuchen. Wenn alles so ist, wie Sie sagen, dann informieren wir Dr. Fowler und bereiten den Operationssaal vor.«

»Ich habe schon mit Dr. Fowler gesprochen. Er will nichts davon hören.« Imogen packte seinen Arm. »Ich fürchte, Dr. Longhurst, wenn Sie damit zu ihm gehen, werden wir beide getadelt. Und man wird uns verbieten, den Duke zu behandeln.«

»Fowler«, spuckte Longhurst aus, als ekle er sich vor dem

Namen. »Es übersteigt mein Vorstellungsvermögen, warum ein so dummer Mensch ausgesucht wurde, um diese Institution zu leiten. Aufschneider können Gelder auftreiben, sind aber verdammte Stümper, wenn es darum geht, Medizin zu praktizieren.« Er warf ihr unter den für einen Mann dichten und langen Wimpern einen beruhigenden Blick zu. »Entschuldigen Sie, dass ich so ausfallend wurde.«

»Aber ich stimme Ihnen ja zu!« Imogen seufzte erleichtert. »Werden Sie Trenwyth helfen? Ich glaube, Sie sind seine einzige Hoffnung.«

»Ich bin eher Chemiker als Chirurg. Das liegt eigentlich nicht in meinem Zuständigkeitsbereich.« Er blickte sich im Labor um, und Unschlüssigkeit malte sich auf seinen ruhigen Zügen. »Wenn ich eine nicht genehmigte Operation durchführe, könnte ich meine Stellung verlieren.«

»Und wenn Sie es nicht tun, verliert ein Mann vielleicht sein Leben!«, rief Imogen.

Zum ersten Mal, seit sie ihn kannte, wurde Longhursts Blick weich, als er sich auf ihr Gesicht richtete. »Sie haben recht, mich daran zu gemahnen«, gab er zu. »Kommen Sie, kümmern wir uns um Ihren Patienten.«

Als sie ein junges Mädchen gewesen war, hatte Imogens Familie eine Katze mit Namen Iris besessen, und diese hatte einen Wurf Kätzchen zur Welt gebracht. Eines der Kätzchen, Ikarus, hatte sie besonders ins Herz geschlossen, und es war ihr überallhin gefolgt, sogar ins Bad. Nachts rollte es sich auf ihrer Brust zusammen, und Imogen hatte ganz still gehalten und gestaunt, wie schnell das schlafende, kleine Tier geatmet hatte. Einmal hatte sie sogar versucht, die raschen Atemzüge nachzuahmen und es nicht lange durchgehalten.

Jetzt, als sie neben Longhurst stand, der Trenwyth untersuchte, bemerkte Imogen erschrocken, dass der Duke so schnell und flach atmete wie damals Ikarus. Als Longhurst den Stumpf betastete, zuckte Cole zusammen und verkrampfte sich, aber ihm entfuhr nur ein roher Laut. Es war, als bekäme er nicht mehr genügend Luft, um zu schreien.

Die Zeit lief ihnen davon, dachte sie verzweifelt.

Longhurst sah sie an, mit einem Blick, so ernst wie noch nie. »Bereiten Sie die Anästhesie und das Operationsbesteck vor«, befahl er heiser. »Und beten Sie, dass es nicht zu spät ist.«

6

Die Definition von Hölle hatte sich für Cole über die Jahre verändert. Als junger Mann war es ein unklarer Ort zweifelhaften Ursprungs gewesen. Irgendeine Unterwelt, erdacht von alten, religiösen Männern, um rebellische Geister und neugierige Köpfe zur Unterwerfung zu zwingen. Seiner Mutter hatte sie als möglicher Bestimmungort für seine unsterbliche Seele zugesagt, und sie hatte jede Gelegenheit genutzt, ihn darauf hinzuweisen.

Als Soldat war die Hölle greifbar geworden. Das Schlachtfeld. Wo im Feuer geformte Waffen den aus Erde geformten Menschen zu einem Haufen blutigen Fleisches zerhackten. Lebendige Körper in ihre Bestandteile zerlegten, die, nachdem sie vergangen waren, wieder zu Staub wurden.

Es war Cole unmöglich gewesen, sich etwas Höllischeres vorzustellen, bis sich am 20. April 1877 der Rauch verzogen hatte. Der Aprilaufstand. Die Hölle war ein endloser, strapaziöser Marsch zu einem osmanischen Gefängnis irgendwo zwischen Bulgarien und Konstantinopel geworden. Ein Jahr wurde zu einer Ewigkeit, Stumpfsinn unterbrochen von Folter. Dort hatte Cole gelernt, dass eine Jugend, die man mit der Suche nach den erlesensten Vergnügungen verbracht hatte, in unglaublich kurzer Zeit mit ebenso erlesenem Schmerz ausgeglichen werden konnte. Dass erlittene Qualen einen ebenso verzehren konnten wie ein Orgasmus, wenn die Adern sich weiteten, der Schmerz in jeden Teil des Körpers floss und jeder einzelne Nerv brannte. Wenn die Muskeln bei der hilflosen, pulsierenden Empfindung einfach aussetzten und der Körper einem nicht mehr gehörte.

Wie tapfer er auch dagegen angekämpft hatte, er hatte so ausgiebig gestöhnt und geschrien wie er geblutet hatte. In der Hölle hatte er einen wesentlichen Teil von sich verloren. Und dann noch seine Hand.

Er hatte es ausgehalten, denn welch neue Schrecken der nächste Tag mit sich bringen mochte, in der Nacht kam sie …

Ginny.

Eigentlich ein lächerlicher Name. Ziemlich peinlich und niveaulos, wenn man darüber nachdachte. Passte überhaupt nicht zu ihr. Das sinnliche, exotische Mädchen mit den schimmernden schwarzen Locken. Die mit dunklem Kajal umrahmten Augen, die sich wie Tigeraugen von ihrer porzellanhellen Haut abhoben. Sie war groß, schlank und geschmeidig gewesen, aber ihre Anmut und Sinnlichkeit hatten nichts von den routinierten Verführungskünsten der meisten Frauen ihres Berufsstandes gehabt. Sie hatte sich nicht auf ihn geworfen wie eine erstickende Decke aus Parfüm und Sex, eine Hand auf seinem Schwanz, die andere in seinem Geldbeutel. Nein. Sie war ängstlich und unsicher gewesen, wie ein Reh, das er anlocken musste, bis es …

Egal.

In Nächten, wenn die Kälte ihm tief in die Knochen und sogar in die Seele drang, erinnerte er sich daran, wie warm es in ihr gewesen war. Wie sie sich an ihn geklammert und ihr Gesicht an seinem Hals geborgen hatte. Wie sie bebend gekommen war, bevor er sie nahm, ihre Katzenaugen vor Staunen geweitet.

Wenn seine Gefängniswärter ihm Schmerzen zufügten, ihm Fragen stellten, die er in der unbekannten Sprache weder verstand noch beantworten konnte, Gründe erfanden, um ihn zu foltern, löste er sich von seinem Körper.

Und war bei ihr.

Er ging mit ihr in das blutfarbene Zimmer und lag in ihren Armen. Ihre schmalen Glieder, zart und zerbrechlich wie die eines Vogels, schützten ihn irgendwie vor dem Schmerz. Ihre Stimme, ein zögerndes Flüstern, beruhigte ihn und gab ihm Kraft. Er erinnerte sich, wie leidenschaftlich sie ihm erlaubt hatte zu trauern.

Zu fühlen.

Ginny. Eine Prostituierte. Eine Frau, die einer kalten und oft brutalen Arbeit nachging. Und doch hatte sie ihm mehr echte Wärme entgegengebracht, als er je in seinem Leben erfahren hatte. In jener Nacht war sie mehr als eine Dirne für ihn gewesen.

Eine Freundin.

Und in seinem Jahr in der Hölle war sie etwas noch unbeschreiblich Kostbareres für ihn geworden. Eine Zuflucht. Ihre Gesichtszüge – verschwommen durch das trübe Licht, das Make-up und eine Flasche Whisky – wurden noch unklarer durch den Lauf der Zeit und die Qualen. Aber die Erinnerung an ihre weichen Lippen, das dunkle Haar und ihre unvergleichliche Berührung hatte sich in ihm versteckt. Hatte sich einen Platz in seinem Herzen geschaffen, das immer bitterer und düsterer wurde.

Ginny. Er würde sie finden, das schwor er sich. Er würde aus der feuchten Londoner Nacht ins Nackte Kätzchen eintreten, und dort wäre sie. In ihrem Gesicht würde sich ein Lächeln zeigen, weil sie gewusst hatte, dass er kommen würde. Um sie zu der seinen zu machen. Um sie von einem Leben wegzuholen, in dem sie schlecht behandelt und zu einem Objekt für andere gemacht wurde.

Er würde nur aushalten müssen. Überleben.

Heute war die Hölle kein Ort mehr, sondern ein Zustand. Sein Gefängnis bestand nicht mehr aus vier von grausamen Männern bewachten Wänden, aber er war trotzdem eingesperrt.

Er steckte in einer Falle.

Er hätte gegen den grellen Schmerz in seinem Handgelenk ankämpfen können. Schmerz war ein Feind, den er oft und leicht besiegt hatte. Er hatte alles besiegt, was ihn hatte zerstören wollen: Die Verzweiflung, einen weiteren Sonnenaufgang an einem fremden und grausamen Ort zu erleben. Die heimtückische Angst, dass die Welt, die er kannte, ihn vergaß und er kein Zuhause mehr hatte. Den Schrecken und die Ungläubigkeit, an einem Körper hinunterzublicken, der einmal der seine gewesen war, und den er nicht mehr wiedererkannte.

Aber das Fieber hatte ihn gefangengenommen, trennte ihn von sich selbst und schleuderte ihn in ein unentrinnbares Delirium. Darauf, unvermeidlich wie der Tod, folgten die Frostschauer, packten ihn mit solcher Kraft, dass seine Knochen klapperten. Die Wirklichkeit war verschwommen, Zeit ein Hirngespinst des Wahnsinns, und je mehr er versuchte, sich an seine Erinnerung an Ginny, seine Ginny, zu klammern, desto schneller verblasste sie zu einem Schemen.

Seine Welt war nur noch eine graue Wolke voller Schmerz. Er träumte, dass sein Blut schwarz wurde, Tentakel der Fäulnis wuchsen in seinem anhanglosen Handgelenk, tasteten sich den Arm hinauf, um sein Herz zu vergiften. Schmerz verzehrte alles, das Fieber verbrannte alle Hoffnung. Alle Gedanken, Träume und Erinnerungen. Bis er seine Zuflucht nicht mehr besuchen konnte. Bis er ihr Gesicht nicht mehr heraufbeschwören konnte. Er überantwortete sich dem Nebel, verschmolz mit dem Schmerz und hörte auf zu kämpfen.

Und dann sagte sie seinen Namen.

Sie rief nach ihm durch den widerlichen Nebel. Ihre Stimme. Danach angenehme Kühlung auf seiner Haut, die Erleichterung brachte. Sie befahl ihm zu kämpfen, bat ihn zu leben, und das Feuer entzündete sich aufs Neue. Wie rasend griff er nach ihr. Verzweifelt kämpfte er gegen den Sumpf, der ihn zu verschlingen und seine Glieder zu lähmen drohte.

Er versuchte es. Gott, er versuchte es so sehr. Wie hatte sie ihn in der Hölle gefunden? Sie gehörte nicht hierher, aber er brachte es nicht über das Herz, sie gehen zu lassen.

Eine männliche Stimme gesellte sich zu ihrer. Misstönend und unerwünscht. Schmerz kam in ihrer Begleitung, und die Stimmen wurden aufgeregt.

Cole wollte brüllen, dem Mann drohen, sich von seiner Frau fernzuhalten, aber er bekam nicht genug Luft. Er ertrank in einem See aus Feuer und Schwefel, bevor er ihren Namen wieder beschwören konnte, und sank tief in die Dunkelheit hinein.

Drei Tage lang hatte Imogen solches Herzklopfen, dass sie kaum in der Lage war zu arbeiten. Es stand so viel auf dem Spiel, und die Angst vor einer Katastrophe überschattete alles und trieb sie halb in den Wahnsinn.

Ihre Stellung behielt sie nur, weil sie recht gehabt hatte. Während der Notoperation fand Dr. Longhurst nicht nur in Trenwyths Muskelgewebe eine Infektion, sondern auch im Knochen. Er hatte getan, was er konnte, aber das Fieber sank noch immer nicht, und es war zu befürchten, dass die Krankheit schon zu weit fortgeschritten war.

Trenwyths Tod wäre nicht nur eine Tragödie, die man hätte verhindern können, sondern auch der Grund für ein weiteres Verhängnis: Dr. Fowler hätte einen Vorwand, Longhurst und sie selbst zu entlassen, und er machte kein Geheimnis daraus, dass er das äußerst gern tun würde.

Männer wie er hassten nichts so sehr wie den Beweis ihrer eigenen Dummheit. Auch wenn Imogen dem übrigen Personal gegenüber mit keinem Wort erwähnte, dass er sich geweigert hatte zu operieren, durchbohrte er sie bei jeder Begegnung mit seinem widerwärtigen Blick.

In den Nächten häuften sich Chaos und Missgeschick. Durch die Nervosität und Erschöpfung war Imogen ungeschickt und vergesslich. Del Toro drohte, wenn sie noch einen einzigen Kunden bekleckerte oder ein Glas zerbräche, würde er Geld dafür nehmen, dass sie bei ihm arbeiten durfte.

Das Gleichgewicht ihres Lebens hing ebenso wie Trenwyths Überleben an einem seidenen Faden, der jeden Moment reißen konnte. Jeden Moment konnten die Finger, mit denen sie sich an den Rand des Abgrunds klammerte, ihren Halt verlieren, und sie würde nach einem absurd kurzen Sturz zerschellen.

»Gibt es Neuigkeiten, meine Liebe?«, fragte Lord Anstruther wie jeden Tag, wenn sie ihm seinen Tee und seine Zeitung brachte. »Irgendwelche Veränderungen?« Er sah immer hinfälliger aus, seine Lippen waren fast blau.

»Ich fürchte, nein, Mylord.« Sie gab ihm dieselbe Antwort wie immer, und einen Moment lang sorgten sie sich gemeinsam um Trenwyth. »Sein Atem ist etwas ruhiger, aber er weigert sich nach wie vor aufzuwachen.«

»Nun, ich weigere mich zu sterben, bevor er aufwacht, und das ist mein letztes Wort.« Anstruther hob die Arme, damit sie ihm das Tablett auf den Schoß stellen konnte und drohte der Zimmerdecke mit dem Zeigefinger.

»Wollen Sie Gott Befehle erteilen?«, neckte sie ihn.

»Nur Sarah.« Er zwinkerte ihr zu. »Ich überlasse es meiner verstorbenen Liebsten, sich um mein Leben im Jenseits zu kümmern. Wenn der Herr wirklich so allmächtig und wissend ist, wird er bald begreifen, dass es sinnlos ist mit ihr zu streiten.«

So zerstreut und erschöpft sie auch war, der Earl brachte sie zum Lachen. »Glauben Sie, es ist eine gute Idee, zu diesem Zeitpunkt noch Gott zu lästern?«

»Es ist das einzige Laster, das mir geblieben ist.« Seine witzige Antwort wurde von einem pfeifenden Atemzug unterbrochen. »In letzter Zeit habe ich weder in diesem Bett noch außerhalb viel sündigen können.«

Sie unterdrückte ein Lächeln, schüttelte ihm die Kissen auf und machte ihm noch einen warmen Umschlag um die Brust.

»Sie kümmern sich so gut um mich, Schwester Pritchard«, sagte er mit ungewohntem Ernst. »Bei jeder anderen Schwester würde es mir schlechter gehen. Ich kann Narren nicht ausstehen, wissen Sie, und Sie sind nicht nur freundlich, sondern auch klug und nicht leicht zu überraschen. Unter adligen Frauen ein seltener Zug. Sie erinnern mich an meine Sarah.«

Das sagte er nicht zum ersten Mal, aber das Kompliment schmeichelte ihr immer wieder, da er seine verstorbene Frau noch immer sehr schätzte.

»Es ist mir peinlich darüber zu reden, bitte entschuldigen Sie, aber mir ist der Gedanke gekommen, dass Sie mir die versprochenen Skizzen aus Mangel an … ich meine … aufgrund ungenügender Mittel nicht bringen konnten.« Er wandte den Blick ab, und seine vornehme Zurückhaltung beim Thema Geld erinnerte sie daran, wie weit ihre Welten voneinander entfernt waren. »Ich habe Cheever losgeschickt, um einige Skizzenbücher, Leinwände und Zeichengeräte zu besorgen. Damit sollten Sie meine Bitte erfüllen können.«

Sein Blick war gleichzeitig hoffnungsvoll und verlegen, und Imogen konnte sich nicht erinnern, in ihrem Leben einen reizenderen Menschen gekannt zu haben. Wie konnte sie ihm sagen, dass ihre finanzielle Lage nur zur Hälfte für die Verzögerung verantwortlich war? Die Extrazeit, die sie damit verbrachte, Trenwyth zu pflegen, beschnitt schon ihre heimliche Tätigkeit im Nackten Kätzchen. In der Vorstellung eines hochgeborenen Mannes waren ein paar Abende nach Schichtende im Museum überhaupt nichts. Eher ein Vergnügen als Arbeit. Und wenn es nach ihr ginge, hätte er absolut recht damit.

Aber ihr Leben war sehr viel komplizierter, als er es sich vorstellen konnte. Sie hatte nicht einmal mehr die Zeit oder Kraft, um sich zu beklagen, dass sie nicht die Künstlerin war, die sie zu sein hoffte.

»Nun, Sie haben es geschafft, mich zu überraschen, Lord Anstruther, aber es wäre nicht angebracht, ein solches Geschenk anzunehmen.«

»Pah.« Er verzog das Gesicht, als wenn er bittere Tinkturen aus der Apotheke schlucken müsste. »In meinem Alter und mit meinem Rang ist fast jede Exzentrizität erlaubt.«

Sie musste wieder lachen, diesmal allerdings war dem Lachen Bedauern beigemischt.

»Ich würde Sie natürlich für Ihre Zeit entschädigen.« Er räusperte sich. Wieder war es ihm unangenehm, Geld zu erwähnen.

In ihrem Herzen wallte eine solche Dankbarkeit auf, dass ihr die Brust davon wehtat. »Das ist es nicht, Mylord, nur–«

Dr. Longhurst stürmte ohne zu klopfen in das Zimmer des Earls, der vor Schreck einen Hustenanfall bekam. »Schwester Pritchard! Trenwyth ist aufgewacht!« Imogen hatte die Worte noch nicht ganz begriffen und wollte Anstruther helfen, aber der winkte ab.

»Gehen Sie«, keuchte er. »Ich sagte ja, Er würde auf Sarah hören.« Wieder zeigte der Earl an die Decke.

Beinahe hätte das genügt, um eine Gläubige aus ihr zu machen, und sie folgte Dr. Longhurst in den Flur.

Die Tür zu Trenwyths Zimmer stand offen, und Licht und ein Durcheinander von Stimmen drang heraus. Sie erkannte Dr. Fowler, der jemanden herumkommandierte. William trat vor ihr mit einem Tablett mit Tee und Brühe ein.

Alle Geräusche klangen gedämpft durch das Pochen des Blutes in ihren Ohren, als Imogens Furcht so rasch anschwoll wie ihre Freude. Und wenn Trenwyth sich an sie erinnerte? In seinem Fieberwahn hatte er ihre Stimme als die Ginnys erkannt. Er hatte sie gerufen, von ihr geträumt, sich an ihr festgehalten, als wäre sie seine Rettung – und dieser Gedanke weckte eine fremde und lächerliche Hoffnung in ihr.

Aber ... und wenn sie ihm jetzt, da er bei Bewusstsein war ... nicht mehr bedeutete als eine Dirne? Und er in Gegenwart ihrer Arbeitgeber ihr Geheimnis verriet? Dann würde sie alles verlieren.

So schnell, wie die Angst aufgeflackert war, erstickte sie sie. Wie konnte sie jetzt an sich denken, da ein Mann, für dessen Überleben sie gekämpft hatte, wie durch ein Wunder durchgekommen war?

Weil es nicht allein um sie ging. Sie musste ihre Mutter unterstützen und ihre Schwester schützen. Sie hatten sonst niemanden und waren völlig von ihr abhängig.

Dr. Fowler hatte nach Trenwyths Schwester, Lady Russell, geschickt, aber sie war mit ihrem Mann auf Reisen auf dem Kontinent, und sie hatten nichts von ihr gehört.

Das hieß, auch Cole hatte niemanden.

Aber das stimmte nicht, entschied Imogen. Er hatte sie, Ginny, und sie würde ihn während der schwierigen Genesung auf keinen Fall allein lassen. Sie würde ihn gesundpflegen. Sie wollte eine Quelle der Kraft und des Trostes für ihn sein. Alles würde er von ihr bekommen. Ihre Hilfe, ihren Körper, selbst ihr Herz, wenn er es wollte.

Zum Teil gehörte es ihm zwar schon seit jener gemeinsamen Nacht. Doch es würde kaum mehr als ein freundliches Wort und dieses umwerfende Lächeln erfordern, um auch den letzten Teil davon in seine starken Hände zu legen.

Seine Hand. Er hatte nur noch die eine. Sie würde ihm auch helfen, damit zurechtzukommen. Sie würde holen und tragen, was er noch nicht konnte. Sie würde –

Die Gedanken zerstoben wie ein Schwarm aufgeschreckter Vögel, als sie durch die Tür blickte.

Wäre Imogen auf der Straße an ihm vorbeigegangen, sie hätte ihn nicht erkannt. Sicher, da war das Kinn, das sie erst heute Morgen rasiert hatte. Kantige aristokratische Züge und männliche Sturheit hinter der Tasse Tee, die William ihm an die zusammengepressten Lippen hielt. Sein Haar musste geschnitten werden, auch wenn sie es gewaschen und einigermaßen in Form gebracht hatte. Es fiel ihm in die Augen, die nichts gemein hatten mit der flüssigen Glut, an die sie sich erinnerte. Sein Blick war eher brutal als leidenschaftlich, aber auch stumpf. Stumpf und leer. Als hätte man alles, was Collin Talmage, Duke of Trenwyth einmal ausgemacht hatte, weggenommen, und es wäre nur diese grobschlächtige, wolfsartige Kreatur an seiner Stelle zurückgeblieben.

Um ihn herum schienen sich Schatten zu sammeln, die nichts damit zu tun hatten, dass Molly gerade die Vorhänge zuzog und den Frühlingsnachmittag aussperrte.

»Euer Gnaden«, sagte Longhurst und führte Imogen in das Zimmer. »Könnte Schwester Pritchard Sie überreden, Ihren Tee zu trinken oder Brühe, wenn Sie lieber möchten?«

Unfähig zu atmen, starrte Imogen benommen vor sich.

Trenwyths Blick wanderte kurz zu ihr und dann wieder zu Longhurst zurück. Er hatte sie nur so lange angesehen, wie ein Sandkorn braucht, um durch ein Stundenglas zu fallen, aber es genügte, dass Imogen zu zittern begann. Und nicht aus den Gründen, die sie vorausgeahnt hatte. Diese Augen, einst so voller Scharfsinn, Selbstvertrauen und nicht wenig Schmerz, waren jetzt tiefliegende Schächte, gefüllt mit einem unermesslichen Nichts.

»Warum sollte sie?« Seine trockene Stimme erinnerte an ein Knurren, blieb aber vollkommen ausdruckslos.

»Warum, in der Tat?«, murmelte Fowler, der neben dem Duke stand, und die Arme in einer eher abwehrenden Haltung verschränkte.

Sie zuckte zusammen, blieb aber aufrecht stehen, ohne den Blick von ihm abwenden zu können, der ihr so teuer war. Er lebte. War bei Bewusstsein. Sein linker Arm war bandagiert und hing in einer Schlinge vor seiner Brust. Die rissige, wettergegerbte Haut hatte etwas mehr Farbe bekommen.

Er war übel zugerichtet und angeschlagen, aber noch immer so schön, wie sie ihn in Erinnerung hatte.

»Schwester Pritchard ist der Grund, weshalb Sie noch leben«, informierte Longhurst ihn.

»Wohl kaum!« Fowler ließ die Arme sinken und ballte die Hände zu Fäusten.

»Sie allein hat die richtige Diagnose gestellt«, fuhr Longhurst fort. »Wir glaubten alle, Sie würden an Typhus leiden. Sie hat für Sie gekämpft. Für Ihr Überleben. Und hat offensichtlich gesiegt.«

Trenwyth drehte mit fast unnatürlicher Langsamkeit den Kopf, dann spießte er sie mit einem Blick auf, der ihr das Blut in den Adern gefrieren ließ. »Hat sie das?«

In seinen Zügen lag keine Dankbarkeit, sondern Anklage.

Longhurst Blick dagegen glühte vor überraschender Wärme. »Man muss sie loben«, murmelte er.

Danach folgte ein langes, peinliches Schweigen.

Imogen, die sich der tristen Schwesterntracht und des strengen Haarknotens unter ihrer Haube bewusst war, strich die Schürze glatt und versuchte, Trenwyth in die Augen zu sehen, als sie vortrat. »Wenn Sie den Tee nicht mögen, kann ich Ihnen etwas anderes bringen –«

»Ich will nichts von Ihnen«, sagte Trenwyth kurzangebunden, ohne sie anzusehen. »Ich hasse Tee. Ich nehme einen Kaffee.«

Betroffen trat Imogen zurück. Das hatte sie wirklich nicht erwartet.

»Es wird nicht empfohlen, so kurz nach einer Operation anregende Substanzen zu sich zu nehmen«, informierte ihn Longhurst. »Vielleicht nach einiger Zeit –«

»Wo ist mein Diener?« Trenwyths kalte Kupferaugen durchsuchten die Gesichter der Anwesenden. Alle außer ihrem.

»Wer?«, fragte Fowler.

»Sean O'Mara, mein Kammerdiener, ist er aus …?« Einen Moment lang sah der Duke verwirrt aus, dann entschlossen, als würde er sich an etwas erinnern, auch wenn sich die Schatten und die Bosheit wieder um ihn zu legen schienen wie ein Mantel. »Lebt er?«, fragte er knapp.

»Es wird gleich nach ihm geschickt werden, Euer Gnaden.« Longhurst verbeugte sich und betrachtete Trenwyth aufmerksam. »Er arbeitet jetzt unter Sir Carlton Morley für Scotland Yard. Erlauben Sie Schwester Pritchard, Ihnen in der Zwischenzeit eine opiumhaltige Tinktur zu verabreichen. Gegen die Schmerzen in Ihrem Stumpf.«

Trenwyths zog die Lippen zurück zu einem grausamen

Grinsen. »Die reizlose Kuh kommt mir nicht zu nah, genauso wenig wie Ihr Kurpfuscher.«

»Ich bitte um Entschuldigung?«, sagte Longhurst in einem Ton, der ziemlich deutlich besagte, dass er nicht um Entschuldigung bat, sondern eine forderte.

»Sie werden mir nicht den Verstand vernebeln, den ich gerade erst wieder zurückhabe.« Düster erwiderte der Duke Longhursts herausfordernden Blick.

»Aber Ihr Arm!« Imogen konnte einfach nicht an sich halten. »Der Schmerz wird unvorstellbar werden, sobald das Laudanum nachlässt, das wir Ihnen gegeben haben. Schlimmer als jetzt. Sie werden alles dagegen tun wollen, was möglich ist.« Es musste an den Schmerzen liegen, dass er sich so verhielt. Denn das war nicht der Trenwyth, an den sie sich erinnerte.

Seine Augen waren Schlitze voller Verachtung, als er sie wieder ansah. »Ich muss mir nicht vorstellen, wie der Schmerz sich anfühlen wird. Glauben Sie, ich habe Angst davor?«

Imogen dachte an die vielen Narben und Wunden, die die erlittenen Qualen in seinen Körper eingraviert hatten wie in eine Karte. Natürlich war er verändert, nachdem er so viel durchgemacht hatte.

»Nein, Euer Gnaden, aber vielleicht ein lokales Schmerzmittel? Ich könnte – «

»Sie haben genug getan. Raus.«

Longhurst trat auf sie zu, wie um sie zu beschützen, seine Stirn war vor Verwunderung gerunzelt. »Euer Gnaden?«

»Alle. Raus.« Die Tasse, die William wieder auf das Tablett gestellt hatte, zerbarst an der Wand über ihrem Kopf und ließ lauwarme Tröpfchen auf sie regnen. »Holen Sie O'Mara«, brüllte Trenwyth und fegte das Tablett mit einer mächtigen Handbewegung vom Bett.

Molly floh kreischend aus dem Zimmer.

Als Longhurst und William vorwärts stürzten, um den wütenden Duke zu bändigen, packte Fowler die verstörte Imogen am Ellbogen und drängte sie in den Flur.

»Packen sie Ihre Sachen, Miss Pritchard, Sie arbeiten nicht mehr für das St. Margarets Royal Hospital.«

Benommen blinzelte sie einen Augenblick zu lang in Fowlers harte Augen. »Aber … was habe ich getan?«

»Sie sind entlassen wegen grober Unbotmäßigkeit.« Die S-Laute zischten wie bei einer Schlange, als würde er bei seinen Worten eine reptilienhafte Freude empfinden.

»Sie meinen beim Duke?«

»Man hat Ihnen gesagt, es zu lassen, ihn in Ruhe zu lassen, und Sie haben vorsätzlich und hinter meinem Rücken Longhurst überredet, ohne meine Erlaubnis eine Operation durchzuführen.«

»Aber deshalb hat er überlebt«, argumentierte sie.

»Das ist nicht von Belang. Und wenn der nächste Patient stirbt, nur weil Sie einmal recht hatten, weil sie glauben, mehr zu wissen als die behandelnden Ärzte? Die medizinische Gemeinschaft Londons wird schon von zu vielen Todesengeln heimgesucht, Schwester Pritchard, wir brauchen nicht noch einen mehr.«

Er meinte damit Krankenschwestern, die ihre tödlich oder chronisch kranken Patienten einschläferten. Manche nannten sie Engel. Andere nannten sie Mörderinnen.

Aber Imogen war weder das eine noch das andere.

»Bitte, Dr. Fowler«, flehte sie ihn an. »Ich habe so etwas noch nie getan. Das ist das erste und – das verspreche ich – letzte Mal, dass ich eine Anordnung nicht befolgt habe. Ich werde es nie wieder tun. Das schwöre ich. Aber bitte entlassen sie mich nicht. Ich muss eine Familie ernähren.«

»Daran hätten Sie denken sollen, bevor Sie mich zum Narren gemacht haben.« Er ließ sie grob los, und sie stolperte. »Molly, holen Sie alle Pfleger und Schwestern der Station zusammen. Wir werden Unterstützung brauchen, um Trenwyth zu bändigen, und jemand wird Miss Pritchard aus dem Haus begleiten müssen.«

»Ja, Doktor.« Molly warf ihr einen unwirschen Blick zu, bevor sie losrannte.

Imogens Blick fiel auf die Tür von Lord Anstruther, den Flur hinunter. »Darf ich mich wenigstens von –«

»Sie dürfen tun und lassen, was Sie wollen, Miss Pritchard, solange es nicht in diesem Haus stattfindet.« Er hob die Hände, als sie den Mund öffnete, um ihn um Gnade anzuflehen. »Und bevor Sie mich fragen: Denken Sie gar nicht erst daran, mich um ein Empfehlungsschreiben zu bitten, denn das werden Sie nicht bekommen. Einen guten Tag, Miss Pritchard.« Er sagte »Miss« und nicht mehr »Schwester«, um deutlich zu machen, dass sie diesen Titel nicht mehr verdiente.

Oh Gott, nichts war so gekommen, wie sie gehofft oder gefürchtet hatte. Sie hätte keine Angst zu haben brauchen, dass Trenwyth sich an sie erinnerte.

Sie hätte befürchten müssen, dass er sie überhaupt nicht erkannte.

7

Erst als die halbe Schicht im Nackten Kätzchen vorüber war, fiel Imogen wieder ein, dass sie ihre Sachen in ihrem Spind im Krankenhaus gelassen hatte. Sie konnte sich nicht einmal mehr daran erinnern, wer sie hinausbegleitet hatte, und erst nachdem sie eine Stunde durch die Straßen geirrt war, hatte sie die Kälte des Sprühregens gespürt. Ungläubigkeit war Benommenheit und dann Verzweiflung gewichen. Sie konnte es nicht über sich bringen, nach Hause zu gehen. Wie sollte sie mitansehen, wie ihre Mutter versuchte, das Haus in Ordnung zu halten, zu kochen und trotz der rheumatischen Knie, die nicht mehr richtig mitmachen wollten, den Einkauf zu erledigen? Wie sollte sie der lieben, hübschen Isobel, die sich immer so bemühte, in der Schule vorzeigbar auszusehen, sagen, dass sie sich jetzt Arbeit in einer Fabrik suchen musste? Sie würde ihr eigenes Versagen in ihren Augen sehen, und das wäre unerträglich. Sie hatte das Leben eines reichen und undankbaren Duke gerettet, und dabei das einzige Einkommen verloren, mit dem sie sich über Wasser hielten. Der Weg vom St. Margarets im West End bis zum Nackten Kätzchen in der St. James Street war so kurz, und doch waren die Welten, zu denen sie gehörten, so völlig voneinander getrennt.

Und sie würde jetzt nur noch in dieser Welt leben, dachte Imogen, als sie sich in dem verhassten, schmuddeligen Lokal umsah. Sie fegte Scherben und einen Rest Flüssigkeit auf das Kehrblech und gab sich Mühe, nicht jedem und allem zu grollen. Ihrem Vater, weil er sie in dieser scheußlichen Lage zurückgelassen hatte. Ihrer Schwester, weil sie jung und unschuldig war und Schutz brauchte. Ihrer Mutter, weil sie schwach und krank und von ihr abhängig war. Dr. Fowler wegen seines unbegreiflichen Egoismus, seines verdammenswerten Stolzes. Trenwyth, weil er mit ihr geschlafen hatte. Weil er sie dazu gebracht hatte, sich um ihn zu sorgen. Weil er sie nicht erkannt hatte.

Und vor allem sich selbst. Weil sie trotz allem selbst daran Schuld trug.

»Wenn du schon da auf dem Boden kniest, warum machst du hier nicht mal ordentlich mit dem Mund sauber?«, schlug der Betrunkene vor, der das Glas zerbrochen hatte, und griff sich anzüglich in den Schritt. Seine Begleiter brachen in ein für diesen Witz unverhältnismäßiges Gelächter aus. Wie üblich war es ein Tisch mit lauter betrunkenen Männern.

Imogen stand auf, den Handfeger in der einen Hand, das Kehrblech in der anderen. »Ich hole Ihnen ein neues Glas«, bot sie trocken an und wandte angeekelt den Blick von der Spucke ab, die in seinem Bart hing. Sie drehte sich um und machte sich auf den Weg zum Abfalleimer hinter der Theke.

»Was kostet die, del Toro?« Der Mann schlug ihr auf den Hintern, als sie an ihm vorbeikam. »Sie scheint gefügig zu sein. Das gefällt mir.«

Del Toro saß in einer Ecke, wo er seine importierte Zigarre genoss. »Sie serviert nur«, sagte er lässig. »Sie ist nicht zu kaufen, Barton. Aber nehmen Sie jedes andere meiner Kätzchen, Sir, mit Rabatt, denn heut ist nicht viel los.«

»Nicht zu kaufen, jede ist zu kaufen!«, entgegnete Barton. »Wie viel? Ich bezahle.«

Del Toro blickte rasch zu ihr hin und warf ihr ein verstecktes Lächeln zu, das wie saure Milch in ihrem Magen gerann. »Es hat mal jemand zwanzig Pfund für sie bezahlt.« Er blies einen perfekten Rauchring in die Luft. »Dafür können Sie sie haben.«

»Ha! Reden Sie keine Scheiße, del Toro. Die hat so kleine Titten, die ist nicht mal zwanzig Schillinge wert.«

»Ich schwör's bei Gott.« Del Toro freute sich mit einem deftigen Lachen über seine eigene Geschichte.

»Wer war der Trottel, der das bezahlt hat?«, forderte Barton ihn heraus.

»Also wirklich, Barton, was würde Ihre Frau denken, wenn ich herumliefe und verriete, wer meine Kundschaft ist?« Del Toro war skrupellos, ja, aber nicht dumm. »In meinem Geschäft muss ein Mann diskret sein.« Er zwinkerte Imogen zu, deutete aber mit dem Kopf zur Theke. Ein stummer Befehl, dass sie weiterarbeiten solle.

Sie schüttete die Scherben in den Abfalleimer, stellte Kehrblech und Handfeger weg und schenkte dem verhassten Mr. Barton noch einen Drink ein.

»Ich mach das, Ginny.« Jeremy Carson warf ihr sein freundliches, jungenhaftes Lächeln zu, und Imogen dachte nicht zum ersten Mal, dass seine kobaltblauen Augen aussahen, als hätten sie schon viel gesehen. »Ich kümmere mich um deinen Tisch, wenn du dich um das da kümmerst. Keine Ahnung, ob ich dir damit einen Gefallen tue.« Er zeigte auf eine Pfütze Erbrochenes unter einem Tisch mit alten, grummelnden Männern, die fanden, es sei ein guter Zeitpunkt, um die Rechnung zu begleichen.

Seufzend beschloss Ginny, dass sie lieber Erbrochenes wegwischte als menschliche Exkremente wie Mr. Barton zu bedienen.

»Heute ist Vollmond«, sinnierte Jeremy ernst. »Man sagt, Menschen tun dann schreckliche und sonderbare Dinge. Pass auf dich auf, Ginny.«

»Danke, Jeremy.« Sie rang sich ein dankbares Lächeln ab und machte sich auf die Suche nach einem Eimer.

Die ganze Zeit dachte sie über ihre missliche Lage nach. Die Miete war in einer Woche fällig, und sie hatte kein Geld dafür. Der Vorratsschrank war voll – nun, so voll, wie er eben sein konnte, und sie würden zwei Wochen lang nicht hungern, wenn sie umsichtig waren. Vielleicht konnte sie sich in einem anderen Krankenhaus auf eine Stelle bewerben. Sie hatte keine Referenzen, aber wenn sie sich nicht irrte, wurde sie zumindest von Dr. Longhurst geschätzt. Vielleicht konnte sie ihn davon überzeugen, ein inoffizielles Empfehlungsschreiben zu verfassen.

Der Gedanke heiterte sie etwas auf, als sie den Abfalleimer in die Tonne hinter dem Gebäude leerte. Ihr Arm schmerzte von der Anstrengung, da sie mit einer Hand den Schal über die Perücke halten musste, damit die Locken sich nicht im Regen auflösten. Sie würde nur warten müssen, bis Dr. Longhurst seine Schicht im St. Margarets beendet hatte und ihn beim Hinausgehen abpassen. Sie konnte den Brief sogar für ihn aufsetzen und ihn überreden ihn zu unterschreiben, dann musste sie sich nicht darauf verlassen, dass er daran dachte –

Eine raue Hand packte sie im Nacken und drückte ihren Kopf über die übelriechende Tonne.

Imogen schrie auf, aber eine große Gestalt beugte sich über sie, schlug ihr die zweite Hand über den Mund und zwang sie, den Gestank des Mülls einzuatmen.

»Wenn ich dich nicht kaufen kann, nehm ich dich eben umsonst.« Bartons Atem roch so übel nach Zigaretten und Gin, dass er mit der Fäulnis unter ihr wetteifern konnte. Vor Angst und Ekel und Gestank kroch ihr die Galle in die Kehle hoch. Sie schluckte sie zusammen mit einem Schrei hinunter, da keins von beidem aus ihrem zugehaltenen Mund herauskommen würde.

Sie versuchte, ihn zu beißen, warf sich zurück, damit der scharfe Rand der Tonne nicht in ihren weichen Bauch einschnitt, aber er riss ihren Kopf so heftig zur Seite, dass sie fürchtete, er würde ihr den Hals brechen, wenn er es noch einmal tat.

»Wehr dich, und du wirst es bereuen. Schrei, und ich schlag dich bewusstlos«, sagte er warnend und begann, ihre Röcke zu heben.

Aber wenn sie sich nicht wehrte, würde sie es ihr ganzes Leben lang bereuen. Sie erschlaffte, schluckte ihren ganzen Ekel hinunter und wühlte panisch in der Tonne, bis sie fand, was sie gesucht hatte. Eine Scherbe des Glases, das er vorher zerbrochen hatte.

Sie nahm sie in die Hand und wartete, bis er sich bewegte, um seine Hose zu öffnen. Sobald er das tat, schnellte sie mit dem Oberkörper herum und stieß nach ihm. Sie schnitt sich selbst auch an dem Glas, aber sie wusste, sie hatte ihr Ziel getroffen, als er sie grunzend losließ. Die behelfsmäßige Waffe hatte ihn unter dem Arm in die Rippen getroffen. Schmerzhaft, aber nicht tödlich.

Und nicht tief genug.

Er schlug zurück, von dem Fausthieb platzte ihre Lippe auf, und sie fiel auf das schmutzige Pflaster der Gasse. Dunkelheit explodierte in verschiedenen Schattierungen am Rand ihres Blickfelds, und Imogen klammerte sich so grimmig an das Bewusstsein wie an die scharfe Scherbe in ihrer Hand.

»Selbst das Gesetz sagt, dass man eine Hure nicht vergewaltigen kann«, lallte er und beugte sich über sie, die Faust zum Schlag erhoben. »Wenn ich mit dir fertig bin, wirst du –«

Sie ließ ihn die Drohung nicht beenden. Blitzschnell richtete sie sich auf und rammte ihm das Glas direkt über dem Schlüsselbein in den Hals. Jetzt schrie er und zuckte zurück, warmes Blut sprühte aus der Wunde, und panisch versuchte er, sie mit den Händen zuzuhalten.

Entsetzt und verzweifelt rappelte Imogen sich hoch und stürmte in der Hoffnung zu entfliehen an ihm vorbei.

»Halt!« Barton griff nach ihr, erwischte mit seiner fleischigen Hand ihren Schal und zog mit aller Kraft, aber der Schal löste sich von ihrem Hals.

Imogen ließ die Scherbe fallen und griff nach der Türklinke, um Hilfe zu holen.

»Du hast mich umgebracht«, keuchte Barton und sackte an der Mauer zusammen. Blut rann ihm über das Hemd, die Weste. So viel Blut. »Du hast mich umgebracht, du miese Schlampe.« Seine Stimme klang nicht wütend, nur ungläubig.

Imogen wusste, dass er recht hatte. Wenn er nicht innerhalb von Minuten Hilfe bekäme, würde er hier in der Gasse verbluten. Aber wenn sie Hilfe holte und er nicht überlebte, könnte man sie für seinen Tod hängen.

Die Tür wurde aufgerissen, und Jeremys blaue Augen weiteten sich, als er fast mit ihr zusammenstieß.

»Ginny? Guter Gott, was ist passiert?« Seine Hand schloss sich um ihre Schulter.

»Die Nutte hat mich niedergestochen«, klagte Barton schwach. »Hol einen Arzt, sonst bin ich erledigt.«

»Ja, hol Hilfe«, sagte Ginny, aber ihr Atem ging so schwer, als wäre sie eine Meile gerannt. Der Gedanke, dass sie so tot war wie der Mann, der sie angegriffen hatte, entzündete ein Feuer unter ihren Füßen. Sie musste hier weg. Sie musste ihre Familie warnen.

Sie wirbelte herum und hob die Röcke. »Ginny, warte!«, rief er, griff nach ihr, erwischte aber nur die dunkle Perücke, bevor sie losrannte. Imogen blickte nur ein einziges Mal zurück. Sie sah Barton, der schon fast ohne Bewusstsein an der Mauer lehnte, und Jeremy, der entsetzt auf die Perücke in seiner Hand starrte, als hätte er ihr ein lebloses Tier vom Kopf gerissen.

Dann blickte er auf, Verwirrung und Ungläubigkeit mischten sich in seinen jungen Augen, und Imogen konnte sich vorstellen, was er sah: ihr rötlich blondes Haar, das ihr über die Schultern fiel und im Regen dunkler wurde.

»Hol Hilfe«, schrie sie noch einmal, bevor sie in die regnerische Londoner Nacht eintauchte.

8

Imogen hörte erst auf zu rennen, als ihre Lungen zu platzen drohten. Auf den Straßen war kaum etwas los um diese Uhrzeit und bei diesem Wetter, aber sie waren auch nicht ganz leer. Zweimal musste sie durch gefährlich aussehende Gassen, um einem Polizisten auf seiner Streife auszuweichen. Zum Glück blickten die Leute bei dem Regen unter ihren Hüten oder Schirmen eher auf den Boden.

Sie rang nach Luft, als sie sich in den Schutz eines dunklen Hauseingangs gegenüber dem Bahnhof zurückzog. Als sie an sich hinuntersah, erschrak sie beim Anblick des vielen Blutes auf ihren Händen – auch wenn nicht alles davon ihres war. Sie hielt die Hände in den Regen und sah zitternd zu, wie das hinabtriefende Dunkelrot langsam zu einer rosa Aquarellfarbe verblasste. Der Schnitt in ihrer Hand war lang, aber nicht tief. Trotzdem pochte er jetzt, als ihre alles überwältigende Panik zu einer zitternden Angst geworden war.

Sie lehnte sich einen Moment an die Mauer, damit sie denken konnte.

Damit sie atmen konnte.

Imogen wollte nach Hause zu ihrer Familie, aber so, wie sie aussah – nicht nur spärlich bekleidet, sondern auch mit dem Blut eines Menschen befleckt –, würde sie sie nur in Angst versetzen.

Mit dem Blut eines Menschen, den sie getötet hatte.

Nicht nur würde sie sie aufregen und ihnen Schande machen, auch würde die Polizei sie dort suchen, nachdem sie im

Nackte Kätzchen gewesen wäre. Del Toro würde sie niemals in Schutz nehmen, das wusste sie.

Sollte sie wirklich zu ihrer Familie gehen? Oder sollte sie abwarten?

Hatte sie ihn wirklich umgebracht? Die Antwort bedeutete den Unterschied zwischen einer Gefängniszelle und dem Galgen.

Ihre Lippe tat noch von seinem Faustschlag weh, und als Imogen mit der Zunge darüberfuhr, schmeckte sie Regen und Kupfer. Der Regen hatte Bartons Blut von der Haut abgewaschen, aber nicht die Flecken auf ihrem tief ausgeschnittenen Mieder. Sie hatte keinen Schal mehr, um sich zu bedecken, und die Kälte sickerte ihr in die Knochen. Im Regen wurde ihr Haar zu langen, schweren Strähnen, und wie ihr Make-up aussah, wollte sie lieber gar nicht wissen.

Sie konnte nirgendwo hin. Sie konnte nicht einmal in diesen Zug steigen. In ihrem Zustand würde sie sicher jemand aufhalten.

Es sei denn … es sei denn, sie könnte sich irgendwo waschen und umziehen. Ihr fielen wieder die Sachen im Krankenhaus ein. Es hing eine saubere, schwarze Schwesterntracht in ihrem Spind, und wenn sie einmal dort wäre, könnte sie ihre Hand und die Lippe verarzten und sich vielleicht einen Plan überlegen. Sie verwahrte immer ein paar Half-Pennys in ihrem Spind, falls sie etwas zu essen kaufen oder den Zug nehmen musste.

Um diese Zeit wäre nur eine Handvoll Nachschwestern und ein einziger Arzt im Krankenhaus. Die Stationen waren momentan nicht sehr voll, und der knauserige Dr. Fowler vermied Extraausgaben für Nachtschichten.

Vielleicht hatte Gwen Dienst, aber Imogen war sich ziemlich sicher, dass sie ihrer Freundin vertrauen konnte. Außerdem hatte sie sich nicht von ihr verabschieden können.

Jetzt würde sie sich vielleicht von jedem verabschieden müssen.

Angesichts dieser Vorstellung drohten ihr die Knie weich zu werden, aber Imogen wusste, wenn sie ihrer Schwäche nachgab und zu Boden sank, würde sie nie wieder aufstehen. Also nahm sie all ihre verbleibende Kraft zusammen, arrangierte die nassen Haare so, dass sie die Blutflecken auf dem Mieder verdeckten und tauchte wieder in den Regen ein.

Wenn man wusste, welche Türen offen und unbewacht waren, war es leicht, sich in das Krankenhaus zu schleichen. Leise wie ein Gespenst huschte sie durch die dunklen Flure und hinterließ nur eine Spur von Regentropfen. Zuerst stibitzte sie ein paar Verbände und säuberte und verband die Wunde ihrer Hand, damit sie nicht auch noch Blutspuren hinterließ.

Ihr Spiegelbild trieb ihr Tränen in die Augen, die ihr heiß über die tauben, kalten Wangen rannen. Sie hatte nicht um den Mann geweint, den sie vielleicht getötet hatte. Auch hatte sie nicht vor Schmerz oder Kälte geweint. Natürlich hatte sie bei der Aussicht, ihre Familie nicht wiederzusehen oder selbst das Leben zu verlieren, Tränen erwartet, aber ihre Augen waren das einzig Trockene an ihr gewesen, als sie durch den Regen floh.

Bis jetzt.

Bis sie die fahle Maske des Schreckens erblickte, die ihr über dem Waschbecken entgegenstarrte. Das Kajal, mit dem sie ihre Augen umrahmt und ihre Wimpern geschwärzt hatte, lief ihr bis zum Kinn hinunter. Ihre Oberlippe war aufgeplatzt und auf das Doppelte ihrer normalen Größe angeschwollen, zwar nur auf der linken Seite, aber das war ein schwacher Trost. Ihr blondes Haar war verfilzt vom Regen und hing in Strähnen hinunter.

Blut. Blut befleckte das fast transparente, himmelblaue Mieder ihres Kleides. Der durchscheinende Stoff war wie mit Gewalt durchwirkt.

Ein Schluchzen entfuhr ihr, als sie einen Lappen und Seife nahm und anfing, sich zu waschen. Sie zitterte aufgewühlt, als sie die hellen Sommersprossen unter dem Puder freilegte, mit dem sie ihre Haut in makelloses Porzellan verwandelt hatte. Tränen verliehen ihren trüben braunen Augen eine fast grüne Schattierung. Erst als sie fertig war, erkannte sie die blasse, reizlose Frau, die zu ihr zurückblickte. Mit großen Augen und fröstelnd. Die spitze Nase gekräuselt vor Schmerz und Kälte, die ohnehin volle Lippe in einem fast komischen Ausmaß geschwollen.

Reizlose Kuh. Hatte Trenwyth sie nicht so genannt? Sie fragte sich, was er jetzt wohl sagen würde. Sie war reizlos. Und hager. Ihre Schultern waren scharfe abstehende Winkel, die Schlüsselbeine drohten, durch die Haut zu stechen.

Tief in ihr regte sich etwas. Und es war so trostlos und traurig, dass sie keuchte. Das Ende ihrer Zukunft vielleicht. Die Bitterkeit über eine vertraute, glückliche Erinnerung, die zu Asche wurde.

Imogen seufzte, ging zu ihrem Schrank und machte ihn auf. Darin war …

Nichts.

Kein Kleid, nicht die kleine Börse mit den drei Half-Pennys. Keine Ersatzstrümpfe, Unterröcke oder Schürzen. Jemand hatte ihre Sachen gestohlen oder einfach weggeworfen.

Ein bitterer Seufzer entfuhr ihr, als ihre letzte Hoffnung flackernd erlosch.

Plötzlich wusste sie, was sie zu tun hatte. Sie hasste sich dafür. Schon als sie die nassen Röcke anhob und auf Zehenspitzen ins Treppenhaus schlich, verabscheute sie die Tat, die sie begehen würde. Aber der Gedanke, dass ihre Schwester hungerte, trieb sie die erste Treppe hinauf, und das Bild ihrer Mutter, die bei der Nachricht über die Verbrechen ihrer Tochter zusammenbrach, auch die zweite.

Lord Anstruther, dieser liebe, wundervolle, todkranke Mann, war immer nur freundlich und großzügig zu ihr gewesen.

Und sie würde ihn bestehlen.

In der Nachttischschublade bewahrte er eine Börse für »Kleinigkeiten« auf. Genug Münzen, um einem Botenjungen ein Trinkgeld zu geben oder seinen Kammerdiener loszuschicken, um etwas zu kaufen.

Genug Münzen, um ihre ganze Familie einen Monat lang zu ernähren. Länger sogar, wenn sie besonders sparsam waren. Sie konnte ihre Schwester auf dem Weg zur Schule abpassen und ihr das Geld geben, selbst nur so viel nehmen, um fliehen und nachdenken zu können.

Sie hatte keine andere Möglichkeit. Anstruther würde das Fehlen des Kleingelds kaum bemerken, aber Imogen würde es wertvolle Zeit verschaffen, um sich zu überlegen, was als nächstes zu tun war.

Die Teppiche dämpften ihre Schritte, als sie den Flur im dritten Stock entlangschlich. Regenwasser quietschte noch in ihren Schuhen, aber nicht mehr ganz so laut. Imogen konnte überhaupt nicht fassen, was sie da vorhatte. Dass sie etwas so Erbärmliches überhaupt in Betracht zog.

Aber sie war hier.

Anstruthers Zimmer lag nicht weit vom Schwesternzimmer entfernt, und sie verlangsamte ihre Schritte, als sie sich ihm näherte. Imogen zuckte bei dem Klicken zusammen, das die Tür von sich gab, als sie sie öffnete, schlüpfte hinein und machte sie mit unendlicher Vorsicht wieder zu.

Die Vorhänge waren zugezogen vor der stürmischen Nacht, in dem Zimmer war es stockdunkel. Es war Imogen lieber so.

Sie hatte sich jahrelang in diesen Räumen im Dunkeln bewegt.

Lord Anstruthers gleichmäßiger, pfeifender Atem brach ihr fast das Herz. Sie machte ein paar vorsichtige Schritte und zitterte dabei eher vor Anspannung als wegen der kalten, durchnässten Kleider. Während sie stumm für seinen Frieden und für sein Wohlergehen betete, benutzte sie den Bettpfosten als Orientierungshilfe und näherte sich lautlos dem Nachttisch.

Das ging besser als erwartet, dachte sie. Sie verursachte kaum ein Geräusch, als sie die Schublade aufzog, die seidene Börse fand und die festen Umrisse einiger Münzen ertastete. Jetzt musste sie sie nur noch herausnehmen, ohne –

»Wenn du der Todesengel bist, der mich holen will, beeil dich ein bisschen. Man sollte denken, dass du einiges zu tun hast.« Anstruthers Stimme vermittelte auch schlaftrunken und heiser noch seine gute Laune.

Imogen erstarrte und kniff die Augen zusammen, das Herz pochte ihr im Hals und rutschte ihr dann in den Magen.

Ein Streichholz wurde angerissen, knisternd ein Kerzendocht entzündete. Und Imogen wusste, dass es vorbei war. Alles war verloren. Anstruther würde nach der Schwester läuten, die würde Scotland Yard rufen, und Männer würden kommen und sie in Handschellen abführen. Sie wusste es, aber als ihr Verstand ihr dringend riet, wegzulaufen, hatten ihre Beine nicht mehr genügend Kraft, um weit zu kommen. Sie hatte ihre Grenzen erreicht.

»Schwester Pritchard? Was ist hier los? Was zum Teufel tun Sie da? Was haben Sie um Himmels Willen für ein Kleid an?« Die schnellen Fragen durchbohrten sie, als sie wortlos die leere Hand aus der Schublade nahm, und diese mit einem hörbaren Klicken schloss.

»Ich wollte Sie bestehlen, Lord Anstruther«, gab sie mit überraschend unaufgeregter Stimme zu.

»Sehen Sie mich an, meine Liebe.« Die Aufforderung des Earls war leise, aber durchdrungen von dieser absoluten Autorität, die jenen eigen war, die zum Befehlen geboren waren.

Langsam wandte Imogen sich zu ihm um, kämpfte darum, ihn trotz der bebenden Anspannung ruhig anzublicken. Sie atmete stockend aus, als sie in seine klaren, gütigen Augen sah. »Ich bin verzweifelt«, sagte sie knapp und hasste die Träne, die ihr über das Gesicht lief. »Ich bin dumm ... und es tut mir leid.«

»Da ist Blut auf Ihrem Kleid, wenn man das überhaupt ein Kleid nennen kann.« Er wandte den Blick ab, offensichtlich entsetzter über ihre leichte Bekleidung als über ihr Geständnis. »Ist das Ihres?«

Sie überlegte absurd lange, ob er das Kleid oder das Blut meinte, und entschied sich dann für Letzteres.

»Nein, Mylord, das Blut ist nicht von mir.«

Er betrachtete sie einen langen Moment, sein Blick wanderte über ihr verfilztes Haar, die aufgeplatzte Lippe, das nasse Kleid und die bandagierte Hand.

»Sie können die Polizei rufen, Mylord.« Sie sah zu Boden, unfähig, seinen Blick auszuhalten. »Ich werde Sie nicht aufhalten.«

»Nehmen Sie diese Decke da und bedecken Sie sich, Schwester Pritchard«, wies er sie stattdessen an. »Sie zeigen so viel Haut – mein schwaches Herz könnte einen Anfall bekommen. Ich sterbe nur, tot bin ich noch nicht. Gütiger Gott.«

Imogen beeilte sich zu gehorchen und wickelte sich in die weiche, warme Decke.

»Und jetzt«, fuhr er fort, »lassen wir die Polizei erst mal aus dem Spiel, wenn Sie sich diesen Stuhl heranziehen und mir erzählen, warum ich Sie mit der Hand in meiner Börse erwischt habe, wessen Blut da auf Ihrem Mieder ist, wer Sie geschlagen hat und warum Sie angezogen sind wie … nun, als würden Sie pro Tanz einen Penny nehmen.«

Vielleicht lag es daran, dass sie in ihrem ganzen Leben so viele Männer gekannt hatte, die sich Gentleman nannten, aber nie einem begegnet war, der diese Bezeichnung verdient hätte. Jemand, der sie bat, sich zu bedecken, nicht sich zu entblößen. Der eine Beschönigung benutzte, anstatt sie eine Dirne zu nennen. Überrascht und demütig tat sie, was er wollte.

Die Geschichte strömte aus ihr heraus wie eine letzte Beichte. Sie erzählte von ihrer Mutter und ihrer Schwester, von der Zweizimmerwohnung, die nach Fisch und Verzweiflung stank. Sie sprach von den Schulden ihres Vaters und ihrer Abmachung mit dem Nackten Kätzchen. Und schließlich berichtete sie von ihrer Entlassung aus dem St. Margarets, dem Angriff und dem mutmaßlichen Toten, der in diesem Moment wahrscheinlich in der Gasse entdeckt wurde.

Anstruther lauschte, ohne sie zu unterbrechen. Nur sein Schnurrbart zuckte, als er gelegentlich leise Laute der Bestürzung von sich gab.

Imogen weinte erst, als sie zu dem Teil kam, in dem sie geplant hatte, ihn zu bestehlen. Sein Geld zu nehmen und es Isobel auf dem Weg zur Schule zu geben, bevor sie verschwand und hoffte, irgendwo unerkannt leben zu können. Da flossen die Tränen reichlich. Tränen der Scham, der Trauer und der Hilflosigkeit.

Nachdem sie ihre Geschichte beendet hatte, schwieg er einen Moment, und sie brachte es nicht über sich, ihn anzusehen. Imogen wusste nicht genau warum, aber Trenwyth hatte sie nicht erwähnt. Sie hatte nichts von der Nacht mit ihm gesagt. Von ihrer Verbindung zueinander, bevor er als kranker und veränderter Mann zurückgekehrt war.

Wenn sie diesen Schmerz hervorholte, um ihn genauer zu betrachten, würde sie sich auf nicht wieder gut zu machende Weise blamieren.

»Wie spät ist es?«, fragte Lord Anstruther sanft.

Imogen blickte auf und wischte sich über die Wangen. »Mylord?«

»Es ist entweder sehr spät oder sehr früh. Welches von beidem?« Er deutete auf die Taschenuhr auf dem Nachtschrank, und sie gab sie ihm.

»Sehr früh«, murmelte er und drehte sich dann wieder zu ihr um. »Hören Sie mir zu, Miss Pritchard, Sie haben zwei Möglichkeiten.«

Imogen schluckte, sagte aber nichts.

»Ich könnte Ihnen die Börse mit all dem Geld darin geben und Sie gehen lassen, aber ich sage Ihnen jetzt schon, dass Sie damit nicht sehr weit kommen.«

Die Güte, die seinem Angebot zugrunde lag, erschreckte und demütigte sie zugleich. Sie starrte ihn einen Augenblick lang verblüfft an. »Und … und die zweite Möglichkeit?« Sie fürchtete sich fast davor zu fragen.

Sein Schnurrbart zuckte, als er schalkhaft lächelte. »Natürlich, dass Sie mich heiraten.«

9

London, Mai 1879. Fast zwei Jahre später

Am liebsten hätte Cole die mit einem Federmechanismus ausgerüstete und in der Innenseite seiner Prothese verborgene Klinge in Liam Mackenzies muskulösen Hals gebohrt. Nicht, weil der Marquess of Ravencroft sein Feind gewesen wäre. Aber jedes Wort aus dem Mund seines früheren Kommandanten tropfte wie Säure in die dunkle Leere, in der einst sein Herz gewesen war.

»Ich sage Ihnen, Trenwyth, es ist, als hätte sie niemals existiert.« Der dunkle Schotte schenkte sich von dem Whisky seiner eigenen Brennerei ein, der in einer Kristallkaraffe auf der Anrichte in Coles Arbeitszimmer stand. »Wenn ich Sie nicht besser kennen würde und wären Sie nicht so unnachgiebig, würde ich denken, Sie hätten sie geträumt. Ein Gebilde Ihrer Fantasie, um Sie in dieser Hölle am Leben zu erhalten.«

Cole wandte sich ab, um die obersten beiden Knöpfe seines Hemds zu öffnen. Ravencroft sollte nicht sehen, dass er fast an seiner Enttäuschung erstickte.

Wo bist du, Ginny?

»Sie kommt mir langsam selbst vor wie ein Phantom«, gestand er. »Ich habe ein ganzes Leben gelebt in den drei Jahren, seit sie und ich …« Er schlenderte zum Fenster, zog die Vorhänge zurück und lehnte sich mit dem rechten Unterarm an die Scheibe, um sein Spiegelbild nicht sehen zu müssen.

»Es ist lange her«, murmelte Ravencroft schroff. »Warum

foltern Sie sich noch immer mit dieser hoffnungslosen Suche?«

»Vielleicht habe ich mich ja an Folter gewöhnt.« Sein Blick weigerte sich, die Szene vor ihm zu betrachten und richtete sich stattdessen auf die trüben, blutgetränkten Bilder der Vergangenheit. »Dieses Gefängnis. Diese Hölle. Sie hat mir dort ein Stück Himmel geschenkt. Sie war an diesem Ort in meinem Kopf, an den sie nicht herangekommen sind. Den sie mir nicht wegnehmen konnten. Sie ist noch immer da, aber selbst ich fürchte langsam, dass sie eine Illusion war. Ein Konstrukt. Etwas ... jemand, den ich damals brauchte, der aber nie wirklich existiert hat.«

Nach ihr zu greifen war, wie das Meer mit der bloßen Hand festhalten zu wollen.

»Ich habe so lange nach ihr gesucht, und doch fürchte ich, dass ich ihr auf der Straße begegnen könnte und sie nicht erkenne.«

Ginny. Ein wunderschönes Wesen mit rabenschwarzem Haar. Ihre Züge waren so verschwommen, dass er nur noch Worte hatte, sie zu beschreiben, kein Bild. Die Erinnerung an sie, verblasst durch Alkohol, Dunkelheit und so viele vergangene Tage, war überall außer vor seinen Augen. Er wusste noch, wie erstaunlich schmal sie sich in seinen Händen angefühlt hatte. Kaum mehr als Haut und Knochen. Ihre Haut hatte die Farbe von Mondlicht und war weicher als indisches Kaschmir. Ihre Augen waren groß in dem schmalen, zarten Gesicht. Cole konnte jederzeit die Güte heraufbeschwören, die er in ihren Tiefen gefunden hatte, das zögernde Begehren, die Angst und die Zärtlichkeit. Warum dann nicht die Farbe? Sie hatte so viel Make-up getragen in jener Nacht...

Er erinnerte sich an das süße Beben ihrer Stimme, kaum mehr als ein zartes Flüstern und doch durchwirkt von Aufrichtigkeit und Mitgefühl. Wie er sich danach sehnte. Nach diesem ruhigen inneren Ort, an den sie ihn geführt hatte. Nie zuvor in seinem Leben hatte er solchen Frieden gefühlt und ganz bestimmt nicht seitdem.

Ein Lärmen draußen riss ihn jäh aus seinen Gedanken, und er sah gerade noch, wie seine verhasste Nachbarin in ihrem Garten wie eine Verrückte aufschrie und ihre Röcke schüttelte, während sie tänzelnd hin- und herlief. In ihrer panischen Raserei hatte sie Staffelei, Leinwand und den Stuhl umgeworfen. Jetzt ließ sie ein weiteres, entmenschlichtes Quietschen hören, halb Hilfeschrei, halb Kriegsgebrüll, als sie ein zusammengerolltes Papier packte und wild damit in die Luft schlug.

Frieden, so schien es, würde ihm auf ewig verwehrt sein. Vor allem, solange sie nebenan wohnte.

Was zum Teufel tat sie da? Zweifellos kämpfte sie gegen irgendein heimtückisches Insekt, nahm Cole mit einem amüsierten Grunzen an. Insgeheim feuerte er das Ungeziefer an, so wenig mochte er die Frau von nebenan.

»Nun, das Mädchen ist auf dieser Insel nirgendwo zu finden, so viel ist sicher.« Ravencroft atmete schwer aus. »Wahrscheinlich auch nicht auf dem Kontinent. Wir haben in Paris, Berlin, Wien, Rom gesucht, überall, wo eine Frau ihres … Metiers ihr Glück suchen könnte.«

»Wir?« Cole warf ihm über die Schulter einen Blick zu und hob die Augenbrauen.

Der Mann, den man den Highlandteufel nannte, zuckte schuldbewusst mit den Achseln. »Ich habe einen … Partner mit mehr Verbindungen in dieser Welt als ich. Ihn hatte ich um Hilfe gebeten.«

»Einen … Partner?«, echote Cole.

»Dem ich vertraue. Der Earl of Northwalk.«

»Sie meinen Dorian Blackwell, das Schwarze Herz von Ben

More«, korrigierte Trenwyth ihn knapp. »Ich hätte Sie für klüger gehalten, als dem berüchtigtsten Verbrecher Englands zu trauen. Und es macht ihn genauso wenig zu einem Earl, dass er sich die Townsend-Erbin geschnappt hat, wie es mich zu einem Gassenbengel macht, wenn ich mich in der Gosse suhle.«

Ein typisches Beispiel dafür war Lady Anstruther da unten zwischen Teerosen, Lavendel und Vergissmeinnicht. Rechtlich gesehen war sie eine Countess, aber mit einer Lady hatte sie nichts gemein.

»Blackwells Blut ist adliger, als Sie glauben«, murmelte der Schotte.

Cole wandte sich von dem hitzigen Blick in Ravencrofts harten Zügen ab und bemerkte, dass die Nachbarin das abscheuliche, fliegende Insekt zu Boden befördert hatte und jetzt mit dem Absatz ihrer Stiefel auf den Steinen des Weges zertrat.

Seiner Mutter wäre es peinlich gewesen, die Grundstücksgrenze mit einem solchen Schandfleck zu teilen. Ihm ging es lediglich auf die Nerven.

»Ich war noch einmal im Nackten Kätzchen, nachdem ich vor Kurzem aus Amerika zurückgekehrt bin«, fuhr Cole fort. Dort hatte er die Verzeichnisse der Einwanderer auf Ellis Island, New York, nach einer Ginny durchforstet und seine Suche bis weit ins Landesinnere fortgesetzt. Es war auch eine Suche nach sich selbst gewesen, aber er war in beiderlei Hinsicht nicht fündig geworden. »Der alte Besitzer, Ezio del Toro, scheint sich auf Sizilien zur Ruhe gesetzt zu haben. Inzwischen gehört der Laden dem Barmann, einem Mr. Carson, auch wenn es über meinen Verstand geht, wie ein so junger – und offensichtlich dummer – Kerl sich das leisten konnte. Er hat ein paar Monate mit Ginny dort gearbeitet, erinnert sich aber kaum an ihren Namen, geschweige denn, wo sie gewohnt hat oder wer ihre Familie war.«

»Ich bin immer noch nicht überzeugt davon, dass dieser Bastard del Toro nicht gelogen hat, als er behauptete, ihren Nachnamen nicht zu kennen«, überlegte Ravencroft. »Der gerissene Fettsack wusste garantiert mehr, als er zugab.«

Die Worte des Laird gaben Coles eigenen Verdacht wieder. Damals war er ins Nackte Kätzchen gegangen, sobald er sich wieder auf den Beinen halten konnte. Del Toro hatte zuerst so getan, als erinnerte er sich nicht an Ginny, dann, einmal ertappt, gab er zu, dass sie vor nicht allzu langer Zeit für ihn gearbeitet hatte. Er hatte sie entlassen müssen, weil sie einen Kunden angegriffen hatte. Welchen Kunden, wusste er nicht mehr.

Nicht zum ersten Mal wünschte sich Cole, den schmierigen Mann damals einfach umgebracht zu haben. Er hatte es sicherlich verdient. Normalerweise logen Leute ihn nicht an. Nicht wenn er ihnen die gesunde Hand um die Kehle legte und das scharfe Metall seiner versteckten Klinge an eine empfindlichere Körperstelle hielt. Aber damals, als er mit dem Zuhälter gesprochen hatte, war er gerade aus dem Krankenhaus entlassen worden. Geschwächt, hinfällig und verzweifelt.

Und wenn del Toro gelogen hatte? Wenn der Mann arglistiger war, als Cole ihm zugetraut hatte? Wenn er … Ginny für sich behalten, sie vielleicht nach Sizilien mitgenommen hatte?

Allein bei dem Gedanken bekam Cole eine Gänsehaut, und sein Magen zog sich zusammen. Alle Spuren waren inzwischen kalt, und die Frau, nach der er sich die letzten drei Jahre gesehnt hatte, war einfach im Londoner Nebel verschwunden.

»Vielleicht hat Ihr Partner Blackwell Kontakte nach Sizilien und könnte del Toro für mich aufspüren. Ich glaube, es würde sich lohnen, ihn noch einmal zu befragen.«

»Nach dieser Zeit sind die Chancen, sie zu finden, gleich Null, Trenwyth. Nicht eine einzige der Dirnen, die damals dort gearbeitet haben, ist noch im Nackten Kätzchen. Und keine von ihnen hat sich groß an sie erinnert«, sagte Ravencroft vorsichtig, als er sich Cole von hinten näherte. »Ich bin nicht daran gewöhnt, mich mit jemandes Hinterkopf zu unterhalten, Euer Gnaden«, schalt er. »Bewundern Sie Ihr Spiegelbild in der Scheibe, oder gibt es da einen schöneren Anblick als mein hässliches Gesicht?«

»Keins von beidem.« Trenwyth trat ein wenig zur Seite, um die Aussicht mit ihm zu teilen. »Ich sah nur meiner abgeschmackten Nachbarin bei ihren Malversuchen zu, die ihr anscheinend genauso wenig gelingen wie alles andere.«

Ravencroft blickte Cole über die Schulter. Auf der anderen Seite der Hecke, die den alten Zaun verdeckte, hatte Countess Anstruther die Staffelei mit der Leinwand wieder aufgestellt. Gerade war sie dabei, sich auf ihrem Stuhl niederzulassen und eine fleckige Schürze über ihren leuchtend rosa Röcken auszubreiten.

Der Marquess pfiff leise. »Na, da haben Sie ja einen hübschen Ausblick.«

»Die?«, schnaubte Cole. »Wohl kaum. Eine habgierige Glücksritterin, die sich eine protzige Garderobe leisten kann.«

»Nun, viel von der Garderobe trägt sie im Moment nicht«, lachte Ravencroft. »Und behaupten Sie nicht, dass Sie das nicht bemerkt hätten.«

»Angezogen oder nicht, ich bemerke sie gar nicht.«

Nur dass das nicht stimmte.

Gleich als er nach Trenwyth Hall zurückgekehrt war, hatte er bemerkt, dass Lady Anstruther bei schönem Wetter üblicherweise das Licht im Garten nutzte. Fast jeden Nachmittag trug sie ohne die Hilfe des Personals ihre Malutensilien in die Sonne und richtete sich an genau diesem Flecken ein. Die Leinwand zeigte Richtung Westen zur Sonne hin, und sie saß mit dem Gesicht nach Osten gewandt. Aus dem Raum, den Cole zu seinem Arbeitszimmer gemacht hatte, hatte er einen perfekten Blick auf sie. Wie hätte er sie nicht bemerken sollen?

Er bemerkte, dass sie an warmen Tagen die Bluse auszog und nur in Chemise und Korsett malte, so wie jetzt. Und er bemerkte, dass sie nicht so vernünftig war, einen Sonnenschirm zu benutzen, sodass die seltene Sonne Londons ihre Haut unmodisch bräunte und die Sommersprossen, die ihre Nase verunstalteten, noch dunkler wurden. Er bemerkte ebenso, dass ihr Haar zu blond war, um rot genannt zu werden, und zu rot, um blond zu sein.

Er bemerkte sogar die lebhaften Gefühle, die ihm selbst für immer versagt schienen, in ihrem Gesicht, wenn sie anmutig und mit skurrilen und fast ungezügelten Bewegungen den Pinsel über die Leinwand führte. Inspiration. Wehmut. Zufriedenheit …

Frieden.

Gott, wie ihn das ärgerte. Wie wenig er sie achtete, und wie sehr sie ihm doch auffiel.

»Sie sind anscheinend keine guten Nachbarn?«, erriet Ravencroft.

Cole gab einen sarkastischen Laut von sich. »Ihr verstorbener Gatte, Lord Anstruther, war ein wirklich anständiger Mann. Irgendwie hat sie ihre Krallen in ihn geschlagen, als der Alte – mindestens siebzig muss er gewesen sein – auf dem Sterbebett lag. Sie waren nur neun Monate verheiratet, bevor er starb, und da er keine Erben hatte, ist sie jetzt die alleinige Besitzerin seines Vermögens.«

»Tatsächlich?«, fragte Ravencroft, den das nicht sonderlich zu interessieren schien. »Das kommt in unseren Kreisen nicht häufig vor.«

»Und da liegt das Problem. Diese Frau gehört nicht in unsere Kreise. Sie hat keine Familie, keinen Titel, kein Geld. Sie war die Tochter eines verarmten Händlers und Anstruthers Krankenschwester im St. Margarets, wenn Sie den Auskünften über sie glauben wollen. Ich habe ein paar Erkundigungen eingezogen, um zu sehen, ob ich ihr Anstruthers Erbe abnehmen kann, aber die Unterlagen sind wasserdicht. Sie hat ihm sicher geholfen, seine Angelegenheiten in Ordnung zu bringen, bevor sie ihm wahrscheinlich ins Grab half.«

»Das ist eine schwere Anschuldigung«, bemerkte Ravencroft.

»Eher eine Spekulation als eine Anschuldigung«, gab Cole zu. »Aber ich würde einiges darauf wetten.« Von seinem Aussichtspunkt aus sah er, wie ihr der leichte Wind in das glänzende, offene Haar fuhr und sorgfältig auszuwählen schien, welche Strähne er ihr diesmal in das herzförmige Gesicht blies. Sie schob sie immer wieder mit einem langen, anmutigen und blau gefärbten Finger zurück und hinterließ die Farbe in ihrem Haar, ohne es zu bemerken. »Sie hat sogar ihre jüngere Schwester in die Gesellschaft eingeführt und der Queen vorgestellt!«, spottete er. »Hübsches Mädchen, aber wer würde sich herablassen, sie zu heiraten?«

Ravencroft beugte sich vor, um besser sehen zu können. »Das weiß man heutzutage nie«, stellte er unbekümmert fest. »Das Anstruthersche Vermögen mag nicht so groß sein wie Ihr eigener Besitz, aber es ist bedeutend. Ich kann mir vorstellen, dass viele verarmte Adelsfamilien daran interessiert sind. Die Welt verändert sich. Die Familien des Landadels schlucken im Austausch gegen eine ordentliche Aussteuer immer häufiger ihren Stolz hinunter. Die kleine Schwester einer Countess könnte für uns Blaublüter attraktiver sein als eine reiche Erbin aus Amerika.«

Coles Gesicht verzog sich zu einer Grimasse. »Schon, aber

eine … Krankenschwester? Es ist alles so offensichtlich. Der Mann war noch verrückt nach seiner verstorbenen Frau, einer Heiligen. Nur Lust oder Wahnsinn können Anstruther dazu gebracht haben, wieder zu heiraten. Aber konnte der Mann sich nicht eine anständige Debütantin suchen, die besser weiß, was sie mit dem Erbe anstellen soll?«

»Wer entscheidet sich für anständig, wenn er eine reife Schönheit haben kann, die ihm die letzten Monate auf Erden versüßt?« Der Laird lachte. »Ich liebe den Verstand meiner Frau, ihren Geist und ihre Seele, aber wenn sie ohne Bluse herumläuft, dann schätze ich eher etwas anderes.« Er deutete auf die schamlos bekleidete Frau, die den Pinsel jetzt zwischen die Zähne nahm und mit einem Lappen einen Fehler auf der Leinwand korrigierte.

Cole nahm an, dass manche Männer sie wohl schön fanden. In der Tat sahen sie vielleicht, wie die Sonne den Schatten der Ulme bewegte, der tanzenden Tupfen gleich auf ihrer Schulter lag. Vielleicht mochten sie auch den Honigton ihres geschmeidigen Körpers. Oder sie fanden entzückend, wie die etwas dunkleren roten Augenbrauen sich zusammenzogen, wenn sie sich konzentrierte. Vielleicht würden manche die Wölbung ihrer vollen Lippen unerträglich sinnlich finden, während sie an der Spitze des Pinsels knabberte und ihre Arbeit betrachtete.

Aber er nicht. Er mochte lieber nachtschwarze Locken als helles Haar und porzellanweiße Haut mehr als Sommersprossen und Honig. Ihn lockten schüchterne, schmale Schönheiten. Nicht der zünftige Typ, der praktisch wie Gott ihn erschaffen hatte im Freien herumtobte.

Wenn sie schön war, dann auf die Art einer Schlange. Man betrachtete sie am besten aus sehr großem Abstand.

»Vielleicht sollten Sie nicht so hart über den alten Mann urteilen«, mahnte Ravencroft. »Ich habe so etwas oft in meinem Leben als Offizier gesehen. Krankenschwestern und Soldaten! Da ist etwas an der sanften, heilenden Berührung einer hübschen, gutherzigen Frau, dem ein Mann, der dem Tod ins Auge geblickt hat, nicht widerstehen kann. Es weckt mächtige Gefühle … sogar Obsessionen.« Er warf Cole einen bedeutungsvollen Blick zu und wagte: »Abgesehen davon ist der Beruf einer Krankenschwester sehr viel respektabler als der einer Hure, meinen Sie nicht?«

Cole erwiderte den Blick voller Zorn, auch wenn er dem jetzt, mit seiner eigenen Heuchelei konfrontiert, nichts entgegensetzen konnte.

»Verstehen Sie das bitte nicht als Kritik oder Urteil.« Ravencroft hob die Hände, als wollte er einen Angriff abwehren. Trotzdem blieb seine Miene so freundlich, wie es dem wild aussehenden Schotten möglich war. »Ich bin selbst einem solchen Fluch zum Opfer gefallen. Schließlich habe ich eine Frau geheiratet, die in einer Irrenanstalt war. In Ungnade gefallen, beschmutzt und ausgestoßen, und doch gibt sie eine hervorragende Marchioness ab.«

»Nun, sie musste wohl ein gewisses Maß an Wahnsinn mitbringen, um den Highlandteufel zu heiraten«, gab Cole zurück, aber ohne Schärfe in seinem Spott. Er hasste die zufriedene Wärme in Ravencrofts trockenem Lachen. »Ich nehme also an, Ihre Ehe ist glücklich«, fragte er.

»Glücklich ist als Wort fast nicht ausreichend genug«, antwortete der Marquess etwas rätselhaft. »Das letzte Jahr war … ereignisreich. Ich habe einen Bruder verloren und eine Frau gewonnen.«

Cole verschränkte die Arme, schob die Metallhand unter den Bizeps. Sie hatten nie darüber gesprochen. Über die schreckliche Zeit, als Laird Mackenzie seinen Bruder Major Hamish Mackenzie ins Home Office gebracht und der Gerichtsbarkeit der Krone überantwortet hatte. Hamish war damals ein Monster gewesen. Ein Monster und ein Mörder.

Ein Verräter.

Er hatte die Krone verraten und Cole.

Er war des Hochverrats und zahlloser Kriegsverbrechen angeklagt worden und kurz vor Weihnachten gehängt. Er und Ravencroft waren dabei gewesen, auch wenn öffentliche Exekutionen seit 1866 eigentlich verboten waren.

Ravencroft und Trenwyth hatten einander stets respektiert. Der Lieutenant Colonel, fast zehn Jahre älter als Cole, war eine Zeitlang sein kommandierender Offizier gewesen, bis Cole zu einem Sondereinsatzkorps gewechselt hatte. Ravencroft verdiente sich damals seinen Beinamen Highlandteufel auf dem Schlachtfeld, das er mit der wilden Brutalität seiner jakobitischen Vorfahren beherrschte.

Cole hatte sich nie einen Beinamen verdient – seine brutalen Taten hinterließen selten Zeugen.

Auf dem Papier im Home Office wurde seine Arbeit unter Diplomatie abgelegt. In der Realität war es nichts Geringeres als Spionage, Informationsbeschaffung und häufig Mord.

Der ältere Bruder von Ravencroft, Hamish, der Bastard, war Cole in das Sondereinsatzkorps gefolgt. Und dann hatte er ihn an die Osmanen verraten, um seine eigene Haut zu retten.

Ravencroft hatte nicht gewusst, dass er das Opfer seines eigenen Bruders retten musste, als man ihn ausgesandt hatte, um Cole zu befreien. Der Marquess hatte den amerikanischen Konsul, den britischen Botschafter und den irisch-amerikanischen Reporter Januarius MacGahan nach Bulgarien begleitet, vorgeblich, um Informationen zu sammeln, da die Osmanen leugneten, dass der bulgarische Aufstand jemals stattgefunden hatte. Sie hatten Städte von einst siebentausend Seelen durchstreift, in denen nur noch zweitausend übrig waren. Sie hatten ganze Berge von Leichen durchsucht, die auf der Straße verfaulten, weil es niemanden mehr gab, der sie begraben konnte. Hatten sich durch die vermodernden Schädel junger Frauen gewühlt, durch von Bajonetten durchbohrte Säuglinge. Achtundfünfzig massakrierte Dörfer. Fünf entweihte Klöster. Dreißigtausend Leichen – ein Festmahl für die Hunde.

Die Folgen des Grauens, die Cole mit angesehen hatte. Gegen die er gekämpft hatte. Und die er irgendwie überlebt hatte.

Sie erfuhren dann, dass man einige wichtige Gefangene gen Osten nach Konstantinopel hatte marschieren lassen, und doch brauchte Ravencroft noch Monate, um ihn aufzuspüren. Ihre Bekanntschaft hatte sich erneuert, als er einen besiegten und abgemagerten Duke of Trenwyth nach Hause geholt hatte.

Der amerikanische Journalist hatte einen Bericht darüber geschrieben, und die englische Presse und die Menschen fingen an, Fragen zu stellen. Oscar Wilde, Charles Darwin, sie alle nutzten ihren Einfluss, um eine Untersuchung zu fordern, damit England, oder vielmehr ganz Europa, handeln konnte.

Ravencroft und Trenwyth hatten sich ihnen angeschlossen und gehofft, dass England mehr tun würde, als die Osmanen für ihre Gräueltaten zu bestrafen. Doch mittlerweile schien sich ihre Sache im Räderwerk der westlichen Bürokratien zu verlieren.

Seit dieser unruhigen Zeit verband die beiden eine tiefere Freundschaft. Aber erst an dem Tag, an dem sie den Mann, den sie einst Bruder genannt hatten, am Ende eines Seils hängen und ins Leere treten sahen, hatte ihre Verbindung sich gefestigt. Cole vertraute dem schottischen Laird wie keinem anderen. Auch wenn Ravencroft meist mit seinen zwei Kindern und seiner neuen Frau in seinem Schloss in den Highlands residierte, war er Cole bei seiner unermüdlichen Suche nach Ginny behilflich gewesen.

»Sind Sie während der Saison in London«, fragte Cole und hoffte wohl, mit dieser Frage die Richtung seiner düsteren Gedanken ändern zu können.

»Aye, meine Tochter Rhianna wird der Queen vorgestellt und debütiert. Mein Leben besteht nur noch aus verfluchten Ballkleidern, Zeremonien, Walzern, Langeweile und furchtbarem englischen Essen. Ich habe schon daran gedacht, ein paar Verehrer meiner Tochter mit dem Dolch aufzuspießen, um die Abende wenigstens ein wenig interessanter zu gestalten.«

»Klingt furchtbar.«

»Ist es.« Ravencroft fuhr sich durch das ebenholzschwarze Haar, das er etwas über schulterlang trug. Cole nahm an, dass er damit das Silber einiger Strähnen kaschieren wollte, wie es sich an seinen Schläfen zeigte. »Noch vor Ende der Saison werde ich arm und ein Mörder geworden sein. Merken Sie sich meine Worte.«

Sie wussten beide, dass das wenigstens zum Teil übertrieben war. Ravencroft war für mehr Tote verantwortlich als fast jeder andere in der Geschichte des Empire, das schon, aber ihm gehörten beste Ländereien in den Highlands. Seine Besitztümer und seine Brennerei waren mehr als profitabel. Sie waren beneidenswert.

»Ich hatte nicht einmal anständige Flitterwochen«, schimpfte der kräftige Schotte.

»Eine Schande«, gab Cole ein wenig abgelenkt zurück, als Lady Anstruther ihr langes Haar auf dem Kopf zu einen Art Knoten drehte und einen Pinsel hindurchstach. Gott, war ihr Hals immer so elegant gewesen? »Aber es ist ja nicht so, dass Sie noch einen Erben zeugen müssten«, murmelte er und bewegte sich ein wenig, um der unangenehmen Enge in seiner Hose abzuhelfen.

»Wenn Sie meine Frau kennen würden, würden Sie verstehen, warum ich sie von allen Ablenkungen fernhalten und tagelang nackt an einem warmen exotischen Ort festhalten möchte. Aber das geht nicht, solange meine dickköpfige Tochter noch nicht jedem verweichlichten, nutzlosen Aristokraten in dieser gottlosen Stadt den Kopf verdreht hat.«

»Ein weiterer Ball heute?« Cole grinste, dankbar, dass er den eigentümlichen Verantwortungen der Vaterschaft entkommen war.

»In der Tat wird sie heute von ihrer Großmutter begleitet, der Mutter meiner verstorbenen Frau.« Der Marquess klang eher nicht erleichtert, sondern resigniert. »Lady Ravencroft hat mich verleitet, an einer Benefizveranstaltung teilzunehmen. Ein neues wohltätiges Projekt, dem sie sich recht leidenschaftlich widmet.

»Mit verleitet – meinen Sie genötigt?«

Ravencroft gab einen unverbindlichen Laut von sich. »Es macht mir eigentlich nichts aus. Es ist eine gute Sache, und ich höre, das Essen soll großartig sein.«

Cole grunzte zur Antwort und starrte wieder hinunter zu Lady Anstruther, wieder an einen weiteren Grund erinnert, sie nicht zu mögen. »Hoffentlich ist Ihre Frau klug genug, die Wohltätigkeit in den Slums zu lassen, wo sie hingehört.«

»Ich verstehe nicht, was Sie meinen.« Ravencroft's Stimme wurde langsamer und leiser, als würde er sich fragen, ob er im Namen seiner Frau beleidigt sein müsse oder nicht.

»Regen Sie sich nicht auf, ich sage nichts gegen Ihre geliebte Marchioness.« Cole deutete wieder auf das Fenster, wo die offenherzige Countess sich gerade Hals und Schultern mit einem Tuch abtupfte. Kleine Tröpfchen glitzerten auf ihrer Haut, als hätte jemand sie mit Sternenstaub besprenkelt. Cole vergaß plötzlich, was er sagen wollte, als er sich den möglichen Weg dieser Tropfen über ihre Brust in ihr Dekolleté vorstellte.

Plötzlich von einem großen Durst gepackt, griff er nach seinem Whiskey und kippte ihn in einem langen, brennenden Schluck hinunter.

»Wen meinen Sie dann?«, drängte Ravencroft.

»Diese Frau«, fauchte er. »Es ist nicht zu glauben, aber sie hat ihr Haus hier in Belgravia einer Handvoll Huren, Unglücklicher und unverheirateter Mütter geöffnet.«

»Die hinterhältige Schlampe!«, rief Ravencroft mit unüberhörbarer Ironie.

Cole warf ihm einen seltsamen Blick zu. »Sie will eines von Londons feinsten und prächtigsten Häusern in eine Zuflucht für Taschendiebe und Hafennutten verwandeln. Das ganze Viertel schäumt vor Wut. Sie dulden gerade so eben diese Schauspielerin, Millie LeCour, die in dem Haus neben dem ihren wohnt. Aber nur, weil sie Angst vor ihrem Mann haben, der meines Wissens ebenfalls Verbindungen zu Ihrem interessanten neuen Partner mit dem berüchtigten Schwarzen Herzen pflegt.«

»Meine Güte, Euer hochwohlgeborene Gnaden, waren Sie immer so ein Snob?« Der Laird stieß ihn mit dem Ellbogen an.

»Wahrscheinlich.«

»Vielleicht sollten Sie sich unter der Handvoll sogenannter Huren einmal umsehen, ob Ihre langverloren Ginny dabei ist.«

Das hatte er bereits.

»Ginny war keine gewöhnliche Prostituierte. Sie war … anders.«

»Wie das?«

Cole schenkte sich noch einen Whiskey ein, anstatt zu antworten, was dem Laird Gelegenheit gab, eine weitere seiner entnervend klugen Beobachtungen von sich zu geben.

»Kann es sein, dass Ihre Ginny sich vor allem von den anderen … Damen der Nacht unterscheidet, weil sie Ihnen etwas bedeutet?«

Cole nahm einen Schluck, starrte in den Anstrutherschen Garten und versuchte verzweifelt, sich nicht daran zu erinnern, was del Toro ihm damals verraten hatte.

Der Bastard hatte ihm ihre Jungfräulichkeit verkauft.

Und er war zu betrunken gewesen, um es zu bemerken.

Cole war ihr erster Liebhaber gewesen, und ihn quälte die Frage, wie viele Männer sie seitdem gehabt hatte. Vielleicht hatten sie sie roh genommen. Vielleicht war die Freundlichkeit, die Unschuld, die sie mit ihm geteilt hatte, in der Zwischenzeit ausgelöscht worden.

Weil er nicht hier gewesen war.

»Da, sehen Sie?« Er zeigte mit seiner Prothese nach unten, weil er das Glas nicht absetzen wollte. »Dieses vollbusige Frauenzimmer, das sie umarmt.« Ravencroft trat wieder dichter ans Fenster, um den Skandal zu sehen, auf den er sich bezog. Lady Anstruther ergriff die Hände einer sinnlichen Frau mit atemberaubend rotem Haar. »Die Countess ist kaum richtig angezogen und empfängt Gäste in ihrem Garten. Und diese andere Frau ist offensichtlich eine Dirne.«

»Aye, das ist sie.«

Etwas in Ravencrofts Ton brachte Cole dazu, aufzusehen. »Sie sagen das, als ob Sie sie kennen.«

»Das tue ich. Die vollbusige Dirne ist meine Frau, Mena Mackenzie, Marchioness of Ravencroft.«

10

Wenn Imogen sich je dafür gehasst hatte, leicht beeinflussbar zu sein, dann heute. Warum, o warum nur hatte sie sich von Millie LeCour überreden lassen, diesen Abend bei sich auszurichten? Zuerst hatte sie Angst gehabt, dass niemand kommen würde; jetzt machte sie sich Sorgen, ob sie auch genügend Platz für alle hatte, vor allem beim Dinner.

Auf den Rat von Mena Mackenzie, Lady Ravencroft, hin hatte sie viel zu viele eingeladen, in der Hoffnung, dass wenigstens ein Teil von ihnen erscheinen würde. Nun schien es, dass ein paar ihrer wichtigsten Gäste schon genügten, um die Hälfte der Londoner Gesellschaft anzulocken. Nicht nur unterstützte die Ehefrau des Highlandteufels das Ereignis, auch die umstrittenen und mächtigen Blackwells – Earl und Countess Northwalk – hatten ihr Erscheinen zugesagt, genau wie Millicent LeCour, ihre Nachbarin im Westen und der beliebteste Star ganz Englands.

Imogen wusste, dass sie begeistert und nicht voller Angst sein sollte.

Warum also konnte sie die dumpfe Vorahnung einer heraufziehenden Katastrophe nicht abschütteln? Und wenn der Abend schrecklich wurde? War ein mögliches Desaster nicht der Grund, weshalb alle hier waren? Kamen sie nicht vor allem, um sie unter die Lupe zu nehmen, die Krankenschwester, die sich einen Earl geschnappt hatte?

Imogen konnte die behandschuhten Hände nicht ruhig halten, und sie fragte sich, ob die Gäste durch den Stoff hindurch fühlten, wie sehr sie schwitzte. Ihr Mund dagegen war trocken wie die Sahara. Ihr Lächeln war unsicher, und nicht zum ersten Mal fragte sie sich, wie lange sie noch an der großen Eingangstür stehen musste, um Menschen zu begrüßen, die sie weder mochten noch als ihresgleichen akzeptierten.

Bis jetzt hatte sie das nicht gestört. Imogen hatte geglaubt, nach der Heirat mit dem Earl of Anstruther würde sie nie wieder vor den Reichen und Betitelten buckeln müssen. Sie hatte vorgehabt, ihre Familie und sich selbst in diesem wundervollen Haus mitsamt ihren Leinwänden und Farben einzuschließen und den Rest der Welt sich selbst zu überlassen.

Aber offensichtlich musste sie sich unbedingt quälen. Sie hatte entdeckt, dass sie für Müßiggang nicht geschaffen war. Ohne ein Anliegen, ohne ein Ziel schien es ihr einfach nicht gut zu gehen.

Wer hätte das gedacht.

Hätte sie allerdings gewusst, dass dieser Abend das Ergebnis all ihrer vorherigen Arbeit sein würde, dann hätte sie ihre Vorgehensweise noch einmal überdacht. So viele Menschen. Ihre mit Juwelen geschmückten Gestalten glitzerten in den Lichtern, ein Firmament aus Edelsteinen. Imogen fragte sich, ob es wohl so viele Sterne am Himmel gab wie Diamanten in London.

»Entspannen Sie sich, meine Liebe.« Millie LeCour hakte sich mit dem in einem langen, karminroten Abendhandschuh steckenden Arm bei Imogen ein und zog sie an ihre Seite. Für eine so kleine Frau hatte die schwarzhaarige Verführerin eine beträchtliche Macht. Ihre Ausstrahlung war so groß, dass jeder Raum, den sie betrat, hundertmal farbenfroher schien. »Der Geruch von Angst ist ein Aphrodisiakum für diese Leute.«

»Nicht nur für diese.« Der unglaublich große Ehemann der Schauspielerin war ihr ständiger Begleiter. Imogen blinzelte zu

Christopher Argent hoch und fragte sich, was er wohl dachte, als er in den Ballsaal blickte wie ein Raubtier, das einen Leckerbissen aus der Herde auswählte. Ob er wohl auch den Geruch von Angst genoss? Das konnte nicht stimmen, und doch …

Imogen kannte die beiden noch kein ganzes Jahr, aber sie hatte beobachtet, dass Christopher Argent in ihrer Ehe zwar das robuste Schiff war, auf dem sie über die stürmischen Meere des Lebens segelten, aber Millie fraglos das Steuer in der Hand hielt. Der rothaarige Wikinger schien zufrieden damit, dem chaotischen Kurs seiner schönen Frau zu folgen, und die Hingabe, die sie einander entgegenbrachten, war inspirierend, rief aber auch Neid hervor. Der mysteriöse Mr. Argent schien eigentlich freundlich zu sein, wobei sein Mienenspiel nur von mildem Desinteresse zu schwacher Belustigung reichte. Aber er tat und sagte manchmal Dinge, die ihr einen Angstschauer über den Rücken jagten. Sie kannte ihn nicht gut, aber sie hatte das sichere Gefühl, dass er so gefährlich war wie eine Schlange.

Millie kümmerte sich gar nicht um ihren Mann und deutete mit einer weit ausholenden Geste auf den großen Ballsaal des Hauses. »Ich bestehe darauf, dass Sie sich amüsieren, meine Liebe, der Abend ist jetzt schon ein Erfolg.«

»Der Abend hat gerade erst begonnen«, murmelte Imogen und stellte sich alle möglichen Katastrophenszenarien vor.

»Genau, er steckt voller Möglichkeiten. Morgen früh wird ganz London von nichts anderem sprechen als von Ihrem unvergleichlichen Projekt.«

Spontan fiel Imogen Millie um den Hals und gab ihr einen lauten Kuss auf die Wange. »Sie und Ihre Freundinnen sind so freundlich zu mir gewesen, ich werde es Ihnen niemals vergelten können.«

Millies strahlendes Lächeln zog viele Blicke auf sich. »Ich habe großes Glück, solche Frauen zu kennen, und ich freue mich, dieses Glück mit Ihnen teilen zu können, vor allem in einer solch wichtigen Sache.«

Imogen strich zum vielleicht tausendsten Mal mit den weißen Handschuhen über ihr raffiniertes, apricotfarbenes Kleid und betrachtete prüfend die Dekoration des Ballsaals, um ihre Nerven zu beruhigen.

Unter der Führung der erfahrenen Marchioness hatte sie den in weißem Marmor gehaltenen Saal mit goldenen Draperien behängt, die zu den Verzierungen auf den griechischen Säulen passten. Vorhänge blähten sich vor den Fenstern – sie standen offen, damit die Nachtluft des späten Frühlings den Raum etwas abkühlte. Lichter und Kerzen überzogen die Menge mit einem ätherischen Glühen, das noch gekrönt wurde durch ganz zauberhafte Papierlaternen, die eine ihrer Kostgängerinnen für sie auf dem asiatischen Markt besorgt hatte. Die Gäste schienen das flackernde goldene Licht zu mögen, und manche drehten sich schon auf dem Parkett, als das Orchester anfing mit einer Auswahl von Camille Saint-Saëns, Antonín Dvořák, Pjotr Iljitsch Tschaikowski und etwas Gilbert und Sullivan, um die nationalistischer eingestellten unter ihnen zufriedenzustellen.

Kaum hatte sie an die Marchioness gedacht, kam Mena Mackenzie auf sie zu, in einem Kleid aus bronzefarbener Seide, die ihr Haar entflammen ließ. Für Imogen beschwor sie Botticellis *Die Geburt der Venus* herauf. Nicht nur aufgrund ihrer Statur und ihrer Schönheit, sondern durch das Zusammenspiel ihrer fast göttlichen Sinnlichkeit und der freundlichen Güte, die sie ausstrahlte.

Sie stieg die Eingangstreppen hoch, streckte die Hände nach Imogen aus und begrüßte sie mit einem Kuss auf beide

Wangen. »Es ist alles ganz wundervoll, meine Liebe«, sagte sie aufmunternd. »Und sehen Sie nur, wie gut sich alle amüsieren.«

Imogen musste zugeben, bis jetzt sah es so aus, als würde alles gutgehen.

»Ich kenne diesen Blick«, sagte Mena. »Sie sind davon überzeugt, dass irgendetwas schiefgehen wird.«

Imogen runzelte die Stirn. Warum nur war sie so leicht zu durchschauen?

»Ich war Viscountess, bevor ich Marchioness wurde, und ich habe mehr solcher Bälle ausgerichtet, als Sie sich vorstellen können. Natürlich sind Ihre Ängste nicht grundlos, und Sie werden sich erst völlig entspannen können, wenn Sie ein Feuer gelöscht haben – im wörtlichen oder übertragenen Sinn. Aber mit unserer Hilfe werden Sie jede Panne oder Notlage umschiffen oder wenigstens verbergen können, bevor man etwas bemerkt.«

»Ich hoffe, die Panne von heute Nachmittag zählt.« Imogen bezog sich trocken darauf, dass Clara Boyle, ein ehemaliges Fischweib, das erst seit Kurzem für sie arbeitete, die Marchioness ohne Ankündigung in den Garten geführt hatte, anstatt sie im Salon warten zu lassen. Imogen hatte nur in Chemise und Röcken gemalt, das Haar zu einem unordentlichen Knoten gedreht, das Gesicht von der Hitze gerötet.

Lady Ravencroft war natürlich liebenswürdig und nett gewesen, hatte Imogens Aufzug mit einem Lachen abgetan und erzählt, dass sie in den Highlands lebte, wo Männer nur in Kilt und Stiefeln auf den Feldern arbeiteten.

Aber der Faux-Pas machte ihr dennoch Sorgen, da sie heute Abend vorhatte, etwas zu beweisen: Mit der richtigen Ausbildung und Gelegenheit konnte auch jemand aus den niedrigsten Verhältnissen wie eine Dirne oder ein Dieb ein produktives und einträgliches Leben in der Gesellschaft führen.

Sie brauchten nur eine Chance.

»Hat jemand meinen ungeratenen Ehemann gesehen?«, fragte Mena.

»Ich bin sicher, er ist noch nicht hier.« Imogen blickte zu der Tür hin, die Mena aufmerksam im Auge behielt. Sie war sich sicher, dass Laird Ravencroft noch nicht anwesend war, denn der Schotte übertraf selbst Christopher Argent an Körpergröße, und man konnte ihn unmöglich übersehen.

»Es passt gar nicht zu ihm, sich zu verspäten«, sorgte sich Mena. »Er wollte am Nachmittag einen Freund hier in Belgravia besuchen. Vielleicht kennen Sie ihn, den Duke of–«

»Lady Anstruther.«

Imogen drehte sich zu Cheever um, den sie nach dem Tod ihres Mannes zum Butler befördert hatte. Er stand dort auf eine Weise, die völlig angemessen und doch absolut verstörend war. Es war etwas passiert, das sah sie an der Art, wie er die Hände hinter dem Rücken verschränkte.

»Was ist, Cheever?« Sie war stolz darauf, wie ruhig ihre Stimme klang, auch wenn ihr Atem sich dramatisch beschleunigt hatte.

»Verzeihen Sie die Störung, Mylady, aber es gibt wichtige Neuigkeiten von Croyden. Könnten wir das im blauen Salon besprechen? Es wird nur einen Moment dauern.«

Imogen spürte, wie ihr das Blut aus den Gliedern wich, und sie ließ Millie los, damit sie nicht dem Impuls nachgab, sich an sie anzulehnen. »Na-natürlich, Cheever.« Sie entschuldigte sich bei ihren Gästen, und ihre Beine fühlten sich an wie aus Glas, als sie den Ballsaal durchquerte.

Croyden. Das war mehr als eine Panne. Das konnte sehr gut die riesige Katastrophe sein, die sie gefürchtet hatte. Croyden war das Codewort, das Edward und Cheever benutzt hatten, wenn sie über das Nackte Kätzchen sprachen.

Im blauen Salon traf Imogen auf Jeremy Carson, der sich an den Turkish Delights gütlich tat, die dort in einer Kristallschale lagen. Er stand auf, als sie eintrat und wischte sich unsicher etwas Puderzucker von der Hose.

»Ginny – ich meine Lady Anstruther.« Er verbeugte sich etwas übertrieben und schob den Rest der Süßigkeit in eine Wange.

»Jeremy, was für eine schöne Überraschung«, log Imogen. Sie hegte keinen Groll gegen ihn, ganz im Gegenteil, aber eine Neuigkeit vom Nackten Kätzchen konnte nur furchtbar sein.

Imogen war gewissermaßen eine Expertin darin, mit furchtbaren Neuigkeiten umzugehen, aber … nicht heute Abend.

»Ich hoffe, es geht dir gut«, sagte sie sanft und hielt ihre Stimme täuschend mild.

Die Wange wölbte sich über die Süßigkeit und ruinierte ein wenig sein schiefes Lächeln, aber es war trotzdem liebenswert. »Tut mir leid, dass ich Eurer Ladyschaft Unannehmlichkeiten bereite, ich wusste nicht, dass Sie heute so einen vornehmen Rummel hier veranstalten. Es ist nur … da ist was, das Sie vielleicht wissen sollten.«

Imogen wappnete sich, und klammerte sich so sehr an die hohe Rückenlehne eines Stuhls, dass ihre ganze Hand weiß wurde. »Fahre nur fort«, ermutigte sie ihn.

»Dieser hochherrschaftliche Duke, der seine Hand verloren hat, war gestern noch mal da und hat nach Ihnen gefragt.« Jeremy nutzte ihre Überraschung, um die Süßigkeit endlich hinunterzuschlucken.

»Nach mir?«, stieß sie hervor

»Nun ja, nach Ginny eben.« Jeremy nahm seine Mütze ab und knetete sie in den Händen. Sein Haar von der Farbe und Konsistenz von Haferstroh stand wild in alle Richtungen ab, obwohl er offensichtlich versucht hatte, es mit Pomade zu bändigen. »Aber ich hab ihm gesagt, ›He, mir egal, mit welchen Titeln Sie um sich werfen, ich sag Ihnen gar nichts.‹«

»Das hast du zu ihm gesagt?«

»Naja, nicht mit genau den Worten.« Er warf ihr ein verlegenes Grinsen zu und zeigte dabei einen Goldzahn, der zu seinen Sommersprossen irgendwie reizend aussah. »Aber ich hab ihm gesagt, dass ich mich nicht erinnere, dass ich Sie nicht gesehen hab, und dass meine Erinnerung mit der Zeit bestimmt nicht besser wird, egal, wie oft er noch vorbeikommt.«

»Gott segne dich, Jeremy.« Imogen ging um den Stuhl herum und setzte sich. Der feine Samt war behaglich und warm.

»Das war doch ne Kleinigkeit, Euer Ladyschaft.« Jeremy zwinkerte ihr zu, bevor er die Mütze wieder aufsetzte. »Ist mir trotzdem ein verfluchtes Rätsel, was der alte Krüppel von Ihnen will, 'tschuldigung, dass ich das so sag.«

»Du musst mich nicht Euer Ladyschaft nennen«, erinnerte Imogen ihn freundlich. »Du warst ein Freund, bevor …« Es war gar nicht, dass sie Jeremys eher direkte Frage nicht beantworten wollte – sie wollte einfach nicht darüber nachdenken, weshalb Trenwyth nach all diesen Jahren immer noch nach Ginny suchte.

»Von Devina, Heather oder den anderen hab ich nichts gehört«, sagte er aufmunternd. »Sie dürften keine Gefahr sein.« Den Frauen, die mit ihr im Nackten Kätzchen gearbeitet hatten, war ein ganzer Jahreslohn geboten worden, damit sie ohne Fragen zu stellen woanders hingingen, und sie waren gern darauf eingegangen.

»Da ist nur … Barton«, erinnerte Jeremy sie nüchtern. »Und den hat seit jener Nacht niemand gesehen. Niemand außer Flora.«

Imogen hatte sich nie verziehen, was Flora Latimer zugestoßen war.

In der Nacht, in der Imogen sich gegen Barton gewehrt hatte, war Jeremy ihr hinterhergelaufen, bis er sie ein paar Blocks von der St. James Street entfernt im Nebel verloren hatte. Als er zurückgekehrt war, war Mr. Barton verschwunden gewesen. Imogen hatte ihn anscheinend nicht so schwer verletzt, wie sie in ihrer Panik geglaubt hatte. Aber die arme Flora Latimer, die süße, blonde Dirne, war in der verfluchten Gasse ermordet worden. Sie hatte mit geschlossenen Augen in einer Pfütze gelegen. Vergewaltigt und erwürgt.

Imogen wünschte, sie hätte Barton wirklich getötet, dann hätte er seine Wut nicht an der armen Flora ausgelassen. Er war zwar verschwunden, aber nicht aus ihren Gedanken. Es war wie ein winziger Nadelstich in Imogens neuem Leben, eine Drohung, die jeden Moment aus dem Schatten der Vergangenheit treten und alles ruinieren konnte.

»Euer Ladyschaft?«

Imogen blinzelte und erschrak kurz, als sie sah, dass Jeremy noch dort saß und sie merkwürdig wachsam anblickte. »Es tut mir leid, Jeremy, was hast du gesagt?«

»Ich weiß, es geht mich nichts an, aber wenn es Ihnen nichts ausmacht, warum haben Sie solche Angst vor diesem Trenwyth? Bedroht er Sie? Kann ich etwas tun? Sie müssen nur etwas sagen, und wir …«

»Nein«, antwortete sie schneller, als sie beabsichtigt hatte. »Nein. Aber seit ich den Earl geheiratet habe und eine Countess geworden bin, ist es für mich sehr wichtig, dass dieser Teil meines Lebens in der Vergangenheit bleibt.« Sie versuchte, sich so diplomatisch wie möglich auszudrücken, um ihn nicht zu kränken.

»Ich verstehe das, Mylady. Und sie sagen, diese vornehmen Leute sind heuchlerischer und erbarmungsloser als ein Puff voller Vikare in einer Samstagnacht.«

»Ganz genau.« Imogen musste lachen. Sie hatte das noch nie jemanden sagen gehört, und sie hatte keine Ahnung, wer »sie« waren, die Jeremy immer zitierte. Aber sie war oft mit ihnen einer Meinung.

»Aber nicht Sie.« Seine sanften blauen Augen ließen sie an ein harmloses Waldgeschöpf denken, und für einen Moment schmolz ihr Herz, und die ganze Sache schien nicht mehr so bedrohlich.

»Das ist lieb, dass du das sagst.« Sie stand auf, trat zu ihm und gab ihm einen züchtigen Kuss auf die Wange, der ihn heftig erröten ließ. »Du warst mir bei all dem immer ein treuer Freund.«

»Und das werde ich immer sein, Ginny.« Der Name rutschte ihm heraus, und er schien unfähig, den Blick vom Fußboden zu lösen.

»Nenn mich Imogen«, bot sie an. »Das ist mein richtiger Name.

Er sah sie an, als habe er ein kostbares Geschenk von ihr erhalten und besäße nichts, was er ihr im Gegenzug geben könnte.

Imogen, peinlich berührt und geschmeichelt von seiner jugendlichen Verehrung, wandte sich ab und stellte wieder einen angemessenen Abstand zwischen ihnen her. »Läuft es gut im Lokal? Kann ich noch etwas für dich tun?« Sie wollte ihn nicht kränken, indem sie ihm Geld anbot, ihm aber die Gelegenheit geben, darum zu bitten, sollte er welches brauchen.

Er schien etwas sagen zu wollen, zögerte, und änderte dann seine Meinung. »Nee, und ich stör grad hier, bin einfach so reingeplatzt, nicht? Sie sollten zu Ihren Gästen zurückgehen.«

»Nun …« Sie konnte das furchtbar schlecht. Sie wusste nie, was sie sagen sollte, wie sie sich verabschieden sollte von einem alten Bekannten, den sie nicht mehr einfach so treffen würde.

»Ich bin dir wirklich dankbar, dass du gekommen bist. Cheever wird dir eine Schachtel von den Turkish Delights mitgeben. Bitte besuch mich mal wieder.«

»Mach ich vielleicht.« Er warf ihr ein golden glänzendes Lächeln zu und schlenderte zur Tür. »Mach ich vielleicht.«

Sobald er fort war, schien der Lärm ihrer Gäste den Platz zu füllen, den er geräumt hatte. Sie musste zu ihnen zurück.

Sie musste nachdenken.

Über Cole.

Sie hatte ihn nicht oft gesehen, seit sie das St. Margarets verlassen hatte, aber Jeremy hatte ihr gesagt, dass er im Nackten Kätzchen nach ihr gesucht hatte, bevor er nach Amerika aufgebrochen war.

Jetzt war er zurück. Und hatte sie immer noch nicht vergessen. Sie wusste nicht, ob sie Angst oder Freude empfinden sollte, auch wenn sie im tiefsten Inneren beides ein wenig zulassen konnte.

Der angenehmste Grund, aus dem er nach ihr suchte, könnte sein, dass er sich voller Zuneigung an ihre gemeinsamen Stunden erinnerte. Vielleicht wollte er erneut zahlen, um das Bett mit ihr zu teilen. Oder sie sogar zur Geliebten nehmen. Wenn ihre Lebensumstände sich nicht geändert hätten, hätte Imogen ernsthaft in Betracht gezogen, ein solches Angebot anzunehmen. Sie hatte seine unerlaubten Aufmerksamkeiten genossen, und obwohl er ihr auch Schmerzen bereitet hatte, wäre das die Sicherheit und die Chancen wert gewesen, die ihr eine solche Stellung verschafft hätten.

Nun aber musste sie über Derartiges nicht mehr nachdenken. Edward hatte sich großzügig ihrer Sorgen angenommen und nicht nur del Toro mit einem kleinen Vermögen bestochen und das Etablissement für Jeremy gekauft, sondern zusätzlich noch dafür gesorgt, dass der Junge die ersten sechs Monate ein Gehalt bekam. Nein, der Mann, ermahnte Imogen sich. Trotz seines jungenhaften Gesichts musste Jeremy mindestens einundzwanzig sein, nur wenige Jahre jünger als sie selbst.

Was sie zu dem schlimmsten Grund brachte, aus dem der Duke of Trenwyth nach ihr suchen könnte …

Wenn er nun einen Verdacht hegte, wer sie wirklich war, und sie nicht zu seiner Geliebten machen wollte, sondern plante, ihre skandalöse Vergangenheit vor all jenen zu enthüllen, die sich an ihrem Untergang ergötzen würden?

Noch vor einem Jahr wäre ihr das egal gewesen, aber jetzt … seit sie begonnen hatte, etwas aufzubauen, sich für eine Sache einzusetzen, wurde es immer wichtiger, dass die Vergangenheit blieb, wo sie war.

Im Verborgenen.

Zuletzt hatte sie Trenwyth bei Edwards Beerdigung gesehen. Sie war tief betrübt gewesen und gleichzeitig erleichtert, denn in seinen letzten Wochen war es Edward sehr schlecht gegangen, und es hatte sie unsagbar geschmerzt, ihn leiden zu sehen.

Cole hatte sie die ganze Zeit wütend angestarrt. Er war noch blass gewesen nach seiner Genesung, aber er hatte sie mit solcher Verachtung angeblickt, dass sie fast Angst bekam. Da sie befürchtet hatte, von ihm erkannt zu werden, hatte sie einen dichten schwarzen Schleier getragen. Die Beileidsbezeugungen aus Lord Anstruthers Kreisen – Freunde und seine Untergebenen beim Militär – waren recht kühl gewesen, und bei Cole war es nicht anders. Natürlich hatte sie eine ablehnende Haltung erwartet, aber nicht, dass es so wehtun würde.

Aber das hatte es. Vor allem von ihm.

In jedem Fall war es besser, ihm aus dem Weg zu gehen. Wenn er sie wirklich erkannte, war das Leben, das sie für ihre Mutter und Schwester aufgebaut hatte, in Gefahr.

Natürlich sah sie jetzt ganz anders aus. Ihr Haar hatte eine andere Farbe und Länge als das, an das er sich erinnern würde. Aber auch darüber hinaus hatte sie sich seit der Hochzeit verändert. Die Knochen standen nicht mehr so hervor, sie hatte rosige Wangen und war – zugegeben – voller geworden. Die Frauen ihrer Familie waren nicht an sich zart, sie waren es nur aus Mangel an Nahrung geworden. In der Tat hatte Imogen mit vierundzwanzig Hüften und Brüste bekommen. Ihr Haar glänzte, und ihre Augen strahlten jetzt in einem, durch die viele im Garten verbrachte Zeit, gebräunten und sommersprossigen Gesicht. Sie würde sogar wagen, ihre braunen Augen jetzt grün zu nennen, wenn das Licht es zuließ.

In der Tat würde wohl nicht einmal Ezio del Toro sie erkennen, wenn er ihr begegnete.

Dennoch. Sie würde einen weiten Bogen um ihren Nachbarn machen, dachte sie, als sie die Handschuhe glatt zog und in den Gang trat. Collin Talmage war ein gefährlicher Mann. Die Kriegsgefangenschaft hatte ihn verändert. Nicht nur in körperlicher, sondern auch in vielerlei anderer Hinsicht. Vielleicht sogar in jeder Hinsicht.

Bei dem Gedanken an seine Einsamkeit empfand sie Schuld und Kummer. Und sie war neugierig, warum er Ginny nach all dieser Zeit noch suchte.

Nein, sie musste unbedingt Abstand halten, schalt sie ihr weiches, verräterisches Herz. Sie setzte ein Lächeln auf und versuchte, so elegant in den Ballsaal zu schreiten wie Millie und Mena, die eine Anmut und ein Selbstvertrauen ausstrahlten, dass es fast greifbar war. Auch wenn ihre verzweifelte Lage sich gewendet hatte, musste sie immer noch an Isobel denken. Die in der Hoffnung, einen Ehemann zu finden, gerade Lady Caroline Witherspoons Debütantinnenball besuchte.

Imogen entdeckte ein bekanntes Gesicht in der Menge.

»Dr. Longhurst«, rief sie froh. »Wie wunderbar, dass Sie meine Einladung angenommen haben!«

Er machte eine linkische Geste und konnte gerade noch verhindern, sein Getränk zu verschütten, als er sich zu ihr umdrehte. Seine Züge allerdings erhellten sich mit ähnlicher Freude, was sie wärmte und ablenkte. »Schwester … ich meine Lady Anstruther. Fast wäre ich nicht gekommen. Ich bin furchtbar bei solchen Anlässen. Nie ein großer Tänzer.« Er zupfte an seinem leicht schief sitzenden Kragen. »Kann eine gute Sache nicht ignorieren. Oder … die Gelegenheit, Sie wiederzusehen.«

Imogen hakte sich bei ihm unter und deutete auf den Raum. »Sie hier zu sehen hat mir den Abend gerettet.«

Er errötete ein wenig und stärkte sich mit einem Schluck. »Sie sind sehr freundlich«, murmelte er peinlich berührt.

»Wie ist es im Krankenhaus?«, fragte sie, als sie sein Unbehagen bemerkte.

»Wie immer.« Er warf ihr einen bedeutsamen Blick zu.

»Dr. Fowler?«, riet sie.

»Er setzt sich Ende des Jahres zur Ruhe, so geht jedenfalls das Gerücht.«

Sie freuten sich beide über diesen Klatsch. »Das ist die beste Nachricht seit Ewigkeiten.«

Longhurst nickte grimmig. »Hätte ich nicht geschworen, niemanden zu schädigen, in diesem Fall wäre ich wirklich in Versuchung geraten.«

»Und niemand könnte es Ihnen vorwerfen. Man hätte Ihnen sogar applaudiert.«

Er wurde etwas nüchterner, als er auf ihren Arm hinabsah, der sich locker an seinen schmiegte. »Sie sehen … gut aus«, murmelte er. »Besser. Gesünder.«

»Das bin ich. In jeder Hinsicht.« Imogen verschwieg, dass

man sie gebeten hatte, dem St. Margarets Wohlfahrtskomitee beizutreten, was sie zu einer Förderin des Krankenhauses machte. Aber sie beschloss bei sich, den Einfluss, den ihr Vermögen ihr verschaffte, zu nutzen, um Dr. Longhursts Forschung und Karriere voranzutreiben. »Haben Sie gehört, dass Gwen jetzt für mich arbeitet, um mich bei meiner Wohltätigkeitsarbeit zu unterstützen?«

»Ein großer Verlust für das St. Margarets«, sagte er. »Sie beide. Sie denken sicher, ich habe mich an Ihre Abwesenheit gewöhnt. Fast zwei Jahre ist es her, seit wir zusammengearbeitet haben. Aber … ich sehe mich immer noch nach Ihnen um, ob sie mir assistieren. Sie waren die beste Krankenschwester, die wir je hatten.«

»Jetzt sind Sie sehr freundlich«, gab sie warm zurück.

»Nein.« Er sah ihr endlich in die Augen, und Imogen war überrascht von der Verehrung, die sie darin entdeckte. »Nein, das bin ich nicht.«

Plötzlich nervös geworden, legte sie sich die Hand aufs Herz. »Ich hoffe, allen anderen geht es gut?«, fragte sie einen Hauch zu fröhlich. »William, Mrs. Gibby, Molly?«

»Haben Sie es nicht gehört? Molly ist tot. Es geschah recht plötzlich, das wurde mir jedenfalls gesagt.«

Sprachlos blickte sie ihn an. Sie hatte die Krankenschwester nur kurz gekannt, und sie hatten sich nicht gut verstanden, aber die Nachricht war trotzdem ein Schock, vor allem, da sie mit solcher Gelassenheit überbracht wurde. »Oh mein Gott. Wissen Sie, was passiert ist?«

Er zuckte mit den Achseln. »Ich war nicht zugegen. Aber nach allem, was man hörte, waren es schreckliche Umstände, die dazu geführt haben.«

»Lady Anstruther!« Mena kam vom Eingang her auf sie zu, wo sie mit einer Gruppe ungewöhnlich großer, übertrieben gut gebauter Männer gestanden hatte. »Kommen Sie, meine Liebe, hier ist jemand sehr Wichtiges, den ich Ihnen gern vorstellen würde.«

Sie blickte zu Dr. Longhurst auf und nahm etwas Merkwürdiges in seinem Verhalten wahr. Etwas, das über Enttäuschung hinausging. »Ich –«

»Oh, sehen Sie«, murmelte er. »Da ist Gwen. Ich werde mich ihr aufdrängen.«

»Aber –« Das Gespräch mit ihm schien noch nicht beendet zu sein. Sie fühlte sich unwohl bei dem Gedanken, sich so von ihm zu verabschieden, auch wenn nichts von Bedeutung gesagt worden war.

Irgendetwas war ungesagt geblieben.

»Es war schön, Sie zu sehen«, sagte er eilig und löste sich von ihrem Arm. »Ich hoffe, das geschieht wieder. Öfter.«

Und dann zog er sich zurück, und Mena Mackenzie nahm ihren Arm und führte sie zu ihren Bekannten. »Lady Anstruther, Sie erinnern sich sicher an meinen Mann, Laird Liam Mackenzie, Marquess Ravencroft.« Seine Frau sprach den Namen mit solchem Stolz, so offensichtlicher Zuneigung aus, dass Imogen den brutal aussehenden Highlander einfach anstrahlen musste.

»Willkommen, Lord–äh–Laird Ravencroft. Ihre Frau ist wirklich außergewöhnlich.«

»Aye, das ist sie«, stimmte er zu, als er vorsichtig Imogens Hand drückte und sie dann wieder losließ. »Ich hoffe, Sie verzeihen meine Verspätung, Lady Anstruther, und auch einen weiteren Verstoß gegen die Etikette, da ich noch einen Gast mitgebracht habe. Ich dachte, eine Brieftasche mehr würden Sie schon nicht hinauswerfen.«

»Sie haben richtig gedacht.« Sie beeilte sich, ihn mit einem warmen Lächeln zu beruhigen. Es war ohnehin zu voll, was bedeutete da schon einer mehr. Je mehr Geld sie zusammenbrachten, desto besser, und es war gut möglich, dass sie demjenigen ohnehin eine Einladung hatte zukommen lassen. »Jeder Gast der Mackenzies ist überaus willkommen.«

»Zu großzügig, Mylady.« Er drehte sich um und deutete auf einen hochgewachsenen Gentleman, der sich in der Eingangshalle mit Christopher Argent unterhielt. Sein breiter Rücken schien die Fähigkeiten seines Schneiders herauszufordern, und da der Diener ihm den Hut noch nicht abgenommen hatte, war seine Haarfarbe nicht zu erkennen. »Lady Anstruther, erlauben Sie mir, Ihnen Seine Gnaden Collin Talmage, Duke of Trenwyth, vorzustellen.«

Imogen kämpfte gegen den Impuls an, sich abzustützen, als plötzlich das ganze Haus wankte. Einen schrecklichen und absurden Moment lang fragte sie sich, ob ein Haus einfach umkippen konnte, obwohl so viele es durch ihr Gewicht am Boden hielten. Sie brauchte ihre ganze Willenskraft, um sich nicht irgendwo festzuklammern. Stattdessen barg sie die geballten Fäuste in ihren Röcken und setzte ein zitterndes Lächeln auf.

Es erstarb, als er sich beim Klang seines Namens umdrehte.

Anscheinend hatte er sich in der Zeit, seit er zurückgekehrt war, nicht nur von seiner Krankheit und den Verletzungen erholt, sondern sich auch ... völlig verändert. Das war nicht der gebrochene, von Fieber geschüttelte Duke, den sie zuletzt gesehen hatte. Und auch nicht der trauernde, liebenswürdige Soldat, den sie aus dem Nackten Kätzchen kannte.

Der Mann vor ihr war jemand völlig Neues. Jemand, mit dem sie Angst hätte, allein zu sein. In nur drei Jahren war er um vielleicht zehn Jahre gealtert, aber nicht auf die Art, wie ihr verstorbener Mann älter geworden war. Er ... war irgendwie gewachsen, größer und stärker geworden. Die hochgewachsene Eleganz des Mannes, mit dem sie das Bett geteilt hatte, war jetzt sichtlich mit Muskeln und Sehnen bepackt. Er wirkte nicht so brutal wie Argent und nicht so bullig wie Ravencroft, aber solche Muskeln an einem so unfassbar großen Mann liefen eigentlich den Gesetzen von Gott und Natur zuwider.

Denn er überragte sie beide.

Seine Züge waren verwittert und düster, und Imogen dachte, dass seine Schönheit sich die Wildheit des ungezähmten Amerikas angeeignet hatte.

»Lady Anstruther.« Er übertrieb die Betonung ihres Titels so, als hielte er ihn für einen Witz.

Gott, was konnte das nur bedeuten? Was wusste er?

»Euer Gnaden«, hauchte sie und löste die Angst mit einem sehr undamenhaft klingenden und peinlichen Räuspern. »Willkommen, Euer Gnaden«, versuchte sie es ein zweites Mal mit mehr Erfolg und bot ihm ihre zitternde Hand.

Er trat näher und griff danach. Sie erschrak, als sie das harte Metall durch ihren Handschuh spürte, aber sie kaschierte ihr Erstaunen, hielt sich an dem Stahl fest, bis er ihre Fingerknöchel an seine Lippen presste.

Dieser Mund. Mit jeder Faser ihres Seins erinnerte sie sich an diesen Mund. Kaum mehr als ein harter Strich in den harten Zügen. Nicht länger von einem Lächeln umspielt, das männliches Selbstvertrauen verriet, sondern verzerrt durch zynische Arroganz. Die Veränderung verwirrte sie, und als der Mund ihre Fingerknöchel berührte, überlief sie ein Schaudern unbekannter Ängste und Lüste. Er hatte ihre Hand absichtlich mit der Prothese ergriffen, um sie zu provozieren, dessen war sie sich sicher.

Er betrachtete sie mit diesen Augen aus geschmolzenem Kupfer und folgte jeder ihrer Bewegungen wie ein Wissenschaftler, der ein Insekt unter einem Mikroskop betrachtet.

In diesem Augenblick wusste Imogen es. Sie war das Geschöpf, das diese Bestie, dieser Wolf, gewählt hatte, um sie von der glitzernden Herde zu trennen. Hinter der eleganten Fassade des berühmten Duke, des Cousins der Queen persönlich, sah sie die Augen eines Raubtiers. Berechnend. Hungrig.

Tödlich.

Ein Diener kam und nahm rasch seinen Hut und Mantel in Empfang, und dann löste Cheever sich aus dem Limbus, in dem gut ausgebildete, untadelige Bedienstete in völliger Unsichtbarkeit verharren.

»Keine Sorge, Mylady, die Sitzordnung für das Dinner wurde geändert.«

»Sitzordnung?«, echote sie, bevor sie plötzlich heiß und prickelnd das Entsetzen überlief. Natürlich, als Duke war Trenwyth ihr ranghöchster Gast. Er würde beim Abendessen den Ehrenplatz einnehmen.

An der Seite der Gastgeberin.

11

Sie empfand es wie ein Sakrileg, so viele köstliche Speisen vor sich zu haben und keinen einzigen Bissen hinunterzubekommen. Imogen war beim Essen nie pingelig gewesen, aber bereits die Vorstellung, mit diesem Kloß im Hals etwas hinunterschlucken zu müssen, und wenn es nur Suppe war, erschien ihr einfach undenkbar.

Obwohl sie sich so unbehaglich fühlte, floss das Gespräch während des Hauptgangs ungehindert und heiter dahin, was sie ihren berühmten und faszinierenden Gästen zu verdanken hatte. Von ihrem Platz am Kopf des Haupttisches konnte sie dem Gespräch in ihrer Nähe leicht folgen, während sie Trenwyth, der zu ihrer Rechten saß, fröhlich ignorierte.

Der Brauch wollte es, dass er sie zu ihrem Platz geleitete, und das hatte er getan. Sie hatte sich neben ihn gestellt und wehmütig und furchtsam zugleich die Hand auf den dargebotenen Arm gelegt. Diese Arme hatten sie einst gehalten, als wäre sie etwas Kostbares. Wie unwirklich war es dagegen, ihn jetzt zu berühren. Wie merkwürdig, dass er sich nicht erinnerte. Dass sie sich nicht einmal selbst das Gefühl von Zugehörigkeit gemischt mit Fremdheit eingestehen konnte, das mit verwirrender Macht über sie hinweggefegt war. Er war stark gewesen, als sie ihn getroffen hatte, aber nicht so stark. Er war traurig gewesen, aber nicht so übel gelaunt. Er hatte außerordentlich gut ausgesehen, aber nicht so … sie rang um das richtige Wort. Wild? Grob? Primitiv?

Sie erinnerte sich, ihn mit einem Wolf verglichen zu haben,

einem geschmeidigen, mächtigen Raubtier. Der Vergleich passte immer noch, aber seine Bewegungen wirkten noch urwüchsiger, ungezähmter. Als könnte er sich jeden Moment seine Kleidung in Fetzen vom Leib reißen und sie verschlingen.

Sie schloss die Augen, um den bei dem Gedanken zugegebenermaßen sinnlichen Schauder abzuwehren, und ermahnte sich, tief durchzuatmen und sich nach Kräften zu bemühen, den Abend mit Anstand und Geduld zu überstehen.

Bald würde alles vorbei sein.

Imogen bemerkte merkwürdige Ausbuchtungen unter seiner Anzugjacke, die von Riemen oder Gurten stammen mussten, und fragte sich, warum er so weit oben etwas befestigte, da doch nur seine Hand fehlte. War noch mehr von dem Arm amputiert worden? Gedankenverloren betrachtete Imogen den Verlauf dieser Spuren, dann blickte sie verstohlen zu ihm auf.

Er hatte sie aus den Augenwinkeln beobachtet, und sein harter Mund verzog sich gequält.

Voller Scham senkte Imogen den Blick und wünschte sich brennend, dass das der schlimmste Fauxpas gewesen war, dessen sie sich dem Duke gegenüber schuldig gemacht hatte.

Sie hatte das Küchenpersonal vorher angewiesen, seine Mahlzeit in mundgerechten Stücken zu servieren, damit er sich bei jedem Gang mit einer Hand bedienen konnte. Leider hatte das dazu geführt, dass man ihm einen fertig – und, wie sie fand, sehr geschmackvoll – angerichteten Teller brachte, während alle anderen sich wie üblich selbst auftaten. Anstatt sich über ihre Rücksicht zu freuen, starrte er sie an und gab zu verstehen, dass sie ihn schwer gekränkt und vielleicht gar gedemütigt hatte.

Während des Dinners versuchte sie, jedes Gespräch mit ihm zu vermeiden und dies gleichzeitig vor den anderen Gästen sorgsam zu verbergen. So viele Fragen, Ängste, Empfindungen und Schreckensszenarien tobten in ihr, dass sie fürchtete, dieser entsetzlichen Qual nicht standzuhalten. Sie konzentrierte sich auf ihren Atem und bemühte sich, dem Tischgespräch zu folgen.

Rechts von Trenwyth hatte sie Edith Houghton gesetzt, die Viscountess Broadmore, eine hübsche junge Witwe, die zum ersten Mal nach der Trauerzeit an einer Festivität teilnahm. Imogen wäre es sehr unangenehm gewesen, wenn diese auch nur geahnt hätte, dass sie dort nur hingesetzt worden war, weil sie die einzige unbegleitete Person war. Aber die kokette Dame schien hocherfreut, Trenwyth als Tischnachbarn zu haben.

Eigentlich ärgerte Imogen sich sogar über die Viscountess, die einfältig kicherte, während sie einen Goldring um einen Finger ihrer behandschuhten Hand drehte. Wer trug bitte Handschuhe beim Essen? Die Dame hatte wahrscheinlich Warzen, dachte sie herzlos.

Dorian Blackwell, der auf der anderen Seite neben der Viscountess Broadmore saß, hatte seine Handschuhe allerdings ebenfalls nicht abgelegt, also war es vielleicht gar kein so großer Verstoß gegen die Etikette. Sie war kaum eine Expertin, eher eine Außenseiterin in diesen besonderen Kreisen.

Links neben ihr saßen Lord Ravencroft und seine Frau, gegenüber von Christopher Argent und Millie, und so konnten diejenigen, die den Duke bereits kannten, die Konversation mit ihm bestreiten.

Auch wenn Dorian Blackwell der Earl of Northwalk war, bemerkte sie, dass seine engsten Bekannten ihn einfach »Blackwell« nannten. Obwohl er einen makellosen Abendanzug trug und einen recht charmanten Witz besaß, konnte Imogen das Gefühl nicht ganz unterdrücken, den Teufel höchstpersönlich an ihre Tafel geladen zu haben, wenn sie in seine Richtung blickte. Es waren nicht nur seine Körpergröße, das rabenschwarze Haar, die Augenklappe und der etwas grausame Zug in seinem gutaussehenden Gesicht. Es war das böse Funkeln in seinem gesunden Auge, das sein zuvorkommendes Verhalten Lügen strafte. Oder vielleicht, dass er jeden in seiner Nähe so abschätzend ansah, wie man es eher mit einem Gegenstand tat als mit einem menschlichen Wesen. Es war beängstigend genug, dem sogenannten Schwarzen Herzen von Ben More vorgestellt zu werden, aber von diesem intelligenten, berechnenden Auge taxiert zu werden, war eine Erfahrung, die sie lieber nicht sehr häufig wiederholen wollte.

Wenn Blackwell der Teufel war, war seine Frau Farah in jeder Hinsicht sein Gegenteil. Eine zarte, engelhafte Schönheit mit silberblondem Haar, gütigen grauen Augen und einer sanften, wenn auch irgendwie praktischen Art.

»Was halten Sie von diesem modernen Piraten, der zur Zeit das Mittelmeer terrorisiert, Trenwyth?«, fragte Blackwell mit dunkler Stimme. »Der Mann, der sich die Krähe nennt?«

Der Duke dachte einen Moment zu lange darüber nach, während sich sein Kiefer auf extrem verwirrende Weise bewegte, als er ein zartes Stück gebratene Entenbrust mit Portweinsauce und Feigen kaute.

»Es soll ein wilder, übler Sklavenhändler sein«, kam ihm Lady Broadmore mit einer Antwort zuvor. Bei diesen Worten reckte sie den langen Hals über den Teller, als wollte sie der Runde etwas Vertrauliches mitteilen. »Aber ich habe gehört, er ist Brite und stiehlt nur Frachten der Länder des Kontinents und Nordafrikas. Warum sollen wir uns Sorgen machen, solange er sich vom Ärmelkanal und der englischen Flotte fernhält?«

Was für ein abgeschmackter Gedanke, dachte Imogen, und versuchte sich zu erinnern, warum sie die dumme Person überhaupt eingeladen hatte.

»Angefangen hat er im Südchinesischen Meer, wo er bekanntermaßen auch englische Schiffe gekapert hat«, antwortete Blackwell trocken – er schien Imogens Meinung über diese Frau zu teilen. »Eine Weile hat er den Golf von Bengalen unsicher gemacht, dann das Arabische Meer. Ich denke, wir sollten uns große Sorgen machen, dass er bereits im Mittelmeer angekommen ist.«

»Außerdem sind es nicht nur britische Schiffe, die den englischen Markt versorgen, und nicht nur britisches Leben ist von Bedeutung.« Imogen konnte sich nicht davon abhalten, die oberflächliche Viscountess zurechtzuweisen.

Blackwell wandte sich ihr zu, betrachtete sie mit diesem beunruhigend scharfen Blick, und nickte zustimmend. »Gut gesagt, Lady Anstruther.«

Nicht an Komplimente gewöhnt, vor allem nicht Komplimente über ihre Meinung, konnte Imogen sich gerade noch davon abhalten, sich die Hand an die Wange zu legen, um zu prüfen, ob sie heiß und damit sicher auch rot geworden war.

»Ich denke, die ganze Geschichte ist fragwürdig.« Trenwyth beantwortete schließlich die erste Frage, nachdem er sich den Mund mit einer Serviette abgewischt hatte. »Die See ist nicht mehr, was sie vor einem Jahrhundert war, als Piraten wie die Barbarossa-Brüder, Sir Francis Drake und Blackbeard über sie herrschten. Die Ostindienkompanie ist aufgelöst worden – hatten Sie nicht sogar damit zu tun, Ravencroft?«

Der Schotte zuckte mit der gigantischen Schulter, auch wenn seine dunklen Augen funkelten. »Das kann ich weder bestätigen noch leugnen.«

»Schiffe werden heute fast alle mit Dampf betrieben«, fuhr Trenwyth fort. »Und ihre Fracht wird scharf bewacht. Aller Wahrscheinlichkeit nach ist diese Krähe, oder wie er sich nennt, auf einem Klipper unterwegs, schnappt sich leichte Beute und verbreitet dann seine eigene Legende mit Verschönerungen so reichhaltig wie Devonshire Cream.«

Farah Blackwell legte ihr Messer weg und lächelte Trenwyth entwaffnend an. »Ich weiß nicht, Euer Gnaden, bisher habe ich noch nichts davon gehört, dass Dampfschiffe Piraten ebenso überflüssig machen, wie Dampflokomotiven es mit Straßenräubern getan haben.«

»Ich dachte, du magst Straßenräuber.« Blackwell blickte seine Frau stirnrunzelnd an.

»Nur einen«, gab sie zurück und strich ihm mit dem Finger über den Arm.

Hätte ein Mann schnurren können wie eine Katze, hätte das Schwarze Herz von Ben More es in diesem Augenblick sicher getan. Imogen spürte, wie sie innerlich weich wurde beim Anblick der beiden. Von so viel Liebe, solcher Hingabe umgeben zu sein genügte, um wieder Hoffnungen zu wecken …

Edith Houghton griff sich ans Dekolleté, wo ihre Brüste fast aus dem sehr rosafarbenem Kleid quollen. »Aber in der Zeitung steht, er schneidet … seinen Feinden den Skalp ab und hängt sie am Fahnenmast auf, genau wie die Wilden in Amerika.«

»Sie sollten unbedingt immer glauben, was in der Zeitung steht«, sagte Argent in diesem einzigartigen, ausdrucklosen Tonfall, bei dem man sich fragte, ob er jemandem recht gab, oder sich über ihn lustig machte.

In diesem Fall war die Ironie allerdings offensichtlich.

Millie LeCour unterdrückte ein Lächeln und sagte: »Ob es stimmt oder nicht, jemand wird herausfinden müssen, wer diese Krähe ist und was sie will.«

»Warum ist wichtig, was sie will?«, fragte Mena Mackenzie und tupfte einen Spritzer Sauce von ihrem Diamantarmband.

»Es ist ja nicht so, dass die Krone Kriminelle belohnt, oder darauf hört, was sie wollen.«

»Nein?« Blackwell hob frech eine Augenbraue, und alle lachten wie über ein gemeinsames Geheimnis.

»Nun, ich denke Millie hat eine exzellente Frage gestellt«, gab die Countess Northwalk zurück. »Meiner Erfahrung nach, ob von der Polizei und auch sonst, schnappt man einen Verbrecher, indem man sein Motiv ergründet. Ist das einmal getan, hat man den Schlüssel zu den nächsten Schritten.«

Blackwell verzog nicht wirklich mürrisch das Gesicht, bevor er sich wieder Trenwyth zuwandte. »Ich habe konkret Sie gefragt, da ich weiß, dass Sie für das Home Office arbeiten, und neugierig bin, was man dort von dem Problem mit der Krähe hält.«

Alle blickten den Duke an, und dieser schien seine Worte sehr sorgfältig zu wählen, pflückte sie aus der Dunkelheit, in der Staatsgeheimnisse verwahrt werden, und gab nur so viel preis, wie nötig war. »Soweit es das Home Office betrifft, gibt es noch kein Problem … Allerdings ist man über den Mangel an Informationen über den Mann besorgt. Er ist Brite, das behauptet er jedenfalls, aber niemand kennt ihn oder weiß, wo er herkommt. Er hat buchstäblich keinen Namen, keine Vergangenheit, die wir ausfindig machen konnten. Es ist, als wäre er eines Tages einfach aus dem Meer aufgetaucht.«

»Wie Aphrodite«, sinnierte Imogen.

Trenwyth richtete den Blick auf sie und betrachtete sie lange genug, dass ihr kleine heiße Schauder über den Rücken liefen.

»Aphrodite?« Lady Broadmore lachte so laut, dass sie tadelnde Blicke von den anderen Gästen auf sich zog. »Was für ein Unsinn, Lady Anstruther. Wir reden über einen Piraten, keine Göttin.«

»Wenn ich nicht irre, wurde Aphrodite aus Meerschaum

geboren«, gab Imogen zurück. »Das ist die Parallele, die ich meinte.«

»Sie meinen, Sie haben ihrem Griechischlehrer also wirklich zugehört?« Lady Broadmore verdrehte die Augen gen Himmel und spießte ein Stück Entenbrust auf ihre Gabel. »Ich hoffe, wir müssen nicht noch einen Blaustrumpf ertragen.«

»Nicht direkt.« Sie hatte nie die Chance bekommen, Griechisch oder eine andere Sprache zu lernen. Sie hatte keine Gouvernante gehabt und nur eine eher elementare Bildung, bevor sie auf die Schwesternschule gegangen war. Aber sie hatte das Gemälde der Venus von Henri Pierre Picou in einer Galerie gesehen und war so bewegt gewesen, dass sie einfach alles verschlungen hatte, was sie über die römische Göttin der Liebe und ihr griechisches Gegenstück Aphrodite finden konnte. Aber sollte die arrogante Viscountess doch glauben, was sie wollte!

Das Gespräch lief weiter, und Imogen probierte etwas von dem Hauptgang. Sie spülte den Bissen mit ein wenig Wein hinunter und seufzte erleichtert, als die Anspannung sich langsam aus ihren Muskeln löste.

Wie beeindruckend und außergewöhnlich diese Leute waren. Sie schätzte ihren Scharfsinn und ihre Intelligenz, aber auch ihre Fortschrittlichkeit. Nicht nur sprachen die Männer mit Überzeugung und Mitgefühl, sie hörten auch interessiert zu, wenn ihre Frauen redeten. Sie respektierten ihre Sichtweisen und Meinungen und besprachen sie ebenso freimütig wie die eines Mannes.

Es war fast beunruhigend, aber auch sehr inspirierend.

Und sie waren nicht nur einverstanden mit ihrer Sache, sie unterstützten sie sogar. Die Blackwells und die Mackenzies hatten schon Schriftstücke für das Parlament vorbereitet, in denen es um eine Reform der Krankenhäuser und Gefängnisse ging. Vor zwei Jahren war Dorian Blackwell an dem Gefängnisgesetz von 1877 beteiligt gewesen. Damals hatte man dafür gesorgt, dass die Gefängnisse zentralisiert wurden, und so manche unmenschliche Tat und auch ungeheuerliche Zustände waren ans Licht gekommen, unter anderem die Lage von jüngeren Straftätern und im Gefängnis geborenen Kindern.

Als Imogen mit Millies Hilfe auf sie zugegangen war, waren sie ihren Ideen gegenüber nicht nur aufgeschlossen gewesen, sie hatten sich sogar darüber gefreut. Über die medizinische Versorgung für die Armen hatte Imogen sich ohnehin keine Sorgen gemacht. Solchen Themen standen die meisten wohlwollend gegenüber. Aber selbst als sie von Schutzhäusern für verzweifelte Frauen und Kinder gesprochen hatte, für Frauen, die von ihren Männern misshandelt, anderen, die in die Prostitution gezwungen worden waren, war die Reaktion unerwartet und überwältigend gewesen. Selbst der stoische und unbewegte Mr. Argent hatte sich geradezu begeistert gezeigt … falls sie seine Reaktion richtig interpretiert hatte.

Zunächst wollte sie ihr Haus in das Lady-Sarah-Millburn-Frauenhaus umbenennen, als Hommage an die erste Frau ihres verstorbenen Mannes. Sobald das erledigt war, wollte sie in allen Londoner Vierteln Immobilien erwerben, um von Westminster bis Whitechapel ähnliche Einrichtungen zu erschaffen – alle ausgestattet mit medizinischem Personal, um Kranken und Misshandelten zu helfen, Leibwächtern, um das Haus vor Zuhältern und zornigen Ehemännern zu bewahren, sowie weiteren Mitarbeitern, die den Frauen bei der Arbeitssuche helfen sollten, damit sie ihren Lebensunterhalt selbst bestreiten konnten. Vor wenigen Monaten noch war es ihr unmöglich erschienen, aber jetzt, nach dem Erfolg dieses Abends und der Aussicht auf viele ebensolche Abende, schien das Ziel nicht nur möglich, sondern in greifbare Nähe gerückt.

Als das Dessert serviert wurde, Siruptörtchen und Kaffee, ergriff Imogen die Gelegenheit, um ein paar Worte zu sagen. Sie stand auf, klopfte mit dem Silberlöffel an das Kristallglas und rief sich die kurze Rede ins Gedächtnis, die sie sich in der letzten Woche zurechtgelegt hatte.

»Ich möchte diese Gelegenheit nutzen, Ihnen allen für die Unterstützung meiner Stiftung zu danken. Wir sind ein paar wenige Glückliche und haben die gottgegebene Chance, uns um weniger Begünstigte zu kümmern. Danke, und bitte genießen Sie den Rest des Abends.«

Der enthusiastische Applaus erschreckte und begeisterte sie zugleich, und glühend vor Aufregung setzte Imogen sich wieder hin. Auf einmal konnte sie gar nicht mehr erwarten, die Spenden zu zählen und an die Arbeit zu gehen.

»Eine gottgegebene Chance?« Lady Broadmore kräuselte die Nase und verdrehte die Augen. »Ist das nicht eine diplomatische Art zu behaupten, es sei unsere von Gott befohlene Pflicht, den Armen zu geben?«

Imogen lächelte kühl. Sie würde sich nicht einschüchtern lassen. »Ist es das denn nicht? Ob man anglikanisch, katholisch, jüdisch oder eines anderen Glaubens ist, die Fürsorge für die Armen scheint eine eher universelle Weisung.«

»Ein paar von uns sind wohl eher daran gewöhnt, Weisungen zu erteilen, als sie zu befolgen.« Trenwyth trank einen Schluck Kaffee nach dieser sarkastischen Bemerkung.

»Nicht jeder wird als Duke geboren«, erinnerte sie ihn sanft.

»Ich jedenfalls nicht«, feuerte er zurück.

»Das mag sein«, sagte Ravencroft ruhig. »Aber jetzt sind Sie einer, und Sie müssen zugeben, dass der Adelsstand gewisse Privilegien mit sich bringt, ob man Erstgeborener ist oder nicht.«

Trenwyth schüttelte den Kopf. »Ja, aber mit diesen Privilegien ist auch ein großes Maß an Verantwortung verbunden. Kümmern wir uns nicht um Pächter und Untergebene, indem wir ihnen Arbeit geben? Sie arbeiten auf dem Land, das uns gehört, und das wir unter hohen Kosten unterhalten. Die Beziehung ist in der Regel für beide Seiten von Vorteil, aber die finanzielle Verantwortung liegt immer bei uns. Kümmern wir uns nicht um die englische Wirtschaft, indem wir Waren und so weiter kaufen und aussichtslose Projekte unterstützen?«

»Aussichtslose Projekte?«, echote Imogen.

Er fuhr fort, ohne sie zu beachten. »Sagte nicht Machiavelli, es müsse solche geben, die für ihren Unterhalt arbeiten müssen, damit die Gesellschaft nicht zusammenbricht? Wem soll es nützen, wenn wir wenigen Privilegierten die weniger Begünstigten unterstützen, anstatt ihnen zu erlauben zu arbeiten?«

»Ich bin ganz Ihrer Meinung, Euer Gnaden«, erklärte Lady Broadmore selbstgefällig. »Wenn die Oberschicht keine Luxusgüter mehr kauft, wie sollten die Kaufleute überleben? Und wenn die Kaufleute kein Auskommen haben, wie können sie noch jemand einstellen? Wir erweisen dem gesamten Empire einen außerordentlichen Dienst.«

Argents kalte, blaue Augen wurden schmal. »Aber natürlich, und wenn die Armen kein Brot haben, können sie ja Kuchen essen.«

»Hier geht es kaum um die Wirtschaft«, warf Blackwell ein, und seine behandschuhten Hände hielten das Besteck ein wenig zu fest. »Auch in diesem Raum gibt es Menschen, die mit weniger als nichts geboren wurden und denen man noch dazu ihre Würde, ihre Menschlichkeit genommen hat. Hätte sich jemand dafür verantwortlich gezeigt, ihnen zu helfen, hätten wir nicht so kämpfen müssen.«

Trenwyth deutete auf Blackwell. »Aber Sie beweisen genau, was ich meine. Sie und Argent sind aufgestiegen. Und Sie haben es ohne Wohltätigkeit und trotz ihrer Verhältnisse weit gebracht.«

Blackwell und Argent tauschten einen Blick. »Niemand sollte tun müssen, was wir getan haben, um dorthin zu kommen, wo wir sind.«

Trenwyth stieß einen höhnischen Laut aus. »Wir alle haben Dinge getan, die niemand tun sollte. Manche in ihrem eigenen Interesse.« Er warf Blackwell und Argent einen durchdringenden Blick zu. »Andere für das Empire. Im Dienste aller Briten.« Er deutete mit seiner Prothese auf Ravencroft, um sein Argument zu bekräftigen.

In diesem Augenblick fiel Imogen auf, wie sehr Blackwell und Ravencroft sich ähnelten. Beide hatten diese funkelnden, dunklen Augen und das schwarze Haar. Dasselbe sture Kinn und die vornehme Nase. Eine ähnliche bittere Grausamkeit in den Zügen.

Der schottische Laird ließ seine Blicke immer wieder zwischen Trenwyth und Blackwell hin- und herwandern. Imogen wusste, er war adlig geboren und von Beruf Soldat, genau wie Trenwyth. Aber ein zartes Schuldgefühl zeigte sich in seinem Blick, als er Blackwell betrachtete, und ein Verdacht stieg in ihr auf. Hatte er vielleicht noch eine Blutsverbindung mit einer anderen Dynastie? Mit der des Königs der Londoner Unterwelt?

Ravencroft, fraglos der Älteste in der Runde, legte die Hand an sein Kinn, als er über die wachsende Kluft am Tisch nachdachte. Es schien, als würde eine Linie gezogen zwischen jenen, die einen Titel geerbt hatten, und den anderen. »Ich kann beide Seiten verstehen. Man kann auf verschiedene Weise helfen und dienen. Nicht nur durch Mildtätigkeit, sondern auch durch Schutz und Führung und Gerechtigkeit. Von manchen von uns wird erwartet zu führen, zu regieren. Ist das nicht an sich schon ein Dienen?«

»Natürlich.« Lady Ravencroft, immer um Frieden bemüht, legte ihrem Mann die Hand auf den Arm. »Aber das gilt auch für die, die hart arbeiten, um andere zu heilen und zu pflegen, oder die, die erforschen, wie man unsere Gesundheit und unser Wohlergehen verbessern kann. Und vergessen wir nicht die, die für die Einhaltung der Gesetze sorgen und selbst die, die unsere Häuser putzen und unseren Müll wegräumen. Es gibt so viele Wege, einen Beitrag zu leisten, und mir scheint, Lady Anstruther zeigt jenen, die geneigt sind, ihre Gaben zu teilen, nur einen weiteren Weg, um zu dienen und andere zu retten.«

Trenwyth legte seine Prothese mit einem dumpfen Geräusch auf den Tisch. »Manche geben das Leben oder ein Körperteil. Genügt das nicht?«

»Natürlich genügt das«, stimmte Imogen mit wachsender Panik zu. Sie betete zu Gott, dass die anderen Gäste die wachsende Spannung nicht bemerkten. In der Hoffnung, die glühende Wut in seinen Augen zu besänftigen, setzte sie ihr charmantestes Lächeln auf und fühlte sich ermutigt, als sein Blick sich auf ihre Lippen richtete. »Natürlich genügt das, Euer Gnaden, und man kann einem solchen Opfer nur mit größter Dankbarkeit begegnen. Ich bin nicht grundsätzlich anderer Meinung als Sie, aber nach meiner Erfahrung gibt es Menschen, die bis zur Erschöpfung arbeiten und ihre Lebensumstände trotzdem nicht verbessern. Und das sind häufig Frauen. Manche sind aus dem einen oder anderen Grund so verzweifelt, dass sie nicht wissen, wie sie sich aus ihren Schwierigkeiten befreien können. Oft werden sie von den oberen Schichten unterdrückt, von der Gesellschaft geächtet und leben in völliger Hoffnungslosigkeit. Diesen Menschen möchte ich aus ihrer Lage heraushelfen. Würde man ihnen einen anderen, besseren Weg zeigen, wären sie vielleicht nicht länger auf Mildtätigkeit angewiesen.«

»Ihr Idealismus ist löblich.« Seine Herablassung ging ihr auf die Nerven, aber sie wagte nicht aufzuhören zu lächeln, denn sie hatte bemerkte, dass ihr Gespräch ein gewisses Interesse erregt hatte. »Aber was immer Sie hier auch erreichen wollen, ich kann Ihnen sagen, dass es nicht funktioniert. Sie können nicht einfach eine Ratte auf der Straße auflesen und von ihr erwarten, dass sie sich wie ein guterzogener Hund benimmt.«

Ihr Lächeln war schlagartig verblasst. »Menschen sind kaum mit Tieren zu vergleichen.«

Er schnaubte. »Sie sind nicht viel besser.«

»Pardon?«, keuchte sie.

»Menschen sollten bleiben, was sie sind und wozu sie geboren wurden«, sagte er durch die zusammengebissenen Zähne. »Ich habe selbst gesehen, was passiert, wenn ein Bastard sich zu einem Marquess aufschwingen will.« Er warf Ravencroft einen bedeutungsvollen Blick zu, bevor er sie wieder düster musterte. »Oder wenn eine Bürgerliche versucht, eine Countess zu sein.«

Verblüfft über seine Grausamkeit fiel der gesamte Saal in erwartungsvolles Schweigen. Imogen konnte Trenwyth nicht ansehen und sandte stattdessen Lady Broadmore einen Blick zu, um feststellen zu müssen, dass ihr Gesicht nackte selbstgefällige und böse Freude ausstrahlte.

Imogen ließ jetzt alle Vorsicht fahren, und ihr Lächeln war eher kühl als warm, als sie beschloss, dass jetzt der perfekte Zeitpunkt für eine kleine Erklärung ihrerseits gekommen war.

»An Ihrer Stelle, Euer Gnaden, würde ich mich hüten, noch einen Bissen zu essen, da Ihr ganzes Mahl von Ratten zubereitet wurde.

Leises, verwirrtes Gemurmel erhob sich im Saal, als alle unsicher auf ihre Teller blickten.

»Oh ja«, fuhr Imogen fort, und ihre Empörung sorgte dafür, dass jeder ihre Stimme hörte. »Das ganze Personal des heutigen Abends, Diener, Hausmädchen, Küchenpersonal, Dekorateure und Fahrer, alle – mit Ausnahme der Musiker – stammen, um es unfein auszudrücken, von der Straße, wo sie sich der einen oder anderen illegalen Beschäftigung gewidmet haben. Niemand wäre darauf gekommen, hätte ich es nicht verraten.«

Nachdem das gesagt war, genoss Imogen die erstaunten Ausrufe, die um sie herum laut wurden. »Da Sie das nun wissen, Euer Gnaden, wollen Sie vielleicht auf die Zigarre und den Port verzichten … nur für den Fall, dass Sie recht haben, und eine dieser sogenannten Ratten versucht, Sie zu vergiften.«

Einen verschwindend geringen Moment lang schimmerte Gewalt in der Luft. Imogen konnte nicht sagen, von wem sie ausging, von Trenwyth, Blackwell, Argent, Ravencroft oder den wenigen Dienern, die in der Nähe standen, und von denen viele in Newgate gesessen hatten.

Nüchterne Starrheit verhärtete Trenwyths Gesichtszüge, als er sich vorbeugte und überdeutlich sagte: »Wenn ich eines in meinem Dienst für die Krone gelernt habe, dann dass man Menschen in der Tat für kurze Zeit trainieren kann. Wie Ratten. Man belohnt und bestraft sie. Man steckt sie in Putz oder in eine Uniform, bis sie dem ähnlich sehen, was man aus ihnen machen will. Und die Illusion mag Ahnungslose durchaus überzeugen. Aber glauben Sie mir, sobald Kugeln fliegen, Blut fließt und Bomben explodieren, laufen die Ratten davon und kommen nur zurück, um am Ende der Schlacht die verwesenden Leichen der Edlen und Mutigen zu fleddern. Das ist immer so. Darauf kann man sich verlassen.«

»Aber hier geht es um das Leben, nicht um den Krieg«, murmelte Imogen in der Hoffnung, ihn zu beruhigen.

»Es beweist Ihre Dummheit, dass Sie glauben, es gäbe einen Unterschied.« Trenwith warf seine Serviette auf den Tisch, stand auf und zeigte mit dem Finger auf die Diener. »Früher oder später werden sie die Hand beißen, die sie füttert. Nun, besser Ihre als meine.« Damit machte er auf dem Absatz kehrt und verließ den Raum.

12

Der rote Schleier vor Coles Augen verzerrte die vertrauten Gänge des Anstrutherschen Hauses, bis sie gespenstisch und grotesk wirkten. Seine Atemzüge erstarben in seiner Brust, und er schnappte nach der abgestandenen Luft der Innenräume, ohne genug davon zu bekommen. Trotz eines dünnen Schweißfilms, der wie Säure auf seiner Haut brannte, zitterte er, als würde er an einem Winterabend nackt durch Londons Straßen taumeln.

Raus. Er musste raus hier. Die luxuriösen Gänge neigten sich ihm zu, und die Decke senkte sich, bis er gegen den Impuls ankämpfen musste, auf die Knie zu fallen und zu kriechen, um nicht zerquetscht zu werden.

Eine Brise kühlte den Schweiß in seinem Nacken, und er wandte sich der offenen Tür am Ende des Ganges zu, vor der duftige Vorhänge wie Gespenster flatterten. Er stürzte hindurch, tauchte in die Nacht ein und atmete keuchend den unverwechselbaren Duft von Lavendel, Nachtkerze und Jasmin ein. Einen Moment lang blieb er orientierungslos und auf wackligen Beinen stehen, schnappte nach Luft und blickte sich in dem Garten um, in dem eine Vielzahl von Farben sich in einem verwirrenden Kaleidoskop zusammenfand.

Da. Er erspähte etwas entfernt eine lange Bank an der Hausmauer im Dunkel, die den Blick auf den von Blüten umgebenen Weg freigab. Der mit Platten aus Sandstein verlegte Weg führte von dort zu einem toskanischen Springbrunnen mit einem kleinen, fetten Satyr, der auf einem gespaltenen

Huf stand und in ein Horn blies, aus dem ein Wasserstrahl kam.

Cole setzte sich dort ins Dunkel auf die Bank, deren Gediegenheit ihn ebenso beruhigte wie die kühle Nachtluft, die sich besänftigend auf seine Haut legte.

Er sollte gehen. Sollte einfach nach Hause gehen und sich durch sein Training, Laufen oder eine Frau erschöpfen. Vielleicht sogar zwei Frauen. Bis sein Herz nicht mehr drohte, wie ein Vorschlaghammer seinen Brustkorb zu durchbrechen. Jede Ader war mit Feuer gefüllt, oder vielleicht Eis. Er konnte es nicht mehr unterscheiden. Nur eines wusste er sicher, er musste die nächsten Minuten überleben, bevor er wagen konnte, irgendwo hinzugehen.

Zitternd griff er in seine Jackentasche und holte die Pfeife heraus. Sie war gestopft mit Tabak und etwas indischem Ganja, das seine Nerven zu beruhigen schien, wenn er in diesem Zustand war. Seine Prothese juckte und brannte, und weil er geschwitzt hatte, scheuerten die Riemen.

Er musste sie abnehmen.

»Herrgott nochmal«, murmelte er und legte die Pfeife weg, um die Schnallen zu lösen. Zittrig wie er war, schien er den Handgriff, den er eigentlich routiniert beherrschte, nicht hinzubekommen. Er stieß ein paar Flüche aus, dann steckte er sich die Pfeife in den Mund und fand die Streichhölzer. Erst rauchen. Ganz ruhig. Sobald er aufgehört hatte zu zittern, würde er seine Geschicklichkeit wiedererlangen.

Er riss ein Streichholz an der Mauer an und sah die Flamme in seiner bebenden Hand flackern und tanzen, bis die Pfeife endlich brannte und er den ersten ersehnten Zug nahm.

Cole hatte keine Ahnung, wie lange er dort saß. Aber das Dinner, da war er sicher, musste vorüber sein. Die Nacht umhüllte ihn mit ihrer süß duftenden Dunkelheit und der ersehnten Ruhe. Ab und zu gelangten Fetzen von dem Kammerorchester zu ihm, aber die Geräusche der Feiernden glücklicherweise nicht. Er hatte genug von Leuten. Genug von allem.

Efeu rankte sich an dem vertrauten schmiedeeisernen Zaun mit seinem Steinfundament empor. Er wusste in welchem Teil des Gartens er Zuflucht gesucht hatte. Es war der östliche Garten. Klein, abgeschieden und vom Rest des Anwesens getrennt. Diese Mauer grenzte an sein eigenes Grundstück.

Ihr Garten.

Der Garten dieser Lady Anstruther, die ihn zur Weißglut trieb.

Er hatte sie einfach für eine verschlagene Aufsteigerin gehalten, aber es war viel, viel schlimmer als das. Sie war eine Idealistin. Auf einem Kreuzzug. Eine der wenigen Glücklichen, die sich aus den Mittelschichten erhoben hatten und nun in die Gosse griffen, um alle anderen ebenfalls hinaufzuziehen.

Verflucht sei ihr weiches Herz.

Sie konnte unmöglich so blind sein, oder? Wieso konnte sie nicht sehen, wie riskant es war, Kriminelle und Huren in ihr Haus zu lassen? Wie konnte es sein, dass sie sich ein so törichtes Vertrauen in die Menschheit bewahrt hatte? Sie konnte niemals Grausamkeit erfahren haben. Oder Verrat. Brutalität war ihr sicher fremd; die einzige Erfahrung von Gewalt war vermutlich der Stich einer Haarnadel, die ihre Zofe ihr falsch ins Haar gesteckt hatte.

Ihm kam der Gedanke, dass sie es nicht besser wusste. Dass sie nicht gesehen hatte, wie schrecklich der Mensch im Grunde war. Das Tier, das in ihm lebte, die Fäulnis unter dem Blut, den Eingeweiden, dem Lehm.

Er wusste es. Oh ja, er wusste es. Er hatte Männer gesehen, die sich für ein Stück schimmliges Brot in Stücke gerissen hatten. Er hatte erlebt, wie die Starken die Schwachen auf sündigste Weise quälten. Sobald man den Menschen der Gesellschaft, seines Anstands und seiner Würde beraubte, wurden selbst die edelsten von ihnen zu Tieren. Wilden. Bestien.

Zu Monstern.

Er wusste es, denn er war einer von ihnen gewesen.

Schicht für Schicht, Schlag für Schlag hatte man ihn von sich selbst, von seiner Menschlichkeit abgeschnitten, bis nur noch der primitive Wilde übrig geblieben war. Nach seiner Rettung war sein wichtigster innerer Auftrag gewesen, Anstand und Würde wiederzuerlangen. Wenn sich Albträume unter seinen Lidern abspielten, sobald er die Augen schloss. Bei Episoden wie dieser, bei denen sein Körper ihn verriet und die Bestie drohte, den Mann zu überwältigen, und forderte, dass er tötete oder floh. Wenn Paranoia jedes Gespräch heimsuchte und Argwohn sein einziger Begleiter wurde, wurde ihm immer wieder eines klar.

Der Mensch war ein Tier.

Das einzige, das ihn vom Tier trennte, waren Regeln, Konventionen und Ordnung. England war das größte Imperium der Welt, und das lag an den übersteigerten gesellschaftlichen Anforderungen, die die wilde Kreatur ins Geschirr legten, die Intelligenz und Logik und Traditionen kultivierten und das Niedrige und Alltägliche mieden.

Das war notwendig für das Überleben der Menschheit. Das wusste er genau.

Er hatte die Alternative kennengelernt und einen Teil von sich an sie verloren, einen Teil seines Körpers, einen Teil seiner Seele. Und wie sehr er auch immer versuchte, das Tier in Schach zu halten, es verfolgte ihn immer noch in jedem Augenblick.

Manche waren näher an der Bestie als andere, und deshalb sollten sie lieber bleiben, wo sie hingehörten. Wo sie einander jagen konnten. Sich fortpflanzen oder gegenseitig auffressen, bis jemand kam, der höher stand, Herrschaft und Ordnung einführte und das Monster ablenkte. Oder ihm wenigstens eine neue Richtung vorgab.

Er wünschte, er könnte das der törichten Lady Anstruther klarmachen. Sie alle dazu bringen, es zu erkennen. Damit alle erfuhren, was er wusste, ohne es selbst erleben zu müssen.

Manche verstanden es vielleicht. Ravencroft war mit der Grausamkeit des Krieges vertraut. Man nannte ihn den Highlandteufel, weil er seine Bestie auf dem Schlachtfeld von der Leine ließ. Es hatte etwas Gottloses. Aber er war kein Teufel, das verstanden die Leute nicht.

Er war einfach ein Mensch.

Der Mensch war böse genug. Er brauchte die Hilfe des Teufels nicht.

Das Paradebeispiel waren diese Anfälle, die Cole heimsuchten. Anfälle, bei denen er Unaussprechliches tun wollte, getrieben von Wut oder grundloser Angst. Momente, in denen er sich selbst am meisten fürchtete. Tage, an denen er nur Bosheit und Zorn empfand. Das geringste Geräusch brachte seine Nerven zum Sirren und weckte den Wunsch in ihm zuzuschlagen. Es war ein täglicher Kampf, nicht jedem Impuls nachzugeben. Nicht zu viel zu essen, zu trinken, zu rauchen, nicht zu oft zu kämpfen oder zu vögeln.

Er hielt sich kaum selbst zusammen. Er konnte sich nicht erinnern, wann er das letzte Mal Frieden oder Mitgefühl empfunden hatte.

Nein, das stimmte nicht. Er konnte sich sehr wohl erinnern. Es war genau drei Jahre her.

Bei Ginny.

Deshalb suchte er so unermüdlich nach ihr. Deshalb wurde er trotz seiner Überzeugungen für sie zum Heuchler. Denn so bitter und zynisch er auch geworden war, sie blieb seine Hoffnung auf eine Ausnahme. Sie war ein ungeschliffener Diamant, wie man sagt.

Eine unschuldige Hure.

Was war sie jetzt? Wohin war sie gegangen? Manchmal fürchtete er beinahe, sie zu finden – ihr die Chance zu geben, zu beweisen, dass er mit allem recht hatte. Das bisschen Hoffnung zu zerstören, das er besaß. Was, wenn er sie fand und sie ihn betrog oder verließ?

Wie alle anderen.

Bevor er sie getroffen hatte, hatte er nicht geahnt, auf wie viele Arten er gebrochen werden konnte. Jetzt, nach allem, was er überlebt hatte, war er sich sicher: Diese Frau, auch wenn er sie nur eine Nacht gekannt hatte, konnte ihn vernichten.

Endgültig.

Das Geräusch leichter Schritte sagte ihm, dass eine Frau sich eilig näherte und dann ähnlich wie er zuvor in den Garten stürzte. Nur nahm sie sich die Zeit, wieder umzukehren und die Türen leise hinter sich zu schließen.

Sie ging an der Mauer vorbei, an der er saß, und lief rasch über den kleinen Pfad zum Springbrunnen. Ihr Kleid, von der verwirrenden Farbe des Sonnenuntergangs, streifte die Blumen, riss einige fast ab, aber es schien sie nicht zu kümmern.

Lady Anstruther blieb erst stehen, als sie am Brunnen angekommen war, hielt die Hände unter den kalten Strahl des Satyrs und warf sich Wasser ins Gesicht. Dann presste sie die feuchten Hände auf ihren geröteten Hals. Ihr Atem war beschleunigt, sie wirkte aufgewühlt, als sie um das weite Steinfundament des Springbrunnens herumging und sichtlich um Fassung rang.

Sie konnte die Hände nicht still halten, legte sie auf das Korsett, wo es die Lungen einengte, presste sie auf die Stirn, strich die komplizierte Frisur glatt. Sie blickte in den Himmel und suchte den Mond. Sobald sie ihn gefunden hatte, wurde sie still, und ihr Atem wurde leichter, als hätte das weiche Licht, in das er sie tauchte, ihr ein Geheimnis verraten.

Einen Moment lang war es, als wäre das Mondlicht zu Sonnenschein geworden. Ihr Haar glänzte noch mehr als sonst. Ein großes Blumenornament mit Edelsteinen in der Mitte funkelte in ihrer Frisur, wie durch Magie und Beschwörung dort gehalten. Im Ballsaal hatte er ihr Kleid zu aufdringlich gefunden, eine alberne Blume unter kostbaren Edelsteinen.

Aber hier in dem Garten, in den sie gehörte … erblühte sie.

Cole hatte nicht bemerkt, dass sein Mund offen stand, bis die Pfeife klappernd zu Boden fiel und Asche und Glut sich zu seinen Füßen verteilten.

Sie erschrak bei dem Geräusch, drehte sich um, und starrte in die Dunkelheit. »Wer ist da?«, flüsterte sie bebend. »Jeremy, bist du das?«

Etwas Böses wand sich in ihm. *Jeremy*? Warum klang der Name so vertraut? Wer war er für die hochheilige Lady Anstruther? Ein Liebhaber vielleicht? Es überraschte ihn, wie wenig ihm diese mögliche Erklärung gefiel.

Anstatt zu antworten, hob er die Pfeife auf und trat die Glut mit dem Absatz aus.

Und anstatt zu fliehen wie ein ängstliches Mädchen wagte sie sich näher an ihn heran. Ihre voluminösen Röcke glitten raschelnd über die Steine und streiften die üppigen Pflanzen.

»Oh«, sagte sie endlich, als sie nah genug war. »Sie sind es.«

Cole hörte wenig bis keine Gemütsregung in ihrer Stimme, also blieb er stumm und merkte, dass sein Herz auf jeden ihrer Schritte mit alarmierender Beschleunigung reagierte. Verdammt. Das so leicht erregbare Organ hatte sich gerade wieder beruhigt. Und offensichtlich war es nicht das einzige Organ, das auf ihre Nähe zu reagieren schien. Er änderte seine Position, um der störenden Enge in seiner Hose abzuhelfen und rutschte in die Dunkelheit ans Ende der Bank.

Die dumme Person verwechselte das mit einer Einladung, sich zu ihm zu setzen.

»Keine Sorge, ich habe nicht vor zu bleiben.« Er hielt die Pfeife hoch. »Es schien mir ein guter Platz, um Zuflucht vor der unerträglichen Menge zu suchen und eine Pfeife zu rauchen, bevor ich gehe.«

»Anscheinend hatten wir einen ähnlichen Gedanken, Euer Gnaden.« Sie sah sich um, und Cole fragte sich, ob sie die farbenprächtige Flora als Vorwand nutzte, um ihn nicht anzusehen. »Ich liebe diesen Garten sehr. Er gibt eine ausgezeichnete Zuflucht ab.«

Er behielt lieber für sich, dass er genau wusste, wie oft sie diese Zuflucht benutzte. Dass er sie aus dem Fenster seines Arbeitszimmers beobachten konnte und mehr von ihr gesehen hatte, als ihr wahrscheinlich lieb war.

»Allerdings hatte ich nicht erwartet, Sie hier zu finden.« Sie wirkte nervös. Im Mondlicht konnte er sehen, wie fest sie die Hände im Schoß verschränkt hielt.

»Offensichtlich.« Er müsste sich eigentlich darüber ärgern, dass sie ihn auf ihrem Grundstück erwischt hatte. »Sie haben jemand anderen erwartet, stimmt's?« Er legte die Pfeife neben sich und kratzte sich unter der Befestigung der Prothese. »Ein heimliches Rendezvous? Erzählen Sie doch, neigen Sie als lustige Witwe eher zu einem galanten Lord, oder halten sie sich an den Gärtner – schließlich ein vertrauteres Terrain?«

»Der Gärtner? Hercules?« Sie stieß einen leicht amüsierten Laut aus und beachtete die Bemerkung über die lustige Witwe nicht weiter. »Eher nicht. Er ist ein recht behaarter Grieche und mindestens sechzig.«

»Jünger als ihr erster Mann«, forderte er sie heraus.

Er rechnete damit, dass sie ihm eine Ohrfeige geben oder wenigstens fordern würde, dass er sich für sein schlechtes Benehmen entschuldigte. Aber zu seinem Erstaunen warf sie den Kopf zurück und lachte, ein Klang voller Mondlicht und Freude.

»Touché«, stimmte sie zu, und ein Licht funkelte in ihren Augen, als hätte sie etwas vom Glanz der Sterne eingefangen. »Nicht nur spricht mein Gärtner kaum Englisch, der gute Mann isst auch nichts als Knoblauch. Zudem scheint mir, er badet in Olivenöl, was an einem warmen Tag, an dem er besonders duftet, durchaus meinen Appetit weckt, allerdings nur nach mediterraner Küche. Mehr nicht, das kann ich Ihnen versichern.«

Cole konnte sie nur verwirrt und sprachlos anstarren. Warum zum Teufel war sie so höflich? Er hatte sich wie ein Mistkerl verhalten, sie vor ihren Gästen gekränkt und beleidigt. Und hier saß sie mit ihm im Garten, scherzte und schaffte es auch noch, unterhaltsam zu sein.

Gott bewahre, es war beunruhigend und verführerisch zugleich. Viel zu faszinierend. Und waren die verfluchten Riemen seiner Prothese aus Scherben und kratziger Wolle gemacht? Er konnte den Blick nicht von ihrem strahlenden Lächeln abwenden, während er mit der gesunden Hand an der Befestigung zerrte. Er wollte nicht nur das störende Ding loswerden, seine Kleider schienen ebenso zu scheuern. Er wollte alles ausziehen und auch sie, und nichts als Nachtluft und Mondlicht tragen.

»Euer Gnaden.« Sie betrachtete ihn aufmerksam, teils abschätzend, teils besorgt. Als würde sie ihn wirklich sehen. Als würde sie ihn kennen. »Ist alles in Ordnung? Geht es Ihnen … gut?«

Der Hauch ihrer sehr weiblichen Stimme kratzte an einer Tür in seinem Innern, die stur verschlossen blieb. Er hatte ein paar dieser Türen bemerkt, seit er aus Konstantinopel zurückgekehrt war, und wusste, es war das Beste, sie verschlossen zu halten. Vor allem, wenn er sich so fühlte wie jetzt. Wund, aufgewühlt …

Erregt.

Er hielt die Metallhand hoch, wie um an seine Verletzung zu erinnern. »Es ist diese verfluchte Prothese. Ich bin irgendwie herausgewachsen. Die verdammten Schnallen sind nicht aufzukriegen, und ich kann sie erst nächste Woche neu anpassen lassen. Einer der verfluchten Riemen hat sich verhakt.«

Sie zuckte bei seinen Flüchen nicht einmal zusammen und erschreckte ihn erneut, als sie nach der künstlichen Hand griff. »Lassen Sie es mich versuchen«, bot sie an.

Er riss den Arm hinter sich, und ihm fiel zu spät auf, was für einen kindischen Eindruck das machen musste. »Machen Sie sich keine Mühe«, erwiderte er knapp. »Es ist nichts für eine Lady –«

»Sie haben mir deutlich genug zu verstehen gegeben, dass Sie mich nicht für eine Lady halten«, erinnerte sie ihn trocken. »Vielleicht sollten Sie das berücksichtigen. Ich war schließlich Krankenschwester.«

Es passte nicht zu Cole, befangen zu sein, und er begriff nicht, warum der Gedanke, dass sie seinen verunstalteten Arm sah, ihn erneut zögern ließ. »Ein amputiertes Handgelenk ist etwas anderes, als alten Leuten die Kissen aufzuschütteln.« Er warf ihr einen abweisenden Blick zu.

Sie sah ihn im Gegenzug aus diesen ruhigen, rätselhaften Augen an. »Ich weiß. Ich habe mich um Sie und Ihr Handgelenk gekümmert, als sie im St. Margarets eingeliefert wurden. Sie haben eine Teetasse nach mir geworfen.«

Heiße Röte stieg ihm ins Gesicht. »Das waren Sie?«

»Sie erkennen mich nicht?«

Er hatte eine vage Erinnerung an eine zerbrechliche, sommersprossige Frau in einer schwarzen Schwesterntracht, aber das war alles. »Ich erwachte gerade aus einem Fieberwahn und bekam Beruhigungsmittel«, sagte er. »Ich habe mich selbst kaum erkannt.« Und zwar immer noch nicht, dachte er bitter.

»Jedenfalls war ich diejenige, die die Infektion in dem Stumpf erkannt hat, ich war bei der Operation zugegen und habe Sie gesundgepflegt. Neben Dr. Longhurst bin ich wohl am vertrautesten mit Ihrem Fall, also geben Sie Ihren Arm schon her.«

Cole kniff die Augen zusammen angesichts der plötzlichen Autorität in ihrer Stimme, als sie die Hand ausstreckte und ihm bedeutete zu gehorchen. Er war nicht daran gewöhnt, derartige Befehle zu befolgen, aber irgendwie überließ er ihr seinen schmerzenden Unterarm, bevor sein Stolz sich dagegen entscheiden konnte.

Dann traf ihn die Ungeheuerlichkeit ihrer Worte mit der Wucht einer Fregatte in voller Fahrt. Sie war die Schwester gewesen, die eine Blutvergiftung statt Typhus diagnostiziert hatte. Ihretwegen hatte er überlebt.

Er verdankte dieser Frau sein Leben.

Bedeutete ihm das etwas? Oder ihr? Sie hatte es vorher nicht erwähnt – nicht, dass sie Gelegenheit dazu gehabt hätte. Nicht, dass er ihr besonders dankbar war. Sie hatte ihm das Leben zurückgegeben. Eine einsame Existenz voller Albträume und Wut. Deshalb hatte er die Teetasse geworfen, denn bevor er das Bewusstsein wiedererlangt hatte, hatte Ginny ihn in ihren Armen gehalten, ihn besänftigt.

Als er aufgewacht war, war da nur Schmerz gewesen.

Ohne sich um die Gebote der Schicklichkeit zu scheren, legte Lady Anstruther seinen Arm auf ihren Schoß und schob langsam und vorsichtig die Ärmel von Jackett und Hemd zum Ellbogen hoch.

Bis jetzt hatte er niemanden außer Dr. Longhurst und den Prothesenbauer in die Nähe seines Arms gelassen. Er hatte eine solche Intimität selbst bei einem Menschen, den er eher mochte, für unmöglich gehalten, ganz zu schweigen bei jemandem, den er … er … Irgendwie schien er kein passendes Wort zu finden, um seine immer unklareren Gefühle für die unerschütterliche Frau richtig auszudrücken. Teilweise lag der Grund dafür in der Nähe seines Arms zu ihren Schenkeln. Sein Handgelenk ruhte auf einem ihrer Beine, dessen Umrisse sich verlockend unter den Röcken und Unterröcken abzeichneten. Die Prothese ruhte genau über dem köstlichen Spalt dazwischen. Noch ein Grund, den Verlust seiner Hand zu betrauern, dachte er. Hätte er Finger, die funktionierten und empfindungsfähig wären, könnte er vielleicht die intime Hitze zwischen ihren Schenkeln spüren.

Hätte er Finger, hätte er damit allerdings wohl nicht halb so nah an diese Stelle herankommen können.

Cole wollte den Ausdruck in ihrem Gesicht lieber nicht sehen, also betrachtete er die Adern in seinem Arm, die darum kämpften Blut hinter die enge Halterung der Prothese zu pumpen. Er presste die Zähne so heftig zusammen, dass es wehtat.

Der Moment war so unwirklich, er konnte nur ein Traum sein. Die Frau, die er für seine Erzfeindin gehalten hatte, strich mit schlanken, eleganten Fingern über die feinen Härchen seines angespannten Unterarms und untersuchte den Mechanismus der Halterung. Er spürte, wie diese Berührung in seinem ganzen Wesen nachhallte.

»Wie einfallsreich«, sagte sie zu sich selbst, als wäre er gar nicht anwesend. »Diese Riemen sind aneinander gekoppelt wie bei einem Geschirr.« Geschickt löste sie die Schnalle, mit der er gekämpft hatte, und er runzelte die Stirn.

»Das ist mir bewusst«, sagte er trocken. »Ich habe die Halterung selbst entworfen.«

»Wirklich?«, sinnierte sie. »Das ist beeindruckend. Warum in dieser Form?«

»Ich hatte die Prothese in New York von einem Ingenieur bauen lassen«, erklärte er. »Dann wurde ich auf eine Höhlenexpedition nach Südamerika eingeladen und musste irgendwie den Haken befestigen, der mein ganzes Gewicht tragen musste. Das Geschirr wird hier angeschnallt und um den Oberkörper und die rechte Schulter gesichert.«

»Wie erstaunlich.« Sie blickte auf seine Brust, als wollte sie unter der Kleidung den Verlauf der Gurte betrachten. Runzelte sie ihre Stirn nur aufgrund medizinischer Neugier? »Und ich nehme an, Sie haben verschiedene Aufsätze, die Sie hier an dem Metallgriff befestigen?« Sie deutete auf die momentan leere, flache Stahlvorrichtung und die Mulde, in die die verschiedenen Aufsätze perfekt passen würden.

»Fassen Sie das nicht an«, befahl er, als sie mit dem Hebel der verborgenen Klinge spielte. »Sie könnten sich verletzen.«

»Wie pfiffig«, bemerkte sie, aber hörte auf.

Sein Kopf dröhnte, und sein Mund war trocken wie Staub. Sicher eine Folge des Rauchens, nicht des berauschenden Dufts dieser Frau, die irgendwie näher an ihn herangerutscht war. Gott, roch sie immer so? Wie Lavendel und Flieder? Wahrscheinlich nicht. Sie saßen schließlich in einem Garten, und der Duft der nächtlichen Blüten, die sich schamlos wie lockende Dirnen im Mondlicht entblößten, genügte, um einem Mann die Luft zum Atmen zu nehmen. Und doch konnte er nicht leugnen, dass das Ganze etwas Angenehmes hatte. Etwas … Friedliches.

»Es hat mich gefreut zu erfahren, dass Sie nach Ihrer Genesung solch ein Abenteurer geworden sind«, sagte sie beiläufig und machte sich an der zweiten Schnalle zu schaffen. »Ich habe gehört, dass Sie im amerikanischen Westen Grizzlybären gejagt und das Tetongebirge bestiegen haben. Und sind Sie nicht dann auf dem Amazonas gefahren? Mit diesem Kartographen, wie hieß er gleich? Morton … Morgan oder so? Haben Sie dort die Höhlenexpedition gemacht?«

»Callum Monahan«, erinnerte er sich. »Ein furchtloser Mann.« Er blickte sie aufmerksam an. »Haben Sie meine Reisen verfolgt, Lady Anstruther?« Er hatte fast vergessen, dass sie gleich seinen Stumpf entblößen würde, konnte nur darauf achten, dass sein Arm auf ihrem Schenkel immer höher rutschte.

Sie blickte abrupt auf. »Oh nein, aber mein Mann. Der liebe Edward hat so viel von Ihnen gehalten, und ich habe ihm die Berichte von Ihren vielen Heldentaten vorlesen müssen. Er sagte, sie seien ein besonderer Liebling seiner verstorbenen Frau gewesen.«

»Lady Sarah Millburn«, sagte er voller Zuneigung. »Ich habe mich in sie verliebt, als ich etwa sieben Jahre alt war. Nichts gegen Ihren Mann, aber mit zehn wünschte ich ihm einen tragischen, frühen Tod und stellte mir vor, seine Frau würde in meinen Armen Trost suchen. Sie war die einzige warmherzige Frau, die ich kannte, bis ich …« Er unterbrach sich, wollte den Moment nicht mit Nostalgie belasten. Nicht mehr aus ihm machen, als er war.

Und er wollte nicht gerade jetzt an Ginny denken.

Merkwürdig. Und noch merkwürdiger, dass er so viel von sich preisgab. Sie war weder eine Vertraute noch ein Beichtvater. Sie war der unzureichende Abklatsch der echten Lady

Anstruther. Eine habgierige Aufsteigerin. Eine Usurpatorin. Er durfte das nicht vergessen.

Sie musste seine Feindin bleiben, sonst würde er wollen, dass sie etwas anderes wurde.

Er würde sie wollen.

»Sarah. Sie war wirklich der Inbegriff einer Lady.« Er sah sie buchstäblich von oben herab an, als er das sagte.

»Im Gegensatz zu mir, meinen Sie?« Sie hob eine Braue, lächelte aber.

»Verstehen Sie es, wie Sie wollen, aber versuchen Sie, nicht allzu gekränkt zu sein. Ich habe viele Fehler und nur mangelhafte Vorzüge. Eigentlich bin ich ein ziemliches Arschloch, und die meisten Menschen, die ich geschätzt habe, sind entweder tot oder … vermisst. Lord und Lady Anstruther dagegen waren gütig. Ich bedaure sehr, dass sie nicht mehr leben.«

Ihr Blick war sanft, als sie das nächste Mal zu ihm aufblickte, und ein frohes kleines Lächeln spielte um ihre Mundwinkel. Merkwürdigerweise sah sie aus, als hätte sie etwas Verlorengeglaubtes wiedergefunden.

»Ich vermisse Edward jeden Tag.« Ihre Beichte verblüffte ihn, und einen Moment lang glaubte er ihr beinah. Mit einem leisen Laut des Triumphs löste sie die zweite Schnalle und konnte die Prothese abziehen. Während sie sie beiseitelegte, zog Cole den Ärmel über das jähe Ende seines Unterarms, aber die leere Manschette hob umso deutlicher hervor, dass etwas fehlte. Trotzdem konnte er einen erleichterten Seufzer nicht unterdrücken.

Wenn sie es gehört hatte, ließ sie es sich nicht anmerken. »Am Ende schien er sich etwas zu erholen.« Sie fuhr fort, während er die empfindlichen Stellen rieb, die von den engen Riemen wund gescheuert waren. »Er saß manchmal hier mit mir im Garten und sah mir beim Malen zu. Und einmal konnte ich ihn in seinem Rollstuhl ins Museum fahren und ihm ein paar Skulpturen zeigen, die er unbedingt sehen wollte … Es war der schönste Tag, an den ich mich erinnern kann.«

Im Magen machte sich wieder dieses merkwürdige und unbehagliche Gefühl bemerkbar. Cole schlug ihm die Tür vor der Nase zu und nahm alle kühle Verachtung zusammen, die ihm zur Verfügung stand. Er konnte unmöglich eifersüchtig auf einen Toten sein. Der Schmerz, den er fühlte, musste etwas anderes sein. Sein Gesicht verzog sich zu einer Grimasse des Widerwillens. »Sie wollen mir doch hoffentlich nicht weismachen, dass Sie den alten Kauz … geliebt haben.«

»Und warum nicht?«, fragte sie scharf. »Natürlich habe ich ihn geliebt. Nicht wie eine richtige Ehefrau ihren Mann, meinetwegen, aber wie … wie eine gute Freundin. Vielleicht wie eine Tochter ihren Vater.«

»Das ist ekelhaft.«

»Wagen Sie es nicht«, warnte sie ihn und ein fast unhörbarer Ton verlieh ihren Worten noch mehr Bedeutung. »Wagen Sie es nicht, die Freundschaft zwischen meinem Mann und mir zu beschmutzen, oder sie in etwas Abartiges zu verdrehen. Sie war unschuldig.«

»Unschuldig?«, echote Cole. »Meinen Sie damit, dass die Ehe niemals … vollzogen wurde?«

»Ich wüsste nicht, was Sie das angeht.« Obwohl ihre Stimme Empörung vermittelte, wandte sie den Blick ab.

Damit hatte er sie. Wenn er ihr genügend Angst einjagte, würde sie ihre schrecklichen Pläne vielleicht unterlassen. »Ihnen ist doch wohl klar, dass Ihre Ehe ohne weiteres annulliert werden kann, wenn Sie noch Jungfrau sind.«

Ihre Augen weiteten sich. »Doch wohl nicht nach seinem Tod.«

Er spürte ihre Angst und schlug zu. »Ich könnte mir das genauer ansehen. Ich habe sehr viel Einfluss, falls Sie das noch nicht bemerkt haben.«

»Warum … warum sollten Sie so etwas tun?«, flüsterte sie, als hätte er sie verletzt.

»Weil Sie nichts Besseres verdienen. Sie sollten sich schämen, einen anständigen alten Mann auf dem Totenbett zu verführen und das Heim seiner Väter in kaum etwas Besseres als ein Bordell zu verwandeln – noch dazu in eines, das nicht einmal zu etwas gut ist.«

Ihre Züge verhärteten sich, ihre Lippen bildeten eine schmale Linie. »Es ist unter Ihrer Würde, mich so zu quälen.« Sie stand auf und zwang ihn, dasselbe zu tun. »Nun, hiermit teile ich Ihnen mit, dass ich keine Jungfrau bin, Sie können Ihre Drohung also nicht wahr machen.«

Keine Jungfrau? Eine fremde, dunkle Emotion zog seine Mundwinkel herunter. »Warum überrascht mich das nicht?«

Der Blick, den sie ihm zuwarf, war voller Ironie, die er nicht begriff, aber er war zu wütend, um darüber nachzudenken. Sie gab einen spröden, abweisenden Laut von sich und schlang die Arme um sich, als wäre die Welt zu kalt geworden.

»Sie werden mich nicht aufhalten«, sagte sie schnippisch. »Diese Stiftung ist meine Aufgabe, meine Leidenschaft. Ich werde nicht jede Unglückliche retten können, aber das wird mich nicht davon abhalten, zu tun, was ich kann.«

Sie hatte Temperament, das musste er ihr lassen. Aber wenn sie sich durch Logik und Probleme nicht davon abbringen ließ, dann vielleicht durch Furcht.

Cole trat auf sie zu, bedrängte sie mit seiner Größe und zwang sie, einen Schritt rückwärts, der Tür zu zu machen. »Sie sind so klein und unbedeutend in der großen, grausamen Welt«, murmelte er drohend. »Wie wollen Sie das schaffen, ganz allein und schutzlos?«

Sie trat noch einen Schritt zurück, hob aber arrogant das Kinn. »Ich komme recht gut zurecht«, erwiderte sie scharf. »Wir haben alle unsere kleinen Handicaps, nicht wahr?« Ihr Blick wanderte zu der leeren Manschette, und Cole spürte, wie das Tier in ihm sich regte.

Es wollte sich mit einer Gewalt auf sie stürzen, die er nicht an sich kannte.

Seine Hand fand den Weg zu ihrer Kehle. Ihr erschrockenes Keuchen beschämte und entflammte ihn zugleich. Es war der einzige Weg, ihr die Augen öffnen, nur so würde sie die tödliche Gefahr sehen, in die sie sich brachte.

»Ich werde mich Ihnen überall in den Weg stellen«, knurrte er.

»Etwas anderes hätte ich auch nicht von Ihnen erwartet.« Inzwischen musste sie recht weit den Kopf zurücklegen, um ihn anzusehen, und er spürte ihre Wirbelsäule, die sich gegen seine Hand presste.

»Es braucht nur wenig, um Sie zu zerstören.« Er schloss ganz leicht die Finger, und die verräterische Beschleunigung ihres Pulses strafte ihren unerschütterlichen Mut Lügen.

»Das haben schon ganz andere versucht«, protestierte sie, in ihren Augen glühte der Strudel ihrer eigenen Emotionen. »Und doch stehe ich hier.«

»Sie sind eine Närrin, wenn Sie glauben, dass auch nur einer von den Menschen da drinnen Ihnen hilft, die Gossenhuren von hier bis zum East End zu retten, sobald ihnen klar wird, dass Sie sie hierher bringen wollen.«

Sie sah ihn ruhig an. »Sie überraschen mich, Euer Gnaden. Ich hätte gedacht, Sie hätten eine höhere Meinung von Huren, da Sie angeblich außerordentlich viel Zeit in ihrer Gesellschaft verbringen.«

Er bedachte sie mit einem anzüglichen Blick. »Ich mag Huren ganz außerordentlich, und ich schätze es, wenn sie bleiben, was sie sind, statt nach einem Adelstitel zu streben.«

Ihre Augen verengte sich zu glitzernden Schlitzen voller Zorn. »Sie sollten mal hören, was sie über Männer mit Adelstiteln sagen. Blauem Blut fällt es offensichtlich schwer, sich den Weg zum richtigen Eingang zu bahnen. Und selbst wenn, dauert das Ganze selten lange genug, um der Mühe wert zu sein.«

Sie keuchte leise, als er sie mit dem Rücken an die Glastür stieß, hörte aber nicht auf, ihren Blick in seinen zu bohren.

»Die Huren, die ich kannte, sind nie unbefriedigt gegangen«, schnurrte er, und liebkoste die köstliche Haut ihres Nackens, glitt über ihr Schlüsselbein. Weiter unten hoben ihre Brüste sich ihm mit jedem keuchenden Atemzug entgegen.

»Wie schön für Sie.« Sie tat beeindruckt, aber nicht, bevor andere Gefühle über ihre Züge geflackert waren. Angst. Trauer. Und noch etwas … das so schnell wieder verschwand, wie es aufgetaucht war. »Ich denke, sie werden bezahlt, um nicht zu klagen. Und ich weiß zufällig, dass diejenigen, die Lust vortäuschen, besser verdienen.«

Er gab einen spöttischen Laut von sich. »Ich denke, ich kann vorgetäuschte Lust sehr gut von echter unterscheiden.«

Sie zuckte mit ihrer schönen, nackten Schulter und verdrehte die Augen gen Himmel. »Das denken Männer immer.«

Wie konnte eine so schöne, sanfte Frau eine so scharfe Zunge haben? Es war, als würde man von einem Schmetterling gebissen. Die meisten Frauen wären bei diesem Gespräch in Schockstarre gefallen, oder wenigstens in Tränen ausgebrochen. Seine Hand lag um ihren Hals, bei aller Liebe … dort hatte sie jedenfalls gelegen. Jetzt war sie definitiv nicht mehr dort. Sie war auf Entdeckungsreise gegangen … was die Countess Anstruther deutlich mehr schockieren müsste als ihn.

Aber diese begegnete seinem dunklen Blick mit einer gewissen Ungerührtheit. Gott, es war lange her, seit er so frustriert, so wütend gewesen war.

Es war … eigentlich herrlich.

Die wenige Luft, die zwischen ihnen Platz hatte, verwandelte sich, war plötzlich schwer vor Verheißungen, Andeutungen und mehr als nur etwas Gefahr. »Wie kommt es, dass Sie so viel über meine intimen Abenteuer wissen, Lady Anstruther? Interessiert?« Er betonte das Wort intim, indem er sich vorbeugte und den Ellbogen an die Tür stützte. Nicht einmal eine Motte hätte zwischen ihnen überlebt.

»Es ist wohl das am schlechtesten gehütete Geheimnis in ganz England.« Sie verdrehte wieder die Augen, aber ihre Stimme war deutlich belegter als zuvor und unvereinbar mit ihrer angeblichen Ungerührtheit. »Jeder weiß, wer Sie sind und was Sie tun. Der ›verlorene‹ Duke. Der tragische Held. In den Klatschspalten steht sogar, mit welchem Pulver Sie sich am liebsten die Zähne putzen, abgesehen von den schlüpfrigeren Aspekten Ihres Lebens. Jeder weiß, wie Sie Ihre zweite Chance genutzt haben, welche Mühe Sie sich geben, sie auf eine unbesonnene und lächerliche Weise zu ruinieren. Es ist eine Beleidigung für all die, die hart gearbeitet haben, um Sie zu retten.«

»Sie wissen überhaupt nichts«, knurrte er. »Und ich halte Sie für noch dümmer als zuvor, wenn Sie alles glauben, was in der Zeitung steht.«

»Ohne diesen Reporter wären Sie niemals gerettet worden«, entgegnete sie.

»Sie denken wohl, Ihr Leben wäre einfacher gewesen, wenn man mich nicht gefunden hätte.« Er wollte sich von ihr lösen, hoch erhobenen Hauptes aus ihrem Haus und ihrem Leben schreiten, aber etwas an ihrem Gesichtsausdruck ließ ihn innehalten. Weder auf den blutgetränkten Schlachtfeldern noch bei den schmutzigen Morden, weder in den zahlreichen Krankenhäusern noch in dem türkischen Gefängnis hatte je ein Mensch so tief und wahrhaft verletzt ausgesehen.

»Sie können sich nicht einmal vorstellen, was ich darüber denke.« Ihre leisen Worte waren hart und mit so viel Schmerz durchwirkt, er konnte ihr nicht mehr ins Gesicht sehen.

Er blickte hinab auf ihre jetzt entblößte Kehle, die darum kämpfte, ein unverständlich heftiges Gefühl hinunterzuschlucken. So ein anmutiger Hals. Weich und schön mit zarter, dünner Haut. Die empfindsamste Stelle. Nun … neben anderen.

Die Innenseiten ihrer Handgelenke. Oder ihrer Schenkel.

Ihre Lippen. Lippen, die ihn vielleicht willkommen heißen, sich ihm öffnen würden, wenn er sie küsste.

Er senkte den Kopf, beugte sich über sie. Sie war so klein. So schmal. So leicht. Und doch so warm.

Ihr zitternder Atem streifte sein Gesicht, ihre Züge waren erstarrt. Gelähmt. Nur ihre kleine rosa Zunge glitt über ihre Unterlippe und hinterließ einen köstlichen feuchten Schimmer.

Verdammt, plötzlich wollte er –

Sie stellte sich auf die Zehenspitzen und drückte ihm die Lippen mit solcher Wucht auf den Mund, dass beinahe ihre Zähne zusammenstießen.

Cole hätte nicht erschrockener sein können, hätte sie ihm ein Messer ins Herz gerammt. So oder so hörte sein verräterisches Herz auf zu schlagen. Sie brachte ihn nicht nur um den Verstand, sie nahm ihm dazu noch den Atem.

Es war nicht der eindringliche, forschende Kuss einer erregten Frau, die auf Erregung oder einen Hinweis auf seine Gefühle aus war. Keine sinnliche Erkundung und auch nicht der Ausdruck zärtlicher Zuneigung. Es war etwas Hartes. Etwas Wütendes und Wildes. Die Zeit blieb stehen, die frustrierte

Hitze des Kusses brannte sich von seinen Lippen zu seinem Schwanz. Mit diesem Kuss übernahm sie die Kontrolle. Tat, was sie wollte. Zeigte ihm endgültig und absolut, dass sie über einen eigenen Willen verfügte.

Er hatte sich so sehr geirrt. Zuerst hatte er sie für verschlagen und intrigant gehalten. Dann für niedlich und schlicht, unwissend und überfordert.

Aber nein.

Das war keine naive Weltverbesserin, die ihn mit all der ängstlichen Kühnheit küsste, die sie aufbringen konnte. Das war eine Frau mit Sehnsüchten, mit Temperament und Entschlossenheit. Sie war wie ein wilder, amerikanischer Mustang, den die Hand eines Herrn noch zähmen musste.

Oh Gott, er wollte sie reiten, bis sie beide nass waren vor Lust und Schweiß. Bis sie schlaff und sanftmütig neben ihm lag.

Als er beschloss, den Kuss zu vertiefen, beendete sie ihn.

Eine neue Blässe stieg ihr ins Gesicht, und sie hielt sich die Hand an die Lippen. Heiß und plötzlich durchfuhr ihn die Erkenntnis, dass diese explosive Erregung zwischen ihnen auch sie erschreckt hatte.

Erstaunlich schnell erlangte sie ihre Fassung wieder. Ihre mehrfarbigen Augen glitzerten triumphierend, als sie sie zusammenkniff und ihn betrachtete. »Kommen Sie nicht auf falsche Gedanken, Euer Gnaden«, sagte sie. »Ich wollte nur wissen, ob Ihr Geschmack genau so bitter ist wie Ihre Konversation.« Sie hob die Röcke und wollte an ihm vorbeigehen, ihre Stimme stockte verräterisch und atemlos. »Wenn Sie mich jetzt entschuldigen, ich–«

»Halten Sie den Mund«, befahl Cole, als er sie zurück an die Tür drängte und ihren Mund in Besitz nahm.

Er war noch nicht mit ihr fertig.

Coles Kuss war alles, was ihrer nicht gewesen war. Feucht, erkundend und voller Sünde. Er musste sich an der Tür abstützen, weil seine Knie weich wurden, aber er vereinte all die Geschicklichkeit und Erfahrung, die sie ihm vorgeworfen hatte, und bestürmte damit ihre Lippen

Er leckte über den Saum ihres Mundes, mehr Warnung als Frage, dann drang er mit der Zunge in ihn ein. Halb erwartete er, dass sie ihn beißen würde.

Aber das tat sie nicht.

Als in seiner Kehle ein dunkles Stöhnen erklang, wurde sie in seinen Armen lebendig und hielt sich an seinen Schultern fest. Ihr Kuss war wie eine Quelle schockierender Lust, und er trank davon und bemerkte mit finsterer Freude, dass ihre Zunge sich um seine wand, anstatt sich zurückzuziehen. Ihr Mund war heiß und ihre Lippen so unendlich weich, er konnte kaum glauben, dass sie real waren.

Ein Teil von ihm begriff, dass er in diesem Moment eine Feuersbrunst heraufbeschworen hatte. Alles, was in ihm kalt und zerbrochen gewesen war, schmolz in diesem Brand, wurde flüssig und unbegreiflich heiß. Wurde in die Form einer Waffe gegossen. Die zustieß. Die eindrang.

Und hier war eine Gegnerin, die den Kampf lohnte.

Doch da unterbrach sie den Kuss mit einem stockenden Laut und riss sich von ihm los. Mit unbeholfenen, zitternden Händen wischte sie sich über den Mund, wie um jede Spur von ihm zu tilgen.

Anklagend starrte sie ihn an, ihre Züge vor Schmerz verzerrt. »Warum sind Sie gekommen?«, fragte sie und schluchzte fast. Ihre Augen glänzten verdächtig, aber es kamen keine Tränen, er sah nur Abneigung darin. »Haben Sie solche Freude daran, mich zu demütigen, dass Sie sich einen ganzen Abend dafür Zeit nehmen?«

Cole stieß sich von der Tür ab, wandte sich ab und nahm die Prothese von der Bank, um sich zu sammeln. Warum war er wirklich gekommen? Warum verhielt er sich so? Warum schien sein Körper sich nach ihr zu sehnen, während sein Verstand vor ihr zurückwich? Es war, als würde sein Körper ihn in ihrer Gegenwart verraten. Er hatte noch nie so stark auf eine Frau reagiert, die er kaum kannte. Jedenfalls nicht seit …

»Ravencroft wollte, dass ich mitkomme, und da ich ihm mein Leben verdanke, fällt es mir schwer, ihm etwas abzuschlagen.« Er beantwortete die Frage so ungezwungen, wie es ihm möglich war.

»Muss ich Sie daran erinnern, dass auch ich Ihnen das Leben gerettet habe?«, sagte sie zornig. »Und doch würdigen Sie mich ohne Bedenken herab und drohen, mir alles zu nehmen, was ich besitze.«

Dachte sie so über diesen Kuss? Als Herabwürdigung?

»Was habe ich Ihnen getan?«, rief sie. »Warum sind Sie so garstig?«

Wir sind, was wir sind, dachte er. Tiere.

»Mir gefällt nicht, was Sie hier tun.« Er wandte sich ihr wieder zu und beschwor seine restliche Niedertracht herauf, um die Nerven zu schützen, die inzwischen blank lagen. »Ihre Umbauten verursachen Lärm, der mir nicht gefällt. Ich will nicht neben Dirnen, Herumtreibern und Taschendieben wohnen. Ich will mich nicht um die Gefahr kümmern müssen, die diese Leute in dieses Viertel bringen. Ich will Frieden. Warum können Sie das nicht verstehen?«

»Ist Ihr Frieden mehr wert als das Leben einer misshandelten Frau? Oder die Sicherheit eines verängstigten Kindes?«, fragte sie wieder leidenschaftlich.

»Was auch immer er wert ist, ich habe das Doppelte dafür bezahlt. Ich habe ihn verdient.« Er drohte ihr mit der Prothese.

»Sie wollen die Londoner Huren retten? Meinetwegen. Nur tun Sie es woanders.«

»Diese Frauen sind nicht einfach Huren. Sie sind nicht nur eine Ansammlung von Körperöffnungen, die Ihrem Vergnügen dienen. Einige sind Mütter. Oder Töchter, die von der Familie, die sie eigentlich schützen sollte, vor die Tür gesetzt wurden. Es sind Menschen.«

»Glauben Sie, das weiß ich nicht?« stieß er hervor.

»Wissen Sie es wirklich? Wenn Sie tatsächlich an ihren Wert als Frauen glaubten, hätten Sie Mitleid mit ihnen statt nur Verachtung. Zuneigung statt Bitterkeit.«

»Sie machen große Worte für eine so kleine Frau.«

»Und Sie sind wahrhaft kleingeistig für einen so großen Mann«, erwiderte sie und betrachtete ihn empört. »Ich kann nicht glauben, dass ich jemals –« Sie presste die Lippen zusammen, und ihre kleinen Fäuste ballten sich zornig.

»Dass Sie jemals was?«, fragte er schließlich, als die Stille sich länger ausdehnte, als ihm behagte.

»Nichts«, sagte sie, wandte sich zur Tür um und öffnete sie. »Wenn Sie mich entschuldigen wollen, ich muss mich um meine Gäste kümmern.«

Er würde sie verflucht noch mal nicht gehen lassen, bevor das hier beendet war. »Was können Sie nicht glauben? Dass Sie mich geküsst haben? Mir das Leben gerettet?«, fragte er und packte sie am Arm.

Sie sah voller Verachtung auf seine Hand. »Ich kann nicht glauben, dass ich Sie je in meinem Haus empfangen habe. In Zukunft wird Ihnen meine Tür verschlossen bleiben.«

Er ließ sie los. »Kaum ein großer Verlust.«

»Für uns beide nicht«, stimmte sie ihm zu und floh ins Haus.

Cole brauchte eine volle Minute, um wieder atmen zu können, und eine weitere, um die Kraft in seinen Beinen wiederzuerlangen. Er bebte vor so vielen bruchstückhaften Emotionen, die er nicht einmal vage benennen konnte.

Imogen Millburn, Lady Anstruther, war noch gefährlicher, als er angenommen hatte. Denn sie brachte etwas in ihm hervor, das er geschworen hatte, mit seiner Hand in dieser Gefängniszelle zurückzulassen.

Jenes wilde, primitive Tier. Eine hungrige, wolfsartige Kreatur, die sich an seine Beute heranschleichen wollte. Sich auf sie stürzen. Und sie verschlingen.

Dieses Tier war kein Duke. Es war nicht der Mann, den man zu Anstand und Vornehmheit erzogen hatte und der sich um die Kosten der Dinge und die Konsequenzen seiner Handlungen sorgte. Dieses Tier schlief nicht mehr tief in ihm, sondern lauerte direkt unter der Haut und wollte sein Territorium markieren.

Und es hatte gerade einen köstlichen Leckerbissen entdeckt und lief Gefahr, auf den Geschmack zu kommen.

13

Es war nicht weit von Mayfair bis Belgravia, aber Chief Inspector Carlton Morley legte den Weg trotzdem zu Pferd zurück. Seine Eile war auf den brutalen Mord auf dem Anwesen der Anstruthers zurückzuführen. Die Tatsache, dass das Grundstück direkt neben der monumentalen, im griechischen Stil gehaltenen Residenz von Christopher Argent, ehemals Englands meistbeschäftigtem Auftragskiller lag, beruhigte ihn nicht im Geringsten.

Nur weil Argent jetzt für Scotland Yard arbeitete, hieß das noch lange nicht, dass er aufgehört hatte zu töten.

Blutvergießen konnte zu einer Sucht werden, wenn man nicht achtgab, dachte Morley.

Er musste es wissen.

Argent kam auf seinem eigenen rotbraunen Ross direkt hinter ihm am Tor der Anstruthers an. Der streitbare Ex-Killer hatte Morley im Morgengrauen geholt, kaum eine Stunde, nachdem der Chief Inspector ins Bett gefallen war.

Nur allzu gern hätte er behauptet, etwas so Normales wie eine Frau oder ein schwieriger Fall habe ihn bis in die frühen Morgenstunden wachgehalten. Aber das konnte er nicht. Es war in der Tat Blutvergießen gewesen. Seine neue, gefährliche Sucht. Dieses nächtliche Treiben würde ihn noch ins Grab bringen, dachte er.

Aber es gab kein Mittel dagegen. Nichts konnte ihn aufhalten.

»Sie sehen aus, als wäre der Teufel letzte Nacht Ihr Bettgenosse gewesen.« Beide saßen ab und warfen die Zügel einem Diener zu. »Haben Sie sich ein neues Laster zugelegt?«

Bei einer Ermittlung war die Beobachtungsgabe eines Killers von größtem Vorteil, aber heute Morgen verfluchte Morley sie. »Wenn ich an den Teufel glauben würde, würde ich denken, dass Sie sein Bastard sind, Argent«, witzelte er.

»Ein besserer Erzeuger als mancher, den ich gekannt habe«, gab der ehemalige Killer ernst zurück.

Dem konnte Morley nur zustimmen.

»Ich hätte Sie nicht geweckt, wäre ich nicht sicher gewesen, dass Sie es selbst sehen wollen.« Argent holte ein Notizbuch hervor, was bei allen Ermittlern üblich war. Solange ein Mann seine Gedanken nicht so perfekt ordnen und im Gedächtnis behalten konnte wie Dorian Blackwell, musste er sie aufschreiben. »Man findet nicht jeden Tag eine vergewaltigte und erwürgte Countess in einem Garten in Belgravia.«

»Lady Broadmore war Viscountess, Argent«, verbesserte ihn Morley und nickte dem Constable zu, der das Tor aufhielt. »Lady Anstruther ist eine Countess.«

Argent zuckte mit den Achseln und kratzte sich die rötlichen Bartstoppeln auf dem harten Kinn. »Hab ich noch nie auseinanderhalten können«, sagte er beiläufig. »Und war mir auch nie wichtig.«

»Sie müssen die Gesetze und Zusammenhänge kennen, wenn Sie es in dieser Gesellschaft zu etwas bringen wollen, Inspector«, stellte Morley fest. »Scotland Yard ist nicht die Unterwelt. Alles muss einwandfrei zugehen.« Schon als er das sagte, nannte Morley sich einen Heuchler. Als Polizist bedeuteten diese Worte für ihn die absolute Wahrheit. Was seine nächtlichen Unternehmungen anging … war das nicht der Fall. Allerdings, das musste er zugeben, half es, die Gesetze gut zu kennen, wenn man sie brechen wollte.

Argent warf ihm einen ruhigen Blick zu. »Zu überleben ist ein Talent von mir, Morley, oder wissen Sie das nicht mehr?«

Morley hatte nicht vergessen, dass Argent ihn vor langer Zeit einmal niedergestochen und ihm in derselben Nacht das Leben gerettet hatte. »Ich weiß nur, dass es besser ist, wenn wir Verbündete sind, nicht Feinde.«

»Besser für wen?« Argent lächelte nicht direkt, aber seine kalten, blauen Augen funkelten amüsiert.

»Ich denke, für uns beide.«

»Wissen Sie, was ich denke, Morley?« Der Killer drehte sich am Fuß der Eingangstreppe zu ihm um.

»Niemand kann wirklich sagen, was Sie denken, Argent. Unergründlichkeit ist einer Ihrer wenigen Vorzüge.«

Argent ignorierte seinen Versuch, witzig zu sein. »Ich denke, Sie lassen zu, dass die Leute Sie unterschätzen, ich glaube, Sie ermutigen sie sogar dazu.«

Morley fühlte sich plötzlich unbehaglich. »Wir haben keine Zeit zu vertrödeln, nicht bei einem Mord.«

»Die Leiche läuft uns nicht davon.« Argent packte ihn an der Schulter und betastete seine Muskeln. »Sie lassen Ihre Jacken so schneidern, dass die Stärke Ihrer Schultern verborgen wird. Blackwell und ich haben uns schon den Kopf zerbrochen, warum ein kräftiger Mann seine Kraft verbirgt, anstatt sie für alle sichtbar einzusetzen.«

Morley schüttelte die große Hand ab und hüllte sich in einen Hauch von Ungezwungenheit wie in einen Mantel. »Ich setze meinen Einfluss ein«, wich er aus. »Und ein Mann sollte elegant sein, meinen Sie nicht?«

Argent war nicht amüsiert. »Sie artikulieren Ihre Vokale wie ein geborener Gentleman, aber Ihr Gang ist der eines leichtfüßigen Diebes aus dem East End. Sie waren Soldat, haben getötet, sind der beste Schütze der Royal Highland Watch, so heißt es jedenfalls. Aber bevor die Queen Sie für Ihren Mut zum Ritter schlug, waren Sie niemand, Sir Carlton Morley. Ihre Vergangenheit ist so undurchsichtig wie der Rauch von Kohlen.«

»Worauf wollen Sie hinaus, Argent?« Jeder Humor war aus dem Gespräch verschwunden.

»Es geht nicht darum, worauf ich hinauswill, sondern darum, was Sie vorhaben …« Argent hob skeptisch eine Augenbraue. »Sie gleichen in der letzten Zeit einer wandelnden Leiche. Ein Mann, der wenig isst und noch weniger schläft. Die anderen glauben schon, Sie sind besessen, und ich muss ihnen recht geben, aber die Frage ist, wovon?«

Morley beschloss, ihm die Wahrheit zu sagen. »Ich bin von Gerechtigkeit besessen, Argent.«

»Es gibt viele Formen der Gerechtigkeit.«

Morley erwiderte Argents harten Blick und trat näher. »In der Tat.«

»Hat ihre Gerechtigkeit zufällig etwas mit den freigesprochenen Verbrechern zu tun, die in letzter Zeit alarmierend häufig von der Bildfläche verschwinden –«

»Hören. Sie. Auf«, flüsterte Morley, und jede Silbe war mit Stahl durchwirkt.

Die unheimlichen, arktischen Augen verengten sich, und die beiden Männer standen sich Nase an Nase gegenüber, jeder Muskel zum Zerreißen gespannt, in jedem Atemzug lauerte Gewalt.

Die meisten Männer konnten nichts gegen Christopher Argent ausrichten, aber der Killer hatte eines richtig verstanden … Morley wurde üblicherweise unterschätzt.

Und das nutzte er zu seinem Vorteil.

Irgendwann trat Argent beiseite, sein Blick war wieder ruhig, als er auf den Eingang deutete. »Gehen wir an die Arbeit.«

Morley betrachtete die Fassade des Anstrutherschen Anwesens und zwang das Feuer in seinem Blut, zu erlöschen. Es war ein elegantes Gebäude aus dunklem Stein und setzte sich von den einheitlich weißen, großen Häusern ab, die das aristokratische Belgravia dominierten. Zu dieser frühen Stunde hatten sich die tonangebenden Lords und Ladys noch nicht aus ihren weichen Betten erhoben, viele hatten sich die Nacht mit der einen oder anderen nutzlosen Lustbarkeit vertrieben. Die meisten waren zur selben Zeit ins Bett gegangen wie er selbst, aber die untätigen Reichen mussten erst mittags wieder aufstehen.

Sie hatten die Sicherheit des Viertels in seine Hände überantwortet, und diese Verantwortung bedurfte stets der Wachsamkeit.

Seiner Wachsamkeit.

»Sagen Sie mir, was Sie bereits wissen«, sagte er, als sie die Treppe hinaufstiegen.

»Lady Anstruther hatte zu einem Wohltätigkeitsabend eingeladen, bei dem ich als ihr Nachbar anwesend war. Auf der Gästeliste standen mehr Lords und Ladys als in *Burke's Peerage*. Die verstorbene – Viscountess saß an unserem Tisch zwischen dem Duke of Trenwyth und Dorian Blackwell. Wenn Sie mich fragen, war sie eine alberne, gehässige dumme Kuh.«

»Ich bitte Sie, in Gegenwart der Countess ihre vulgäre Zunge zu hüten«, ermahnte ihn Morley.

»Sie können mich gern an meinem vulgären Arsch lecken, ich rede, wie ich will«, gab Argent tonlos zurück. »Außerdem ist Lady Anstruther eine Freundin meiner Frau und äußerst vertraut mit meiner vulgären Zunge.«

Diesmal zog Morley eine Augenbraue hoch.

»Natürlich nicht so, wie Sie denken.« Finster blickte Argent in sein Notizbuch. »Die Leiche wurde von Lady Anstruthers jüngerer Schwester, Miss Isobel Pritchard, gefunden, die kurz vor Morgengrauen von einem Ball zurückkehrte, der der Suche nach Ehemännern dient.«

Pritchard … Irgendetwas bewegte der Name in seiner Erinnerung.

Als Morley und Argent in einen Salon in den Farben von Minze und Ringelblumen geführt wurden, trafen sie auf Imogen Millburn, Countess Anstruther, und Isobel Pritchard, die dicht nebeneinander saßen.

Der Butler, ein eher rundlicher Mann namens Cheever, stellte Morley vor, und die beiden Damen erhoben sich.

Zwei identische Paare runder, brauner Augen sahen ihn an. Die Schwestern schienen sich in allem zu ähneln bis auf ihre Gemütsbewegungen. Beide hatten helles Haar und waren eher zart gebaut, aber die ältere der beiden, Lady Anstruther, betrachtete ihn mit dem müden Blick einer Frau, die schon viel gesehen hatte. Selbst, wenn er sich nicht irrte, den Tod.

Das war unerwartet.

Die junge Miss Pritchard trocknete sich mit einem Taschentuch die Tränen, die ihr aus den geröteten Augen quollen.

»Chief Inspector.« Lady Anstruther trug ein lavendelfarbenes Nachthemd mit violetten Blumen und hatte nur einen Morgenmantel darüber geworfen. Sie trat auf ihn zu und streckte ihm die Hand entgegen. Eine bemerkenswert lässige Geste für eine Countess. »Danke, dass Sie gekommen sind.«

»Mylady.« Morley beugte sich über die Hand und bemerkte, dass die andere noch in Isobels verzweifeltem Griff gefangen war. »Die unangenehme Situation tut mir sehr leid. Wer kann mir die Tote zeigen?«

»Ich begleite Sie in den Garten«, gab die Countess fest zurück. »Es ist gerade hier hindurch.«

»Imogen, nein!«, protestierte Isobel und zog an der Hand ihrer Schwester. »Du solltest sie nicht noch einmal ansehen müssen, es ist zu schrecklich.«

Lady Anstruther gab ihrer Schwester einen Kuss auf die Wange, während sie sich aus ihrem Griff befreite. »Isobel, meine Liebe, meinst du nicht, wir sollten Chief Inspector Morley und Mr. Argent eine Tasse Tee anbieten?«, fragte sie sanft.

»Tee?« Das blasse Mädchen, das nicht älter wirkte als siebzehn, blinzelte, als hätte sie das Wort nie zuvor gehört.

»Ich mag meinen stark wie türkischen Kaffee«, sagte Argent sanft.

Wie nicht anders erwartet, funktionierte die List, und die junge Frau schien aus der Starre zu erwachen, die Angst und Schrecken in ihr ausgelöst hatten. »Wir – wir haben auch Kaffee, wenn Sie den lieber wollen, Mr. Argent.« Ihr Lächeln war schüchtern und müde, als sie die zerknitterten Röcke des pfirsichfarbenen Ballkleids glattstrich, das bestätigte, dass sie noch nicht im Bett gewesen war.

»Das wäre großartig.«

Lady Anstruther nutzte die Abgelenktheit ihrer Schwester sofort. »Hier entlang, Chief Inspector.«

Er folgte ihr aus dem Salon hinaus durch einen Gang voller Kunst und Antiquitäten bis vor zu zwei Glastüren, die wahrscheinlich in den Garten führten. Ein Paar Constables in blauen Uniformen hielten dort Wache. Sobald sie Lady Anstruther in Nachtkleidung erblickten, glänzten ihre Augen voller Faszination und Verlangen – obwohl die Dame züchtig bedeckt war.

Es war Morley nicht entgangen, dass sie in der Tat eine besonders schöne Frau war. Ihr Haar war von einem umwerfenden Gold mit Rottönen schattiert. Die Augen eine zarte Verwirrung aus Grün und Gold und dunkleren Tönen. Unter dem

Morgenrock erahnte man einen schlanken Körper mit hübschen Kurven.

Er erfasste ihre Schönheit lediglich. Er sah sie nicht wie ein Mann eine Frau sah, sondern wie ein Inspector eine Verdächtige. Oder eine Zeugin.

Nichts weiter.

Das bestätigte ein Problem, das ihm schon seit geraumer Zeit auffiel. Etwas stimmte nicht mit ihm. Etwas Schwerwiegendes und Ernstes.

Aber jetzt hatte er keine Zeit, darüber nachzudenken.

»Wie lange kannten Sie das Opfer, Lady Broadmore, schon?«, fragte er und starrte die Constables an, bis sie es merkten, in Panik gerieten und etwas an ihren Stiefeln entdeckten, das eine sehr aufmerksame Betrachtung erforderte.

»Ich habe sie gestern Abend kennengelernt«, gab Lady Anstruther zurück. »Und ich habe gleich gemerkt, dass wir beide keine nähere Bekanntschaft wünschten.«

»Es ist mutig, das über eine Frau zu sagen, die in Ihrem Garten ermordet wurde.«

»Ich habe sie nicht ermordet. Was habe ich zu befürchten?«

»Sie wurde auf Ihrem Grundstück gefunden. Es gibt Aussagen, dass Sie sich mit ihr gestritten haben. Im Moment, Lady Anstruther, sind Sie die erste auf unserer Liste der Verdächtigen.«

»Wir haben uns zwar nicht gestritten, waren allerdings auch nie einer Meinung.« Lady Anstruther ging vorsichtig über einen kleinen, mit Wildblumen überwucherten Pfad, trat zur Seite und deutete auf die Verstorbene.

Etwas, das Morley lange tot geglaubt hatte, flammte in ihm auf. Eine Erinnerung, die er in der dunklen Gruft verschlossen hatte, wo einst sein Herz gewesen war, legte sich über die ermordete Viscountess.

Eine blonde Schönheit in friedlicher Ruhe. In der Tat konnte man glauben, dass sie schlief, wären da nicht die unnatürliche Reglosigkeit ihrer Brust, die blauen Lippen und die Haut, so schiefergrau wie der Himmel, gewesen.

Der Tod malte mit recht deutlichen Farben.

Die Leiche des Mädchens aus seiner Erinnerung war schmutzig vom Schlick der Themse gewesen und unter einer Brücke in Southwark abgelegt worden – nicht in Sonnenlicht gehüllt neben einem verspielten Springbrunnen. Nur ein grobes Kleid hatte die Hinweise auf ihren gewaltsamen Tod verborgen, kein Ballkleid aus Seide.

Die Frau am Themseufer hatte blaue Flecken an den Schenkeln gehabt … und Blut.

Caroline. Seine geliebte Schwester. Sein Zwilling.

Sie war erwürgt und wie Abfall liegengelassen worden.

Eine vertraute Wut erfüllte ihn, und er nahm nichts mehr wahr als Indizien. Die zerrissene Unterhose trieb schlaff im Becken des Springbrunnens. Die Röcke der Viscountess waren bis über die Knie hochgezogen, die Seidenstrümpfe und Schuhe waren allerdings intakt.

Alles deutete auf eine Vergewaltigung hin … aber er musste die Leiche untersuchen lassen, bevor er sicher sein konnte. Sobald sein Verdacht bestätigt war, würde er alles Notwendige in die Wege leiten.

Er würde diese Ermittlung führen, den Schuldigen finden und für Gerechtigkeit sorgen.

Gerechtigkeit. Er war nicht erst seit Kurzem von ihr besessen. Es hatte sich nur zugespitzt.

Eine sanfte Stimme drang durch das Rauschen in seinen Ohren. »Chief Inspector? Sir?« Die Vergangenheit verschwand vor seinen Augen und wurde durch die besorgten Gesichtszüge von Lady Anstruther ersetzt. »Geht es Ihnen gut? Sie sind ganz blass geworden.« Sie legte die Hand auf seinen Arm und betrachtete ihn mit ruhigen, aufmerksamen Augen.

Er brauchte einen Halt für seine leidenschaftlichen Gedanken und griff in die Jackentasche, wo er mit dem Daumen über das gebrochene Siegel eines Briefes strich, den er dort fand. Vielleicht sollte er sich mit Dr. Francis Aubrey-Dencourt beraten. Der Mann war nicht nur ein medizinisches Genie, sondern auf forensische Medizin spezialisiert. Ihre zunächst berufliche Korrespondenz war in letzter Zeit uneindeutig persönlich geworden. Wagte er, sie mehr als nur freundschaftlich zu nennen? Und während er das Vergnügen, das er bei der Lektüre der Briefe des guten Doktor empfand, lieber nicht genauer untersuchte, hatte er nicht das Gefühl, es käme nicht in Frage, ihn um einen Gefallen zu bitten.

»Verzeihung«, sagte er knapp und suchte nach einer Erklärung. »Ich bin ohne Frühstück hierher geeilt.«

»Natürlich.« Sie ließ ihn los und tätschelte seinen Arm. »Cheever soll die Köchin bitten, ein weiteres Frühstück heraufzuschicken.«

»Nicht nötig.« Er kniff die Augen zusammen und hielt Lady Anstruther am Arm fest.

Sie erstarrte wie ein Kaninchen in der Falle und Morley schloss daraus, dass ihr Gewalt nicht fremd war. »Ich muss sagen, ich finde Ihre Fassung bemerkenswert, Lady Anstruther. Beunruhigt es Sie nicht, dass eine Frau in ihrem Garten vergewaltigt und ermordet wurde?«

Lady Anstruther zuckte zusammen und schlang sich in einer merkwürdig kindlichen Geste die Arme um den Körper. »Chief Inspector Morley, ich kann Ihnen versichern, dass mich das nicht nur beunruhigt, sondern im höchsten Maße empört und entsetzt. Aber ich gestehe, dass mir im Leben schon Schlimmeres passiert ist. Zudem war ich vor meiner recht unvorhergesehenen Ehe Krankenschwester im St. Margarets Royal Hospital, wie Sie sicher herausfinden werden. Sie sehen also, das ist nicht meine erste Begegnung mit dem Tod, nicht einmal mit einem solch schrecklichen.«

Morley blickte ihr forschend in die Augen und sah Aufrichtigkeit und Bedauern. Entweder sie sprach die Wahrheit, oder sie war eine bessere Schauspielerin als Millie LeCour, Argents Frau.

Er bemerkte ihre zarten, festen Hände und verglich sie stumm mit der Spannweite und der Breite der Fingerabdrücke um den Hals der Viscountess. Ob Lady Anstruther etwas mit dieser Sache zu tun hatte oder nicht, sie hatte das Opfer mit Sicherheit nicht erwürgt.

»Ich muss feststellen, um welche Uhrzeit es passiert ist«, stellte er fest. »Erinnern Sie sich, wann Sie Lady Broadmore zuletzt gesehen haben?«

»Es muss beim Dinner gewesen sein«, überlegte sie und runzelte besorgt die Stirn. »Also etwa um halb zehn. Da wir uns nicht gut verstanden, nahm ich an, sie sei früh gegangen.«

»Sie nahmen es an? Sie haben sie nicht weggehen sehen?«

Sie senkte den Blick. »Der ... der Abend war recht aufreibend, also bin ich in den Garten gegangen, um mich zu beruhigen.«

»Und wie lange haben Sie sich hier aufgehalten?«

»Nicht lange, vielleicht eine Viertelstunde oder weniger, aber danach habe ich die Viscountess nicht mehr gesehen.« Sie warf einen Blick auf die Leiche und schloss kurz die Augen. »Der Ball endete um halb drei, und ich ging direkt ins Bett. Ich denke, es muss zwischen diesem Zeitpunkt und fünf Uhr passiert sein, als meine Mutter und Isobel nach Hause kamen. Isobel gab meiner Mutter ein Schlafpulver und kam herunter, um sich einen Tee zu machen und etwas frische Luft zu schnappen. Da hat sie Lady Broadmore … und wir haben nach Mr. Argent geschickt.«

Morley nickte und notierte sich die Zeiten in seinem Notizbuch. »Sie waren also als letzte allein im Garten, bevor Ihre Schwester heute morgen nach Hause kam und die Tote so auffand?«, stellte er klar.

Ein schweres, langgezogenes Schweigen ließ ihn aufblicken. Aus dem Gesicht der Countess war jegliche Farbe gewichen.

»Lady Anstruther«, drängte er sie. »Das ist sehr wichtig. Wen haben sie als letztes im Garten gesehen?«

Sie schluckte schwer, hob das Kinn und blickte zu dem stattlichen Herrenhaus hinüber, das hinter ihrer Gartenmauer aufragte. »Collin Talmage«, antwortete sie mit zitternder Stimme. »Den Duke of Trenwyth.«

Cole brauchte fast übermenschliche Willenskraft, um das Chaos von Geheimdienstunterlagen nicht einfach in den Kamin zu werfen und das Home Office zum Teufel zu wünschen. Selbst mit einer Hand war er noch fähiger als die Hälfte der Agenten im Einsatz, und ausgerechnet ihn hatte man zu einem verfluchten Sekretär degradiert.

Einen Sekretär, der zwar einen hochtrabenden Titel und Macht und Einfluss besaß, aber trotzdem.

Er war nicht dafür geschaffen, Papiere auf seinem Schreibtisch hin- und herzuschieben und bedeutungsvolle Einschätzungen abzugeben. Er war ein Mann der Tat, und es behagte ihm mehr, spontane Entscheidungen zu treffen und danach zu handeln.

Außerdem konnte er sich auf etwas so Langweiliges wie Papierkram nicht konzentrieren. Nicht mit einem Ständer, der sich alle zwei Minuten aufzurichten schien. Ganz zufällig mit derselben Frequenz, mit der die Erinnerung an seine gestrige

Begegnung mit Lady Anstruther sich den Weg in seinen Verstand bahnte.

Vielleicht sollte er sich mit Argent zu einem Sparring verabreden. Unter seiner Haut siedete rastlose Aggression, und sein Nachbar war der einzige, der seinen Rang und seine Verkrüppelung im Kampf nicht beachtete. Für den kalten, logischen Bastard war Trenwyths Behinderung nur ein Grund mehr, um zu trainieren. Um stärker zu werden. Schneller.

Härter.

Darin waren sie einer Meinung.

In einer Welt, in der Schwache zu Opfern wurden, musste man seine Einschränkung zu einer Stärke machen, sonst konnte man sich gleich zum Sterben ins Bett legen.

Bett. Das Wort weckte Assoziationen, über die er lieber nicht nachdenken wollte. Auch wenn er es oft genug getan hatte. Seit drei Jahren quälte ihn die Erinnerung an eine bestimmte Frau in einem bestimmten Bett.

Mit Ausnahme von letzter Nacht. Eine neue und verstörende Schönheit hatte seine Gedanken abgelenkt, seine Träume besetzt. So lange hatte er sich hingebungsvoll nach der Vergangenheit gesehnt. Und jetzt hatte eine schöne, freimütige Idealistin diese gut gehütete Erinnerung mit neuen und quälenden Bildern verdrängt, über die er nachdenken konnte.

Lady Anstruther – Imogen.

Cole nahm sich in Gedanken so viel bei ihr heraus; sie beim Vornamen zu nennen war noch das Geringste.

Warum konnte er Ginnys Gesicht trotz seiner verzweifelten Versuche nicht heraufbeschwören? Stattdessen sah er, seit sie sich gestern getrennt hatten, die Züge der kühnen Countess vor sich, ob er nun wach war oder schlief.

Er kannte natürlich die Antwort. Sie hatte ihn nicht nur geküsst, sondern ihn gesehen, ihn richtig angesehen. Dort im

Garten hatte sie ihn mit dem Mondlicht angestrahlt und ihn gefragt, ob es ihm gut ging. Nicht wie die meisten diese Frage stellten, als hätten sie schon tausend Menschen tausend Mal gefragt. Sondern als würde sie die Antwort wirklich wissen wollen. Als würde es ihr etwas bedeuten.

Als würde er ihr etwas bedeuten.

Und er hatte es ihr sagen wollen, nicht wahr? Dass es ihm in der Tat überhaupt nicht gut ging. Dass er in einem Moment vor Wut kochte und im nächsten nichts fühlte. Er hatte ihr beichten wollen, dass er die ganze Welt hasste. Und am meisten sich selbst. Dass er zwar wusste, wie man überlebte, aber nicht, wie man lebte.

Er hatte seine größte Angst aussprechen wollen. Die Angst, dass er dieser … Schatten eines Mannes blieb, bis er dann endlich beschließen würde, sein Leben zu beenden. Weil da nichts mehr war, worüber er staunen konnte. Nichts mehr zu erobern. Nichts, das wert war, es zu beschützen. Oder dafür zu kämpfen.

Nichts, wofür es sich zu leben lohnte.

Die Nacht würde nur immer zu dunkel sein, erfüllt mit den Qualen, die er erlitten hatte. Der Tag würde nur immer zu grell und zu laut sein. Jeder Moment würde in den nächsten hineinsickern, und die Zeit würde ihm die Erinnerungen rauben wie schon Ginnys Gesicht. Und Cole würde sich für immer nach etwas verzehren, das er nie erreichen würde. Denn er war es nicht nur nicht wert, er war nicht dazu fähig.

Das alles hatte er sagen wollen. Ihr seine Schwächen beichten. Denn Schwäche schien Lady Anstruther völlig egal zu sein. Sie war vielleicht nicht so zart wie manch andere, aber doch eine kleine Frau. Er hatte mit seiner Hand gespürt, wie zerbrechlich sie war, wie leicht man sie zerbrechen konnte. Und das hatte etwas in ihm geweckt, das er verloren geglaubt hatte. Ein fremder und beunruhigender Instinkt, den er nicht benennen wollte. Etwas Besitzergreifendes. Beschützendes.

In einer normalen Welt, in der es einfach war, Menschen zu durchschauen und noch einfacher, ihre Taten vorherzusehen, war eine Frau wie sie ein seltener Fund. Ein wahres Rätsel. Sie hatte ein Vermögen angehäuft und schien jetzt vorzuhaben, es wegzugeben und andere zu bitten, dasselbe zu tun.

Aber aus welchem Grund? Es gab keine Altruisten, das wusste jeder. Warum nur verstand er sie nicht? Sie war so ungewöhnlich und verwirrend wie die mächtige griechische Sphinx.

Er hatte ihr gesagt, warum er nicht wollte, dass sie ihren wohltätigen Plan weiter verfolgte. Nur einen einzigen Grund hatte er ihr verschwiegen.

Es war ein Risiko für ihre eigene Sicherheit.

Denn obwohl er sie nicht mochte, schien er sie weniger zu verachten, als er ursprünglich gedacht hatte. Sie war freundlich gewesen. Bis er ihre Toleranzgrenze überschritten hatte. Wenn er ehrlich war, hatte er dazu immer schon ein besonderes Talent gehabt.

Dann war sie so schockierend stürmisch gewesen. So unglaublich sinnlich.

Cole hatte nicht für möglich gehalten, dass man ihn noch schockieren konnte. Schon in jungen Jahren war er ein Lebemann gewesen, und seit seiner Tragödie war es noch schlimmer geworden.

Er hatte versucht, die Leere in Vergnügungen zu ertränken, aber je mehr er sich bemühte sie zu füllen, desto bodenloser wurde sie.

Schamgefühl trieb ihn zu einer Flasche Scotch, die auf der Anrichte stand, und er griff nach einem Glas, was er in den letzten Tagen mit alarmierender Häufigkeit getan hatte.

Argents vertraute Stimme erreichte ihn durch das offene Fenster.

Das Fenster zu ihr. Sein Tor zu ihrem Garten.

Was zum Teufel? Von Neugier gepackt, blickte er hinunter und entdeckte nicht nur Argents breiten Rücken neben dem Springbrunnen mit dem Satyr, sondern noch einen weiteren Mann, den er erkannte. Sir Carlton Morley, ein Scharfschütze, den er vor etwa zehn Jahren für kurze Zeit gekannt hatte. Wenn seine Erinnerung ihn nicht trog, war er jetzt Chief Inspector bei Scotland Yard. Unterstützte er Lady Anstruthers Sache?

Das war unwahrscheinlich. So weit er sich erinnerte, war der Mann ein strenger und gleichmütiger Traditionalist. Ein Gentleman mit soldatischer Orientierung und der Selbstbeherrschung eines Priesters, der auf fünfzig Schritt durch ein Nadelöhr traf. Er hatte sich immer gefragt, warum Morley Gesetzeshüter geworden war, obwohl man in dem Beruf keine Waffen trug.

Morley trat zur Seite und untersuchte den Springbrunnen. Bei dem Anblick, den er dabei freigab, schlug Cole das Herz heftig gegen die Rippen.

Morgenlicht schimmerte in hellem Haar. Eine Frau in einem leuchtenden Kleid lag zwischen den Wildblumen. Der Rock war bis zu den Knien hochgeschoben und zerdrückt.

Cole hatte den Tod so oft gesehen, dass er ihn erkannte. Ohne nachzudenken rannte er los und war schon bei der Tür, als das Glas mit dem Scotch auf dem Teppich auftraf.

14

Imogen hatte so lange die Tränen zurückgehalten, dass sie Halsweh bekam und ihr der Kopf pochte. In ihr Zuhause, ihre Zuflucht, den Schutzort, den sie schon seit so langer Zeit für andere schaffen wollte, war jemand eingedrungen und hatte ihn durch Mord und Brutalität entweiht.

Von der schattigen Bank aus, auf der sie gestern mit Trenwyth gesessen hatte, sah sie zu, wie Argent und Morley ihre Ermittlungen durchführten.

Imogen weigerte sich, in das Becken des Springbrunnens zu blicken, in dem der Beweis für die sexuelle Brutalität trieb – bestickt mit jetzt schmutzigen weißen Lilien.

Die arme Lady Broadmore. Welche Angst musste sie gehabt haben. Hatte sie versucht, um Hilfe zu rufen? War ihre Qual schnell vorüber gewesen oder hatte sie sich hingezogen? War sie vor ihrem Tod vergewaltigt worden? Oder danach? Imogen legte den Kopf in die Hände. Sie hatte geschlafen, während ein Mensch angegriffen und ermordet worden war. Wie sollte sie sich das je verzeihen können? Sie war so wütend gewesen. Cole hatte sie so sehr gedemütigt, dass sie nach ihrer Rückkehr nur noch versucht hatte, die Nacht irgendwie zu überstehen. An Lady Broadmore hatte sie keinen Gedanken mehr verschwendet.

Nachdem alle gegangen waren, hatte sie stolz und zufrieden die Spenden gezählt und war ins Bett gegangen. Trotz Trenwyths fatalem öffentlichen Wutanfall und der ignoranten Bemerkungen von Lady Broadmore hatte sie mehr eingenommen als sie gehofft hatte. Ein kleiner, trotziger Teil von ihr hatte gewollt, dass die beiden von ihrem Erfolg erfuhren. Sie wollte ihnen beweisen, dass sie sich nicht entmutigen ließ. Dass sie andere zum Handeln bewegt hatte, trotz der Versuche, ihre Sache zu sabotieren.

Sie hätte Lady Broadmore suchen sollen. Dann hätte sie vielleicht bemerkt, dass ihre Pelisse noch in der Garderobe hing, obwohl sie selbst nirgends zu sehen war. Ein Mörder war in ihrem Zuhause gewesen, und sie hatte in tiefem Schlummer gelegen und nichts von dem schrecklichen Verbrechen geahnt, das er auf ihrem Grundstück verübt hatte.

Imogen blinzelte. Sie traute ihren Augen kaum, als Trenwyth auf der anderen Seite des Gartens auftauchte. Wo kam er plötzlich her? Sie saß in der Nähe der Tür zum Haus und hätte ihn eigentlich bemerken müssen.

Sein Haar und seine Augen loderten wie poliertes Erz, als er sich aus Argents und Morleys Griff zu befreien versuchte. Dann fiel sein rastloser Blick auf Imogen, die Flamme erlosch flackernd, und es zeigte sich ein Ausdruck auf seinem Gesicht, den sie beinahe als Erleichterung gedeutet hätte.

Mein Gott, was besprach er mit ihnen? Warum wollte sie den Morgenrock vor ihrem Hals zuhalten, wenn er sie so ansah? Sie fühlte sich nackt vor ihm, selbst in dem sittsamen Nachthemd und dem Morgenrock. Fast als fürchtete sie, dass die Kraft seiner Männlichkeit ihm die absurde, unmenschliche Fähigkeit gab, nicht nur durch ihre Kleider hindurchsehen zu können, sondern auch die Geheimnisse zu entdecken, die ihr Leben umgaben. Sie war schon einmal nackt vor ihm gewesen.

Aber nicht völlig entblößt.

Es war unbeschreiblich dumm von ihr gewesen, ihn gestern Nacht so zu küssen. Eine gefährliche Entscheidung. Geboren aus Impulsivität und Wut. Und sie hätte sie teuer zu stehen kommen können.

Was, wenn er sich durch den Kuss an sie erinnerte? Er und Ginny hatten sich nie so geküsst. Aber das war vorher gewesen. Bevor er in Gefangenschaft geraten war. Bevor sie fast einen Mann getötet hatte.

Bevor in ihrem Garten ein Mord geschehen war.

Imogen stand mit zitternden Knien auf und ging auf die Männer zu. Warum wirkte Trenwyth so besorgt und aufgeregt – schließlich hatte er seine Gefühle ihr gegenüber unmissverständlich klar gemacht. Woher kam er?

Ein merkwürdiger, flüchtiger Verdacht bohrte in ihr, als sie um den entsetzlichen Tatort herumging. Hatte ihre Begegnung ihn in den Wahnsinn getrieben? Hatte er etwa –

Trenwyth hob ruckartig den Kopf, als der Chief Inspector etwas sagte, Wut funkelte in seinen Augen, als wären Morleys Worte ein Schmiedehammer und er das Eisen auf dem Amboss. Dann riss er sich los und stapfte an den beiden Männern vorbei zu ihr. Argent und Morley kamen sofort hinter ihm her.

»Sie glauben also, ich sei das gewesen?«, donnerte er.

»Das habe ich nie gesagt.« Imogen hob die Hand, als wollte sie einen Angriff abwehren. Zu ihrer Überraschung funktionierte es. Er blieb ein paar Schritte vor ihr stehen, die Hand an seiner Seite zur Faust geballt, die Prothese glänzte wie Zinn in der Morgensonne. »Ich habe nur die Wahrheit gesagt. Sie waren der letzte, den ich in diesem Garten gesehen habe, und Sie haben gedroht, für das Scheitern meiner Unternehmung zu sorgen.«

»Das wäre gewiss ein Weg, um das zu bewirken«, bemerkte Morley und seine wachen, blauen Augen betrachteten aufmerksam Trenwyths Gestik und Gesichtsausdruck.

»Ja, aber nicht mein Weg«, stieß der Duke zwischen zusammengebissenen Zähnen hervor. »Ich würde niemals – wie können Sie nur glauben, ich – « Er blinzelte und presste den harten Mund zu einem schmalen Strich zusammen.

Er erinnerte sich daran, was er gestern hier im Garten mit ihr gemacht hatte, dachte Imogen. Seine Hand an ihrer Kehle. Sein Körper an ihren gedrängt. Er hatte gedroht, sie von ihrem Vorhaben abzubringen. So, wie er sie geküsst hatte, als wollte er sie beherrschen.

Sein Blick sprang zu dem Springbrunnen hinüber, aber zuvor bemerkte sie leises Bedauern hinter der Wut. Vielleicht sogar Scham.

Gut. Er sollte sich auch schämen für sein Verhalten.

»Niemand beschuldigt Sie der Vergewaltigung und des Mordes, Trenwyth.« Argents trockener Tonfall durchbrach die Anspannung des Moments.

»Jedenfalls jetzt noch nicht«, korrigierte ihn Morley, woraufhin die beiden Männer ihn scharf anblickten.

»Wir sind dabei, den zeitlichen Ablauf zu ermitteln«, fuhr Argent fort. »Können Sie uns sagen, wie lange Sie sich noch hier aufgehalten haben, nachdem Lady Anstruther gegangen war?«

Sie äußerten sich nicht zu dem Skandal, den die Tatsache auslösen würde, dass sie allein mit ihm im Garten gewesen war, und Imogen war ihnen dankbar dafür.

»Ich bin gleich nach ihr gegangen«, antwortete er knapp und hob eine Augenbraue. »Sie hatte mir deutlich zu verstehen gegeben, dass ich nicht länger in ihrem Haus erwünscht sei.«

»Und das hat sich nicht geändert », stellte Imogen fest und verschränkte die Arme vor ihren Brüsten, die sich schmerzhaft zusammenzogen. Sicher war es die Kälte der morgendlichen Brise, nicht die seines wütenden Blickes.

»Lady Anstruther, fällt Ihnen jemand ein, der sich Ihnen gegenüber feindselig geäußert hat?«, fragte Morley.

»Mir gegenüber?« Imogen blinzelte. Sie verstand nicht, was er meinte.

»Irgendwelche Feinde oder Gegner, von denen Sie wissen?«, drängte er sanft.

»Sie meinen abgesehen von dem, der neben mir steht?« Sie deutete mit dem Kinn auf den Duke, ohne die verschränkten Arme zu lösen. Nicht nur schützte sie sich, sie hatte auch das Gefühl, sich zusammenhalten zu müssen, um nicht auseinanderzufallen.

In der Ferne rollte Donner, als hätte Trenwyth ihn durch den Sturm in seiner Miene heraufbeschworen. Das Geräusch passte zu seiner aggressiven Körperhaltung. »Ich kann beweisen, dass ich Lady Broadmore nicht umgebracht habe.« Sein Blick erinnerte sie an den gleißenden Lichtreflex auf einer tödlichen Waffe.

»Tun Sie das«, forderte Argent ihn auf.

Trenwyth ging zu der Leiche und beugte ein Knie. »Sehen Sie die Abdrücke der Finger hier.« Ohne zu zögern legte er seine Hand über die Blutergüsse auf Lady Broadmores Hals. Das zeigte nicht nur, dass seine Hand viel größer war als die des Täters, sondern … »Wer auch immer diese Frau erwürgt hat, hat beide Hände benutzt.«

Imogen schwankte innerlich in dem Sturm der Erleichterung, der sie überkam, und blickte auf seine skelettartige metallene Hand. Nicht weil sie so absonderlich war, sondern weil sie die Veränderung dieses Mannes perfekt illustrierte. Diese Hand hatte sie einmal berührt. Warm und zärtlich. Dann heiß und fordernd. Jetzt war sie fort, ersetzt durch einen kalten und starren durch Feuer und Kraft und unvorstellbare andere Dinge geformten Gegenstand. Wer wusste schon, wozu diese

Hand fähig war? Sie schien in etwa so viel Wärme und Gefühle zu besitzen wie der Mann, dem sie gehörte.

Aber wenigstens war er kein Mörder. Nun ... jedenfalls hatte er letzte Nacht niemanden umgebracht.

»Lady Anstruther.« Morley unterbrach diese verstörenden Gedanken. »Hat sonst jemand ihrem Wohltätigkeitsball beigewohnt, den sie einer solchen Tat für fähig hielten?

Oje, diese Frage hatte sie befürchtet. »Nun ... Was meinen Sie genau mit ›fähig‹?«, sagte sie ausweichend.

Der Laut, den Trenwyth von sich gab, hätte die Themse in eine Wüste verwandeln können. »Korrigieren Sie mich, wenn ich falsch liege, aber die Feier gestern Nacht war praktisch eine Versammlung grausamer und blutdürstiger Männer.«

Imogen schnaubte. »Ich würde nicht so weit gehen zu sagen– «

»Suchen Sie sich einen aus, Sir Morley«, unterbrach er sie. »Das Schwarze Herz von Ben More, der Highlandteufel und so mancher, der mit ihnen verkehrt.« Er warf Argent einen unschönen Blick zu. »Und nach Aussage der Countess besteht das ganze Personal aus Kriminellen und Mordgesellen.«

Morleys helle Brauen wanderten seine Stirn hinauf. »Stimmt das?«

»Es sind ehemalige Kriminelle«, protestierte Imogen. »Sie haben sich gebessert, Sir. Und ich bin mir fast sicher, dass kein Mörder unter ihnen ist.«

»Fast?«

»Kann man sich über die wahre Natur eines Mannes jemals wirklich sicher sein?« Sie warf dem Duke einen vernichtenden Blick zu. Gäbe es nicht so viele Zeugen, wäre sie im Moment durchaus selbst zu einem Mord fähig.

»Es entspricht nicht meiner Erfahrung, Lady Anstruther, dass Verbrecher sich wirklich bessern«, sagte Morley sanft.

Argent gab ein ironisches Schnauben von sich, das er nicht beachtete.

»Aber ich –«

»Sie haben doch eine Liste Ihrer Angestellten?«, drängte Morley.

»Natürlich«, sagte Imogen ernüchtert. Sie brachte es nicht über sich, Trenwyth anzusehen. »Ich werde Cheever bitten, sie Ihnen zu holen.« Die Worte schmeckten nach bitterer Niederlage.

»Dürfte ich Sie fragen, was Sie am Tatort dieses brutalen Verbrechens verloren haben?«, wandte Morley sich jetzt an Trenwyth. »Waren Sie irgendwie mit Lady Broadmore bekannt?«

Imogen wünschte, sie wäre nicht so an der Antwort interessiert wie anscheinend der Chief Inspector, und sie wollte auf keinen Fall über den Grund dieses Interesses nachdenken.

»Ich habe sie gestern Abend zum ersten Mal gesehen«, sagte er und trat unbehaglich von einem Fuß auf den anderen.

»Wie sind Sie überhaupt in meinen Garten gekommen?«, konnte Imogen sich nicht verkneifen zu fragen. »Die Pforte ist mit einer Kette verschlossen, und der einzige andere Weg führt durchs Haus.«

Der Flegel hatte den Anstand, wenigstens verlegen zu gucken, und er sah dadurch verdammt attraktiv aus. »Vor fünfundzwanzig Jahren hat unsere Ulme die Mauer beschädigt.« Er deutete auf einen großen Baum, der dicht an deren Fundament stand. »An einer Stelle ist der Stein weggebrochen, und ein Mann passt gerade hindurch. Als Junge habe ich Lord und Lady Anstruther auf diese Weise besucht, da weder sie noch meine Eltern den Bruch reparieren ließen. Inzwischen ist es etwas eng, aber aus meinem Garten habe ich es geschafft.«

»Aber … warum?«, hauchte Imogen.

Trenwyth warf dem armen Opfer einen aufgewühlten Blick zu, bevor er auf sein Haus deutete. »Das Fenster meines Arbeitszimmers geht auf diesen Garten. Als ich zufällig hinübersah, bemerkte ich die Leiche und dachte –«

Imogen hielt den Atem an, als er verstummte.

»Sie dachten, es wäre Lady Anstruther«, beendete Argent den Satz.

Trenwyth schwieg.

Morley stellte sich neben Lady Broadmore und blickte zu dem Fenster hoch, auf das Trenwyth gezeigt hatte. »Aus dieser Entfernung und diesem Blickwinkel ist Ihre Schlussfolgerung nicht ungewöhnlich. In der Tat könnte die Ähnlichkeit zwischen der Verstorbenen und Lady Anstruther in diesem Fall von Bedeutung sein.«

»Wirklich?« Erschrocken zwang sich Imogen, die schläfrige Miene im Gesicht der armen Frau anzusehen, die sich niemals mehr ändern würde. »Warum?«

»Sie haben beide helles Haar und sind eher zierlich«, sagte Argent. »Ihre Kleider waren von ähnlicher Farbe.«

»Aber überhaupt nicht.« Sie griff nach etwas, irgendetwas, um diesen lächerlichen Spekulationen den Garaus zu machen. »Mein Kleid war apricot, und ihres ist ganz entschieden korallenrot.«

Sie traf auf leere Blicke und verfluchte das ganze männliche Geschlecht. Vor allem, weil sie sich gerade auf einen Standpunkt festgelegt hatten. Die männliche Farbpalette, bekanntermaßen einfacher als die von Frauen, war natürlich nicht ausreichend, um den Unterschied zwischen diesen Farben zu sehen – es sei denn, jemand war Künstler. Diese Männer hier kannten sich vor allem mit einer Farbe aus.

Mit dem Rot von Blut.

Zudem war der Mond gestern die einzige Lichtquelle im

Garten gewesen. Sie hatte die Gaslampen nicht angezündet, um niemanden zu ermutigen, sich in ihre Zuflucht vorzuwagen. Imogen hatte keine Wahl als zuzugeben, dass Lady Broadmores Schicksal in der Tat ihr hätte zugedacht sein können.

»Oh, mein Gott.« Imogen wandte sich ab und ging ein paar Schritte, bevor sie auf einem Teppich unschuldiger Mohnblumen zusammenbrach.

15

Lady Anstruther zu tragen war für Cole, wie einen Ballen Seide zu schleppen – schlaff und unhandlich, aber durchaus angenehm anzufassen.

Der Rechtsmediziner war gerade eingetroffen, als sie zu Boden sank, und Cole erinnerte sich kaum, angeboten zu haben, sie hineinzubringen, da lag sie schon wie ein schlafendes Kind in seinen Armen. Er brachte sie in das Sonnenzimmer und legte sie vorsichtig auf eine Chaiselongue. Dann stützte er sie mit der Rechten unter dem Rücken ab, und wollte die andere Hand unter ihr hervorziehen, als ein unerwarteter Widerstand ihn aufhielt. Bei näherer Untersuchung wurde ihm klar, dass Teile seiner Prothese sich in ihrem Haar verfangen hatten.

Bei Luzifers Eiern. Cole knirschte mit den Zähnen, als er begriff, dass er seinen Arm weiter unter sie schieben musste, um sich zu befreien.

Sein Herzschlag hatte sich noch nicht wieder normalisiert seit dem Schock, den er beim Anblick von Lady Broadmores Leiche empfunden hatte. Er hatte wirklich geglaubt … es war sinnlos, jetzt darüber nachzudenken. Da er nun wusste, dass Lady Anstruther lebte, würde er machen, dass er davonkam. Das war für sie beide das Beste.

Er legte ein Kissen unter ihren Kopf, ging auf die Knie und schob den linken Arm ganz unter ihr hindurch, bis er an die falsche Hand herankam. Er beugte sich über sie und machte sich vorsichtig daran, die Strähnen zu befreien, ohne sie an seiner Prothese zu zerreißen.

Ihr Haar war zwar voll und üppig, fühlte sich aber fein an wie Gänsedaunen. Das wäre seinen Bemühungen sicher zuträglich gewesen, hätte es sein Geschick nicht irgendwie beeinträchtigt, so dicht über ihren Körper gebeugt hantieren zu müssen.

Er blickte sich verstohlen um, die skandalöse Intimität ihrer Haltung war ihm aufs Äußerste bewusst. Auch wenn sich nur ihre Oberkörper berührten – für jeden, der zufällig hereinkäme, sähe es aus, als umarmte er sie leidenschaftlich.

Und wer könnte ihm das vorwerfen, dachte er und blickte auf sie hinunter.

In ihrer Nähe wurde sein Körper von einer Hitze durchdrungen, die den ganzen Weg bis in seine Lenden nahm und sie mit warmem Verlangen erfüllte. Die Erinnerung an letzte Nacht war zu frisch, ihr Geschmack noch nicht verblasst. Der primitive Hunger knurrte noch in ihm. Sein Herzschlag stolperte, als sein Blick auf ihre blassen, perfekten Lippen fiel.

Bevor sie das Bewusstsein verlor, waren sie von einem üppigen Rosa gewesen.

Gott möge ihm helfen, es war widerlich und pervers, eine bewusstlose Frau zu begehren, an der Erdklumpen und zerdrückte Mohnblumen hafteten. Noch dazu, wenn auf der anderen Seite der Hausmauer eine Tote lag.

Mit neuer Energie versuchte er, die eingeklemmten Strähnen zu lösen, und gab sich große Mühe, trotz seiner Eile behutsam zu sein.

Ihr Duft drang in seine Lungen. Lavendel und Flieder. Bitter und süß. Die Kombination, vermischt mit dem besonderen Duft ihrer Haut, berauschte ihn. Wärmer als eine Blume, erdiger als der Boden.

Ihre flachen, aber regelmäßigen Atemzüge strichen über seine Wange, und Cole kämpfte gegen eine Reihe beunruhigender und demütigender Triebe. Die irgendwie über das Primitive hinausgingen.

Als männlicher Mann sollte er nichts weiter wollen, als sie zu nehmen. Sich auf den Druck ihrer weichen Brüste an seiner Brust zu konzentrieren und zu fantasieren, was für unschickliche Dinge ein so üppiger Mund mit ihm anstellen könnte.

Und das tat er. Bei Gott, er tat es.

Aber ihm war auch bewusst, dass er den Kopf nur ganz leicht drehen musste, damit seine raue Wange sich an ihre erstaunlich weiche schmiegte. Ihr Hals, direkt unter ihm, die perfekte Form, um sein müdes Kinn darauf abzulegen. Ihr Haar wie weiche Seide von der Farbe der Sonne hinter dem Dunst aus Kohlenrauch an einem windstillen Tag in London. Es hatte sich zwar in seiner metallenen Prothese verfangen, glitt aber durch seine Finger wie Wasser.

Langsam kehrte ihre Farbe zurück, und Rosen zeigten sich auf ihren ausdrucksvollen Wangenknochen.

Gott, war sie schön. Er hatte sie vorher nie wirklich betrachtet, vor allem nicht von so Nahem. Noch nie hatte er so makellose Haut gesehen. Nicht einmal bei blassen Frauen, die lieber sterben würden, als zuzulassen, dass eine Andeutung von Sonne durch ihren Schirm drang.

Sie war eingehüllt in Sonne, ihre Haut hatte diese unmoderne Honigfarbe und war mit ein paar Sommersprossen bedeckt. Warum wurde porzellanweiße Haut überhaupt so bewundert? Wer wünschte sich noch eine der farblosen Frauen herbei, die es überall in England zuhauf gab, wenn er eine von der Sonne geküsste Schönheit mit so lebendigen Farben vor sich hatte?

Nur ein Idiot.

Aber du hast einmal anders gedacht, erinnerte ihn seine innere Stimme.

Ginny war weiß gewesen wie frischer Schnee, und es hatte zu ihr gepasst. Wie sehr hatte er sich nach ihrer zarten Blässe und dem Kontrast zu den schwarzen, ungebändigten Locken gesehnt.

Aber die Farben der Frau unter ihm waren andere. Ihre Form, ihr Duft, selbst ihr Verhalten war einzigartig, und die Sonne betete sie dafür an.

Wie merkwürdig, dass er das auch gern würde. Und er wollte ihr die Kleider ausziehen, und wenn es nur war, um zu erfahren, wo ihr Körper gebräunt war und wo blass.

Er dachte daran, all die Stellen zu küssen, die die Sonne berührt hatte.

Und dann die anderen.

Sie blieb nicht lange still in seinen Armen. Die Lider zuckten und zitterten, ihre Finger packten einen atemberaubenden Moment lang unwillkürlich seine Weste, dann schlug sie die mehrfarbigen Augen auf und sah ihn verwirrt an.

Cole erstarrte wie ein Dieb, der vom Schein einer Fackel entdeckt wird.

Dann flüsterte sie das absolut Letzte, das er erwartet hatte.

»Hallo.«

»Sie sind ohnmächtig geworden«, platzte er etwas geistlos heraus und wand sich innerlich.

»Seien Sie nicht albern«, ermahnte sie ihn mit schwerer Zunge. »Ich falle nicht in Ohnmacht.«

»Heute schon«, sagte er sanft. »Jetzt halten Sie still, meine Prothese hat sich in Ihrem Haar verfangen. Ich habe sie fast befreit.«

»Sie sind in meinem Haar …« Eine Falte erschien auf ihrer Stirn, und sie schwieg eine Weile.

»Ich habe Sie hereingetragen, nachdem sie ohnmächtig geworden waren«, erklärte er.

Sie legte sich eine Hand an die Stirn. »Ich bin ohnmächtig geworden?«

»Das habe ich doch schon gesagt.« Hatte sie sich eine Kopfverletzung zugezogen?

»Ich bin ohnmächtig geworden … weil … mir jemand etwas antun will«, flüsterte sie. »Mich vielleicht sogar ermorden.«

»Das wird nicht passieren.« Die Worte klangen leidenschaftlicher als er gedacht hatte. Aber als sie unsicher zu ihm hochblinzelte, wusste er, dass er es ernst meinte. Diese Frau war nicht die skrupellose Opportunistin, für die er sie gehalten hatte. Und selbst wenn. Niemand verdiente, was Lady Broadmore zugestoßen war.

Sie verzog das Gesicht, als er aus Versehen an einer Haarsträhne riss.

»Vergeben Sie mir«, murmelte er und kam sich unbeholfen und grob vor.

»Natürlich vergebe ich Ihnen«, gab sie zurück, und er hatte das absurde Gefühl, dass sie ihm mehr vergab als nur den Schmerz, den er ihrer Kopfhaut zugefügt hatte.

Sie drehte sich um und legte ihre Finger auf seine. »Lassen Sie mich », sagte sie sanft und erlöste ihr Haar mit drei geschickten Bewegungen.

Zu seinem Erstaunen setzte sie sich auf, sobald er das tat. Sie folgte seinen Bewegungen, blieb dicht bei ihm. Irgendwie hielt sie wieder seine Prothese, und ihr sanfter Griff hielt ihn wirkungsvoller gefangen als alle Ketten oder Handeisen das je vermocht hatten.

Stumm zupfte sie an ein paar Haaren, die in dem komplizierten Mechanismus stecken geblieben und abgerissen waren, und ließ sie auf den Teppich fallen.

Cole blieb reglos sitzen, als seine Sinne sich plötzlich schärften. Sein Körper spannte sich an, und alles wurde lauter und klarer, als wäre er aus einem wirren Traum aufgewacht oder aufgetaucht aus einem tiefen Gewässer. Das Ticken einer Uhr auf dem Kaminsims hetzte sein pochendes Herz. Die weichen Butter- und Salbeitöne des Zimmers wurden kräftiger. Das Sonnenlicht, das durch die offenen Fenster fiel, umhüllte sie mit einem Strahlen, wie er es nie zuvor gesehen hatte.

Dann sprach sie, und ihre Stimme war wie eine melancholische Etüde, durchdrang ihn, wie nur Musik es konnte. Die Schwingungen zupften direkt an seiner Seele.

»Es schmerzt mich, dass wir Menschen so furchtbar unmenschlich zueinander sein können.« Ihre Finger wanderten von der kalten Metallhand zu dem runden Schaft, glitten unter die Manschette, bis sie auf seine Haut trafen. »Was für schreckliche Dinge können wir jemandem antun, der mehr oder weniger uns selbst gleicht. Die Lügen, die wir erfinden, um solche Taten zu rechtfertigen!« Sie sah ihn aus feuchten Augen an, und darin schwammen so mächtige Gefühle, dass sein Atem stockte und er ein Brennen in der Kehle spürte. »Es tut mir im Herzen weh«, flüsterte sie, und eine Träne rollte ihr über die Wange und fiel von ihrem Kinn.

Leiser Donner rollte in der Ferne und kündigte an, dass der Sonnenschein nicht von Dauer sein würde.

Cole spürte den Widerhall des aufziehenden Gewitters in seinem Herzen. Weinte sie um Lady Broadmore? Oder um den übel zugerichteten Stumpf, den sie in ihrer Hand hielt? »Haben sie keine Angst vor mir?«, flüsterte er. »Davor?« Er blickte auf die Stelle, wo sie ihn berührte. Das Gefühl war intimer, als hätte sie ihm in die Hose gegriffen.

Sie schüttelte den Kopf und glitt mit den Fingern über die feinen Härchen auf seinem Arm nach oben. »Es gab eine Zeit, da hatte ich vor der ganzen Welt Angst«, sagte sie. »Aber nicht vor Ihnen.«

»Vielleicht sollten Sie das aber«, sagte er warnend. Wenn sie wüsste, was er dachte. Wenn sie begriff, wie dicht er daran war, ihr das Nachthemd vom Leib zu reißen … Trotz des Schlamassels im Garten, und obwohl die Türen offen standen und das alles einfach falsch war.

Er wollte den Mund auf ihren pressen. Er wollte sie wie eben unter sich spüren, ihren süßen Atem auf seiner feuchten Haut fühlen, wenn er sie nahm.

Wie zum Teufel war das passiert?

»Na gut«, lenkte sie ein. »Vielleicht habe ich ja ein wenig Angst vor Ihnen.« Ihre Wimpern schirmten ihre ausdrucksvollen Augen vor ihm ab. »Vor allem nach gestern Abend. Aber …« Sie schien ihren Satz nicht beenden zu können und starrte auf die Metallhand in ihrem Schoß.

»Bemitleiden Sie mich nicht.« Eine kalte Warnung kroch in seine Stimme.

»Dazu besteht wohl kein Grund«, sagte sie schnippisch. »Ich weiß, wie stark und fähig Sie sind. Seit Ihrem … Martyrium sind Sie auf Berge geklettert und haben Ozeane durchquert. Sie sind beeindruckender und furchtbarer als jemals zuvor.« Sie gab einen amüsierten Laut von sich. »Ich habe kein Mitleid mit Ihnen, Euer Gnaden, eher mit den Menschen, die viel Zeit in Ihrer ungehobelten Gesellschaft verbringen müssen.«

Das hatte er verdient. Cole runzelte die Stirn, bis er den Schalk in ihren Augen sah und das leichte Zucken ihrer Lippen bemerkte. Sie zog ihn auf.

»Ich bin froh, dass Sie wieder lächeln«, sagte er und meinte es auch.

Aber dann erstarb ihr Lächeln, als sie zum Fenster blickte und sich wohl an das Schreckliche erinnerte, das in ihrem Garten untersucht wurde. »Ich kann einfach nicht verstehen, wie ein Mann so grausam zu einer Frau sein kann. Wie kann er jemanden angreifen, der hilfloser ist als er selbst, und mit solcher Gewalt zerstören.«

»Sie verstehen nicht, wie es ist, ein Mann zu sein.«

»Offensichtlich nicht«, sagte sie bitter. »Ich meine, ja, wir Frauen sind im Allgemeinen kleiner und weniger hart, aber warum macht uns das in den Augen der Männer weniger menschlich? Oder weniger tüchtig?«

»Das tut es nicht.« Meinte sie ihn persönlich? Oder alle Männer? Cole war sich nicht sicher, ob er seine Geschlechtsgenossen vor ihr verteidigen wollte.

»Aber das tut es doch«, beharrte sie. »Würden Sie sich auch so vehement gegen mein wohltätiges Vorhaben stellen, wenn ich ein Mann wäre?«

»Ja, das würde ich. Aber wir haben schon festgestellt, dass ich durch und durch ein Mistkerl bin. Das hat nichts mit Ihrem Geschlecht zu tun«, meinte er.

Sie ballte ihre Hand zu einer kleinen Faust, ihre Miene wurde wild. »Sie haben keine Ahnung, wie viel Kraft es braucht, eine Frau zu sein. In meiner Erfahrung sind Männer das schwache Geschlecht. Entweder zu undiszipliniert, um ihre niederen Instinkte zu kontrollieren, oder zu schwach, die Unannehmlichkeiten von Ehrlichkeit und Integrität zu ertragen. Wir Frauen überleben mit allen Mitteln, die uns zu Verfügung stehen. Und doch sind wir entweder Besitztümer oder Spielzeuge. In den Augen des Gesetzes sind wir so nützlich wie eine Kuh oder ein fruchtbares Stück Land. Es ist nicht verboten, uns zu misshandeln. Ein Objekt aus uns zu machen. Uns zu beschämen, Dinge von uns zu fordern und uns eurem Willen zu unterwerfen. Das ist euer Recht als Mann und unsere Pflicht als Frau. Ist es denn ein Wunder, dass die Welt ins Chaos stürzt?« Ein grünes Feuer entflammte in ihren Augen, und Cole entdeckte große Furcht hinter ihrem Zorn. Er dachte einen Moment nach, ganz auf die Wärme ihrer Hand konzentriert, die seinen Arm scheinbar unbewusst umfasste. Was für eine kleine Aktivistin sie doch war. So leidenschaftlich.

»Wissen Sie, was ich denke?«, sagte er schließlich. »Männer wollen ihre Macht nicht an Frauen abgeben, weil sie fürchten, beschämt zu werden, wenn die Frauen alles besser machen. Genau betrachtet, hat unser Land die friedlichsten, glücklichsten Zeiten erlebt, wenn eine große Frau auf dem Thron saß. Elizabeth zum Beispiel, und natürlich unsere Victoria. Nicht viele Männer haben so weise regiert.«

Das zögernde Lächeln, das sie ihm schenkte, schmolz ein wenig von dem Eis in seiner Brust. »Sie überraschen mich immer wieder, Euer Gnaden.«

»Ich schlage vor, dass wir unter diesen Umständen auf die Formalitäten verzichten können«, murmelte er. »Wenn wir unter uns sind, können Sie mich Collin nennen.«

»Collin?« Sie zog die Nase kraus. »Nennen Ihre Freunde Sie so?«

»Eigentlich nicht.«

Sie sah ihn erwartungsvoll an, als hätte sie das bereits gewusst. Aber wie sollte sie?

»Cole«, entfuhr es ihm. »Meine Freunde nennen mich Cole.«

»Cole.« Es entstanden kleine Fältchen in ihren Augenwinkeln, was bedeutete, dass er sie erfreut hatte. »Aber wir sind keine wirklichen Freunde, oder?«

Das entlockte ihm ein trockenes Lächeln. »Mir wäre es lieber, wenn wir keine Feinde mehr wären.«

»Mir auch«, gab sie zurück, und ihr Gesicht strahlte vor aufrichtiger Zufriedenheit. »Und Sie dürfen mich Imogen nennen.«

Er wollte ihren Namen sagen. Wollte die Intimität auf seiner Zunge ausprobieren, so schön und klangvoll war das Wort.

Aber so, wie sie ihn jetzt ansah, und das Licht in ihren braunen Augen etwas Dunkles und Gequältes verbarg, öffnete sich in seiner Brust ein zarter Schmerz, den er nicht gekannt hatte seit …

»Sie sind so furchtbar nett«, klagte er. »So gut. Hegen Sie nie einen Groll? Hassen Sie niemanden?«

»Ich weiß nicht, ob ich fähig bin, zu hassen.« Sie blickte nach draußen, wie um ihre Theorie zu testen. »Ich glaube fest, dass Hass eine Krankheit ist. Und eine Krankheit heilt man nicht, indem man ihr hilft, sich weiter auszubreiten, oder? Ich glaube, nein, ich weiß, dass Güte auch ansteckend sein kann. Und die ist es wert, verbreitet zu werden. Deshalb mein Unterfangen. Um denen Güte zu zeigen, die die Bedeutung des Wortes nicht kennen.«

»Immer noch?«, staunte er. »Nach dem, was letzte Nacht passiert ist?«

»Gerade nach dem, was letzte Nacht passiert ist«, sagte sie ernst. »Allerdings glaube ich, ich muss jemanden für die Sicherheit einstellen … vielleicht kennt Mr. Argent jemanden.«

»Ich weiß nicht, ob Sie unglaublich mutig oder wahnsinnig dumm sind.«

»Einigen wir uns auf Ersteres – wir wollen ja höflich bleiben.« Ein harter, warnender Blick betonte die Leichtigkeit ihrer Stimme. »Einen Moment lang habe ich geglaubt, Sie würden sich erinnern, wie das geht.«

»Erinnern?«, spottete er. »Es ist eine gewaltige Mutmaßung Ihrerseits, dass ich überhaupt jemals höflich war.«

»Nein, ist es nicht«, erwiderte sie und jeder Humor wurde von Ernst überdeckt. »Ich weiß, dass Sie fähig sind, gütig zu sein.«

Cole hatte keine Zeit sich über die bedeutungsschweren Gefühle in ihrem Blick zu wundern.

»Wie geht es Ihrem Handgelenk?« Geschickt wechselte sie das Thema, drehte seinen Arm um, sodass er nach oben zeigte, und betrachtete wie gestern im Garten die Riemen. »Bereitet es Ihnen noch Probleme?«

»Es geht schon.« Er spürte die Prothese, aber nicht so sehr wie die zärtliche Sorge auf ihrer Stirn oder die prüfende Sanftheit ihrer Berührung.

Heiterkeit lockte ein Grübchen auf ihre Wange, die mit jeder Sekunde mehr Farbe bekam. »Was für eine männliche Antwort«, murmelte sie sittsam. Ohne Zweifel, um ihre Stichelei zu unterstreichen. »Ich denke, ich kann eine Salbe aus Beinwell, Lavendel und einem fraktionierten Öl bekommen, das die Reizung lindert. Meine Zofe, Lillian, wird sie Ihnen so bald wie möglich bringen.« Sie blickte unsicher aus dem Fenster, dann hob sie das Kinn und begegnete seinem Blick mit der ruhigen Autorität eines Generalmajors oder einer erfahrenen Krankenschwester. »Sie sollten sie mindestens zwei Mal täglich auftragen, und nachts sehr großzügig. Um eine Verschlimmerung zu vermeiden, sollten Sie Ihre schlecht sitzende Prothese nur im Notfall tragen, bis sie richtig angepasst werden kann.«

Etwas Angenehmes glitt durch ihn hindurch. Etwas anderes als Beklommenheit oder selbst Verlangen.

Er wagte nicht, es Bewunderung zu nennen. Er wagte es nicht.

»Sie müssen eine außerordentliche Krankenschwester gewesen sein«, sagte er impulsiv. »Ich verstehe, warum Anstruther nicht auf Ihre Pflege verzichten wollte.«

Sein Kompliment schien sie fast so sehr zu erschrecken wie ihn selbst. Ihre Augen nahmen in dem Raum einen faszinierenden Salbeiton an und wurden groß und starr.

Es war Cole, der den Blick abwandte und nach einem sicheren Terrain suchte. »Ich gebe zu, dass nur wenige Frauen in meiner Bekanntschaft irgendwelche Berufserfahrung haben«, sagte er im Plauderton. »Wie war es, als Krankenschwester zu arbeiten?«

Imogen zog die Hand aus seinem Ärmel, als bemerke sie erst jetzt, wie ungehörig lange sie schon seinen Arm berührt hatte. Nach einer nachdenklichen Stille sagte sie leise: »Schmutzig. Schwierig. Traurig … Es machte mich zornig und war absolut erfüllend.«

»Vermissen Sie es?«, fragte er rasch, bevor ihm ein Grund einfiel, es zu unterlassen.

»Manchmal. Auch wenn ich denke, mich besser für das zu eignen, was ich jetzt tue«, sagte sie vorsichtig. »Ich glaube, mir war immer vorherbestimmt, Menschen in Not zu helfen. Ich will alles tun, was in meiner Macht steht, um Leiden zu lindern.«

Er nickte und sah schweigend zu, wie sie seinen Manschettenknopf geschickt schloss. Er musste trotz seiner Proteste zugeben, dass ihre Sache einen noblen Charakter hatte. Ihre Absichten waren absolut ehrenwert. Sobald der Manschettenknopf zu war, legte sie die Hand auf Coles gesunde Hand, mit der er sich neben ihrem Knie am Sofa festhielt.

»Wie war es, ein Sp– ein Soldat zu sein?« Sie verbesserte sich, bevor sie das Wort Spion aussprach.

Er durchforstete ihren Blick, wartete auf die vertrauten, wilden und chaotischen Gefühle, die immer in ihm aufwallten, wenn er an seine Zeit beim Militär dachte.

Aber sie traten nicht ein. In der Tat zupfte ein schwaches Lächeln an seinen Mundwinkeln. »Schmutzig. Schwierig. Traurig … Es machte einen zornig und war absolut erfüllend.«

Sie lächelte, ohne die Lippen zu öffnen, ein Ausdruck so traurig wie aufrichtig. »Wir haben wohl beide unsere Schlachten geschlagen. Ich gegen Krankheiten und die Zeit, Sie gegen die Feinde Englands.«

»Ein Wunder, dass wir überhaupt noch Kraft haben zu kämpfen«, stimmte er ihr zu.

»Ich habe vor allem in Ihrer Gegenwart Kraft.« Sie sah ihn mit belustigter Verzweiflung an. »Ich bin wirklich froh, dass wir eine Art Waffenstillstand geschlossen haben.«

»Ich denke, wir haben im Leben schon genug Blut gesehen«, murmelte Cole. Er hatte nicht vorgehabt, ihnen mit dieser Feststellung die schrecklichen Ereignisse im Garten ins Gedächtnis zu rufen, aber er tat es. Beide blickten zum Fenster, und Imogen sah so sorgenvoll und verletzlich aus, dass Cole den beunruhigenden Impuls unterdrücken musste, sie an sich zu ziehen.

»Euer Gnaden.« Morley winkte ihm von der Tür. »Wenn Sie einen Augenblick Zeit hätten.«

»Entschuldigen Sie mich.« Es war verstörend, wie ungern Cole den Raum verlassen wollte. Wie merkwürdig und einsam er sich bei der Aussicht fühlte, sich von Imogen zu entfernen.

»Ich sehe nach Isobel.« Lady Anstruther stand auf und zog sich zurück, und Cole sah sie mit überwältigendem Bedauern davongehen.

Entschlossen folgte er dem Chief Inspector in den Garten.

Morley blickte zum Fenster des Sonnenzimmers hoch. »Sie scheint Sie nicht besonders zu mögen.«

Cole gab einen trockenen Laut von sich. »Das beruht auf Gegenseitigkeit. Oder beruhte. Wir scheinen unsere … Meinungsverschiedenheiten für den Moment beigelegt zu haben.«

»Freut mich zu hören.« Morley nickte. »Sehen Sie, ich weiß, dass Sie im Sondereinsatzkorps Ihrer Majestät waren. Ich glaube, Observation und … Mordanschläge waren Ihre Spezialität.«

Bei dem Wort Mordanschläge hob Argent den Kopf, obwohl er ein ganzes Stück entfernt stand. Sie hatten vor Jahren voneinander erfahren, dass sie dies verband. Deshalb trainierten sie jetzt zusammen. In einer Welt wie der ihren fand man nicht so leicht einen Sparringpartner, der ein ebenso fähiger Killer war.

»Offensichtlich das am schlechtesten gehütete Geheimnis von ganz London«, klagte Cole. »Ich bin der Spion, den jeder kennt.«

»In diesem Fall könnte das von Vorteil sein.« Morley betrachtete ihn auf diese ruhige Art, die einem Mann das Gefühl gab, eher eine Zielscheibe als ein Gesprächspartner zu sein.

»Bitte sagen Sie, dass Sie einen Witz machen.«

»Lady Anstruther hat einen gefährlichen Feind. Der sich vielleicht von ihr fernhalten würde, wenn bekannt würde, dass sie unter Ihrem Schutz steht.« Morley klang unüberhörbar erwartungsvoll.

Cole verzog das Gesicht, als er darüber nachdachte. Die halbe Londoner Elite war Zeuge gewesen, wie er sie gestern Abend gedemütigt hatte. Niemand würde glauben, dass er sie beschützte.

»Was haben Sie gesagt oder getan, dass sie Sie fast beschuldigt hätte, der Täter zu sein?« Morley deutete auf die strangulierte Frau.

Trenwyth erinnerte sich daran, wie zart Imogens Hals sich bei seiner Berührung angefühlt hatte. Der pochende Pulsschlag, der leichte Druck ihres sinnlichen Körpers. Ihr unvergleichlicher Geschmack.

Sie musste furchtbare Angst gehabt haben.

Er sah stumm zu, wie Lady Broadmore zugedeckt und auf eine Trage gelegt wurde, und bekam plötzlich weiche Knie, so froh war er, dass es nicht Imogen oder ihre Schwester war. »Ich war ein Esel«, sagte er zu Morley und sich selbst. Dann sah er dem Chief Inspector in die verstörenden, aufmerksamen Augen. »Haben Sie eine Vorstellung, wer das getan haben könnte? Irgendeinen Anfangsverdacht?«

Morley seufzte und hielt ein Blatt Papier hoch. »Diese Liste wird mir sicher helfen, aber ich habe noch keinen, nein. Ich werde mir Lady Broadmores Leben genauer ansehen müssen, aber ich glaube, der Fall hat mit Lady Anstruther zu tun. Außerdem–« Er verstummte und blickte in die Ferne.

»Ja?«, fragte Cole scharf.

»Es gibt ein paar sonderbare Ähnlichkeiten zu einem ungelösten Mordfall von vor zwei Jahren. Eine Prostituierte wurde erwürgt aufgefunden – in dieser Stadt leider ein weit verbreitetes Verbrechen. Die Parallelen zu Lady Broadmores Fall sind auffällig. Vor allem die Tatsache, dass ihre Augen geschlossen waren, ist ungewöhnlich, wenn auch nicht präzedenzlos. Es ist, als würde der Mörder vorgeben wollen, das Opfer würde nur schlafen.«

Argent hob zweifelnd eine rötliche Augenbraue. »Das ist nicht viel, womit wir arbeiten können.«

»Das, und ihre … Unterhose wurde ihr komplett vom Leib gerissen«, fuhr Morley unbehaglich fort. »Sie wissen wahrscheinlich, dass Damenunterwäsche eine Öffnung zwischen den Beinen hat. Das macht den ganzen, ähm, Bereich, ähm, eher zugänglich, nicht wahr? Warum also dieses Kleidungsstück zerreißen und entfernen und nicht auch die anderen?«

Mit einem ratlosen Stirnrunzeln trat er zu der Trage und hob das weiße Laken an. »Zudem ist das absolute Fehlen von vorangehender oder nachfolgender Gewalt auffällig. Sie hat keinen einzigen blauen Fleck, nur am Hals. Eine Vergewaltigung ist in der Regel eine brutale Angelegenheit, mehr gewalttätig als sexuell, wenn Sie mich fragen. Aber in diesem Fall und in dem eben erwähnten scheint nicht die Dominanz über das Opfer der Auslöser gewesen zu sein. Es wirkt fast, als sei der Täter ein Liebhaber.« Er bedeckte Lady Broadmores Gesicht wieder und richtete sich auf. »Aber … was die Ermordung einer Viscountess in Belgravia mit der eines Kätzchens aus der St. James Street zu tun haben soll, ist eher rätselhaft.«

Etwas in Cole zerbrach, und er ging zu Morley und packte ihn am Arm. »Kätzchen? Vor zwei Jahren? Wer war das Opfer?«

Morley wirkte plötzlich nervös. Die Muskeln unter Coles Griff waren kräftiger als erwartet. Der Mann starrte Cole an, als wären ihm Hörner gewachsen, beantwortete aber nach kurzem Nachdenken die Frage. »Ich fürchte, ich erinnere mich nicht mehr. Florence oder Fiona oder so ähnlich … aber das war der Name auf ihrer Geburtsurkunde. Diese Prostituierten arbeiten üblicherweise unter einem Pseudonym.«

»Ginny?«, drängte Cole verzweifelt. »Kann sie Ginny geheißen haben?«

Morleys Blick wurde aufmerksamer, und Cole fragte sich, ob der Chief Inspector mit seinen nächsten Worten vielleicht seine ganze Welt zum Einsturz bringen würde. »Der Name kommt mir bekannt vor. Ich denke, er wurde in jener Nacht genannt. Ich muss die Akte konsultieren, und die liegt in einem anderen Bezirk, drüben im Scotland-Yard-Archiv, Whitehall Place 4.«

»Ich will diese Akte«, knurrte Cole.

Morley versuchte, ihn abzuschütteln, aber Coles Griff war eisern.

Sofort trat Argent hinter Morley, seinen Schultern war anzusehen, dass er nötigenfalls zu einer Auseinandersetzung bereit war.

»Vorsichtig, Trenwyth«, warnte er ihn.

»Ich werde diese Akte einsehen«, stieß Cole durch die zusammengebissenen Zähne hervor. »Versuchen Sie nur, sie mir vorzuenthalten.«

»Weshalb sollten Sie das wollen?«, fragte Argent und betrachtete ihn interessiert und etwas zögernd, als hätte er eine neue menschliche Spezies entdeckt.

Cole begriff, dass er so nicht weiterkam, ließ den Chief Inspector los und wandte sich dem Springbrunnen zu – froh, dass sein gräulicher Inhalt bereits entfernt worden war. »Ich war im Nackten Kätzchen, bevor ich …« Er hob die linke Hand. »Dort war eine … Frau, Ginny, mit der ich die Nacht verbracht habe. Ich … habe ihr vor all dieser Zeit etwas genommen und wollte …« Gott, war das schwierig.

»Was haben Sie ihr genommen?«, fragte Morley.

Ihre Tugend. Er würde sie ihr nicht zurückgeben können, aber er konnte es irgendwie wieder gutmachen. Er konnte sogar eine ehrbare Frau aus ihr machen. Eine Duchess, die sich früher prostituiert hatte. Würde das nicht alles übertreffen?

»Das ist meine Sache. Aber wenn sie … tot ist, dann …«

Gott. Hatte er die ganze Zeit nach einem Gespenst gesucht? War seine Tragödie auch zu ihrer geworden? Der Gedanke traf ihn wie der Hammer eines Schmieds und drohte, ihn in der Mitte zu zerbrechen. Seine Knie wurden weich, als er von Kummer und Angst überschwemmt wurde und sein Mund sich mit dem bitteren Geschmack von Galle füllte.

»Wissen Sie was, Trenwyth. Ich fordere die Akte an, und sobald ich sie habe, kommen Sie in mein Büro und sehen sie sich an.«

Cole zwang sich, sich zu Morley umzudrehen und mit ihm zu sprechen, auch wenn er einfach nur etwas zerschlagen wollte. »Das weiß ich wirklich zu schätzen.«

»Das sind wir Ihnen mindestens schuldig für Ihren Einsatz

im Feld. Wenigstens das.« Morleys Blick wanderte zu Coles Hand.

»Was glauben Sie, wie lange wird es dauern?«, drängte Cole.

»Ich melde mich übermorgen bei Ihnen.«

»Bis dann.« Er nickte den Männern zu, bevor er wieder zu der alten Ulme ging. Er wusste, dass er sich eigentlich von Lady Anstruther verabschieden müsste, aber es kam ihm irgendwie nicht richtig vor, wenn er an die extreme Reaktion seines Körpers auf ihre Nähe dachte.

Er hatte Ginny nicht die Treue versprochen. Aber wenn er es getan hätte, wäre es eindeutig Sünde, was in Imogens Gegenwart mit ihm passierte.

Bitte, Gott, betete er zum ersten Mal, seit der Glaube ihn in dem Höllenloch in Konstantinopel verlassen hatte. Lass sie nicht tot sein. Nicht so. Wenn Ginny das Opfer eines Verbrechens geworden war, eines Verbrechens wie dem, das er heute gesehen hatte – es wäre sein Ende.

Seine letzte Hoffnung würde genauso gewaltsam sterben. Und dann wäre wirklich nichts mehr übrig.

16

Für Imogen war der Schlaf in diesen Tagen so schwer zu finden wie die Sterne hinter den Gewitterwolken. Sie wusste, er war am selben Platz wie immer, aber ihr erschöpfter Geist blieb rastlos und aufgewühlt. Eine Produktionsstätte für dunkle Vorahnungen und Angst.

Sie hatte sich angewöhnt, auf der Suche nach Frieden und ein wenig belebender frischer Luft im Garten spazieren zu gehen. Jetzt war dieser Garten der Schauplatz eines Mordes geworden. Eines Mordes, der vielleicht ihr gegolten hatte.

Im Moment hätte sie einen Spaziergang dort für unklug gehalten, wären nicht zwei Polizisten in ihrem Heim stationiert worden, einer im Haus und einer auf dem Grundstück draußen. Chief Inspector Morley hatte ihr das Beste versprochen, was Scotland Yard zu bieten hatte, und es kam ein fröhlicher, stämmiger Ire namens Sean O'Mara, und ein recht umwerfender nordafrikanischer Gentleman, Roman Rathbone, dessen funkelnde schwarze Augen erahnen ließen, dass er mehr Zeit damit zugebracht hatte, das Gesetz zu brechen als für seine Einhaltung zu sorgen. Imogen hatte besorgt wahrgenommen, dass beide Männer sich von Isobel angezogen fühlten.

Sie würde gut aufpassen müssen, denn ihre Schwester war eindeutig nicht reif genug für die Aufmerksamkeiten dieser Herren.

Der volle Sommermond hing tief und schwer am klaren Nachthimmel, und Imogen zog den Morgenmantel fester um sich, um die feuchte Kälte abzuwehren, die die Hitze des Tages verdrängt hatte. In Nächten wie dieser brauchte man keine Lampe – der Mond leuchtete hell genug, wenn die Augen sich erst einmal an sein silberweißes Licht gewöhnt hatten.

Auch wenn Lady Broadmores Leiche inzwischen im Leichenschauhaus und gar kein Blut vergossen worden war, schien der Springbrunnen noch befleckt. Befleckt von etwas, das schmutziger war als Blut, bedrohlicher als der Tod.

Imogen mied den Springbrunnen und folgte einem Pfad durch Wildblumenbeete, während sie überlegte, wer für sie und ihre Familie eine Gefahr sein konnte.

Trenwyth nicht, dachte sie erleichtert. Er war so vieles geworden in der Zeit, in der sie getrennt gewesen waren, aber kein Vergewaltiger. Kein Mörder von Unschuldigen und Wehrlosen.

»Wer dann?«, fragte sie leise flüsternd den Mond. Und warum? Angenommen Lady Broadmores Tod hatte wirklich etwas mit ihr zu, dann musste man vor allem nach dem Motiv fragen, oder? Hatte der Mörder sie schützen wollen? Oder hatte er eine Art morbider Nachbildung von ihr erschaffen?

Imogen dachte an den geliebten Kater aus ihrer Kindheit, Ikarus. Er hatte sie angebetet, und um ihr seine Hochachtung zu zeigen, hatte er kleine tote Vögel oder Mäuse vor ihr Bett gelegt. Dann hatte er sich daneben gesetzt und, die bernsteinfarbenen Augen vor Stolz und Zufriedenheit glänzend, auf ihr Lob gewartet.

War das die Botschaft des Mörders? Alles an Lady Broadmores Verhalten hatte dafür gesprochen, dass sie Imogen feindlich gesonnen war. Hatte einer der Männer in ihren Diensten oder – wagte sie es wirklich, das zu glauben? – ein Gast ihr ein grausiges Geschenk in Gestalt ihrer toten Gegnerin machen wollen?

Die zweite, weitaus beängstigendere Möglichkeit war, dass

der Mörder Lady Broadmore im Dunkeln für Imogen gehalten hatte. Vielleicht hatte er seinen Fehler gemerkt, als er die Viscountess ergriffen hatte, aber sein heimtückisches Verbrechen trotzdem verübt.

Das schien am wahrscheinlichsten zu sein. Imogen kaute auf ihrer Lippe, als sie sehr sorgfältig über die nächste Frage nachdachte. Wer wollte ihren Tod?

Es konnte immer noch Barton sein. Damals war sie sich sicher gewesen, die Halsschlagader getroffen zu haben, aber vielleicht hatte sie sich geirrt. Man hatte ihn nie gefunden. Und wenn er die ganze Zeit darauf gewartet hatte, zu einem Ende zu bringen, was er in der unheimlichen Gasse hinter dem Nackten Kätzchen begonnen hatte? Wenn er seinen Zorn fast zwei Jahre lang genährt hatte, war es durchaus möglich, dass er die Vergewaltigung und die tödliche Rache endlich wahrmachen wollte.

Sie hätte Argent und dem Chief Inspector von ihm erzählen sollen. Zwar hatten sie die Liste der ehemaligen Kriminellen in ihrem Besitz, und es konnte einer von ihnen sein. Aber sie hatte unfairerweise ein wichtiges Puzzleteil weggelassen.

Weil Trenwyth dort gewesen war. Weil sie immer noch nicht wusste, ob sie vor einer Mordanklage sicher war.

Und weil ihre ganze Arbeit ruiniert wäre, wenn sie preisgab, einmal ein Kätzchen aus der St. James Street gewesen zu sein, selbst wenn es nur gegenüber der Polizei war. Ihr Wohltätigkeitsprojekt würde in Ungnade fallen. Die arme Isobel würde von der Gesellschaft geschnitten. Sie könnte die Unterstützung und Freundschaft von Millie, Farah Blackwell und Mena Mackenzie verlieren. Und auch wenn sie an diesem Morgen einen Waffenstillstand mit Cole geschlossen hatte, könnte er trotzdem noch seine Drohung wahrmachen und die Gültigkeit ihrer Ehe mit Lord Anstruther anfechten.

Sie wusste ziemlich sicher, dass er wütend auf sie sein würde, weil sie ihn angelogen hatte.

Gott, was für einen Schlamassel hatte sie angerichtet. Es war so dumm gewesen zu glauben, dass sie vor ihren Problemen davonlaufen könnte. Dass sie die Missetaten der Vergangenheit mit Geld und einem Titel auslöschen könnte.

Dass sie keine neuen, schweren Fehler machen würde.

Wer sonst hatte in der Nacht Zugang zu ihrem Garten gehabt? Halb London, dachte sie besorgt. Selbst ein paar Gestalten aus ihrer Vergangenheit. Jeremy Carson, der liebe Barmann, der ständig irgendwelche Menschen falsch zitierte. Dr. Longhurst, ein stilles Wasser, und extrem brillant. Brillant, aber auch linkisch und unbeholfen in Gesellschaft. Und fast ein wenig kalt und gleichgültig, zum Beispiel als er ihr vom Tod der armen Molly erzählt hatte.

War es möglich, dass er …

Das unverwechselbare Geräusch eines Kampfes unterbrach ihre Gedanken, und sie merkte plötzlich, dass sie nah an dem Eisenzaun stand, der ihren Garten von dem von Trenwyth Hall trennte.

Ihr Atem beschleunigte sich gleichzeitig mit ihrem Herzschlag, als sie nahe genug herangetreten war, um das Efeu zu berühren, das das eiserne Spalier hochkroch und ihre Sicht behinderte. Knurren und Stöhnen gaben eine tödliche Melodie zu den heftigen Schlägen ab, die sie bis ins Mark erschütterten.

Was war da los? Hatte Inspector O'Mara einen Eindringling auf das Grundstück von Trenwyth Hall gejagt? Hatte der Duke selbst jemanden in seinem Garten erwischt?

Imogen versuchte, die Efeuranken beiseitezuschieben, aber dazu reichte ihre Körperkraft nicht aus. Dann erinnerte sie sich daran, was Cole am Morgen gesagt hatte, als er in ihren Garten gekommen war. Der alte Baum, keine zwölf Schritt entfernt, verbarg einen Durchgang zwischen den beiden Grundstücken.

Sie wusste nicht, wie spät es war; jedenfalls so spät, dass Tau sich auf dem Moos unter ihren Füßen sammelte, als sie sich unter die mächtigen Äste der Ulme duckte. Dicht neben dem Stamm bemerkte sie eine Stelle, wo Steine und Mörtel weggebrochen waren. Die Öffnung war gerade breit genug, dass sich jemand hindurchzwängen konnte. Wie ein Mann von Trenwyths Statur das geschafft hatte, blieb allerdings ein Rätsel für die Gesetze der Menschen und der Natur.

Sie spürte, wie die raue Rinde an ihrem Schal riss, als sie sich durch den Spalt zwängte, und blieb dicht an der Mauer. Neugierig blickte sie durch die niedrigen Äste und hielt den Atem an, als ihr Verstand sich abmühte, den Anblick, der sich ihr bot, zu verarbeiten. Die schiere, männliche Brutalität, die darin lag.

Cole kämpfte, aber nicht mit einem Mörder.

Oder vielleicht irrte sie sich auch. Sie musste sich sogar irren, denn zwei Männer, die sich so bewegten und zuschlugen, waren körperlich für kaum etwas anderes als planvolles Töten gemacht.

Das Mondlicht glänzte auf der goldenen Wärme seines nackten Oberkörpers, sein bronzefarbenes Haar leuchtete unter den silbrigen Strahlen. Er schimmerte wie eine Fata Morgana, und die Illusion wurde noch verstärkt durch die unbegreifliche Geschwindigkeit, mit der er sich auf seinen Gegner stürzte.

Christopher Argent. Ausgerechnet.

Das Grundstück von Trenwyth Hall bestand vor allem aus Rasen, und die beiden Männer trugen nur locker sitzende Hosen bei ihrem Kampf. Ihre Füße waren so nackt wie die Imogens.

Cole wich einem brutalen Schlag aus, machte eine Rolle vorwärts und richtete seinen geschmeidigen Körper in beachtlicher Entfernung wieder auf. Er und Argent umkreisten einander wie Raubtiere, die um ein Territorium kämpften, mit glühenden, wilden Augen, die Zähne entblößt, die Muskeln angespannt. Beide schienen bei dem anderen nach einem Schwachpunkt zu suchen und keinen zu finden.

Sie mussten schon eine ganze Weile so beschäftigt sein, denn Schweiß hatte das Haar an ihren Schläfen durchnässt und einen faszinierenden Glanz auf ihre skandalös nackte Haut gelegt. Beide hielten eine Waffe in der Rechten, die aussah wie stumpf gemachte Messer.

Von Trenwyths Stirn tropfte ein dünnes Rinnsal Blut, aber er schien es nicht zu bemerken.

Imogen wusste, dass sie eigentlich nicht zusehen durfte. Es schickte sich nicht, in diesem aufwühlenden Moment die Voyeurin zu spielen, aber sie konnte nicht anders. Gleich würde Gewalt zwischen den beiden Männern ausbrechen, und ein schändlicher, primitiver Teil von ihr wollte Zeugin dieser Explosion sein.

Und sei es nur wegen des künstlerischen Werts.

Diese Männer, gefangen in einem Gefecht, das völlig aus der Zeit herausfiel, waren nicht gemacht für diese Epoche der Eleganz und Raffinesse. Sie waren Geschöpfe des Kampfes, des Gemetzels. Ihre sehnigen, prallen Muskeln zeugten von einer Kraft, die durch Entbehrung und schwere Arbeit entstanden war.

Und beide hatten Narben. So furchtbare Narben, dass Imogen den Tränenschimmer wegblinzeln musste, der ihre Augen trübte.

Argent stand mit dem Rücken zu ihr, der Körper des blassen Giganten war eine Landkarte der Qual. Ein Netz ehemals verbrannter Haut bedeckte eine Schulter wie die Platte einer scheußlichen Rüstung. Tausende hervortretende Narben ließen auf unzählige Messerkämpfe schließen. Und vielleicht ein oder zwei Kugeln.

Millie LeCours gleichmütiger Ehemann war gewiss mehr als er zu sein schien.

Imogen konnte nicht umhin, die Unterschiede zwischen den beiden Männern wahrzunehmen. Argent hatte entschieden breitere Schultern, in einem Maße, wie man sie nicht häufig auf der Insel sah. Er musste von Wikingern abstammen, seine Haut war gerötet von der Anstrengung und leicht sommersprossig. Das Haar war dunkler als Kupfer, aber heller als Wein, und er bewegte sich mit einer für seine Statur ungewöhnlichen Leichtigkeit. Als würden die Elemente vor ihm zurückweichen und sich auf die brutale Kraft vorbereiten, die er in sich trug.

Trenwyth dagegen war größer, als es einem Mann erlaubt sein sollte. Seine Muskeln wölbten sich über kräftigen Knochen und waren von Adern durchzogen. Sein Oberkörper war länger als der seines Gegners, und Imogens Blick wanderte hungrig die Linie zwischen seinen Bauchmuskeln hinab bis sie hinter dem Hosenbund verschwand.

Er stand mit leicht gebeugten Knien da, die raubtierhafte Wildheit der Miene bildete den Gegensatz zu dem berechnenden Funkeln in seinen Augen. Hier war der Wolf, den sie damals im Nackten Kätzchen gesehen hatte. So beherrscht und unabhängig, seiner unangefochtenen Herrschaft so sicher.

Und dennoch. Er musste seine Fähigkeiten perfektionieren, oder? Um als Anführer und Aristokrat an der Spitze zu bleiben, mussten sein Verstand und sein Körper geschliffen sein wie ein Dolch.

Ihnen zuzusehen, war, wie den Kampf zwischen einem Wolf und einem Bären zu beobachten. Beide waren dafür gemacht zu töten, nur auf völlig unterschiedliche Art.

Als sie einander umkreisten, erhellte das Mondlicht verschiedene Teile von Coles Körper. Ein längliches Wundmal an seinem Hals. Die perfekte runde Schusswunde in einer Schulter. Ein Labyrinth von erhabenen Narben, wie willkürlich überall auf seinem Körper verteilt. Auf Vorderseite und Rücken.

Sie erinnerte sich an manche der Narben von vor seiner Gefangenschaft. Die sichtbare Geschichte eines Soldatenlebens. Aber die meisten, ja die schrecklichsten, waren ihm in dem Gefängnis zugefügt worden, in dem er die schlimmsten Grausamkeiten erlitten hatte, die man sich vorstellen konnte.

Coles linker Arm spannte sich an, die Metallhand glänzte im Mondlicht, als er sie hob, die Riemen schmiegten sich fest an seinen dicken Unterarm.

Wie ungewöhnlich, dachte Imogen, als sie sich auf unsicheren Beinen unter den Baum duckte, dass er seine Prothese als Waffe benutzte. Dass er seine Behinderung in eine Stärke verwandelte. Sie erinnerte sich an die nahe am Handgelenk verborgene Klinge und fragte sich, ob er sie je benutzt hatte. Es kam ihr jetzt so vor, als beobachtete sie einen Tanz. Die Schritte waren hässlich und schwer und erforderten doch eine enorme Meisterschaft der Bewegung. Bei einem solchen Walzer hatte ein einziger Fehltritt ewige Konsequenzen.

Ohne jede Warnung oder einen Laut stürzte Argent mit dem Messer in der Hand vor, und Imogen fragte sich, ob er einem Mann die stumpfe Waffe allein durch brutale Kraft ins Herz stoßen konnte.

Sie hätte sich keine Sorgen machen müssen. Cole wartete bis zum letzten Moment, dann wich er aus und parierte, indem er die Wucht von Argents Angriff gegen ihn verwendete. Argent schien diese Bewegung vorausgeahnt zu haben. Wie bei einem Taschenspielertrick tauchte das Messer plötzlich in seiner Linken auf, und er stieß wieder nach Trenwyth, obwohl er leicht aus dem Gleichgewicht war.

Das zwang den Duke, den Körper nach hinten zu werfen. Er riss den linken Arm quer über die Brust, um das Messer abzuwehren, das auf seine Kehle zielte, und griff gleichzeitig an, aber der Stoß ging daneben.

»Sie sind abgelenkt«, beschwerte sich Argent.

»Bin ich das?«, gab Trenwyth zurück.

Der Wortwechsel gab Argent die nötige Zeit, um sein Gleichgewicht wiederzuerlangen, und sofort stieß er wieder zu wie eine Schlange und zielte auf Trenwyths Brustbein.

Cole, der jetzt direkt vor seinem Gegner stand, kreuzte blitzschnell die Arme vor dem Körper, und konnte Argents ausgestreckten Arm mit der Waffe abfangen. Dann landete sein Ellbogen mit einem scheußlichen Knacken auf Argents Kiefer.

Imogen schlug die Hände vor den Mund und konnte einen Aufschrei fast nicht unterdrücken.

Auf den Ellbogen folgte die Hand mit dem Messer, und Argent fing sie ab und spuckte Blut auf den Rasen. Die Männer rangen einen Moment, ihre Bewegungen verschmolzen mit den Schatten ihrer anmutsvollen Körper.

Nach einem nervenzerreißenden Kampf erstarrten sie beide, gefangen in einer schmerzhaft aussehenden Sackgasse.

»Sie sind abgelenkt, und Sie sind tot«, sagte Argent triumphierend und nur ein wenig atemloser als vorher.

»Bin ich das?«, fragte Trenwyth wieder.

Die stumpfe Klinge glänzte an seinem Hals, als Argent eine Schneidebewegung machte.

»Na gut«, gab der Duke nach. Dann deutete er auf seine eigene Klinge, die er an die Beinschlagader oberhalb von Argents Oberschenkel hielt. Bei einer Verletzung würde sein ganzes Blut in weniger als zwei Minuten dort herausspritzen.

»Aber Sie auch.« Es war vielleicht das erste Mal, dass Imogen ein Lächeln in Coles Stimme hörte. Jedenfalls das erste Mal seit fast drei Jahren.

Ihr Kampf endete unentschieden, und die Männer trennten sich mit einem Handschlag und wischten sich fast unheimlich synchron mit dem Handrücken das Blut aus dem Gesicht.

»Wollen Sie verraten, was Sie beunruhigt?«, drängte Argent ihn verhalten.

»Wie kommen Sie darauf, dass ich beunruhigt bin?« Trenwyth bückte sich und sammelte die herumliegenden Kampfutensilien ein – neben den Messern waren da Bambusstöcke und Degen. Er brachte sie zu einer großen Truhe am Fuß der hinteren Treppe zum Haus.

Imogen wusste, dass sie eigentlich hätte gehen müssen, aber sie musste sich sogar daran erinnern, zu blinzeln. Seine geschmeidige, mächtige Schönheit fesselte sie. Sie war wie hypnotisiert, nein, verführt von der Kraft seiner männlichen Ausstrahlung.

Argent half mit aufzuräumen, hielt dann aber inne und betrachtete Trenwyth. »Eines habe ich in meinem Leben gelernt, Euer Gnaden. Man muss einen Menschen nur lange genug beobachten, irgendwann gibt er etwas über sich preis.«

»Euer Gnaden. Was für eine lächerliche Bezeichnung«, murmelte Cole bitter. »Sie und ich haben herzlich wenig Gnade im Leben erfahren, Argent. Und besitzen tun wir erst recht keine. Ich frage mich, ob sie überhaupt existiert.«

»Das tut sie«, sagte Argent tonlos wie immer. »Ich habe sie bei meiner Frau gefunden. Meine Mutter besaß sie. Die meisten Frauen haben etwas mehr davon. Vielleicht ist das nötig bei Männern, wie wir es sind.« Er stieß Trenwyth den Ellbogen in die Rippen, vielleicht um ihn darauf aufmerksam zu machen, dass er einen Witz gemacht hatte.

Cole packte die Waffen weg und betrachtete seine Hände. Eine war befleckt von seinem Blut, in der anderen spiegelte sich der kalte Mond. »Blut und Stahl. Das sind die einzigen Elemente, die ich noch erkenne. Gnade finde ich nur in einer Erinnerung. In der Erinnerung an eine Frau, die sie mir einmal gezeigt hat. Und darin, fürchte ich, liegt meine Tragödie. Ich frage mich, ob die Erinnerung meinen Sinn für die Wirklichkeit trübt.«

Argent dachte kurz darüber nach. »Es ist nur menschlich, das am höchsten zu schätzen, was wir verloren haben.«

»Das weiß ich auch.« Cole machte eine ungeduldige Handbewegung, mehr an sich selbst gerichtet, als an seinen Begleiter. »So habe ich es bislang auch gehalten. Also ... sollte ich eigentlich über diesem niederen Impuls stehen.«

Argent zuckte mit den Achseln. »Selbst bemerkenswerte Menschen sind menschlicher Banalität unterworfen.«

»Ich scheine ihr Gefangener zu sein«, sagte Cole bitter.

Der große, gleichmütige Mann fuhr sich durch sein rotes Haar und sah sich um, als wollte er die Dunkelheit um Erlaubnis bitten, seine nächsten Worte zu sagen. »Mehr als die meisten verstehe ich, dass ein Gefängnis einen Menschen noch lange festhält, nachdem er befreit wurde. Dass ein Mann zum Tier wird, wenn man ihn einsperrt. Und dass dieses Tier ihn in die Freiheit begleitet, bis die Freiheit zum Gefängnis wird. Es ist ... nicht leicht.«

Der gepeinigte Ausdruck in Coles Gesicht, als er Argent ansah, ließ einen solchen Schmerz in Imogens Brust aufsteigen, dass sie die Hand darauf presste.

»Es ist, wie Sie sagen. Mein Kopf ist eine Art Gefängnis geworden. Die Wände sind Steine, zusammengehalten mit dem Mörtel von Schreien. Die Gitterstäbe sperren mich mit den erlebten Qualen ein. Mein Körper krümmt und windet sich, um all das loszuwerden. Mich. Die Vergangenheit. Und den Ekel, der mich durchtränkt, bis ein vages Gefühl von Taubheit eintritt … und mich völlig auslöscht. Ich will mich zerreißen. Oder andere. Oder die ganze Welt. Ich fühle mich gleichzeitig gewalttätig und gleichgültig und –« Er verstummte, seine Hand ballte sich zur Faust.

»Und Sie suchen nach dem einen Menschen, von dem Sie glauben, dass er sie davon befreit«, beendete Argent den Satz für ihn.

»Ja.«

Dieses eine, tonlos hervorgebrachte Wort machte Imogens Fassung zunichte. Tränen liefen wie Feuer über ihre Wangen, und ihr Herz klopfte so laut, dass es ihr wie ein Wunder vorkam, dass die beiden Männer es nicht hörten.

Imogen duckte sich tiefer unter die Äste, als Argent sich umdrehte und an ihrem Haus vorbei zu seinem eigenen blickte. Zweifellos war Millie dort und wartete schon im Halbschlaf, dass ihr Mann nach Hause kam.

»Hören Sie nicht auf, sie zu suchen, bis Sie sie gefunden haben«, sagte Argent, heftiger, als sie es bei ihm für möglich gehalten hätte.

»Und wenn ich sie nicht finden kann?«

»Wenn man mir Millie nehmen würde, würde ich ganz England niederbrennen. Ich würde durch die Welt streifen, bis das Schicksal mich in einem Stück verschluckte und die Hölle nach mir riefe, was sie sicher irgendwann tun wird.«

»Ich fühle dasselbe. Aber ich kannte sie nur eine Nacht lang … Es ist lächerlich, nicht wahr? Ich sollte mir mal meinen Kopf untersuchen lassen.«

»Manchmal braucht es nur eine Nacht, um einen Raum, den man für leer hielt, zu füllen.« Argent legte Cole die Faust auf die Brust über seinem Herzen.

Der Duke nickte und drehte sich um, so dass Imogen sein Gesicht nicht länger sehen konnte. »Ich wollte Dorian Blackwell um Hilfe bitten, aber ich fürchte, ich habe ihn mir zum Feind gemacht.«

Argent gab einen sarkastischen Laut von sich. »Dorian vergisst nie etwas, aber seine eigene Quelle der Gnade hat ihm beigebracht zu vergeben. Ich rede mit ihm.«

Mit dem Gefühl, ihr Glück lange genug herausgefordert zu haben, schlich Imogen auf zitternden Beinen in ihren Garten zurück und unterdrückte die Schluchzer, die sie zu verraten drohten. Sie wusste nicht, was ihr mehr Angst einflößte. Dass Cole sie fand und das geheime Leben enthüllte, das zu führen sie gezwungen gewesen war … Oder dass ein Teil von ihr sich danach sehnte, gefunden zu werden.

Aber dafür war es jetzt vermutlich zu spät. Er würde ihr ihre Geheimnisse nicht verzeihen, oder schlimmer noch, ihr nicht glauben. Natürlich hatte sie Details ihrer gemeinsamen Nacht in ihrem Gedächtnis eingeschlossen. Sie konnte beweisen, dass sie Ginny war.

Oh, Gott, dachte sie wirklich über diesen Wahnsinn nach? War das Risiko die Belohnung wert?

Ihr Herz weinte um Cole, um all das Leid, das er in diesen vergangenen Jahren hatte aushalten müssen. Aber ihre Begegnungen als Duke und Countess waren voller Feindseligkeit gewesen. Ihm missfiel fast alles an ihr.

Einmal, vor langer Zeit, waren sie nichts weiter gewesen als ein Soldat auf dem Weg in den Krieg und eine Frau, bei der er Trost gesucht hatte. Wenn er sie und seine Erinnerung an Ginny zusammenbrachte, welches Gefühl würde in seinem Herzen die Oberhand gewinnen? Wäre seine Sehnsucht nach der Vergangenheit stark genug, um seinen Zorn zu dämpfen? Seine Abneigung gegen das, was aus ihr geworden war?

Und was würde er von ihr erwarten, wenn er wusste, wer sie war? Sex? Liebe? Heirat? Sie war nicht mehr Ginny. Er konnte ihre Liebe nicht mehr für zwanzig Pfund kaufen.

Und sie war auch nicht mehr die verzweifelte Imogen Pritchard. Schon lange nicht mehr. Bei ihr könnte er Gnade finden, Vergebung und Güte und … vielleicht Liebe. Aber was könnte er ihr geben außer dem Titel einer Duchess? Der ihr, wenn sie ehrlich war, nicht das Geringste bedeutete.

Angenommen, er würde ihn ihr überhaupt anbieten. Und sie nicht in einem Wutanfall ruinieren.

Er hatte keinen Zweifel daran gelassen, dass er nicht akzeptierte, was sie mit ihrem Leben anfangen wollte, und sie war nicht bereit, ihre Pläne aufzugeben. Nicht einmal für ihn.

Was sollte sie also als Nächstes tun? Sie konnte nur beten, dass Dorian Blackwell nicht so schlau war und nicht so gute Verbindungen hatte, wie die beiden zu glauben schienen. Aber irgendetwas sagte ihr, dass es nur eine Frage der Zeit war. Vor ein paar Jahren hatte sie aus England fliehen wollen, und ein egoistischer Teil von ihr wünschte sich das jetzt noch. Aber sie konnte doch die Frauen und Kinder, um die sie sich jetzt schon kümmerte, nicht allein lassen.

Sie musste bleiben und kämpfen. Für ihre Sicherheit und ihr Überleben.

Und vor allem musste sie gegen diesen schmerzenden Teil in ihr selbst kämpfen, der sich so danach sehnte, dass er zu ihr kam und sie für sich wollte.

17

Euer Gnaden,
nach sorgfältiger Lektüre der Akte, über die wir gesprochen haben, bin ich zu dem Schluss gekommen, dass die Mordfälle von Flora Latimer und Lady Broadmore genügend Ähnlichkeiten aufweisen, um weiter über eine Verbindung zwischen ihnen nachzudenken. Ich habe beschlossen, mein Netz weiter auszuwerfen und die entsprechenden Abteilungen von Scotland Yard in anderen Bezirken um Informationen über ähnliche Gräueltaten zu bitten. Einem Zeugen zufolge war der Angreifer höchstwahrscheinlich ein Mr. Barton, der danach verschwand. Was diese »Ginny« angeht: Ich habe ihre Existenz genauso wenig wie ihre Verbindung zu dem Opfer bisher bestätigen können, aber ich kann Ihnen sagen, dass Flora Latimer ihr Haar mit einer Chemikalie blond gefärbt hat. In der Akte wird vermerkt, dass sie grüne Augen und eigentlich dunkles Haar hatte.
Zudem habe ich herausgefunden, dass damals im Nackten Kätzchen eine Devina Rosa gearbeitet hat. Heute ist sie eine der berüchtigten »Zureiterinnen« vom Hyde Park. Vielleicht erinnert sie sich an Ihre Ginny. Ich hoffe, diese Information hilft Ihnen weiter, auch wenn ich leider weder Ihre Befürchtungen noch Ihre Wünsche bestätigen konnte.
Mit tiefstem Bedauern

Sir Carlton Morley.

Fluchend hatte Cole den Brief in seiner Hand zerknüllt und ins Feuer geworfen. In seiner Zeit im Gefängnis hatte er gelernt, dass man Hoffnung benutzen konnte wie Grausamkeit. Nie war es wahrer gewesen als in diesem Moment. Er wusste nicht, ob er sich freuen oder unglücklich sein sollte, und das allein schon war eine Hölle. Er ging mit schweren Schritten zum Fenster seines Arbeitszimmers, riss die Vorhänge zur Seite und blickte in einen gewissen Garten ohne eine gewisse Countess. Die Sonne stand hoch am Himmel, es war windstill und mild. Warum zum Teufel malte sie nicht?

Seine Stirn war noch immer gerunzelt, als er nach Jackett und Hut klingelte. Dann ließ er sein Pferd satteln und ritt in den Hyde Park, um diese Devina zu suchen und die Antworten, die sie ihm geben konnte.

Antworten, die anscheinend so schwer zu bekommen waren wie alles andere, was er suchte. Zufriedenheit, Ruhe …

Schlaf.

Er wagte es ja nicht einmal, nach dem Glück zu greifen.

Nach einem beträchtlichen Einsatz von Zeit, Charme und Geld hatte er herausbekommen, dass Devina weitergezogen war. Sie hatte einen reichen Gönner gefunden und war irgendwo komfortabel und für ihn unerreichbar untergebracht. Nachdem er das erfahren hatte, hatte Cole sein Pferd Richtung Rotten Row gelenkt, der langen Reitstrecke im Süden des Hyde Parks, und war galoppiert, bis Pferd und Reiter erhitzt und erschöpft keuchten. Die Anstrengung hatte allerdings nicht die hilflose Wut besänftigen können, die in seiner Brust loderte.

Er würde diese Devina finden, und wenn er jeden einzelnen Stein in London umdrehen müsste.

Das seltene Sonnenlicht konnte seine düstere Stimmung nicht aufhellen, die körperliche Erschöpfung beruhigte allerdings die gewaltsamsten Triebe. Ein wenig.

Er ignorierte die Grüße des schmeichlerischen, niederen Adels, die bewundernden Ausrufe von bedauernswerten Müttern mit heiratsfähigen Töchtern und die anderer Mitglieder der guten Gesellschaft, die sich während der Saison aus keinem anderen Grund im Hyde Park drängelten, als zu sehen und gesehen zu werden, während er im Schritt zum Ausgang in Mayfair ritt. Vielleicht würde er dem Home Office einen Besuch abstatten, um mehr über diese Devina herauszufinden. Sie war aus Spanien eingewandert, das wusste er, und es musste irgendetwas über sie geben –

Ein Rock von eher sehr lebhaftem Violett flatterte am Rande seines Blickfelds, unterbrach ihn bei seinen Gedanken und zwang ihn, sich umzudrehen. Er kannte nur eine Frau, die so unentschuldbare, kräftige Farben trug. Und wirklich, da saß die Countess Anstruther auf einer langen steinernen Bank, mit einer Leinwand vor sich. Aber anstatt darauf herumzupinseln, blickte sie auf einen Punkt dahinter.

Lila Satinbänder flatterten an ihrem Hut, und dieselbe Brise hatte ein paar rotgoldene Strähnen aus ihrer komplizierten Frisur gelöst. Alles Übrige von ihr war jedoch so unbewegt wie die Statue des Achill, die sie eher missmutig als mit der Bewunderung einer Künstlerin betrachtete.

Cole zögerte einen Moment und entschied dann, dass es besser war, weiterzureiten. Er glitt aus dem Sattel und stand auf dem weichen Gras. Er sollte Countess Anstruther und ihre unwiderstehliche Gegenwart wirklich meiden, ermahnte er sich, während er einem wartenden Stallburschen die Zügel und ein paar Münzen zuwarf.

Als er mit großen Schritten auf sie zuging, bemerkte er eine Falte auf ihrer Stirn und dunkle Ringe unter ihren Augen, die vor Kurzem noch nicht da gewesen waren. Es wäre nicht klug, sie anzusprechen, vor allem nicht an einem so öffentlichen Ort.

Cheever, der alte Gockel, saß hinter ihr auf einem Gartenstuhl mit der Zeitung, also war sie wenigstens nicht ohne Begleitung hier.

Sie wirkte müde, bemerkte Cole. Müde und etwas bedrückt. Nun, er selbst war ja auch nicht gerade ein Aushängeschild für Fröhlichkeit und durfte eigentlich nicht einmal in Betracht ziehen, ihr noch näher zu kommen …

Sie sah zu ihm auf, als sein Schatten auf die Leinwand fiel. Es zeigten sich diese Fältchen um ihre Augen, und er war sich sicher, dass sie sich freute, auch wenn er keine Ahnung hatte, warum.

»Cole.«

Sein Herz stolperte bei dem Klang seines Namens auf ihren Lippen, und er brachte nur ein knappes Nicken zustande.

»Was für eine angenehme Überraschung.« Sie nahm die weiten Röcke zur Seite und machte ihm Platz auf der Bank.

»Ist das wahr?« Es war ihm unangenehm, wie sehr er sich wünschte, das Strahlen in ihren Augen möge echt sein. Denn als sie ihn ansah, waren die Schatten, die er gerade noch bemerkt hatte, durch ein warmes Licht ersetzt worden. Das war außergewöhnlich. Verwirrend, aber doch außergewöhnlich.

»Wie umwerfend Sie aussehen«, bemerkte sie, und er konnte seine plötzliche Freude über diese Worte kaum begreifen, als sie sich plötzlich zu Cheever umdrehte. »Würde es Ihnen etwas ausmachen, uns dreien etwas Limonade bei dem Stand am Eingang zu kaufen? Seiner Gnaden scheint warm zu sein.«

Cheever faltete die Zeitung exakt zusammen und legte sie auf den Sitz, bevor er sich verbeugte. »Natürlich, Mylady. Euer Gnaden.« Er setzte sich in Bewegung, und sein Gang wirkte wie der eines viel jüngeren Mannes.

»Setzen Sie sich«, forderte sie ihn auf. »Es ist wunderbar hier im Schatten.«

»Ich sollte wirklich gehen«, entschuldigte er sich, und dann saß er plötzlich neben ihr auf der Bank. Was zog ihn so zu ihr hin? Es war, als wäre er ein Schiff in einem schweren Sturm und sie eine Sirene, die ihn ins Verhängnis lockte. In ihrer Nähe lag sein Körper mit seinem Kopf im Streit und weigerte sich in jeder Hinsicht, zu gehorchen.

»Obwohl wir praktisch Fremde sind, behandeln Sie mich stets, als würden Sie mich kennen«, bemerkte er.

»Und doch scheine ich nichts über Sie zu wissen«, wandte sie ein.

Vielleicht war es das durch das Laub fallende Sonnenlicht, die Tatsache, dass sie ihn von seiner ständigen Enttäuschung ablenkte, das geheimnisvolle Funkeln in ihren Augen oder eine Kombination all dieser Dinge – jedenfalls wurde ein verwegener Schalk in ihm wach, den er für immer verloren geglaubt hatte.

»Ich bin wie ein offenes Buch«, erklärte er mit falschem Ernst.

»Sie sind alles andere als das.« Sie lachte.

Er gab einen Laut gespielter Entrüstung von sich. »Fragen Sie mich, was Sie wollen, und erdulden Sie meine absolute Aufrichtigkeit.«

Sie tat so, als würde sie darüber nachdenken. »Reden wir über Bücher. Welchen Schriftsteller mögen Sie am liebsten?«

»Natürlich Shakespeare.«

Sie warf ihm einen zweifelnden Blick zu. »Welches Stück?«

Jetzt war es an ihm, nachzudenken, und er antwortete mit einem herausfordernden Grinsen: »Das, in dem ein Elternteil stirbt und jemand verrückt wird.«

»Das trifft auf fast alle zu.« In ihren Augen tanzte funkelndes Vergnügen. »So viel zu Ihrer Aufrichtigkeit. Fast muss ich bezweifeln, ob Sie Shakespeare überhaupt kennen.«

Cole suchte in seinem Gedächtnis nach einem der zahlreichen Sonette, die er als Kind verschlungen hatte.

»›Lieb' ist nicht Liebe, die Trennung oder Wechsel könnte mindern, die nicht unwandelbar im Wandel bliebe. Oh nein, sie ist ein ewig festes Ziel, das unerschüttert bleibt in Sturm und Wogen …‹« Er verstummte und die Bedeutung der Worte durchdrang ihn voller Ernst.

»›Lieb' ist kein Narr der Zeit‹«, fuhr sie atemlos fort, der Pinsel zitterte leicht in ihrer Hand, »›ob Rosenmunde und Wangen auch verblühn im Lauf der Zeit – sie aber wechselt nicht mit Tag und Stunde, ihr Ziel ist endlos wie die Ewigkeit.‹«

Ihre Blicke verschränkten sich, und Coles Verstand raste mit ebensolcher Ekstase wie vor wenigen Minuten die Hufe seines Hengstes. Was tat er hier? Hielt er endlos, bis in alle Ewigkeit, an seinem zwanghaften Verlangen nach Ginny fest? Was hätte der große Dichter dazu gesagt? Hätte er Cole getadelt, weil er sich nach all dieser Zeit noch nach Ginny sehnte? Oder weil er sie vergaß, sobald er in Lady Anstruthers Nähe war?

»Ich nehme alles zurück und bin höchst erstaunt«, gab sie zu, seinen Gedanken gegenüber unempfindlich. »Auch ich liebe Shakespeare. Obwohl ich seine Worte mehr genieße, wenn sie auf einer Bühne gesprochen werden, als wenn ich sie selbst lese. Ehrlich gesagt, ist Isobel die große Leserin der Familie, ich ziehe die bildenden Künste vor.« Sie deutete auf die Leinwand.

»Daran ist nichts auszusetzen«, murmelte er und konnte die Augen nicht von ihrem Anblick abwenden. Ein Veilchen, das im Schatten eines Baumes blühte. »Es gibt viel Schönes zu sehen.«

Ein hübscher rosa Schimmer legte sich auf ihre hohen Wangenknochen, und sie senkte verschämt die Lider. »Sie sind geritten.« Sie wischte ein paar Pferdehaare von seinem Jackett, und Cole hörte fast die empörten Aufschreie der Matronen in ihren vornehmen Kutschen. Er liebte es, dass es sie noch weniger zu kümmern schien als ihn selbst. »Es gehört zu den Dingen, die ich am meisten bedaure, nie die Kunst des Reitens erlernt zu haben.«

Sein erster Impuls war, ihr anzubieten, sie sie zu lehren, aber dann begriff er, wie ihr Anblick auf einem Pferderücken auf ihn wirken würde. Sie war rank und schlank, und in der Nähe zu sein, wenn ihre Hüften sich bewegten und ihr Hintern in einem Sattel auf und ab hüpfte, könnte seinen Tod bedeuten.

Er rutschte etwas von ihr weg und deutete auf die nackte Achillesstatue. Das Einzige, was dieser Held neben Schwert und Schild trug, war ein Feigenblatt. »Sie haben Ihren Garten verlassen, um etwas … Anregenderes zur Inspiration für Ihre Kunst zu finden?«

Ein spitzbübisches Grübchen erschien auf ihrer Wange. »Ich habe die Statue immer gemocht«, gab sie zu. »Besonders an einem Tag wie diesem, wenn das Sonnenlicht auf der dunklen Bronze der Muskeln spielt.«

Coles Mund war knochentrocken, und doch musste er schlucken, als er sah, wie ihr Blick mit blanker Bewunderung über die entblößten Formen des Achilles glitt.

»Wieder Ihre Leidenschaft für griechische Mythologie?«

Sie schüttelte den Kopf und überraschte ihn erneut mit ihrer Kühnheit, auch wenn sie die Lider senkte. »Nein, eigentlich … erinnert er mich an jemanden.«

»Ich nehme an, den Duke of Wellington? Das Ding wurde allerdings nur ihm zu Ehren gegossen, nicht nach seinem Bild.«

»Nein.« Sie sah zu der imponierenden Statue hoch und Cole hatte das absurde Gefühl, dass sie absichtlich seinem Blick auswich. »Es ist jemand anders.«

Cole sah die Statue mit neu erwachtem Widerwillen an. Sie erinnerte sie an jemanden … Jemanden, den sie offensichtlich näher kannte.

Wäre er ein geringerer Mann, wäre er eifersüchtig.

Aber das war er nicht.

Nicht im Geringsten.

Auch wenn es durchaus Balsam für sein Ego war, dass sein Körperbau mit dem des Achilles wetteifern konnte – zumindest galt das für dieses Abbild des Helden, das sie so bewunderte. Unwillkürlich fragte er sich, was ihr Auge sehen würde, wenn sie ihn so entblößt zu Gesicht bekäme. Sähe sie seine Kraft und Stärke oder nur seine Behinderung?

»Ich mag vor allem seine Haltung«, sagte sie und betrachtete die Statue, als hätte sie es tausend Mal zuvor getan. »Als hätte der Bildhauer den Augenblick vor einem großen Sieg eingefangen. So wie er den Schild hält, ist klar, dass er den Schlag des Feindes schon abgewehrt hat. Sein Schwert ist bereit für ein Manöver, das er beherrscht. Man kann den Augenblick und den Triumph fast in der Vorstellung ergänzen, auch wenn andere Aspekte fehlen.« Endlich drehte sie sich zu ihm um, ihre Augen leuchteten mit dem hingebungsvollen Genuss, um den er Intellektuelle oft beneidet hatte.

»Das zeichnet einen großen Künstler aus, meinen Sie nicht? Zu vermitteln, was nicht auf der Leinwand oder … in Lehm oder Stein eingefangen ist. Nach dieser Kunst strebe ich.«

Einen Moment lang vergaß Cole, wo sie waren und worüber sie sprachen. Er konnte sie nur anstarren, als sähe er sie zum ersten Mal. Selbst wenn er den ganzen Tag in ihre Augen sähe, würde er niemals alle Farbschattierungen erfassen können. Der Ring der Iris war zur Mitte hin deutlich braun und veränderte seine Farbe zum Rand hin. Aus der Entfernung tönte das Sonnenlicht die Iriden grün, im Mondlicht wurden sie zu einem silbrigen Grau, und Tränen machten sie trüb wie die Themse bei einem Sturm.

Er wusste nicht, welche Magie dahinter steckte, aber bei Gott, er genoss das Schauspiel. Diese Frau besaß wahrhaft Liebreiz.

»Und ich dachte, Sie würden nur Ihren Garten malen«, murmelte er, verwirrt, als seine Stimme sich um ein paar unnötige Oktaven senkte.

Sie runzelte wieder die Stirn, wie sie es oft tat, wenn sie betrübt war. »Wenn ich ehrlich bin, habe ich an meinem Garten keine Freude mehr, seit …«

»Lady Broadmore?«, riet er.

Sie nickte und wich wieder seinem Blick aus. »Und ich gebe zu, ich habe das deutliche Gefühl, beobachtet zu werden, wenn ich dort draußen bin.«

Eine schuldbewusste Röte stieg über seinem Kragen auf. Er hatte mehr Zeit als üblich am Fenster verbracht, um sie zu beobachten – wenn auch natürlich nur, weil Morley ihn darum gebeten hatte.

»Aber es tut mir auch gut, die Sicherheit und Geborgenheit meines Gartens zu verlassen. Es sind nicht nur die künstlerischen Herausforderungen, ich stelle mich auch den unbekannten Möglichkeiten des Tages.« Sie sah ihn mit einem sonnigen Lächeln an, und wieder stolperte sein Herz. »Zum Beispiel könnte ich zufällig eine vor Kurzem geknüpfte Bekanntschaft treffen oder eine Kunstgalerie entdecken, in der ich noch nicht war.«

Oder ein leichtes Ziel für einen unternehmungslustigen Vergewaltiger und Mörder werden. Ein Gedanke, der ihm unerträglich erschien.

Cole verzog den Mund, öffnete ihn, um sie für ihre Sorglosigkeit zu schelten, aber irgendwie brachte er es nicht über sich, ihr gewinnendes Lächeln durch Gedanken an den Tod zu zerstören.

»Als Soldat hat mich die Kunst nie interessiert«, sagte er stattdessen. »Ich würde aber gern wissen, wenn ich zufällig eine Galerie betreten sollte, welche Gemälde es wert wären, ihnen meine Zeit und Bewunderung zu widmen?«

Sie dachte weniger lange über die Antwort nach, als er erwartet hatte. »Die Gemälde mit den verstaubtesten Rahmen.«

»Verzeihung?«

Ihr Lächeln verschwand trotz seiner Bemühungen, und Cole vermisste es sofort. »Oft werden die Gemälde großer Meister ausgestellt, die eine große Menschenmenge anziehen. Um die übrigen Wände zu füllen, werden dann häufig andere, weniger bekannte Gemälde aufgehängt.« Sie zupfte an einem losen Faden, der an ihrem Überrock aus violetter Spitze hing und blickte in die Ferne. »Mäzene gehen an diesen anderen Gemälden vorbei, sie glauben, das einzig wertvolle Kunstwerk ist eines, das auch von anderen begehrt wird. Aber diese anderen Gemälde, die mit den verstaubten Rahmen … die muss auch jemand bewundern, nicht wahr? Jemand sollte auch an sie denken und den Visionär, der sie erschaffen hat. Sonst kehren sie in die Dunkelheit zurück. In irgendeinen Keller. Sie werden weggeschlossen. Vergessen.« Das Weiße ihrer Augen färbte sich rosa, als ihr die Tränen kamen. »Manchmal kann ich den Gedanken nicht ertragen.«

Sie schniefte, zog die Handschuhe aus, um die Tränen mit den Fingern aufzuhalten, bevor sie fielen. »Vergeben Sie mir, Euer Gnaden, ich muss noch etwas überreizt sein. Sie sind sicher nicht hier, um mir wie einem dummen Schulmädchen beim Weinen zuzusehen. Es passt gar nicht zu mir. Ich habe nie –«

Bevor er begriff, was er tat, nahm Cole ihre entblößte Hand

und drückte sie an seine Lippen. Sein Blick wandte sich nicht von ihrem Gesicht ab, als er die Feuchtigkeit von ihren Fingern küsste, das Salz ihrer Sorgen schmeckte.

Ihr Atem beschleunigte sich, und sie warf einen kurzen Blick auf den belebten Park, als bemerkte sie erst jetzt, was für ein Schauspiel sie boten. »Bitte, seien Sie nicht freundlich zu mir«, bat sie mit einem heiseren Flüstern. »Ich werde vor allen zusammenbrechen. Ich werde uns beiden Schande machen.«

Widerstrebend ließ er ihre Hand los und wünschte sich mehr als alles andere, dass sie allein wären und er sie an sich ziehen könnte. Um ihre zarten Gefühle mit seinem Körper vor aller Gefahr zu schützen und ihr verwundetes Herz in dem leeren Käfig seiner Brust zu bewahren.

Bei seiner verfluchten Seele. Es war eine Katastrophe. Er musste gehen, aber wie konnte er sie hier so allein lassen? Er war in ihren Tag hineingestolpert, hatte ihre Sonne genießen wollen und es irgendwie geschafft, dass alles verregnet war.

Gott, er war ein abscheulicher Unmensch.

Er überlegte, wie er ihr Lächeln zurückholen konnte. Und merkte, dass er nicht nur kaum etwas über sie wusste, sondern ziemlich wenig über Frauen im Allgemeinen. Normalerweise musste er eine Frau nur ansehen und den Kopf zur Seite neigen, um sie anzulocken. Dann kicherte und flirtete sie, und manchmal ging sie auch noch weiter. Imogen war zwar eine andere Art Lady, aber trotz allem eine Frau. Also müsste es … mit einem Kompliment gehen. »Ihr Kleid ist … es hat eine wirklich lebendige Farbe.«

Sie blickte an sich hinunter und verzog schuldbewusst die vollen Lippen.

»Ich meine, es ist wirklich reizvoll«, beeilte er sich hinzuzufügen. »Deshalb habe ich Sie in der Menge erkannt. Warum tragen Sie immer so kräftige Farben, auch am Nachmittag, wenn andere Damen sich in Weiß oder Pastellfarbenes hüllen?«

Sie breitete die seidenen Röcke aus und betastete die Spitze, als sie zu den à la Mode frisierten und verwöhnten Frauen blickte, die ihre Sonnenschirme drehten und so taten, als würden sie sie nicht mit Adleraugen beobachten.

»Ich mag durchaus auch gedeckte Töne«, überlegte sie laut, dann hielt sie inne und kniff die Augen zusammen, als würde ihr aus der Ferne eine Antwort zuteil. »Ich denke, Menschen wie Sie und ich haben ... ein einzigartiges Verständnis davon, wie trist und ... manchmal grausam die Welt sein kann, meinen Sie nicht?«

Er nickte und hatte das deutliche Gefühl, das Ziel, sie aufzuheitern, weit verfehlt zu haben.

»In der Trauerzeit nach Edwards Tod habe ich eine Zeit lang alles durch einen Grauschleier gesehen. Ich habe niemandem vertraut. Habe allen gegrollt. Ich war teilnahmslos und gereizt und erwartete in jeder Situation das Schlimmste. Es waren furchtbare Monate.«

»Mir war nicht klar, dass sein Verlust so schwer für Sie war«, gab Cole zu. Er erinnerte sich, wie kühl er auf der Beerdigung zu ihr gewesen war, und tadelte sich dafür.

»Es war nicht nur das«, bekannte sie. »Bevor ich ihn heiratete, war mein Leben so ... schwierig und enttäuschend gewesen. Ich hatte nicht viel Güte oder Schönheit erfahren«, sie hielt inne und warf ihm einen forschenden Blick zu, »kaum Genuss oder Vergnügen gekannt.«

Schon diese Worte auf ihren Lippen ließen ihn vor Verlangen erbeben. Könnte er ihr nur Vergnügen und Genuss bereiten. Er würde ihr so viel geben. Gott, was würde er mit ihr machen. Wenn nur –

Wenn nur sein Herz nicht einer anderen gehörte.

»Als die Trauerzeit vorüber war, habe ich jedenfalls alle schwarzen Kleider verbrannt und eine neue Garderobe in den kräftigsten Farben bestellt, die man sich vorstellen kann. Ich trage sie, um mich daran zu erinnern, dass es selbst unter dem grauen Londoner Himmel immer etwas Buntes gibt. Man kann ein Lächeln verschenken. Freundlich sein. Man kann sich auf einen sonnigen Tag freuen. Oder wenigstens … eine kräftige Farbe tragen. Sie sehen, Cole, wenn ich dieses Bunte nicht finde, wenn es keinen Lichtblick gibt, dann muss ich selbst zu einem werden.«

»Und das sind Sie«, murmelte er, verwirrt durch die Zärtlichkeit, die in ihm aufwallte. »Wie ein Ölgemälde in einer Galerie von Aquarellen.«

»Genau so.« Ein erfreutes Lächeln breitete sich langsam auf ihrem Gesicht aus, jagte ihre Trauer fort und weckte ein so schmerzlich süßes Gefühl in ihm, dass er den Blick abwenden musste.

»Es sind nicht nur die Kleider, wissen Sie«, fuhr sie ernst fort. »Ich habe eine ganz neue Art zu leben gefunden. Die Wohltätigkeitsarbeit. Meine Familie. Und natürlich die Kunst. Durch all das erfahre ich so etwas wie Glück, denke ich.«

Er beneidete sie in diesem Moment dafür, etwas so Unerreichbares einfach erschaffen zu können. Während er selbst sich so sicher war, das Glück nicht erlangen zu können, bis er das Verlorene gefunden hatte.

Die Verlorene gefunden hatte.

Plötzlich begriff er, wie dumm es war, seine Hoffnung auf Erlösung an eine Erinnerung zu knüpfen. Aber … wenn er das nicht mehr hatte, wenn er Ginny nicht bekam, was blieb ihm dann? Ein großes, leeres Haus und ein noch leereres Leben.

»Ich frage mich, was Sie jemandem raten würde, der in diesem grauen Ort stecken geblieben ist. Der die Fähigkeit verloren hat, außer Feindseligkeit etwas zu fühlen? Der überall nur Verrat und Betrug vermutet? Nichts sieht außer Schatten und Dunkelheit?« Schon als er das sagte, wusste er, dass er es bisher noch niemandem gestanden hatte. Warum vertraute er ihr dermaßen? Warum breitete er seine gequälten Gedanken vor ihr aus, gab ihr die Möglichkeit, sie mit Füßen zu treten, obwohl sie kaum mehr als Fremde waren. Kaum höflicher zueinander als Feinde. Vor ein paar Nächten hatte er ihr geschworen sie zu ruinieren. Und jetzt bat er sie um Rat?

Vielleicht sollte er sich wirklich einmal den Kopf untersuchen lassen.

»Ich glaube, Sie können durch kleine, aber stete Siege einen Weg hinaus finden«, sinnierte sie und lächelte ihn traurig an. »Aber Sie müssen selbst nach dem Licht suchen, denn es wird Sie nicht immer finden. Sie müssen aufhören, die üblichen Wunder zu bestaunen und Ihre Wunder im Alltäglichen suchen. Es ist ähnlich, wie aus einem Missklang die Melodie herauszuhören und zu lernen, mitzusummen.«

Ein flüchtiges, teuflisches Gefühl durchströmte ihn, und er rang um Fassung, bevor er ihren sanften Blick erwiderte. Sie konnte doch nichts davon wissen, oder? Der Sog aus Angst und Wut, mit dem er schon kämpfen musste, um sich überhaupt aus dem Bett zu erheben. Die Verzweiflung, die schwerer wog als jede Last, die vorher die Kraft seiner Schultern beansprucht hatte. Der beunruhigende, imaginäre Schmerz in seiner fehlenden Hand. Die endlosen einsamen Tage. Er hatte alles. Geld, Macht, Einfluss, Charme und eine fast unübertreffliche Körperkraft, trotz seiner Verletzung.

Und doch war es in ihm leer. Er war allein in einem überfüllten Raum. Ein Soldat ohne Krieg. Ein Spion ohne Aufgabe.

Nur hier war es anders. Jetzt. Auf dieser Bank mit dieser Frau. Die Bestie in ihm war ruhig, und vielleicht zum ersten

Mal, seit er aus Konstantinopel zurückgekehrt war, war er … er selbst.

Endlich spürte er, wie die Sonne durch das Grau brach.

Ihr forschender Blick, der in den seinen eintauchte, sprach Bände. Dieser Blick überwand die trüben Erinnerungen und den dort verborgenen Schmerz und kam schließlich in den Tiefen seiner Seele an. Sie belegte ihn mit einem Zauber, und er folgte ihr wie eine von einem exotischen Beschwörer hypnotisierte Schlange.

»Die Melodie des Glücks ist mir fremd geworden«, gab er zu. »Ich weiß nicht mehr, wie man sie spielt.«

»Wenn Sie immerzu nach Tücken, Feinden und Kummer Ausschau halten, werden Sie auch nur diese finden, nicht wahr?«, murmelte sie. »Wie wäre es, wenn Sie aufmerksamer hinsähen? Tiefer? Würden Sie dann nicht noch etwas anderes entdecken?« Ihre Wimpern senkten und hoben sich wieder und enthüllten ein brennendes Gefühl, das ihn verwunderte und bezauberte. Es war ein wenig wie Erwartung, ein wenig wie Furcht.

»Vielleicht …« Ihre Stimme nahm einen unsicheren Ton an. »Vielleicht würden Sie etwas wiedererkennen, das Sie verloren glaubten?«

Einen atemlosen Augenblick lang starrte er sie an, etwas regte sich in seinen verworrenen Erinnerungen. Es war wundervoll, und es war von roter Farbe.

»Ihre Limonade, Mylady, Euer Gnaden.« Der Moment war zerbrochen, die Tür zu seiner Erinnerung schlug zu, als wäre es für immer, als Cheever ihm das kalte Getränk reichte. »Ich konnte auch einen Verkäufer mit einem Eisblock finden. Ich hoffe, Sie haben nichts dagegen, dass ich mir die Freiheit zu diesem Luxus nahm.«

»Überhaupt nicht, Cheever.« Imogen hätte nicht fröhlicher

klingen können, als sie das Glas entgegennahm, an dem feuchte Tröpfchen hingen, und hob es, um einen Toast auszubringen. »Auf kleine Siege und hellere Tage.«

Amüsiert stieß er mit ihr an. »Darauf, zurückzufordern, was man verloren hat.«

Irrte er sich, oder war sie bei seinen Worten um einiges blasser geworden? Er betrachtete sie über den Rand des Glases hinweg, als die Süße und Säure der Erfrischung sich auf seiner Zunge mischten. Was wusste sie von Verlust?, fragte er sich. Ihn verfolgte er auf Schritt und Tritt. Er hatte fast seine ganze Familie verloren. Er hatte Teile von sich selbst verloren, die er nie zurückbekommen würde. Nicht nur seine Hand, auch sein Herz. Und sogar Teile seiner unsterblichen Seele, Stück für Stück weggebrochen durch die Taten, die er im Namen seiner Königin und seines Landes begangen hatte, durch die Folter, der grausame Feinde ihn unterzogen hatten, und durch den Verrat derer, denen er am meisten vertraut hatte.

Vielleicht konnte er sich deshalb eingestehen, dass er sie begehrte. Dass er sie bewunderte und, mochte Gott ihm vergeben, sogar begann, sie zu mögen.

Aber wie viel Güte sie ihm auch entgegenbrachte, er konnte sich nicht dazu überwinden, ihr zu vertrauen. Auch wenn ihr Lächeln offen war, in ihrem Blick lag ein Geheimnis, das wahrscheinlich mit dem der Mona Lisa wetteifern konnte.

Wüsste er nur, was es war. Hatte es etwas mit Achilles zu tun?, fragte er sich und warf der Statue mit noch größerer Abneigung einen wütenden Blick zu. Nicht mit dem Mythos, sondern mit dem Mann, der sie dazu brachte, sein Ebenbild zu malen?

Der Mann, der ihre Erinnerungen quälte.

Hatte er sie betrogen? Oder hatte sie ihn anders verloren? An den Tod, an eine andere Frau, an irgendeine grausame Laune des Schicksals, die die Liebe ihr auferlegt hatte?

War er der Grund, weshalb sie keine Jungfrau mehr war?

Das Sonnenlicht brach sich in dem Glas, als es in Imogens Hand zersplitterte und sich kalte, klebrige Flüssigkeit über sie beide ergoss, bevor etwas dumpf gegen seine Brust schlug.

Cole fing es, bevor es in seinen Schoß fiel – ein Stein, halb so groß wie seine Handfläche. Jemand hatte ihn geworfen, aber auf sie oder ihn?

»Verdammt«, fluchte er. »Geht es Ihnen gut?«

Einen sprachlosen Moment lang betrachtete sie blinzelnd die scharfkantigen Überreste des Glases in ihrer Hand, dann sah sie auf ihr verschmutztes Kleid hinunter, auf dem jetzt Scherben glänzten. »Ich … ich denke schon.«

Cheever war von seinem Stuhl aufgesprungen und zeigte auf den Fußweg, der zum westlichen Tor führte. »Dort«, rief er. »Der Lump entkommt««

Ein Mann in einer grauen Melone und einer beige karierten Jacke floh an Kutschen und verwunderten Schaulustigen vorbei.

Cole war bereits auf seine Füße gesprungen und wünschte sich brennend, seine Beine wären so schnell wie sein Zorn. »Bringen Sie sie sicher nach Hause«, befahl er Cheever über die Schulter und nahm die Verfolgung auf. Nicht viele Männer hatten so lange Beine wie er, und er jagte dem Angreifer schnell hinterher. Mehrfach schob er nutzlose Gaffer zur Seite und verfluchte sie, weil sie nicht mithalfen. Was stimmte nicht mit der Oberschicht, dass sie keinen Finger rührte, um eine der ihren zu beschützen?

Er sprang über ein paar Hecken und sogar durch die Türen eines offenen Landauer, der ihm in die Quere kam.

Wenn er den Bastard wirklich fangen wollte, würde er sein Pferd brauchen, aber er konnte jetzt nicht stehen bleiben. Der Mistkerl, hol ihn der Teufel, musste ziemlich viel Kraft im Arm haben, um einen Stein aus solcher Entfernung werfen und treffen zu können. Bevor Cole ihn schnappen konnte, tauchte er in der Menschenmenge der Oxford Street unter.

Cole blieb am Tor stehen und sah sich in alle Richtungen um, aber die Oxford Street und Mayfair mit den vielen Gassen, Nebenstraßen, Droschken und Gebäuden, in denen man verschwinden konnte, waren wie dafür gemacht, einen Verfolger zu verwirren.

Er stieß ein paar schmutzige Flüche aus, und die Frauen in seiner Nähe bekamen hysterische Anfälle. Das Theater danach war ihm egal. Er lief gegen die Menschenmenge an, die den Park nach diesem Vorfall lieber verlassen wollte, kehrte zu der Bank zurück und fand sie verlassen. Auch die Malutensilien waren nicht mehr da, und Cole lobte Cheever dafür, seinen Befehl ausgeführt und seine Herrin in Sicherheit gebracht zu haben.

Imogen konnte jetzt nichts mehr passieren, ihr Kutscher, ein Diener und der Butler würden auf sie aufpassen.

Ein Hauch Violett stach ihn ins Auge, und Cole bückte sich nach einem zarten Seidenhandschuh, der unter der Bank lag. Er steckte ihn in seine linke Brusttasche und holte sein Pferd, das er in der Nähe der Rotten Row untergebracht hatte. Dann saß er auf und ritt zu dem Eingangstor, das sich auf der gegenüberliegenden Seite des Parks befand.

Damit hatte er den Beweis. Jemand hatte es auf Imogen abgesehen. Aber wer? Und warum? Leider konnte eine Frau mit ihrem Anliegen alle möglichen Feinde haben, von gewalttätigen Ehemännern bis hin zu skrupellosen Verbrechern – beiden entzog sie die Frauen, indem sie ihnen Unterschlupf gewährte.

Vielleicht hatte er sie genau davor warnen wollen – die gemeine, niederträchtige Gewalt aus dem Leben ihrer Schützlinge übertrug sich auf die Spielwiese der Oberschicht. Er drehte sich im Sattel um und warf einen letzten Blick auf Achilles. Der nackte Bronzeheld schien sich über ihn lustig zu machen. Ihre Geheimnisse zu beschützen.

Vielleicht … dachte Cole. Vielleicht hatte Lady Anstruther auch andere Feinde. Feinde, die ihr aus ihrem früheren Dasein in den Adel gefolgt waren. Wieder fiel ihm auf, wie wenig er oder andere über sie zu wissen schienen.

Er zügelte das Pferd und holte den Handschuh aus der Tasche über seinem Herzen. Wie klein er doch war, er konnte nur vier Finger in die Öffnung stecken, die für ihr Handgelenk bestimmt war. Einem unüberlegten Impuls folgend, hielt er sich den Handschuh unter die Nase, ließ die Seide über seine Lippen streichen. Er suchte nach ihrem Duft, Flieder und Lavendel, und füllte seine Lungen, als er ihn gefunden hatte.

Imogen. Sie hielt ihn in ihrem Bann. Ob sie nun eine Sphinx, eine Sirene oder eine Schlangenbeschwörerin war, es war wirklich an der Zeit, dass er mehr über seine betörende Nachbarin herausfand.

Nicht zuletzt zu ihrem eigenen Besten.

18

»Diesmal bringt er mich wirklich um.« Heathers verzweifelte Klage war kaum zu hören neben dem entsetzlichen Aufruhr vor der Tür des Anstrutherschen Hauses. »Ich konnte nich bei ihm bleiben. Ich konnte nich tun, was er von mir verlangt hat, nich mehr.«

Imogen zog die dralle Frau an ihre Brust und fragte sich, ob es die Tränen der Prostituierten waren, die ihr Mieder durchnässten, oder das Blut, das aus ihrer Nase tropfte. Nach dem Vorfall im Hyde Park war erst ein Tag vergangen, und ihre Nerven schienen sich noch nicht ausreichend für eine weitere gefährliche Situation erholt zu haben.

»Wie viele Männer sind draußen?«, fragte Cheever und stemmte sich gegen die Tür.

»Ich weiß es nich!«, schluchzte Heather. »Ich hab vielleicht drei oder vier gezählt, als ich losgerannt bin, aber O'Toole hat mehr zusammengetrommelt. Und dann is es dunkel geworden.«

Imogen drückte ihre frühere Widersacherin aus dem Nackten Kätzchen fester an sich und staunte über die merkwürdigen und beängstigenden Wege, die das Leben manchmal ging.

»Ich weiß, ich war gemein zu dir, Ginny, und ich hab nich verdient, dass du mich beschützt, aber bitte hilf mir. Ich kann sonst nirgends hin.« Die Frau hielt sich verzweifelt an ihr fest, und Imogen vergab ihr sofort.

»In diesem Haus werden Sie die Countess mit Mylady anreden, Madam«, ermahnte Cheever sie mit einem Schniefen.

»Tut mir leid, Mylady.« Heather nickte gehorsam, und die Tatsache, dass das alte, keltische Feuer, das in ihren Augen gefunkelt hatte, erloschen war, machte Imogen nicht wenig Sorgen.

»Das ist nicht nötig, Cheever, sicher kann –«

Es folgte wieder ein lautes Klopfen, dann ein Krachen, das die Tür erzittern ließ, als hätte sich jemand dagegengeworfen.

»Es tut mir leid, dass ich diesen ganzen Lärm vor deiner Haustür verursacht hab.« Heather schniefte und schien jetzt erst das Blut zu bemerken, das ihr aus der geschwollenen Nase über Mund und Kinn lief. Sie versuchte, es mit der in einem schmutzigen Handschuh steckenden Hand abzuwischen, verschmierte es aber nur noch mehr. »Aber als ich gehört hab, dass du Frauen wie mich aufnimmst, hab ich gedacht, du könntest mir verzeihen, was in der Vergangenheit zwischen uns war.«

Ein weiteres Rütteln ließ das solide, große Haus erzittern. »Gib heraus, was mir gehört!«, rief eine raue, irische Stimme auf der anderen Seite. »Das hinterlistige Flittchen muss die Folgen tragen, die einer diebischen Hure blühen!«

»Gehen Sie, Sir!«, rief Imogen zurück. »Sonst sehe ich mich gezwungen, die Polizei zu holen.«

Das grausame Lachen von mehreren Männern war die Reaktion auf ihre Drohung. »Sie werden an uns vorbei müssen, Schätzchen. Und ich glaube nicht, dass das gut für sie ausgeht.«

»Meilenweit kein Polyp zu sehen«, spottete ein anderer.

Imogen zuckte zusammen, als sie ihren Bluff so schnell durchschaut sah. Ausgerechnet heute musste so etwas passieren. In Southwark hatte es einen Aufstand unter den Hafenarbeitern gegeben, der sich über die Brücke bis nach Westminster auszubreiten drohte. Morley und Argent hatten Rathbone und O'Mara hier abgezogen. Es waren schon gewaltsame Tode und Brände gemeldet worden, und ganz Scotland Yard war vor

Ort, um das Chaos einzudämmen, bevor sich das Pflaster mit dem Blut von Hunderten Aufständiger rot färbte.

Sie hatten nicht nur Imogen ungeschützt zurückgelassen, sondern gleich die ganze Stadt. Wenn es je eine gute Gelegenheit gegeben hatte, ein Verbrechen zu verüben, dann heute.

»Er heißt Johnny O'Toole«, sagte Heather. »Er hat ganz Piccadilly terrorisiert, schlägt uns Mädchen, wenn wir ihm nich geben, was wir ihm nach seiner Meinung schulden. Er bringt uns brutale Männer und kassiert extra für die perversen Dinge, die die mit uns machen. Schutz nennt der Mistkerl das«, schimpfte sie. »Er hat rausgefunden, dass ich die Neue, Tess, in den Zug zurück nach Brighton gesetzt hab. Sie war zwölf. Sie wollte dieses Leben nich. Nich nach dem, was er ihr angetan hat.«

»Hat er dir deshalb die Nase gebrochen?«, fragte Imogen.

»Aye. Und er hatte noch Schlimmeres vor, hätt ich ihm nich eins mit dem Schuh übergezogen und wär abgehauen.« Sie hob die Röcke, um Imogen ihren schmutzigen Fuß mit den zerrissenen Strümpfen zu zeigen, und Cheever schnappte entsetzt nach Luft bei dem unangemessenen Blick auf ihren Knöchel.

Imogen übergab Heather Gwen – die Krankenschwester war es leid gewesen, für den verhassten Dr. Fowler im St. Margarets zu arbeiten, und unterstützte sie seit Kurzem. Es war nicht das erste Mal, dass eine Schwester gebraucht wurde, und da sie schon zwei weitere Gebäude gekauft hatte, hatte sie auch mehr Personal eingestellt.

»Bring sie nach oben in eines der hinteren Badezimmer«, sagte sie sanft. Dann nahm sie all ihren Mut zusammen und wandte sich zur Tür.

»Geh da nich raus!« Heather stürzte vor und stellte sich abwehrend vor die beiden massiven, großen Türen.

»Macht die Tür auf, oder wir treten sie ein!« Die Warnung

prallte gegen die Tür, bevor ein weiterer heftiger Schlag die Stärke des Rahmens herausforderte.

»Ich hole das Jagdgewehr«, drohte Cheever.

»Glaubst du, wir haben keine Knarren?«, gab O'Toole zurück. »Hoffentlich bist du ein guter Schütze, alter Mann.«

»Die haben noch mehr Waffen. Messer, Knüppel, ihre Fäuste. Hast du keine Diener?« Heather sah sich um. »Jemand, der uns helfen kann?«

Imogen blies die Backen auf. »Eigentlich … schon. Aber es ist Sonntag. Der größte Teil des Personals arbeitet heute nur den halben Tag, und da es ruhig war, habe ich allen frei gegeben.« Das war gewesen, bevor O'Mara und Rathbone abberufen worden waren. Jetzt bereute sie ihre Entscheidung zutiefst. »Die meisten sind am Nachmittag mit meiner Mutter und meiner Schwester in die Kirche gegangen. Und danach zu Freunden oder ihrer Familie.«

Perfektes Timing, schalt sie sich selbst, wie immer.

Mist. Was soll ich jetzt tun. Wie konnte sie für die Sicherheit aller sorgen?

Sie zog Heather von der Tür weg, gerade als ein Schuss ertönte, gefolgt von einem zweiten, der das Holz durchschlug und sie wie durch ein Wunder verfehlte.

»Alle nach oben«, rief sie laut, um die Schreie zu übertönen, und schob Heather wieder Gwen zu. »Sofort.«

Das Fenster neben dem Eingang zerbrach, Glas zersplitterte wie Funken im Licht der Gaslampen. Imogen schrie und hielt sich die Hände über den Kopf, als Scherben auf sie herabregneten.

Als die Frauen die große Treppe hinaufliefen, floh Imogen nach links zum Sonnenzimmer, dessen Türen in den Garten führten. Sie würde es vielleicht nicht bis zur Polizei schaffen, aber sie wusste inzwischen, dass zufällig einer der gefährlichsten Männer Englands ihr Nachbar war. Ihr war klar, dass sie ihm damit Argumente gegen ihr Vorhaben lieferte, aber sie hatte keine andere Wahl, als ihn um Schutz zu bitten.

»Cheever, gehen Sie mit nach oben!«, rief sie, als der alte Mann keuchend neben ihr herlief und mit seinen modischen Schuhen fast auf dem Marmorboden ausgerutscht wäre.

»Wenn Sie glauben, ich lasse Sie allein mit diesen Banditen, Mylady, dann sind Sie verrückt.

Es gab kein Wort, das ihre Erleichterung beschreiben konnte.

Bis sie die Schreie hörte.

Es wurde wieder geschossen, und Imogen presste sich an die Wand des Flurs, um wenigstens das bisschen Deckung zu nutzen. In starrem Entsetzen lauschte sie auf die erschütternden Geräusche, die durch das zerbrochene Fenster ins Haus drangen.

Aber es kletterte niemand hindurch, obwohl das sicher ihre Absicht gewesen war.

Vorsichtig schlich sie wieder näher zur Tür, Glas knirschte unter ihren Stiefeln.

Der Schrei eines Mannes brach abrupt ab, und gleich darauf flog ein Körper am Fenster vorbei. Imogen konnte sich irren, aber es hatte ausgesehen, als würde sein Hals leblos zwischen den Schultern hängen. Als würde das Rückgrat ihn nicht länger halten.

Ein weiterer Schuss erklang, und sie duckte sich und bedeckte ganz instinktiv den Kopf mit ihren Händen. Es folgte das unverwechselbare Geräusch einer Stichwaffe, die in Körper eindrang. Wieder und wieder.

Es war noch jemand anders dort draußen.

Imogen wusste, wer es war, bevor er ihren Namen rief und die Tür mit zwei mächtigen Tritten aufbrach.

Cole wurde still, als seine wild blickenden Augen auf sie fielen, sie von Kopf bis Fuß musterten, als würde er nach einer Wunde suchen. Der Türrahmen umgab ihn wie ein Portal zum Fegefeuer, und er stand dort wie ein rächender Erzengel, dessen biblischer Zorn gleich entfesselt werden würde.

Seine mächtige, gewölbte Brust hob und senkte sich unter dem weißen, blutdurchtränkten Hemd. Die Klinge seiner Prothese war über die reglosen Metallfinger hinaus ausgefahren, und Blut tropfte daran herunter und bildete eine dicke rote Pfütze auf dem Marmorboden.

Mit der Pistole deutete er auf die Eingangshalle. »Ist einer von denen hereingekommen?« Er knurrte die Frage, als er an ihr vorbeitrat und prüfend in jeden Winkel, jede dunkle Ecke sah. »Haben sie Sie angerührt? Sind Sie verletzt?«

»Nein«, hauchte Imogen und stakste hölzern zur Tür. Der breite Treppenabsatz draußen sah aus wie ein Schlachtfeld, das Blut von vier Toten rann wie dicker Sirup die Stufen hinab. Zwei lagen dort mit aufgeschlitzter Kehle. Ein dritter blutete aus so vielen Stichwunden, dass man sie nicht zählen konnte. Der vierte hing über dem Geländer. Auf seiner Stirn war ein sauberes, rundes Loch zu sehen.

Sie brachte es nicht über sich, einen gründlicheren Blick auf die fünfte Leiche in der Hecke zu werfen.

Ihre Arme zitterten, und langsam schloss sie die Türen vor dem entsetzlichen Anblick und sammelte ihre Kräfte, um den gefährlichen Mann hinter ihr anzusehen.

Ihre Blicke trafen sich, in seinen Augen loderte ein bernsteinfarbenes Feuer, in ihren zog zweifellos ein Gewitter herauf. Sie wusste, was er dachte, und hatte nichts zu ihrer Verteidigung zu sagen. Seine Kiefer pressten sich zusammen und lösten sich wieder, und seine Lippen wurden schmal und bekamen einen weißen Rand.

Sie standen sich gegenüber wie Duellanten, und Imogen wünschte sich nur, er möge nicht so verdammt überwältigend aussehen. Vor dem zarten Luxus ihres Hauses verhärteten sich seine aristokratischen Züge zu etwas Wildem. Bekamen etwas nicht ganz Menschliches.

Er war mit dem Blut ihrer Feinde besudelt. Er hatte getötet, um sie zu beschützen. Fünf Männer.

Das änderte … alles.

Sie wusste nicht, was sie tun sollte. Nach wem sie schicken sollte. Es war alles so entsetzlich.

Ein weiches, gleichmäßiges Tropfen durchdrang die aufgeladene Stille, und Imogen sah die Blutpfütze, die sich unter Cole sammelte. Auf dem Ärmel seines gesunden Arms war ein roter Fleck, der immer größer wurde.

»Sie sind verletzt«, sagte sie erschrocken und ging zu ihm. Hier konnte sie helfen. Das konnte sie richten. Sie wusste vielleicht nicht, was man mit den Leichen machen sollte, aber sie konnte eine Wunde versorgen.

»Cheever, ich bringe ihn ins Badezimmer.«

Cheever nickte, sehr viel blasser als sonst. Er schien vor ihren Augen seine letzten Reserven an Entschlusskraft zu mobilisieren und zog seine Weste zurecht, als würde er eine Entscheidung treffen. »Ich werde mich um die … Unordnung vor der Tür kümmern, Mylady, und Sie sich um den Duke.«

»Danke, Cheever.« Sie seufzte. »Ich kann Ihnen nicht genug danken.«

Er nickte knapp. »Ich werde Welton aufsuchen, Mr. Argents Butler. Ich weiß aus sicherer Quelle, dass ihm derartige … Schwierigkeiten nicht fremd sind.« Er wirkte etwas verstört, als er einen Bogen um die Vordertür machte und zum Westeingang ging.

Imogen eilte an Trenwyth vorbei, ohne ihn anzusehen. Fast

fürchtete sie, er würde sie packen und ihr irgendetwas antun, nachdem er sie gerettet hatte. Sie war fast schon an der Hintertreppe, als ihr auffiel, dass er keinen Muskel gerührt hatte.

»Folgen Sie mir«, sagte sie.

Eine Minute lang schien es, als würde er es nicht tun. Dann waren erst das metallische Klicken der Pistole zu hören, die gesichert wurde, und schließlich die schweren Schritte seiner Stiefel.

Sie wandte sich ab, zwang ihr rasendes Herz, langsamer zu schlagen, als sie ihn an dem blauen Salon vorbeiführte, wo sie Jeremy empfangen hatte, vorbei am Arbeitszimmer, an der Bibliothek und –

Die Tür stand einen Spalt offen, und sie zog sie zu und schloss sie hastig ab. Nur sie hatte den Schlüssel zu diesem Raum, und heute Morgen hatte sie ihn in ihrer Geistesabwesenheit anscheinend offen gelassen.

Schuldbewusst warf sie Cole einen Blick zu, aber er schien vor allem damit beschäftigt zu sein, kein Blut auf den Teppich tropfen zu lassen. »Hier entlang.« Sie deutete die Treppe hinunter. »Gwen kümmert sich um eine verwundete Frau im Bad oben. In einer Kammer neben der Küche habe ich einen kleinen Vorrat an Verbandszeug.«

Besser, er sah Heather nicht, er kannte sie vielleicht noch aus dem Nackten Kätzchen.

Die Stille war wie eine Last, als er ihr nach unten folgte, und das Bewusstsein seiner Gegenwart kribbelte ihr im Nacken und den ganzen Rücken hinunter. Sie gingen an der Küche vorbei, an der Pantry, dem Büro der Haushälterin, der Waschküche und der Speisekammer, bis sie zu einer kleinen Kammer mit zwei Waschbecken kamen. Sie war dunkel, es gab nur ein schmutziges Fenster, also zündete Imogen den Docht einer Öllampe an und drehte ihn hoch.

Cole war im Türrahmen stehen geblieben, während sie damit beschäftigt war. Sie hatte plötzlich das Gefühl, als nehme er ihr alle Luft weg, fülle den ganzen Raum mit seiner Gegenwart aus, bis nichts mehr für sie übrig war.

Sie holte Benzoesäure-Tinktur, Nadel und Faden, Verbände und eine Schüssel warmes Wasser und war sich ihrer untypischen Unbeholfenheit und ihrer zitternden Hände schmerzlich bewusst. Sie atmete ein paar Mal tief ein und zwang sich, die Hände ruhig zu halten. Wenn sie weiter so zitterte, würde sie keine Wunde nähen können.

Sie zog eine einfache Bank heran und deutete darauf. »Brauchen Sie Hilfe dabei, Ihr Hemd auszuziehen?«, fragte sie schroff.

Er schüttelte den Kopf und knöpfte das Hemd geschickt mit einer Hand auf.

Imogen musste sich abwenden, als er seine muskulöse Brust entblößte, und beschäftigte sich mit den Vorbereitungen. Er war so stark, das Ergebnis brutaler Ahnen, einer Kindheit und Jugend ohne Hunger und der Ausbildung zum Soldaten und Landesspion.

Es war so schwer, ihn jetzt anzusehen, in seiner männlichen Schönheit noch gesteigert durch die Anmut des Raubtiers, das sie in ihm sah.

Er hatte für sie getötet.

Warum fühlten sich ihre Brüste deshalb so angespannt und schwer an? Warum erblühte diese heiße Erregung neben dem Grauen und der Abneigung?

Sie spürte eher, als sie es hörte, dass er näher kam, und blieb stocksteif stehen, bis das Quietschen der Bank ihr sagte, dass er sich hingesetzt hatte.

Die Nacht senkte sich, als sie sich zu ihm umdrehte. Der Wind rüttelte an der Stadt, und die Mauern des stattlichen

Hauses knarrten und ächzten. In der Ferne schlug eine Uhr, markierte die langen Augenblicke, in denen sie einfach dastand und nicht wagte, ihn zu berühren. Plötzlich war sie unsicher.

Sie hatte nicht vergessen, dass sein kräftiger, breiter Rücken im schwachen Lampenlicht wie polierte Bronze aussah. Sie hatte nur die Wirkung unterschätzt, die der Anblick auf sie haben würde. Die Muskeln wölbten sich, als er sich bewegte. Mit kerzengradem Rücken wartete er auf ihre Behandlung.

Und er drehte nicht vielen den Rücken zu. Dieser Vertrauensbeweis genügte, um den Bann zu brechen.

»Ich muss die Wunde säubern«, warnte sie ihn und hielt das Tuch bereit, das sie auf seine verletzte Haut drücken wollte. »Es könnte etwas wehtun.«

»Das tut es immer«, polterte er knapp.

Natürlich. Er hatte mehr genähte und verheilte Wunden als ein ganzes Bataillon abenteuerlustiger Kinder.

Er zuckte nicht einmal zusammen, als sie das Tuch auf den offenen Schnitt presste. Erst als sie seine Schulter mit der anderen Hand packte, um durch den Gegendruck besser arbeiten zu können, zuckte der Muskel unter ihren Fingern und spannte sich an.

In dem beunruhigend stillen Raum verwoben sich ihre beschleunigten Atemzüge zu einer sonderbaren Symphonie. Zorn strahlte in fühlbaren Wellen von ihm aus, und Imogen wusste, sie war der Grund dafür.

»Ich weiß, Sie haben mich die ganze Zeit vor dem gewarnt, was gerade passiert ist«, lenkte sie ein. »Aber sagen Sie es nicht«, bat sie ihn. »Bitte, noch nicht.«

Er schwieg, saß unnatürlich still da, als sie sich sanft und mit Erfolg bemühte, die Blutung zu stoppen, damit sie die Wunde nähen konnte. Der Duke of Trenwyth würde seinen

Willen bekommen, dachte sie mit einem resignierten Seufzen. Sie musste ihre verzweifelten Hausgäste wegschicken. Es war nicht länger sicher für die, die hier Zuflucht suchten. So schnell wie möglich würde sie sie in eines der anderen Häuser bringen lassen, die sie erworben hatte, unabhängig davon, wie voll sie waren. Gwen und Heather, eine Schar Hausmädchen und ein paar Mütter, die sie mit ihren Kindern im Ostflügel untergebracht hatte, würden umziehen müssen. Es würde Unruhe geben, aber es musste etwas geschehen, damit vor ihrer Tür nicht erneut Blut vergossen würde.

Die Stille dehnte sich aus, bis sie das Gefühl hatte, ihre Nerven würden zerreißen. Sie gab ihm ein trockenes Tuch, mit dem er das Blut von seiner Klinge wischen konnte.

Endlich fragte er: »Erschreckt Sie nicht, was ich getan habe?«

Das sollte es eigentlich, und sie wusste es auch. Aber …

»Diese Männer waren böse. Sie hatten keine Skrupel, Kinder zu prostituieren und eine Frau halb tot zu schlagen. Sie haben verdient, was Sie mit ihnen gemacht haben, und sie hätten noch viel mehr verdient.«

Seine Schulter zuckte, als ein amüsierter Laut aus seiner Kehle drang. »Und ich dachte, Sie wären nichts als ein weiches Herz mit einer scharfen Zuge. Mir war nicht klar, wie wild entschlossen Sie sind, Mylady.«

»Es gibt einiges, was Sie nicht über mich wissen«, forderte sie ihn sanft heraus. »Selbst der Mond hat eine ganze Seite, die wir niemals zu Gesicht bekommen.«

»Die dunkle Seite.« Seine Worte klangen ruhig und weich wie Samt.

»Genau.«

»Ich hätte nicht gedacht, dass Sie mit der Dunkelheit vertraut sind.« Auch wenn sie ihn nicht sah, hörte sie das freudlose Lächeln in seiner Stimme. »Aber anscheinend habe ich mich geirrt.«

»Ich kenne die Dunkelheit nur allzu gut«, gestand sie, als sie das Blut abtupfte, das schon langsamer floss. »Ich weiß, es gibt einen Ort, einen einsamen Ort tief in uns. Man geht allein dorthin mit seinen Gedanken, Ängsten und Erinnerungen, die man mit niemandem teilen kann. Und man geht selten hin, denn es ist schwer von dort zurückzukehren …«

Er bewegte sich, seine Hand ballte sich zur Faust. Nicht so sehr, dachte sie, aufgrund der Schmerzen in seiner Schulter, sondern aufgrund ihrer Worte. »Ich habe an diesem Ort gewohnt, wenn sie mich …« Er verstummte, und die Sehnen in seinem Unterkiefer spannten sich an. »Manchmal fürchte ich, ihm nie entkommen zu sein. Dass diese Wirklichkeit nur eine Phantasie ist und ich irgendwann aufwache und noch im Gefängnis bin.«

Sie schluckte den Kloß im Hals hinunter und stellte fest, dass die Blutung ausreichend gestillt war, und sie nähen konnte. Sie wandte sich von ihm ab, fädelte schweigend die Nadel ein und drehte sich wieder zu ihm um. Er bewegte sich nicht, als sie durch die Haut stach, den Faden hindurchzog und die Wundränder zusammenzog. Sie würde mindestens sieben Stiche brauchen, vielleicht mehr. Während sie arbeitete, betrachtete Imogen sein Profil. Den angespannten Unterkiefer, die Adern, die an seinen Schläfen zuckten. Das Haar in seinem Nacken war feucht, aber sie konnte nicht sagen, ob von einem kürzlichen Bad, der Anstrengung oder dem Schmerz.

»Was ist in Konstantinopel mit Ihnen passiert?« Sie flüsterte die Frage, die sie seit fast drei Jahren verfolgte. Sobald sie ausgesprochen war, hätte sie sie gern wieder zurückgenommen. Durch das Nähen bereitete sie ihm schon körperliche Schmerzen. Musste sie auch noch seine seelischen Wunden aufreißen?

Aber etwas sagte ihr, dass sie es wissen musste. Dass er darüber reden musste. Was auch immer für Qualen ihren sanften Liebhaber zu diesem harten, mitleidlosen Mann gemacht hatten, es lohnte sich, sie zu enthüllen.

Seine Stimme klang täuschend leicht, als er antwortete. »Sie würden nie wieder ruhig schlafen, wenn ich es Ihnen erzählte.«

»Ich schlafe jetzt schon nicht ruhig«, gestand sie.

Er stieß spöttisch den Atem aus, aber da sie sein Gesicht nicht sah, wusste sie nicht, ob er amüsiert oder verbittert war.

»Dann sind Sie nachts wach?«

»Das kann man wohl sagen.« Imogen zögerte und beschloss dann, dass es ihm helfen könnte, wenn sie auch etwas über sich preisgab. »Die Sonne geht unter, und mein Geist scheint zum Leben zu erwachen. Manchmal bin ich inspiriert und kann bis zum Morgengrauen malen. Aber manchmal denke ich mir Situationen und Sorgen aus, die einfach nur töricht sind. Und in letzter Zeit grüble ich viel und plündere dabei die Speisekammer oder die Hausbar. Die Brontës wären stolz auf mich.« Sie hielt inne. »Auf das Grübeln und Trinken, nicht auf das Essen.«

»Worüber grübelt eine Frau wie Sie?«, fragte er mit einigem Interesse.

»Oh, über vieles. Die Gesundheit meiner Mutter, die Zukunft meiner Schwester und die Frauen, die ich versuche zu schützen. Der Mord in meinem Garten …« *Meine Geheimnisse*, dachte sie bei sich.

»Nicht über die Vergangenheit?«, stellte er tonlos fest. »Nicht über einen Mann?«

Nur über Sie, wollte sie sagen.

»Manchmal sehe ich spät nachts noch Licht in Trenwyth Hall«, wich sie aus. Sie wollte nicht über die Vergangenheit sprechen, aus Furcht, etwas zu gestehen, zu dem sie noch nicht bereit war. »Und dann weiß ich, dass wir beide wach sind, und ich trinke meinen Gin und frage mich, ob Sie auch etwas trinken.«

»Gin?« Das war das erste Wort, das er mit einer Betonung sagte, und die Betonung verriet Widerwillen. »Sie können sich den besten Sherry, Portwein und Brandy leisten, den man mit Geld kaufen kann, und Sie trinken Gin?« Er drehte den Kopf und durchbohrte sie mit einem zweifelnden Blick.

Sie zuckte mit den Achseln und achtete darauf, nicht an dem Faden zu reißen. »Ich weiß, in unseren Kreisen hält man es nicht für angebracht, aber ehrlich gesagt schmeckt er mir.«

»Ich kann mir nicht vorstellen, warum«, murmelte er und blickte wieder nach vorn.

»Das klingt vielleicht albern, aber ich glaube, es ist der Wacholder. Kennen Sie an den herrlichen Duft eines frisch geschlagenen Weihnachtsbaums? Wacholder erinnert mich ein wenig daran, und deshalb schmeckt Gin für mich nach Weihnachten.«

»Ich trinke vor allem Scotch«, sagte er nach einer Weile. »Am liebsten Ravencrofts, aber ich hatte einmal einen Kammerdiener, der mir auch feinen, irischen Whiskey schmackhaft gemacht hat.

»O'Mara?«

»Ja.«

»Ein kecker Bursche.«

»Und ob«, sagte er voller Mitgefühl. »Halten Sie ihn auf alle Fälle von Ihren Hausmädchen fern.«

»Ich habe genug damit zu tun, ihn von meiner Schwester fernzuhalten.«

»Möge Gott Ihnen helfen.« Die Ironie in seiner Stimme war mit Humor durchwirkt, und Imogens Laune hob sich ein wenig.

»Nun«, wagte sie sich weiter vor, als die Anspannung ein wenig verflogen war, »da wir festgestellt haben, dass wir beide nachts wach sind – wenn Sie je beim Grübeln oder Trinken Gesellschaft wünschen, kann ich mich in beiderlei Hinsicht gerne anbieten. Wenn ich mich nicht irre, können Sie von Ihrem Arbeitszimmer aus das Licht in meiner Küche sehen.«

Die Unschicklichkeit ihrer übereilten Einladung erfüllte sie mit fast ebenso viel Sorge wie die Gefahr, die seine Nähe für ihre Geheimnisse bedeutete.

»Sie würden meine Gesellschaft kaum begrüßen, wenn ich in diesem Zustand bin.« Die Schatten hatten ihn sich zurückgeholt, und Imogen litt darunter.

»Sind Sie in Ihren Albträumen wieder in diesem Gefängnis?«, fragte sie und fühlte sich gleichzeitig sorgenvoll und verwegen. »Können Sie deshalb nicht schlafen?«

»Ja«, sagte er düster.

»Sie können es mir erzählen, Cole«, flüsterte sie und fürchtete im selben Moment, er würde es ihr abschlagen.

»Es gibt keine Worte, um meine Zeit dort zu schildern«, sagte er nach kurzem Nachdenken. »Newgate ist ein Palast dagegen. Das Wort ›Schmutz‹ ist zu sauber. ›Verzweiflung‹ zu glücklich. ›Grausamkeit‹ zu gütig. Stellen Sie sich endlose Tage in einem Raum, heiß wie ein Ofen, vor, in dem Sie so schreckliche Dinge mitansehen müssen, dass Sie die Augen schließen und hoffen, in einen Albtraum fliehen zu können … das könnte die Zeit dort ansatzweise beschreiben.«

Imogen wusste nicht, was sie sagen sollte. Sie traute ihrer Stimme nicht wegen der vielen Gefühle, die sich in ihrer Kehle sammelten. Also blieb sie stumm und machte den nächsten Stich. Ihr Schweigen schien ihn zu ermutigen, und er fuhr mit flacher, tonloser Stimme fort, als käme seine Stimme aus weiter Ferne oder als diktiere er einen Brief.

»Ich dachte, ich hätte schon vorher Leid gekannt. Ich dachte, ich hätte schon vorher Schmerz gekannt. Schließlich war ich Soldat und Spion gewesen. Ich hatte meine Familie verloren. Aber ich habe irgendwann begriffen, dass ich vor diesem Jahr keine Ahnung hatte, wie viele Möglichkeiten es gibt, einen Mann zu brechen. Meine Gefängniswärter wollten, dass ich auch noch um das kleinste Bisschen Würde bettelte, aber ich habe mich geweigert, und mir wurde selbst das verweigert.«

Warum?, fragte sie sich und ihr war nicht klar, dass sie das Wort laut ausgesprochen hatte, bis er ihr hart und schneidend antwortete.

»Ich bin der Duke of Trenwyth. Ich bettele nicht. Ich beuge mein Knie vor niemandem außer der Queen.«

»Das haben Sie ihnen gesagt?«, staunte sie.

»Natürlich habe ich das.«

»Und sie haben Sie nicht getötet?«

Er zuckte unbekümmert mit den Schultern, dann fiel ihm ein, was sie gerade tat, und er hielt wieder still. »Ich bin davon überzeugt, dass mein Rang mir das Leben gerettet hat. Sie wollten Ihre Majestät und Premierminister Disraeli zu einem geheimen Handel erpressen, und ich glaube, sie hatten Erfolg.«

Imogen hatte sich vor ihrer Bekanntschaft und anschließenden Ehe mit Lord Anstruther nicht sehr für Politik interessiert. Aber da er es so liebte, wenn sie ihm aus der Zeitung vorlas, war sie gut informiert. England war kein großer Freund der Osmanen gewesen, auch wenn sie im Krimkrieg als ihre Verbündeten gegen die Russen gekämpft hatten. Dieses Bündnis nutzte sich jedoch ab, und beide Reiche hatten dem jeweils anderen die Treue gebrochen. Der Aprilaufstand hatte das Fass zum Überlaufen gebracht, und die Krone und das Parlament waren gezwungen gewesen, den Osmanen von nun an jede militärische und finanzielle Unterstützung zu verweigern. Die britische Marine hatte müßig dabei zugesehen, wie die Russen sich verlustreich am Osmanischen Reich gerächt hatten. Anscheinend war der Duke of Trenwyth genau der Hebel gewesen, den die Osmanen gebraucht hatten, um Disraeli zum Handeln zwingen. Das und die Insel Zypern, die das Osmanische Reich 1878 durch die Zypern-Konvention heimlich an England verpachtet hatte.

»Es muss Sie sehr wütend gemacht haben«, mutmaßte sie.

Erneut gab er einen vollkommen freudlosen Laut von sich. »Sie können sich meinen Zorn überhaupt nicht vorstellen.« Er ballte eine Faust, dass die Armmuskeln bebten und die Schulter sich wölbte, die sie gerade nähte. »Er ist mein einziger Begleiter in diesen Tagen.«

Imogen verknotete den Faden und machte den letzten Stich. »Ist Ihnen Ihre Einsamkeit deshalb so wichtig?«, fragte sie. »Weil Sie sie mit Ihrem Zorn teilen?«

Sein Kopf machte eine Bewegung, die ein Nicken bedeuten konnte. »Männer wie ich müssen die schlimmsten Eigenschaften von Mensch und Natur in sich verschließen. All die Gelüste, die Gier, die Wut und den Schmerz. Wenn ich sie offenbarte, wenn ich ihnen nachgäbe, wäre ich schwach. Ich würde zu dem Tier werden, das sie aus mir zu machen versucht haben. Nach einem Tag, den ich mit diesem Kampf verbringe, habe ich keine Kraft mehr, mich anderen Dingen zu widmen.«

Imogen tat das Herz weh, und sie wehrte sich gegen den Drang, sich an ihn zu lehnen, ihn zu trösten und die Stirn an die seine zu legen. Stattdessen beendete sie ihre Arbeit mit einem Knoten nach dem letzten Stich, nahm ein Tuch aus der Schüssel mit dem warmen Wasser und wusch ihm das Blut von Arm und Rücken ab.

»Vielleicht könnten Sie in Erwägung ziehen, dass Ihr

Schmerz gar keine Schwäche ist«, sagte sie. Mit dem Tuch fuhr sie über die Wölbung seines Bizeps und die merkwürdigen Vertiefungen, die durch so viele miteinander arbeitende Muskeln entstanden. »In Ihrem Kampf liegt eine wirklich einzigartige Kraft.« Sie tauchte das Tuch in die Schüssel, wrang es aus, und das Wasser färbte sich rosa. »Manchmal tragen die breitesten Schultern die schwerste Last«, murmelte sie und fuhr ihm mit dem Tuch über den Nacken. Sein enormer Körper bebte als Reaktion, und eine andere Spannung schien die Muskeln dort zu erfassen. »Sie sind kein Tier, Cole, Sie sind ein Held.«

Sein Rücken dehnte sich aus, als er die Lungen mit einem dem Anschein nach qualvollen Atemzug füllte. »Sie. Wissen. Es. Nicht. Sie können es sich nicht vorstellen.«

»Ich weiß es tatsächlich nicht«, stimmte sie ihm zu. »Ich will nicht behaupten, Ihr Leid zu verstehen. Das kann ich schlichtweg nicht.« Sie versuchte, einen Gedanken festzuhalten, und es gelang ihr. »Aber vielleicht können das andere. Verwundete Soldaten wie Sie. Männer, die sich gebrochen fühlen, denen der Feind Teile ihrer Seele und ihres Körpers genommen hat.«

»Es war nicht der Feind, der mir meine Hand genommen hat.«

»Was?« Sie musste sich verhört haben. Vielleicht rauschte das Blut zu laut in ihren Ohren, um ihn richtig verstanden zu haben.

»Es war nicht der Feind«, wiederholte er mit zusammengebissenen Zähnen.

Bestürzt ließ sie das Tuch auf seiner Schulter liegen. »Aber … wer …?

»Ich selbst.«

Imogen konnte sich nicht erinnern, jemals in ihrem Leben so bestürzt gewesen zu sein.

»Sie … aber … warum?« Sie wünschte, sie könnte sein Gesicht sehen, in seinem Blick lesen, aber ihr Körper weigerte sich, irgendwelche Befehle auszuführen.

»Nachts haben sie uns an die Wand gekettet, um keine Wachen aufstellen zu müssen. Diese Handschellen waren nicht die üblichen Eisen mit Schloss, sondern eine asiatische Stahlkonstruktion, die mir damals wie Zauberei vorkam. Als Ravencroft in das Gefängnis einbrach, um mich zu befreien, haben wir beide versucht, die Handschellen zu öffnen, aber jemand sah uns und schlug Alarm.« Er hob den linken Arm, hielt sich den kalten Stahl vor das Gesicht, als würde er eine Erinnerung betrachten. »Es war unsere einzige Chance. Fliehen oder beide in diesem Gefängnis sterben … oder Schlimmeres. Wir haben den Arm abgebunden, Ravencroft gab mir seinen Dolch und half mir, das Handgelenk zu durchtrennen.«

»Oh mein Gott«, keuchte sie.

Sein Kopf fuhr zur Seite. »Kein Mitleid, habe ich gesagt«, fauchte er über die Schulter.

Imogen zog die Hand weg, als wäre er ein knurrender Hund. »Man kann so etwas nicht kontrollieren«, warf sie ihm mit zitternder Stimme vor. »Wie kann ich kein Mitgefühl für jemanden empfinden, der solches Leid durchlebt hat?« Sie bückte sich nach dem weißen Tuch, das nun für immer mit seinem Blut befleckt war, und drohte ihm damit wie ein schimpfendes Kindermädchen. »Mitgefühl ist keine Schande. Jeder verdient es.«

Er erhob sich zu seiner ganzen beängstigenden Größe und machte einen Schritt auf die Tür zu, ohne auch nur um Erlaubnis zu fragen. »Nicht jemand wie ich.«

»Vor allem Sie«, widersprach sie.

Er wirbelte herum, ein zorniger Wolf. Ein Tier, zu wild, um in einen Käfig gesteckt zu werden. Herr im Himmel, wer konnte Wände bauen, die dick genug waren, um diesen Mann aufzuhalten?

Niemand konnte das. Er war schließlich geflohen.

»Wissen Sie, wie viele Menschen ich getötet habe?«, stieß er hervor. »Wie viele durch mich gelitten haben?«

Imogen schüttelte den Kopf und legte die Hand auf ihr rasendes Herz. Er streckte ihr die beiden ungleichen Hände hin. »Wenn genügend Blut an deinen Händen klebt, wird es ein Teil von dir. Gräbt sich an Adern und Fleisch, an Knochen und Mark vorbei und hört nicht auf, bis es deine Seele befleckt.«

»Das glaube ich nicht«, sagte Imogen stur. »Nicht von Ihnen!«

»Was wissen Sie schon? Haben Sie je einen Mann getötet?«

Sie zögerte. Unfähig eine ehrliche Antwort zu geben. Denn sie wusste es nicht genau. Vielleicht. Es war immer noch möglich, dass man sie dafür zur Rechenschaft ziehen würde.

»Das habe ich mir gedacht.« Mit schmalen Augen, die Lippen zu einem höhnischen Grinsen verzogen, sah er sie verächtlich an. »Lassen Sie mich mit Ihrem Mitgefühl in Ruhe. Ihre Gnade kann mir nicht mehr helfen.«

Er drehte sich um, um zu gehen.

»Nein.« Etwas in ihrer Stimme ließ ihn innehalten. Vielleicht war es der Trotz, vielleicht war es die Ehrerbietung. Sie würde es nie erfahren, und es war auch nicht wichtig. Sie nahm die Schultern zurück, hob das Kinn und machte einen Schritt auf ihn zu. »Diesen Männern, die Sie vor meiner Tür getötet haben, konnte keine Gnade mehr helfen. Aber Ihnen schon.«

Ein goldenes Feuer verlieh seinen Augen eine unnatürliche Farbe. »Wie können Sie es wagen zu –«

»Ich kann tun oder sagen, was ich will. Das ist mein Haus und meine Naht auf Ihrem Arm, also hören Sie mir jetzt zu.«

Ihre Logik war nicht ganz stichhaltig, aber wirkungsvoll, denn er klappte hörbar den Mund zu. Seine Nasenlöcher blähten sich warnend, als er die langen, eindrucksvollen Arme vor der ebenso beeindruckenden Brust verschränkte.

Imogen musste zugeben, dass seine Statur und seine Haltung sie doch etwas einschüchterten, aber ... wer nicht wagt ...

Sie räusperte sich und fuhr fort. »Sie können das Schicksal Ihrer Seele nicht kennen. Sie haben das nicht zu entscheiden. Ich weiß nur, dass auch die schwärzesten Seelen Gnade finden. Sie können nicht so entschlossen gekämpft haben, Sie können nicht – diese Sache getan haben, um zu überleben, wenn Sie das nicht irgendwo in Ihrem Herzen wüssten.« Ermutigt durch sein Schweigen trat sie noch näher auf ihn zu und wurde etwas sanfter. »Das Leben – mit all seinen Gefahren und Strapazen – gehört immer noch den Lebenden. Es ist unsere Pflicht, es zu leben. Sie sollten es nicht wegwerfen, indem sie sich dieser düsteren Verzweiflung hingeben.«

»Und Sie sollten es nicht durch Leichtsinn und Selbstüberschätzung riskieren«, stieß er hervor und blickte sie von oben herab an.

Imogen zuckte zusammen. Sie wollte sich nicht einschüchtern lassen, aber nach den Ereignissen des Tages war sie unsicher geworden, sie schaffte es gerade eben, das Kinn wieder zu heben. »Was auch immer Sie tun oder sagen, ich kann niemanden fortschicken, der meine Hilfe benötigt. Es liegt einfach nicht in meiner Natur. Nennen Sie mich eine Närrin, wenn Sie wollen, aber ich bin, was ich bin. Und ich wäre vielleicht sogar fähig mich zu ändern, aber ich will es nicht. Ich weiß, es gibt mehr Leid, als ich jemals aufhalten kann, aber es ist meine Lebensaufgabe zu retten, wen ich kann.«

Er starrte sie mit glühenden Augen einen Moment zu lange an. »Solange Sie mich nicht retten wollen«, sagte er dann.

Jetzt verschränkte auch sie die Arme vor der Brust. »Das werde ich immer noch selbst entscheiden«, sagte sie herausfordernd.

Die Luft zwischen ihnen verdichtete sich, bis sie vor Gewalt und Spannung zu sirren schien. Sein breiter Körper blockierte den einzigen Ausgang, und Imogen kam der Gedanke, dass sie vielleicht übereilt gesprochen hatte, als er einen Schritt auf sie zu machte und der Abstand zwischen ihnen noch mehr verringert wurde.

»Sie sollten mich bitten zu gehen«, knurrte er tief in seiner Brust. »Werfen Sie mich hinaus, Frau. Ich bin kein guter Mann. Und ich bin versucht, es Ihnen zu beweisen, indem ich etwas Schreckliches tue.«

Sie hätte gern behauptet, sie sei nicht von der Stelle gewichen, aber plötzlich fand sie sich vor einem der Waschbecken wieder, ohne sich erinnern zu können, wie sie dahin gekommen war. »Ein guter Mann zu sein heißt nicht, immer das Richtige zu tun.« Ihre Stimme war plötzlich nur noch ein Hauch, sie erkannte sie kaum wieder. »Unsere Natur besteht aus zwei Hälften, nicht wahr? Hell und dunkel, gut und böse, Engel und Teufel.«

Er trat die Bank zur Seite und kam näher. Schieres wildes Verlangen stand in seinen Zügen. »Und was sind Sie?«

»Ich bin kein Engel, Cole, das kann ich Ihnen versichern.«

»Dann sind wir beide verdammt.« Mit einer einzigen geschmeidigen Bewegung war er bei ihr, seine Lippen lagen auf ihren, dann spürte sie seinen Körper.

Er bedrängte sie, überwältigte sie, nahm sich jeden Quadratzentimeter von ihr und füllte ihn aus. Sein Oberkörper presste sich an ihre Brüste, sein Knie drängte sich zwischen ihre Schenkel. Wo er die Hüfte an sie drückte, spürte sie seine pulsierende Erektion.

Cole zu küssen war, wie die Nacht zu küssen. Seine mächtige Dunkelheit verzehrte alles, und seine Lippen verzehrten sie. Seine Zunge eroberte ihren Mund, bewegte sich langsam und feucht an der ihren entlang.

Aber seine Hand … seine Hand hielt so unendlich sanft ihren Hinterkopf, auch wenn er keinen Zweifel daran ließ, dass sie seine Gefangene war. Er fuhr ihr mit den Fingern durchs Haar, eher flehend und drängend als hart.

Aus seinem Mund strömte flüssige Hitze in sie hinein, ließ ihre Haut erröten, pochte mit trägem Verlangen durch ihre Adern und sammelte sich heiß und feucht zwischen ihren Beinen.

Imogen schmiegte sich an ihn, als er ihr buchstäblich den Verstand wegküsste, und er drängte sich gegen sie, im Takt mit den Vorstößen seiner Zunge. Er gab einen Laut von sich, der ihr vollkommen fremd war und den sie nur als ungestüme Wertschätzung verstehen konnte.

Aus ihrer Kehle drang eine heisere Antwort, die ihn gleichzeitig zu erregen und zu trösten schien.

Plötzlich veränderte sich sein Verhalten von Zorn zu Anbetung. Die Hand an ihrem Hinterkopf strich ihr zitternd übers Haar. Er zog die Zunge zurück und fuhr mit seinem Mund über den ihren – süße, betäubende Berührungen. Jeder mit ihm geteilte Atemzug war ein Segen, und er flüsterte etwas, das sie nicht ganz verstand.

In seinen Küssen war etwas, das damals in jenem Zimmer im Nackten Kätzchen noch nicht vorhanden gewesen war. Etwas Gefährliches. Etwas Besitzergreifendes und Ungehemmtes.

Er war nicht mehr nur geschmeidige Muskeln und Anmut. Er war Zähne und Stacheln und unfassbares Verlangen. Er knabberte so fest an ihrer Unterlippe, dass die Empfindung direkt in ihre heiße Mitte schoss.

Sie ertrank in ihm oder verbrannte, sie war sich nicht sicher. Wellen heißen Verlangens brachen sich über ihr, und sie war unfähig zu unterscheiden, ob es seines oder ihres war.

Mit seiner Hand glitt er über die Kurve ihres Rückens, ihre Taille, betastete verdrossen die Tournüre unter ihren Röcken und packte sie, als wollte er ihr das Kleidungsstück vom Leib reißen. Imogen hatte gerade beschlossen, auch das zuzulassen, als ein Schrei die dichte, feuchte Luft um sie herum durchdrang. Ihre Lippen lösten sich voneinander, und beide erstarrten wie Füchse, deren Bau von Jagdhunden aufgespürt worden war.

Guter Gott. Sicher war jemand nach Hause gekommen, bevor Welton und der arme Cheever die Folgen des Massakers hatten beseitigen können.

Der schrille Schrei erklang erneut, sehr nah. Es konnte nicht von oben kommen. Cole stürmte zur Tür und befahl ihr zu bleiben, wo sie war, aber Imogen hörte nicht auf ihn. Sie wankte hinter ihm her, die vor Verlangen weich gewordenen Knie durch das Adrenalin gestärkt.

Sie hatte recht gehabt, dachte sie. Der Schrei kam nicht von der vorderen Tür, sondern vom Dienstboteneingang am Ende des Ganges. Dort standen die Köchin, zwei Diener und ein Hausmädchen dicht um etwas herum, das sie wohl gerade gefunden hatten.

»Was ist passiert?«, fragte Trenwyth.

Die kleine Versammlung starrte ihn eine volle Minute lang mit offenem Mund an. Das einzige Geräusch waren die leisen Schluchzer des Hausmädchens. Man konnte nur raten, ob der Schock von dem herrührte, was auch den Schrei ausgelöst hatte, oder von der Tatsache, im Dienstbotentrakt einen halbnackten Angehörigen des Hochadels anzutreffen.

»Reden Sie, verdammt«, befahl er und trat näher.

Die Köchin, trotz ihrer reichhaltigen und raffinierten Mahlzeiten eine dünne Frau, bemerkte Imogen und hob abwehrend ihre Hand. »Nein, Mylady, kommen Sie nicht näher!«, warnte sie. »Sie wollen das bestimmt nicht sehen.«

Trenwyth drängte sich an ihnen vorbei, ohne seine Verletzung zu beachten. Imogen folgte ihm und sah, wie seine Lippen schmal wurden.

»Was?«, fragte sie ängstlich. »Was ist?«

»Imogen, nein–«, fing er an und versuchte, sie mit dem Arm aufzuhalten.

Aber er war zu spät. Sie erblickte das Schaurigste, was sie an diesem Tag zu Gesicht bekommen hatte.

Dort auf der Schwelle – um den Hals den grausam vertrauten Schal, den sie damals mit dem Blut von Mr. Barton besudelt hatte – lag die Leiche eines erwürgten Kätzchens.

19

Sir Carlton Morley stand vor den ordentlich nebeneinander aufgebahrten Toten im Leichenschauhaus, wie der Lehrer in einem makabren Schulzimmer – die Hände ein wenig zu fest hinter sich verschränkt, die Augen in tiefer, fast schmerzlicher Betrachtung zusammengekniffen.

Heute war London eine Stadt der Tränen. Zwanzig Männer waren bei den Aufständen getötet worden, darunter einer seiner Constables. Dutzende Verletzte hielten Ärzte und Krankenhäuser auf Trab. Und zusätzlich … war da das unvermeidliche Chaos, das einen stadtweiten Vorfall dieser Größe begleitete. Plünderer und Diebe nutzten die Abwesenheit der Polizeitruppe in anderen Teilen der Stadt zu ihren Gunsten. Frauen waren überfallen worden. Kontore und Läden gestürmt.

Fünf dieser Leichen – manche nur auf Holzplanken gelegt, da es nicht genügend Tische gab – waren dem Zorn des Duke of Trenwyth zum Opfer gefallen.

Und wer konnte ihm das vorwerfen!

Man hatte versucht, in Lady Anstruthers Zuhause einzubrechen, und Trenwyth hatte es für angebracht gehalten, das Gesetz selbst in die Hand zu nehmen. Sonst war niemand vor Ort gewesen. Er musste den Tatsachen ins Auge sehen: Scotland Yard war überfordert und unterfinanziert.

Es musste etwas unternommen werden. Etwas Drastisches und Wirkungsvolles. Vielleicht war es an der Zeit, sich auf die sich unendlich langsam drehenden Rädchen des Systems nicht mehr zu verlassen.

Seine Nase juckte bei dem Geruch von scharfen Reinigungsmitteln, Konservierungsmitteln, Gaslampen und so viel Tod. Aus dem Stockwerk über ihm drang Geschrei an seine Ohren. Angehörige, die darauf warteten, ihre Toten zu identifizieren. Constables und einfache Polizisten, die sich bemühten, den Frieden aufrechtzuerhalten. Und andere auf der Suche nach Gerechtigkeit, die auf sein Erscheinen warteten.

Er versteckte sich nicht unbedingt hier unten in diesem Fegefeuer aus Stein, in dem die Toten nur kurze Zeit verbrachten. Er war nur zum Nachdenken hergekommen. Um über einen Plan nachzudenken. Die Verstorbenen waren oft eine bessere Gesellschaft als die Lebenden. Zumindest machten sie weniger Lärm.

Morley sah auf die Uhr und betrachtete die Toten mit einer Miene, die andere als leidenschaftslos bezeichnet hätten.

Was wussten die schon.

Als Soldat hatte er mit seinem Gewehr eine vergleichbare Menge Menschen getötet. Jeder war durch einen tödlichen Schuss gefallen. Lungen, Hirn und Herz waren wichtige Organe, die, einmal durchbohrt, völlig nutzlos wurden. Sowohl wörtlich als auch im übertragenen Sinn.

Sein Herz war viel zu oft gebrochen worden, und manchmal fürchtete er, es würde aufhören zu schlagen. Aber seine Lungen und sein Körper waren kräftig und sein Verstand scharf. Und zusammen ergaben sie eine effektive Waffe. Eine Waffe, die man in Zeiten wie dieser einsetzen konnte gegen Männer, die zu Gewalt aufriefen oder Menschen unterdrückten. Und gegen jeden, der Unschuldige angriff.

Es musste etwas unternommen werden …

Er brauchte eine Strategie. Und er brauchte vor allem eine Armee.

Morley musste sich nicht umdrehen, als die Männer, die er

erwartete, einer nach dem anderen durch die Tür kamen. Er identifizierte sie durch ihren Gang, ihren speziellen Geruch und die undefinierbare Ausstrahlung, die zu erkennen er sich antrainiert hatte. Als Kind hatte er gelernt, Menschen zu enträtseln und zu sehen, was sonst niemand sah – eine Veränderung ihrer Stimmung, ihres Gesichtsausdrucks oder ihrer Absichten. Als Erwachsener hatte er diese Fähigkeit benutzt, um die Personen in seiner unmittelbaren Umgebung einzuschätzen, während er den Rest der Welt durch das Visier eines Gewehrs beobachtete.

Der erste, der eingetreten war, war Trenwyth – durch seinen Rang war er es so gewohnt. Seine großen Schritte unterschieden ihn von jedem anderen Mann, den Morley je getroffen hatte, obwohl er sich mit der Leichtigkeit eines Spions fortbewegte. Der Duke war eine besonders gefährliche Kombination aus Widersprüchen. Geduldig und leicht erregbar. Prinzipientreu und brutal. Aristokrat, aber absolut kein Gentleman.

Für Morley war er ein Wolf. Der wilde Vorfahre des besten Gefährten des Menschen. Ein Geschöpf, das oft zugänglich, ja vertrauenswürdig schien, das einem jedoch ohne zu zögern und allein zum Vergnügen die Kehle durchbiss.

Was die Leichen bewiesen, die sie vor dem Anstrutherschen Haus abgeholt hatten.

Ihm folgte Dorian Blackwell. Seine teuren Schuhe erzeugten ein arrogantes Stakkato auf dem blanken Fußboden. Dieser Mann versteckte sich vor niemandem. Seine Macht war offensichtlich, sein Name eine Legende. Wenn nötig, konnte er mit den Schatten verschmelzen, aber er hatte sich immer eher raffiniert gekleidet. Er verstand sowohl die physischen, als auch die psychologischen Seiten von Krieg und Terror und hatte sie sein Leben lang zu seinem Vorteil genutzt.

Für Morley war er ein Panther. Haare und Augen waren schwarz, und er herrschte von seinem Platz in der Höhe und stieg nur herab, wenn die Beute fett und interessant genug war.

Christopher Argent folgte seinem ehemaligen Arbeitgeber in den Herrschaftsbereich des neuen, ohne ein Geräusch zu machen. Wie Trenwyth bewegte er sich unauffällig, um nicht entdeckt zu werden, allerdings bemerkte Morley seine Gegenwart stets als eine eher unheilvolle schwarze Leere. Argent den Rücken zuzudrehen, vermittelte ihm das Gefühl, dass der Tod auf ihn lauerte. Er empfand ein plötzliches Kältegefühl, und die Härchen auf seinem Körper stellten sich auf, bevor die Sense zuschlug.

Für Morley war Argent eine Schlange. Das rote Haar die Warnung, dass ein einziger Angriff schon tödlich sein konnte. Der kalte, reptilienhafte Blick, die täuschende Entspanntheit seiner Muskeln und die erschreckend schnellen Bewegungen seiner exotischen Kampfkunst kennzeichneten ihn als effizienten Killer.

Liam Mackenzie, der letzte Teilnehmer ihrer geheimen Zusammenkunft, schloss hinter sich die Tür. Seine schweren Schritte wurden gedämpft durch Stiefel aus weichstem Hirschleder. Krieger wie ihn gab es nicht mehr in diesem Zeitalter von Industrie und Eleganz. Er besaß nicht viel von der schattenhaften Anmut und überlegenen Klugheit seiner Gefährten. Er sagte, was er dachte, offenbarte seine Gefühle und aß das Herz all jener, die es wagten, sich ihm entgegenzustellen, nachdem er es ihnen mit seinen monströsen Händen aus der Brust gerissen hatte. Er stammte von wilden Pikten und rebellischen Jakobiten ab, sein Blut war angereichert durch das Blut der vor langer Zeit in sein Land eingefallenen Wikinger.

Für Morley war er ein Bär, von der Art, wie man sie vor Ewigkeiten auf dieser Insel ausgerottet hatte. Ein wildes, unaufhaltbares Raubtier mit einem ausgeprägten rachsüchtigen Zug, aber sanft im Kreis seiner Familie.

Diese Männer waren effiziente, brutale Killer, die meisten nachts aktiv. Und vor Kurzem war er einer von ihnen geworden. Oder zumindest wollte er sie bitten, sich an seine Seite zu stellen.

Morley fragte sich, wo er in dieses Raubtierpantheon hineinpasste. Ein Raubvogel vielleicht. Der mit Adleraugen über den Dächern der Stadt Wache hielt und seine übernatürlich scharfen Sinne nutzte, um sich rasch und wirkungsvoll auf seine Opfer zu stürzen. Er war nicht so groß wie Ravencroft, nicht so gewandt wie Argent und nicht so gefürchtet und gut vernetzt wie Blackwell. Und er hatte auch nicht die Körperkraft und den gesellschaftlichen Einfluss eines Trenwyth.

Aber er hatte von all diesen Eigenschaften ein bisschen. Und er hatte etwas, von dem er annahm, dass es diesen Männern fehlte.

Ein Gewissen. Oder, passender, ein Ziel. Früher war er einer der vielen namenlosen Kriminellen gewesen, die die Stadt geschröpft hatten, und jetzt nannte man ihn ihren Beschützer.

Ihren Hüter.

Und er befürchtete, dass diese Aufgabe für einen allein zu groß war … was dieser mit Toten voll gepackte Raum bewies.

Dorian Blackwell sprach zuerst. Der kultivierte Tonfall, den er sich eher spät zugelegt hatte, war voll dunkler Ironie. »Ich kann Ihnen gleich sagen, Morley, dass ich nicht bei diesem Blutbad dabei war. Ich war mit meiner Frau und den Kindern in Covent Garden, und es gibt Zeugen.«

Ein Schmerz durchbohrte Morley bei der Erwähnung von Farah Blackwell. Diese gütige, schöne und fähige Frau, die einmal als Sekretärin bei Scotland Yard gearbeitet hatte – vor fünf Jahren hatte sie Morley auf ihre ruhige, sanfte Art das Herz gestohlen.

Und es ihm dann ebenso liebenswürdig gebrochen.

Mit den Jahren war der Schmerz, sie verloren zu haben, weniger geworden, aber nie ganz erloschen. Jedes Mal, wenn er seinen früheren Gegenspieler mit der silberhaarigen Schönheit am Arm erblickte, brach die Wunde aufs Neue auf. Der Tag in Covent Garden hätte ihm gehören können, genau wie die Kinder, ihre kleinen Köpfe mit blonden, statt mit dunklen Locken bedeckt.

Trenwyth trat vor und schlug eines der Laken zurück, die den Toten wenigstens ein wenig Würde verliehen. »Von mir kann ich das leider nicht behaupten«, sagte er trocken. »Eine Handvoll dieser Kerle geht auf mein Konto, und sie haben verdient, was sie bekommen haben, und noch mehr.«

»Sie brauchen nicht mit rechtlichen Konsequenzen zu rechnen, Trenwyth, deshalb habe ich Sie nicht hergebeten.«

Zu seiner Überraschung gab Trenwyth einen trockenen, heiteren Laut von sich. »Mit meinem Rang, Chief Inspector, kann ich jeden töten, ohne mit rechtlichen Konsequenzen rechnen zu müssen – selbst wenn ich seine Leiche mitten auf der Straße liegen lasse.«

Morley glaubte zu hören, wie jemand »Verdammter Glückspilz« murmelte, aber er konnte nicht sagen, wer es gewesen war. Wahrscheinlich Argent.

»Haben Sie nicht genau das heute Abend getan?«, hob Ravencroft hilfreich hervor.

Trenwyth warf dem Highlander ein dunkles, selbstzufriedenes Grinsen zu. »In der Tat.«

Blackwell wandte sich an Morley und betrachtete ihn mit dem Auge, das nicht von einer Klappe bedeckt war. »Nicht, dass es mir nicht immer eine Freude wäre, Sie zu sehen, Chief Inspector, aber darf ich fragen, wozu diese Versammlung von Missetätern dienen soll?«

»Und dazu noch in einem Leichenschauhaus«, fügte Trenwyth hinzu. »Ich nehme an, Sie wollen damit irgendetwas erreichen.«

»Ich will nur Spekulationen seitens der Öffentlichkeit vermeiden«, sagte Morley trocken.

»Dann hätten Sie uns nicht an einem Ort versammeln sollen«, spottete Blackwell. »Man erkennt uns zu leicht. Entweder berühmt oder berüchtigt.«

»Mag sein«, sagte Morley unbeeindruckt. »Ich habe Sie nicht aufgrund Ihrer Bekanntheit hergebeten. Jeder von Ihnen hat ganz bestimmte Fähigkeiten. Und einen triftigen Grund, diese für jemanden einzusetzen, der vielleicht in einer Notlage steckt.«

»Drücken Sie sich klar aus, Captain«, befahl der schottische Laird und sprach ihn mit seinem ehemaligen militärischen Dienstgrad an, statt mit seinem Rang bei der Polizei. »Ich verstehe nicht, worauf Sie hinauswollen.«

»Offensichtlich befindet sich Lady Anstruther in Gefahr.« Morley bemerkte, wie Trenwyths kühler Kupferblick sich bei diesen Worten in ein loderndes Höllenfeuer verwandelte. »Und da Ihnen sehr nahe stehende Personen gut mit Lady Anstruther – «

»Sie meinen unsere Frauen«, stellte Ravencroft dar.

»Genau«, fuhr Morley fort. »Ich bitte Sie um Ihre Hilfe dabei, die Gefahr abzuwenden.«

»Ich bin dabei«, sagte Argent sofort, seine kalten, blauen Augen funkelten arktisch. »Der Vorfall heute vor dem Nachbarhaus gefällt mir gar nicht. Lady Anstruther ist eine gute Freundin meiner Frau und sehr freundlich zu meinem Stiefsohn. Er malt manchmal mit ihr im Garten. Stieße ihr etwas zu, würde das beiden großen Kummer bereiten.«

Blackwell wirkte gelangweilt, als hätte er schon geahnt, welche Richtung das Gespräch nehmen würde. »Sicher wissen Sie, dass Lady Anstruther Farah dabei hilft, nächsten Donnerstag noch einen Wohltätigkeitsball zu organisieren. Diesmal zur Unterstützung eines gemeinsamen Projekts, ein Heim für auf Abwege geratene Jungen in Lambeth.«

Morley nickte. Natürlich wusste er das. »In der Tat hoffe ich, diesen Schurken genau bei dieser Gelegenheit auf frischer Tat zu ertappen. Wenn Sie vier vor Ort sind und in Alarmbereitschaft, haben wir viel größere Chancen, ihn –«

Trenwyth trat vor, seine Augen glitzerten bedrohlich wie Messer. »Ich will verdammt sein, wenn Sie Lady Anstruther als Köder für einen gewalttätigen Sadisten benutzen.«

»Die Bedrohung existiert ohnehin«, widersprach Morley. »Durch das makabre ›Geschenk‹, das dieser Mistkerl auf ihrem Grundstück abgelegt hat, hat er gezeigt, dass selbst ihr eigenes Heim nicht völlig sicher ist. Ein so großes Gebäude kann man nur mit einem kleinen Bataillon komplett schützen, und wir haben nicht genügend Ressourcen.«

Ein Sturm zog in Trenwyths Miene herauf. »Falls jemand ihr Zuhause schützen muss, habe ich wohl deutlich genug gezeigt, dass ich –«

»Sie hat ausdrücklich darum gebeten, dass Sie diese Aufgabe nicht übernehmen«, unterbrach ihn Morley.

Der Duke zuckte merklich zusammen, Schuldbewusstsein und Verständnis huschten über sein Gesicht, bevor er seine undurchdringliche Miene wieder aufsetzte.

»O'Mara ist im Haus – ich weiß, dass wir beide ihm unser Leben anvertrauen würden. Rathbone kontrolliert das Grundstück, und ihm entgeht nichts.

»Trotzdem«, stieß Trenwyth hervor. »Ich werde auf dem Ball ihr Geleitschutz sein.«

Der Duke empfand offensichtlich mehr für die Countess als nur einfache nachbarschaftliche Sorge um eine gütige Witwe. Er verhielt sich genauso, wie Morley es von allen anderen Anwesenden erwarten würde, wenn es um ihre Frauen ginge.

Äußerst interessant.

»Haben Sie das mit Lady Anstruther besprochen?«, fragte Morley zögernd.

»Da gibt es nichts zu besprechen«, entgegnete Trenwyth kurz angebunden. »Ich begleite sie auf diesen Ball, oder sie bleibt verdammt noch Mal zuhause.«

Die Männer hinter Trenwyths Rücken tauschten wissende Blicke, als wären sie selbst einmal in seiner Lage gewesen. Als hätten sie dieselbe frustrierte Besessenheit empfunden und den Kampf dagegen verloren.

Konnte Trenwyth in Lady Anstruther verliebt sein? Er war am Abend vor Ort gewesen, hatte zusammen mit ihr und dem Personal das erwürgte Kätzchen entdeckt. Die fünf toten Männer waren ein deutlicher Hinweis auf den Beschützerinstinkt, den er ihr gegenüber empfand.

Und wenn er erfuhr, dass sie bei den Ermittlungen gegen einen Serienkiller ein wichtiges Puzzleteil war? Würde er trotzdem dasselbe für sie empfinden?

Morley überlegte lange und eingehend, ob er den Anwesenden seine Theorie unterbreiten sollte. In den letzten drei Jahren waren beunruhigend viele schlanke, blonde Frauen zwischen zwanzig und dreißig vergewaltigt und stranguliert worden, und zwar auf verstörend ähnliche Art und Weise. Allerdings hatte niemand diese Taten miteinander verknüpft, bis Trenwyth ihn gebeten hatte, sich das Verschwinden dieser Ginny anzusehen. Die Morde waren in verschiedenen Teilen der Stadt verübt worden, und zwischen den betroffenen Frauen hatte es zunächst keine Verbindung gegeben.

Das letzte Opfer, Lady Broadmore, hätte sich zum Beispiel nicht einmal im Traum mit dem ersten Opfer abgegeben, Flora Latimer, der Prostituierten, die man hinter dem Nackten Kätzchen gefunden hatte. Dann war da Rose Tarlly gewesen, eine Aufwartefrau, die nahe der Old Fenchurch Street gewohnt hatte. Ann Keaton, ein Kindermädchen, das in einem vornehmeren Viertel zwei Blocks von den Houses of Parliament gearbeitet hatte. Und schließlich Molly Crane, eine Krankenschwester im St. Margarets Royal Hospital.

Morley hatte sich immer gefragt, was den Killer dazu veranlasst hatte, gerade diese Frauen auszuwählen, abgesehen von ihrem auffällig ähnlichen Äußeren – bis ihm vor ein paar Stunden wieder eingefallen war, dass Lady Anstruthers Schwester den Namen Isobel Pritchard trug.

Der Name hatte etwas in ihm wachgerufen, das er aber erst einordnen konnte, nachdem er die Akten noch einmal durchgegangen war. Lord Edward Millburn, Earl Anstruther, hatte einen ziemlichen Skandal verursacht, als er vor zwei Jahren eine Miss Imogen Pritchard heiratete, Krankenschwester im St. Margarets Royal Hospital.

Und so war die erste Verbindung gefunden. Lady Anstruther hatte mit einem der Opfer im Krankenhaus zusammengearbeitet, ein anderes war in ihrem Garten aufgefunden worden.

Das könnte Zufall sein, hatte Morley überlegt. Nicht wahrscheinlich, aber möglich. Und dann war vor nur wenigen Stunden ein Kätzchen gefunden worden, hergerichtet wie ein schauriges Abbild der Toten.

Ein Kätzchen war hinter ihrem Haus erwürgt gefunden worden. Und eines der berühmten Kätzchen der St. James

Street war in der Gasse hinter dem Nackten Kätzchen gefunden worden.

Er wäre ein Narr, das dem Zufall zuzuschreiben. Und er war vieles, aber ein Narr war er nicht.

Alles, was er herausfinden musste, war, ob und wie Countess Anstruther oder Schwester Pritchard mit den anderen Opfern in Verbindung gestanden hatte. …Im Moment jedoch konnte er sie nur wie einen fetten Leckerbissen auslegen und abwarten, bis der Bösewicht zuschlug.

Fang ganz am Anfang an, dachte er. Es war an der Zeit, dem Nackten Kätzchen noch einen Besuch abzustatten.

20

Imogen hatte damit gerechnet, von Trenwyth mit Blicken erdolcht zu werden, als sie in seiner vornehmen Kutsche über die Kopfsteinpflasterstraßen von Westminster rumpelten. In den Tagen nach ihrer beider Zusammenstoß mit O'Toole – und der unerwarteten Begebenheit im Untergeschoss ihres Hauses – hatte Cole sein Möglichstes getan, um Zeit mit ihr allein zu verbringen.

Zunächst war sie ihm geschickt aus dem Weg gegangen. Dann hatte er sich für ein paar Tage auffällig zurückgezogen. Obwohl er immer dort war, wenn sie nach Osten blickte. Ein Gespenst am Fenster, das mit glühenden Blicken zu ihr hinuntersah.

Vor zwei Tagen war Chief Inspector Morley vorbeigekommen und hatte ihr mitgeteilt, dass Trenwyth sie zu dem Wohltätigkeitsball begleiten würde.

Es war ja nicht so, dass sie nicht gern mit Cole allein sein wollte. Doch war ja gerade dieses trügerische, allgegenwärtige und primitive Verlangen der Grund dafür gewesen, Lord und Lady Ravencroft zu bitten, Cole und sie auf dem kurzen Weg zu dem Domizil von Farah und Dorian Blackwell zu begleiten.

Sie hatte Coles Missmut sofort gespürt, als sie Arm in Arm mit Mena Mackenzie die Treppe heruntergekommen war. Aber sie hatte auch sein Verlangen gespürt. Lady Ravencrofts schimmernd blaues Kleid betonte die Leuchtkraft von Imogens roter Seide. Nie im Leben hatte sie sich schöner gefühlt.

Als er das Kinn hob, um sie anzusehen, hatte seine stets angespannte Miene sich gelockert. Sein lüsterner Blick war über ihren Körper gewandert und hatte keinen Zentimeter unberührt gelassen. Imogen spürte, dass sie so rot wurde wie die Anstruther Rubine, die sich über ihren Ausschnitt ergossen und deren unterster wie ein Tropfen zwischen ihren Brüsten ruhte. Sein Blick blieb dort liegen, und er presste die Lippen aufeinander, als müsste er gegen ein plötzlich aufkommendes Hungergefühl ankämpfen.

Sie hatte diesen Blick seit drei langen Jahren nicht mehr gesehen. Die sinnliche Verehrung eines Liebhabers. Die demütige und schamlose Wertschätzung eines Mannes, der einen Schluck süßen Wein probiert hatte und den Becher nun bis auf den letzten Tropfen leeren wollte.

Um ihr galoppierendes Herz zu zügeln, versuchte Imogen, das Bild des halbnackten Barbaren in ihrem Keller zu unterdrücken und durch den weltmännischen und arroganten Duke zu ersetzen, der jetzt in feiner Abendgarderobe vor ihr stand.

Als das überhaupt nicht funktionierte, teilte sie ihm mit, dass sie seine Bekannten, Lord und Lady Ravencroft, eingeladen habe, sie zu begleiten. Sie sei sich sicher gewesen, sie würden allesamt in seiner Kutsche Platz finden.

Er war nicht geistesgegenwärtig genug gewesen, um seinen missmutigen Blick zu verbergen, bevor er dem Laird und seiner Frau wissen ließ, dass er natürlich hocherfreut sei. Nach der unbehaglichen Atmosphäre in der Kutsche zu urteilen, freute er sich in etwa so über ihre Begleitung wie ein Vampir über den Sonnenaufgang.

Er hatte geplant, mit ihr allein zu sein.

Sie hatte geplant, das nie wieder zuzulassen, da es jedes Mal, wenn sie allein waren, in einem Kuss zu enden schien.

Und diese Küsse wurden immer gefährlicher.

Imogen wich seinem düsteren Blick aus und plauderte etwas steif mit Mena Mackenzie über die Heiratsaussichten von Isobel und Ravencrofts Tochter Rhianna.

Ravencroft und Trenwyth saßen ungemütlich dicht nebeneinander, ihre breiten Schultern berührten sich, obwohl sie jeweils an die Außenwände der geräumigen Kutsche stießen. Auch wenn Imogen es vermied, den Duke direkt anzusehen, konnte sie doch nicht umhin, die neugierigen und amüsierten Blicke zu bemerken, die der Marquess Ravencroft ihm unter seinen schweren, dunklen Brauen zuwarf. Er neigte nicht gerade zur Heiterkeit, dachte Imogen, aber der Anflug eines Lächelns zuckte über seine vollen Lippen. Als würde er die ganze Situation erraten.

Als die Kutsche vor der Northwalk-Residenz in Mayfair ankam, sprang Ravencroft hinaus, drängte den Diener beiseite und half seiner Frau selbst aus dem Wagen.

Dadurch war Trenwyth gezwungen, sich auch so zu verhalten. Mit einer geschmeidigen Bewegung duckte er sich und stieg aus der Kutsche. Dann drehte er sich um und streckte Imogen beide Hände entgegen.

Sie starrte sie an. Da er makellos weiße Handschuhe trug, war es fast unmöglich, den Unterschied zu bemerken – abgesehen von der unnatürlichen Reglosigkeit seiner Linken. Aber vielleicht sah das nur so aus, da die Finger der Rechten ungeduldig zuckten.

Als Imogen seine Hand ergreifen wollte, wurde sie plötzlich von einer starken, warmen und einer kalten Hand aus Stahl um die Taille gepackt und auf dem Boden abgesetzt. Und so rasch, wie er sie in seine Arme gezogen hatte, so rasch ließ er sie wieder los, bevor jemand den Verstoß gegen die Etikette bemerkte.

Benommen und ein wenig atemlos blickte Imogen blinzelnd zu Trenwyth auf, der auf den Weg zum Eingang deutete, als wollte er »Nach Ihnen« sagen. Sie verzog verstimmt das Gesicht und schwieg, als sie auf wackeligen Beinen zum Haus ging. So würde es immer zwischen ihnen sein, klagte sie stumm – jede Begegnung überfrachtet mit Intensität und ungestilltem Verlangen.

Imogen beneidete ihn. Es war nicht fair, dass er sich kaum an das erinnerte, was sich zwischen ihnen in jener Nacht abgespielt hatte, als er sie für seine Lust bezahlt und ihr trotzdem Lust bereitet hatte.

Sie erinnerte sich an alles, und manchmal war die Erinnerung so quälend, dass sie an den Rand eines süßen, schmerzlichen Wahnsinns getrieben wurde. Er hatte damals ein teuflisch fiebriges Verlangen in ihr geweckt, und seither bemühte sie sich, es nicht zu beachten. Ihm nie nachzugeben. Nicht daran zu denken.

Aber jedes Mal, wenn er sie berührte, sie trug, sie verwirrte und küsste, wurde dieses Fieber verstärkt. Manchmal, wenn sie nachts allein war, warf sie sich in heißer Qual hin und her und trat die feuchten Decken frustriert von sich. Sie sehnte sich nach einem anderen, solideren Gewicht auf ihr. Sie erinnerte sich daran, wie ihr Schweiß sich mit seinem vermischt hatte, an die Anspannung ihrer Muskeln. Und sie fragte sich, ob es auch nur im Geringsten so wäre wie damals, wenn sie jetzt mit Cole schlafen würde. Fragte sich, ob sie das überhaupt wollte.

Sie waren etwas früher im Haus der Blackwells erschienen als die anderen Gäste. Imogen hatte darum gebeten, damit sie und Farah Blackwell sich um letzte Vorbereitungen kümmern konnten. Normalerweise ließen die Männer sie bei solchen Gelegenheiten allein, aber als Mena, Farah, Millie und Imogen durch das Haus gingen und alles begutachteten, bemerkten sie ein nur schlecht verborgenes Gefolge.

»Ich glaube, wir haben eine Eskorte bekommen«, bemerkte Mena hinter ihrem Glas mit Champagner, und ihre grünen Augen funkelten fröhlich.

Farah sah unter dem Vorwand eines schlecht angebrachten Volants zu den Männern hin, die in der Nähe herumstanden, und zupfte den Stoff kichernd zurecht. »Ich glaube, Sie haben recht, meine Liebe. Ob sie wohl glauben, dass sie nicht auffallen?«

Als die Männer bemerkten, dass sie beobachtet wurden, betrachteten sie plötzlich ein kostbares Gemälde von John Constable, auf das Blackwell sie aufmerksam machte.

»Ihr Mann hat wirklich einen ausgezeichneten Kunstgeschmack«, sagte Imogen, stellte die leere Champagnerflöte auf das Tablett eines Dieners und nahm gern eine zweite entgegen.

»Mein Mann kann Renaissance nicht von Rokoko unterscheiden«, spottete Farah.

»Meiner auch nicht«, stimmte Millie ungeniert zu.

»Ich habe dieses Bild gekauft, und er hat es bis jetzt noch nie bemerkt.« Farah kniff die Augen zusammen. »Sie haben etwas vor. Die Frage ist nur, was?«

»Ich fürchte, ich bin schuld an dem merkwürdigen Verhalten.« Imogen seufzte elend.

»Ach ja?« Millie hob fragend eine Augenbraue und nahm einen Schluck Champagner. Die Diamantringe, die sie über den lavendelfarbenen Handschuhen trug, die das violette Kleid mit Paisleymuster perfekt vervollständigten, glitzerten auf das Prächtigste. »Erzählen Sie. Ich liebe Geheimnisse.«

Imogen nahm ein paar kräftigende Schlucke von ihrem eigenen Champagner, bevor sie mit stockender Stimme erklärte: »Chief Inspector Morley denkt, dass es vielleicht ein Serienmörder auf mich abgesehen hat.«

»Wirklich?«, rief Farah aus. »Hat er deshalb endlich einmal

eine Einladung von mir angenommen? Nun, das erklärt alles!«

Imogen starrte die Countess voll Verblüffung über ihre ruhige Reaktion auf die Mitteilung an.

»Wenn man in Betracht zieht, was mit der armen Lady Broadmore passiert ist, ist es durchaus logisch davon auszugehen, dass der Mörder bei einer ähnlichen Gelegenheit wieder zuschlagen wird«, sagte Mena.

Millie nickte leidenschaftlich. »Und natürlich hat er Christopher und die momentan anwesenden Männer aus … offensichtlichen Gründen davon unterrichtet.«

»Ich komme mir ganz dumm vor«, gab Imogen zu, »aber die Gründe scheinen mir überhaupt nicht offensichtlich.«

Die Frauen tauschten Blicke. Farah lächelte sanft und nickte, und alle umringten Imogen verschwörerisch und taten so, als würden sie mit ihrer Begehung fortfahren.

Farah hakte sich bei Imogen ein, der silberne Handschuh der Countess kontrastierte lebhaft mit der roten Seide ihres eigenen. »Sie haben sicher gehört, dass mein Dorian … gewissermaßen berüchtigt ist.«

»Sie meinen das Schwarze Herz von Ben More?«, entfuhr es Imogen und entschied, dass zwei Gläser Champagner so früh am Abend genug waren.

»Genau«, sagte Farah mit einem trockenen Lächeln. »Millie, Mena und ich sind auf spezielle Weise befreundet, da die Männer, die wir lieben, Brüder sind – entweder durch Blutsbande oder Blutvergießen.«

»Blutsbande, in meinem Fall«, erklärte Mena.

»Und Blutvergießen in meinem«, ergänzte Millie und warf einen stolzen und glühenden Blick der Verehrung auf den rothaarigen Wikinger.

Imogen musste erst ihre Fassung wiederfinden, aber sie begriff, dass ihr Verdacht hinsichtlich der Ähnlichkeit zwischen dem Laird des Mackenzie-Clans und Dorian Blackwell gerade bestätigt worden war.

»Unsere Männer haben alle ihre Dämonen«, fuhr Farah ernst fort.

»Und diese Dämonen haben sie in der Vergangenheit dazu getrieben … fragwürdige Dinge zu tun«, gestand Mena. »Aber die Fähigkeiten, die sie dadurch erlangt haben sind sehr … nützlich, um die zu schützen, die sie lieben.«

Imogen dachte bei sich, dass Menas »fragwürdig« wahrscheinlich die Untertreibung des Jahrhunderts war. Sie erinnerte sich an die Gewandtheit und Kraft, die Argent im Kampf mit Trenwyth bewiesen hatte. Über den Highlandteufel hatte sie dem lieben Edward aus der Zeitung vorgelesen, und sie wusste von Cole, dass er allein in ein osmanisches Gefängnis eingedrungen war. Und Dorian Blackwell war ganz bestimmt nicht in dem reizenden Salon seiner Frau zu seinem Spitznamen, seinem Einfluss, seinem Vermögen und der unheimlichen Augenklappe gekommen.

Millie legte Imogen die Hand auf den Arm. »Und auch jede von uns hier hatte eine Vergangenheit voller Gefahren«, gestand sie mit funkelnden Augen. »Entweder durch, trotz oder wegen unserer Männer, aber sie haben uns immer beschützt. Und Morley weiß, dass Trenwyth Sie auch beschützen wird.«

»Mir scheint, Trenwyth wird gerade ein Teil dieser Blutsbrüderschaft«, bemerkte Farah. »Und das bedeutet natürlich, dass Sie eine von uns sind.«

»Praktisch eine Schwester«, stimmte Mena zu.

»Sie sind ganz anders als diese gezierten und nutzlosen Damen des Adels, die die Gesellschaft jedes Jahr hervorbringt«, sagte Millie herzlich. »Sie helfen uns, das Gute zu erreichen, das wir uns wünschen. Sie sind klug, haben ein dickes Fell und ein gutes Herz. Alles, was man braucht, wenn man sich mit Männern wie ihnen einlässt.«

Imogen musste sich räuspern, bevor sie etwas sagen konnte. »Sie sind so freundlich«, sagte sie. »Aber weder Trenwyth noch ich sind daran interessiert, uns in etwas miteinander ›einzulassen‹. Er ist nur als mein Geleitschutz hier, weil Morley ihn darum gebeten hat.«

Millie ließ ein unfeines Schnauben hören. »Ich würde mein Vermögen darauf wetten, dass das keineswegs der Grund ist, weshalb Trenwyth Sie heute Abend begleitet.«

»Verzeihen Sie, wenn ich das sage«, Mena lächelte sanft. »Aber es ist ganz klar, dass Trenwyth sich auf jeder nur denkbaren Ebene mit Ihnen einlassen würde, wenn Sie es zuließen.«

»Mena!« Farah lachte. »Die ungehobelten Highlands färben offensichtlich auf Sie ab.«

Das heimliche, zufriedene Lächeln der Marchioness war wohl das schönste, das Imogen seit Langem gesehen hatte.

»Zu viel spricht gegen eine Beziehung zwischen mir und Trenwyth«, hauchte Imogen, als sie zu dem Mann hinblickte, der seine drei Begleiter überragte. Das Licht der Lampen tauchte sein gepflegtes Haar in einen vertrauten, goldenen Ton und ihre Erinnerung in Trauer und Sehnsucht. »Da sind zu viele Schatten in der Vergangenheit, zu viel Schmerz und zu viele Geheimnisse.«

»Seien Sie vorsichtig mit Geheimnissen«, warnte Mena sie. »Sie können alles ruinieren.«

Imogen nickte und hatte plötzlich wieder ein Glas Champagner in der Hand, als die Frauen beschlossen, sich um die ankommenden Gäste zu kümmern. Sie war sich nur allzu bewusst, dass Geheimnisse alles zwischen ihr und Cole ruinieren konnten.

Eigentlich hatten sie das schon getan.

Die Farbe von Imogens Kleid zwang Cole sich einzugestehen, dass Rot ihn immer an Sex erinnerte. Und für einen Mann, der sein Bestes gab, um genau diesen zu meiden, war ihre Garderobe verdammt irritierend. Sie sah aus wie eine Sünde in Bonbonpapier. Den ganzen quälenden Abend lang hörte er ausgerechnet einen Bibelvers immer wieder in seinem Kopf, der ihn an den Rand des Wahnsinns trieb.

Wachet und betet, dass ihr nicht in Versuchung fallet. Der Geist ist willig …

»Aber das Fleisch ist schwach«, schloss er, und sein Blick klebte an dem anmutigen kleinen Lord, der Imogen in einem perfekten Walzer über die Tanzfläche wirbelte.

»Wie meinen, Euer Gnaden?« Colonel Percival Rollins, Lord Winderton, zupfte an seinem Schnurrbart, der so gezwirbelt war, dass sein Träger trotz seiner Hängebacken ständig zu lächeln schien.

»Nichts«, gab Cole zurück. »Bitte fahren Sie fort.«

»Ich sagte, die Krähe hat vor nicht einmal einer Woche einen preußischen Lord mit einer Reitgerte misshandelt«, polterte der Mann. »Lassen Sie es sich gesagt sein. Wenn er keinen Respekt vor dem Adel hat, sind die britischen Aristokraten als Nächstes dran, beim Jupiter.«

Cole gab einen unverbindlichen Laut des Entsetzens von sich und blendete die Worte des alten Herrn aus. Er hatte den Platz am Kamin als perfekten Ausguck gewählt, da er so den Ballsaal mitsamt seiner Eingänge überwachen und sogar ins Spielzimmer blicken konnte. Die Kehrseite war die Gesellschaft der Männer, die wie ein Haufen alter Weiber über die neuesten Vergehen der Krähe klatschten.

Außerdem musste er Imogen dabei zusehen, wie sie sich durch ihre vollgeschriebene Tanzkarte arbeitete, obwohl ihre Beine durch das nie versiegende Champagnerglas, das an ihren Fingern festgenäht zu sein schien, immer wackliger wurden. Cole war nicht der einzige, der das bemerkte. Beim Walzer nahmen manche Männer sich Freiheiten heraus, die sie sich bei einer Countess mit klarem Verstand niemals erlauben würden. Sie hielten sie zu eng an sich gedrückt, ihre Hände rutschten zu tief hinunter und betasteten ihre schmalen Hüften. Sie schmeichelten ihr, lobten sie, und Imogen schien jeden mit mehr Interesse zu behandeln als seinen Vorgänger. Sie schmiegte sich an sie, hielt sich an ihnen fest, wenn sie sich drehte, und tanzte und lachte.

Ihn hingegen mied sie, als hätte er Lepra.

Er fühlte sich so provoziert, dass seine Hand zuckte. Es war noch nicht lange her, seit er mit bloßer Körperkraft Knochen gebrochen hatte. Wie er sich danach sehnte. Jeden Finger, der ihre Taille berührte, jeden Arm, der sie an sich zog. Es wäre so leicht, sie zu brechen, eine einzige geschickte Bewegung. Routiniert und genüsslich. Ein feuchtes Knacken.

Oh ja, das war eine angenehme Phantasie. Gewalttätig, meinetwegen. Aber sie erfüllte ihn mit einer merkwürdigen Freude.

Noch zwei Tänze. Noch zwei Tänze, und sie gehörte ihm. Obwohl er ihr Begleiter war, verlangte die Etikette, dass er nur ein einziges Mal mit ihr tanzte. Nur wer einer Frau den Hof machte, tanzte zwei Mal mit ihr auf demselben Ball, eine dritte Runde auf dem Parkett hieße, seine Heiratsabsichten zu erklären.

Aber wie konnte er überhaupt Absichten auf sie haben, wenn er die ganze letzte Woche nach einer anderen gesucht hatte?

Er hatte herausgefunden, dass Devina mit ihrem Liebhaber nach Paris gegangen war. Zwar hatte er jemanden hinterhergeschickt, aber es konnte Wochen dauern, bis er Nachricht bekam. Blackwell hatte berichtet, dass Ezio del Toro vor ein paar Monaten eines natürlichen Todes gestorben war. Weitere Ermittlungen hatten ergeben, dass keine Frau in Ginnys Alter oder mit ihrem Aussehen in seiner Villa gewohnt oder für ihn gearbeitet hatte. Seine Geliebte war eine stämmige Russin gewesen, die ihn am Ende auch noch um sein letztes Hemd gebracht hatte.

Er hätte gern behauptet, sein Gespräch mit Argent hätte ihn dazu angespornt, noch einmal wie ein Verrückter auf den britischen Inseln und weit darüber hinaus nach Ginny zu suchen, um jedes Mal wieder enttäuscht zurückzukehren.

Aber wenn er ehrlich war … musste er zugeben, dass es der Kuss war, den er und Lady Anstruther in der Kammer im Untergeschoss ihres Hauses miteinander getauscht hatten.

Da hatte eine besondere Macht in diesem Kuss gelegen. Etwas hatte abwechselnd das Tier in ihm geweckt und es besänftigt. Für Cole hatte es sich angefühlt, als hätten sie durch die brennende Berührung ihrer Lippen Teile ihrer selbst auf den anderen übertragen. Sie hatte mit einem Feuer auf seine Leidenschaft reagiert, das er nicht erwartet hatte, mit einer Wildheit, von der er nicht geahnt hatte, dass sie in ihr steckte. Dafür war seine animalische Verzweiflung durch eine merkwürdige Zärtlichkeit gedämpft worden. Ein Gefühl von Wärme und Vertrautheit, von dem er nichts gewusst hatte. Er hatte Lady Anstruther begehrt, seit er sie zum ersten Mal gesehen hatte, das konnte er sich jetzt eingestehen. Aber ihm war plötzlich nicht mehr klar, warum das so war. Es ging über das Körperliche hinaus, über das Zeitliche. Er … respektierte sie. Genoss ihre Nähe, auch wenn sie verschiedener Meinung waren.

Was meistens der Fall war.

Sie regte ihn an, seinen Körper und Geist. Wenn sie ihn nicht provozierte, schenkte sie ihm Trost. Seiner Arroganz und

Bitterkeit begegnete sie mit Geduld und sogar Kraft, wenn nicht gar Sympathie.

Imogen stellte sich genauso oft gegen ihn, wie sie ihn ermutigte. Das war … bewundernswert.

Bewunderung. Das war der passende Ausdruck. So vieles an ihr musste man bewundern. In der Tat schien so manches, das ihn anfangs wütend gemacht hatte, jetzt seinen Beifall zu finden. Ihr Mut, ihre Courage, ihr immer währender Optimismus, ihre offensichtliche Missachtung von Regeln und Konventionen – Eigenschaften, die die Talmages verachtet und verspottet hätten, lebten sie noch mit ihm zusammen in Trenwyth Hall.

Sein Vater hätte sie für ihren ignoranten Idealismus und die niedrige Geburt bemitleidet. Seine Mutter hätte ihr vorgeworfen, zu offen zu lächeln und zu oft laut ihre Meinung zu sagen. Seine Schwester hätte ihren zu auffälligen Stil verunglimpft, und die Unverschämtheit, über ihrem Stand zu heiraten.

Und er selbst hatte das ja auch alles kritisiert! Jeden einzelnen Punkt. Weil man ihn zu dieser Meinung erzogen hatte und er Gründe gesucht hatte, sie nicht zu mögen.

Nur Robert … der liebe Robert. Sein älterer Bruder, sein brennendster Anhänger und sein treuester Freund. Der wahre und würdige Erbe des Titels …

Er hätte sie geliebt.

Robert, introvertiert und besonnen, war von allen schönen und kühnen Dingen angezogen worden. Er hatte das Herz eines Künstlers gehabt. Aufrecht und mitfühlend. Eine Philosophenseele. Gerecht und nachdenklich.

Gott, sie hätten perfekt zueinander gepasst.

Ein merkwürdiger Schmerz sammelte sich in Coles Kehle, als er zu dem leuchtend roten Fleck aufsah, in den Imogen sich hinter der verdächtigen Feuchtigkeit verwandelt hatte, die seinen Blick trübte. Hätte das Leben ihm Robert nicht genommen, hätte der Schmerz darüber ihn nicht in Ginnys Arme getrieben, wäre Coles Wesen nicht in einem ausländischen Gefängnis gebrochen worden – hätten er und sein Bruder dann um die Aufmerksamkeit der schönen Witwe Anstruthers gebuhlt? Möglich.

Wahrscheinlich.

Wer hätte wohl gewonnen?

»Sie sehen ein bisschen kränklich aus, Trenwyth«, unterbrach der Colonel seine Träumerei. »Geht es Ihnen nicht gut?«

»Alles in Ordnung, Colonel«, murmelte er, als etwas in seinem Kopf hörbar an seinen Platz rückte. »Entschuldigen Sie mich.« Er ging um ihn herum, hatte ein einziges Ziel.

In den Tagen, in denen sie sich nicht gesehen hatten, hatte er auch über Lady Anstruther Ermittlungen angestellt. Sie war unter dem Namen Imogen Pritchard geboren worden und hatte eine behagliche Kindheit in einem Mittelschichtshaus nahe der Sloane Street in der Stadt verbracht. Dann hatte ihr Vater sich verschuldet und war mit der Familie nach Wapping gezogen, wo ihre Lebensumstände sich immer weiter verschlechterten. Er hatte nicht herausfinden können, wie sie es durch die Schwesternschule geschafft hatte, aber bevor sie Lord Anstruther begegnet war, hatte sie einige wenige Jahre im St. Margarets gearbeitet. Allem Anschein nach war ihr Leben nicht sehr außergewöhnlich verlaufen, bis sie eine Countess geworden war.

Aber sie hatte von Dunkelheit gesprochen. Von Tragödie und Enttäuschung. Nicht, als hätte sie etwas Geld verloren, sondern als wäre ihr sehr viel mehr genommen worden.

Aber was? Und von wem?

Ein Rätsel, das war sie. Ein Rätsel in roter Seide. Und er hatte vor, es zu lösen.

Bis jetzt war Imogen kaum mehr als ein faszinierender Störfaktor gewesen. Eine Versuchung, die ihn plagte. Eine ungewollte Ablenkung.

Aber dabei war es nicht geblieben. In der letzten Nacht hatte er sogar geträumt, in dem roten Zimmer von damals im Nackten Kätzchen zu sein. Und statt einer blassen, dürren, schwarzhaarigen Ginny, die schüchtern bei seiner Berührung aufblühte, war da Imogen gewesen. Eine rotgoldene Löwin. Ein starkes, geschmeidiges und wildes Geschöpf. Eine Jägerin von eigenen Gnaden mit von der Sonne geküssten Sommersprossen und lüsternen Lippen.

In seinem Traum hatte sie ihn genommen. Ihn mit ihren Küssen, ihren Berührungen verbrannt. Beim Aufwachen war er so erregt gewesen, dass er sich kaum berührt hatte, als er auch schon abrupt und heftig Erleichterung gefunden hatte.

In dem Moment hatte er fast ein Gefühl wie Betrug empfunden. Vielleicht aufgrund der erschreckenden Unvermeidlichkeit, die der Traum ihm bestätigt hatte. Noch ein Mal hatte er verzweifelt nach Ginny gesucht.

Ein letztes Mal.

Vielleicht war Ginny wirklich der Kätzchenname der armen Flora Latimer gewesen. Vielleicht war sie eines gewaltsamen Todes gestorben, und er hatte sie nicht retten können. Seine Seele blutete bei diesem Gedanken. Aber möglicherweise war sie auch weitergezogen. Hatte sich eine neue Identität zugelegt und ein neues Leben aufgebaut. Und das hieß, sie wollte nicht von ihm gefunden werden.

Bei Gott, er hatte sie überall gesucht. In Amerika. Auf dem Kontinent. Hier in London.

Was auch immer aus ihr geworden war, er hatte ihr nicht zur Seite stehen können. Aber hier war eine Frau in Gefahr, eine Frau in Not. Eine, die ihn entflammen ließ. Manchmal war es Wut, und manchmal war es Wärme.

Aber immer war es Verlangen.

Die Konventionen konnten ihm gestohlen bleiben. Was auch immer auf ihrer verfluchten Tanzkarte stand, der nächste Tanz gehörte ihm, und er hatte vor, ihn einzufordern. Wenn er noch ein einziges Mal zusehen musste, wie so ein Schnösel sie mit seinen weichen Händen anfasste, würde er mitten im Ballsaal der Northwalks jemandem die Kehle durchschneiden.

Er wartete nicht ab, bis der Tanz vorüber war, und entschuldigte sich nicht, als er das Paar unterbrach. Eben noch hatte sie ein dunkelhaariger Geck zu Klängen von Chopin über das Parkett geschoben, als Cole mit zwei, drei geschickten Bewegungen bereits seinen Platz eingenommen hatte und der andere Richtung Kamin stolperte.

Er hatte nicht einmal ihren Champagner bei dem Manöver verschüttet, dachte er selbstgefällig, als er sie mühelos im Walzer führte. Sie zuckte nicht zusammen, als sie seine metallene Hand ergriff. Imogen bestand ganz aus warmer Seide, und ihr Körper passte mit magischer Leichtigkeit in seine Arme.

Als gehörte sie dorthin.

Cole schluckte schwer und zog sie näher an sich, als all die anderen Männer es an diesem Abend gewagt hatten.

Ihre Augen waren zwei große braune Murmeln, das Licht der Kronleuchter glitzerte in ihrem durch den Alkohol getrübten Blick. »Euer Gnaden«, ermahnte sie ihn mit einem merkwürdig liebenswerten Lallen. »Ich glaube kaum, dass das nötig war. Lord West … Westcher … Westireton …« Sie runzelte die Stirn.

»Westershireton«, half er nach.

»Nun, jedenfalls will er mich nicht ermorden, er ist nur schüchtern.« Ihre Stimme drang bis zu dem Paar zu ihrer Rechten vor, das sie anstarrte, als könne es nicht recht glauben, was es gehört hatte.

Trenwyth kaschierte ihren Patzer mit einem gezwungenen Lachen.

»Gott, Sie sehen wirklich gut aus, wenn Sie lachen«, hauchte sie. Dann hatte sie einen Schluckauf.

»Wie viele Gläser Champagner haben Sie getrunken?«, fragte er durch die zusammengebissenen Zähne.

Sie blickte nach oben, als würde ihre Erinnerung irgendwo über ihrem Kopf schweben, und stolperte. Er fing sie mühelos auf und kaschierte auch das.

»Nur eins«, lallte sie schuldbewusst.

»Eins?«

»Nur dieses.« Ihre vollen Lippen verzogen sich, bis sie aussah wie ein Kind, das einen schlimmen Tadel erwartete. »Aber ich weiß nicht, wie oft es nachgefüllt wurde. Bitte halten Sie mir keine Predigt – was machen Sie?«

Er packte sie so, dass es ihr unmöglich war, ihm nicht zu folgen, als er sie täuschend ruhig durch die Menge führte. »Ich bringe Sie hier weg, bevor alle merken, wie betrunken Sie sind und der Abend ruiniert ist.«

»Bin ich betrunken?«, fragte sie.

»Zweifellos.«

»Ich war noch nie betrunken«, sagte sie und warf einen wehmütigen Blick in ihr Glas. »Champagner schmeckt nicht so stark wie Gin. Aber ich hätte wahrscheinlich aufhören sollen, als ich die Bläschen in den Zehen fühlen konnte.«

»Versuchen Sie, keinen Unsinn zu reden, bis ich Sie hier rausgeschafft habe«, murmelte er und wehrte sich gegen eine gequälte Heiterkeit, als er ihr das Glas entwand und auf das Tablett eines vorbeigehenden Dieners stellte.

Obwohl der Ballsaal voll war und die Menge zunehmend berauscht wurde, wusste Cole, dass sie bereits jetzt auffielen und die Gefahr bestand, dass sie zum Skandal des Abends wurden. Sein suchender Blick fand Blackwell neben der Säule am Eingang, wo er die frische Luft und ein Glas mit kostbar aussehendem Inhalt genoss. Der pfiffige Mistkerl verstand die Frage in Coles Augen sofort, als er die Countess erblickte, die fast ein wenig taumelte. Blackwell deutete mit dem dunklen Kopf auf eine Tür am Südende des Saals und trat vor, um die Aufmerksamkeit der Menge mit einem weiteren Toast auf seine geliebte Frau zu lenken.

Sobald ihm alle zuhörten, bugsierte Cole Imogen halb ziehend, halb schiebend durch die entsprechende Tür und dann einen dunklen und unheimlich leeren Gang entlang. Er stützte sie mit dem linken Arm und versuchte den Busen zu ignorieren, der sich gegen seine Seite drückte, oder den Kopf, der so angenehm auf seiner Schulter lag.

»Wir drehen uns nicht mehr«, sagte sie seufzend. »Aber alles andere schon.«

Er probierte ein paar verschlossene Türen, bis sich eine öffnen ließ, und zog Imogen mit sich in das Zimmer. Als er die Tür hinter ihnen zumachte und abschloss, waren sie plötzlich von Dunkelheit umgeben.

»Oh nein.« Die dunklen Schatten schienen sie aus ihrer Benommenheit zu reißen, und sie wand sich ein wenig in seinen Armen.

»Halten Sie still«, befahl er sanft.

»Nein«, rief sie und drehte sich in seinem Griff herum wie ein aufsässiges Kind in den Armen eines strengen Kindermädchens. »Nein, das ist nicht richtig. Ich kann nicht mit Ihnen allein sein. Es geht einfach nicht.«

»Warum nicht? Sie wissen, dass ich Ihnen nichts tue.«

»Sie verstehen das nicht.« Ihr Widerstand wuchs, und sie ruderte mit den Armen. »Nicht ich bin in Gefahr. Sondern Sie. Wir können nicht hierbleiben, nicht allein.«

Plötzliche Furcht packte ihn, und er umfing sie so fest, dass ihre Arme unbeweglich an ihre Seiten gefesselt wurden. »Warum, verdammt?«, fragte er. »Wovor haben Sie Angst, sagen Sie es. Haben Sie jemanden gesehen? Wurden Sie bedroht?« Sie hatte nichts zu befürchten. Niemand würde sie heute Abend noch anfassen. Darauf konnten sie sich beide verlassen.

»Ich habe Angst … Ich habe Angst, dass ich Sie wieder küsse«, klagte sie. »Ich scheine das ständig zu tun, wenn wir allein im Dunkeln sind. Und dann werden Sie wütend. Sie sagen oder tun etwas Unschickliches. Oder es passiert etwas Schlimmes.«

Cole spürte, wie jeder Muskel in seinem Bauch sich anspannte, und stieß immer wieder ein raues, unvertrautes Geräusch aus.

»Oh, bitte, lachen Sie nicht«, flehte sie. »Es fühlt sich zu … köstlich an. Ich kann Ihnen kaum widerstehen, wenn Sie ein übelgelaunter Unmensch sind, wie habe ich dann eine Chance, wenn Sie lachen?«

Er hatte es nicht als Lachen erkannt. Es war zu lange her, dass er es erlebt hatte.

Köstlich. Sie hatte gewiss recht. Dieser Moment bekam plötzlich etwas Schwelgerisches. Der geschlossene Raum, der warme, berauschende Atem der Sommernacht. Ihre nackten Arme, so weich und wundervoll. Ihr warmer Duft, der um ihn herum erblühte. Plötzlich war er Adam, der im Garten Eden in Versuchung geführt wurde. Durch eine Frucht, die zu reif und zu verlockend war, um sie abzulehnen. Er durfte sie eigentlich nicht kosten. Nicht so, wenn ihr Verstand dem Champagner gehörte und ihr Körper ihm.

Als sich seine Augen an die Dunkelheit gewöhnt hatten, sah er, dass sie sich in einer Art Arbeitszimmer befanden, mit Möbeln, schwer und massiv und entschieden maskulin. Die Vorhänge waren nicht zugezogen, die klare Nacht überzog das dunkle Blau des Raums mit silbrigem Lack.

»Ich werde nicht wütend«, beruhigte er sie und lockerte seinen Griff, sodass er sie eher in seinen Armen wiegte als festhielt. »Und ich lasse nicht zu, dass etwas Schlimmes passiert.«

Sie erstarrte in seinen Armen. »Und – küssen?«, fragte sie zweifelnd.

Cole verbarg sein Lächeln in der Dunkelheit und senkte den Kopf, rieb die Nase an ihrem Haar und genoss den Duft und die weiche Haut darunter.

»Was das Küssen angeht, kann ich nichts versprechen.«

21

Bis zu diesem Augenblick war die Nacht Coles Feind gewesen. Eine Zeit und ein Ort, wo Schatten und Schrecknisse aus seiner Erinnerung lauerten. Er konnte nicht sagen, was schlimmer war. Die Albträume, wenn er schlief …

… oder die, wenn er wach war.

In der Vergangenheit hatte er es gehasst, wenn die Dunkelheit seine Instinkte weckte und die anderen Sinne zu schärfen schien. Geräusche wurden intensiver, Düfte reicher und die Empfindlichkeit seiner Haut gesteigert.

Aber jetzt … da das einzige Geräusch das süße Stocken von Imogens verzweifelten Atemzügen war, als sie sich ihm zuwandte. Der einzige Duft der nach Champagner und Beeren in ihrem heißen Atem war. Die einzige Empfindung ihre von Seide umhüllte Hand, die ihm über die kurzen Locken in seinem Nacken strich, woraufhin sich überall auf seinem Körper die Härchen aufstellten … nun, er konnte nicht sagen, dass ihn die Dunkelheit jetzt besonders störte.

Nur wollte er gern ihr Gesicht sehen. Das Verlangen in ihren Augen lesen.

Er legte die Hände um ihre Taille und nahm das leise Klicken und Quietschen wahr, als die Gelenke seiner Prothese sich bewegten.

»Sie haben nicht versprochen, nichts Ungehöriges zu sagen oder zu tun«, sagte sie.

»Ich denke, wir wissen beide, dass ich kurz davor bin, etwas sehr Ungehöriges zu tun.«

Cole zog sie an sich, erregt und entflammt. Ihr weicher Körper, von der Form eines Stundenglases, passte sich an ihn an und verschmolz mit ihm. Er senkte den Kopf, küsste spielerisch ihre nackte Schulter, suchte nach der flaumigen Haut in ihrem Nacken.

Er wusste, sobald sein Mund auf dem ihren lag, würde jeder Gedanke an Ehre und Kontrolle verschwinden wie die Sterne hinter den tief hängenden Londoner Wolken. Er wollte diesen Moment verlängern, in dem sie so biegsam und willig in seinen Armen lag. Eine fast unschuldige Aufrichtigkeit erblühte zwischen ihnen. Ja, er wollte diesen Moment für immer bewahren, ihn ordentlich zusammenfalten, mit Bändern aus Mondstrahlen umwickeln und an dem Ort verstauen, von dem sie einmal gesprochen hatten. An diesem geheimen Ort, der tief in ihm lag und den nur er besuchen konnte.

Nur glaubte er jetzt, sie dorthin mitnehmen zu können.

Ein verirrter Laut entfuhr ihr, als er mit den Lippen über ihre empfindliche Halsgrube strich. Ihre Finger gruben sich in sein Haar, und sie lehnte sich schwer an ihn. »Ich … Ich habe meine Meinung geändert«, sagte sie taumelig. »Sie dürfen mich jetzt küssen.«

Ihre Lippen fanden seine Schläfe, suchten ungeschickt nach seinem Mund, den er ihr verweigerte.

»Wie wankelmütig Sie sind, Lady Anstruther«, neckte er sie sanft und leise an ihrem Ohr.

»Ich kann Ihnen versichern, dass das nicht stimmt«, versprach sie. »Es ist nur, wenn mein Mund nichts zu tun hat, könnte ich etwas sagen, was ich nicht sagen dürfte.«

Oh, er wollte dafür sorgen, dass ihr Mund etwas zu tun hatte. Dinge, die sie schockieren würden. Dinge, die sie aufbringen und alarmieren würden. Oh Gott, wenn nur …

Rigoros unterdrückte er das lüsterne Tier, das die Zartheit

des Augenblicks bedrohte, und konzentrierte sich stattdessen auf die Hand in dem Satinhandschuh, die seinen Kiefer sanft liebkoste.

»Sie können mir alles sagen«, sagte er schroff und rieb das Gesicht in ihrer geöffneten Hand wie ein Wolf, der um Zuneigung bettelte. Mit den Zähnen packte er die winzige Naht oben am längsten Finger und zog daran. Dann tat er dasselbe bei den anderen Fingern, und der Handschuh glitt von ihrer Hand.

Cole steckte ihn in die Tasche und dachte, dass er dabei war, eine kleine Sammlung ihrer Handschuhe anzulegen. »Wissen Sie, was mir an Ihnen gefällt?«, fragte er und zeichnete die Linie ihrer Taille nach, bevor seine Hand ihr Rückgrat hinaufwanderte. Das sanfte Zittern ihrer Muskeln, das er unter seiner Hand spürte, erregte ihn. »Sie sind unfähig, Ihre Gefühle zu verbergen. Ihre Emotionen strahlen selbst im Dunkeln von Ihnen aus. Das ist ziemlich ansteckend, wissen Sie.« Er erwischte ein weiches Ohrläppchen mit seinen Lippen und nagte daran.

Ihr Keuchen schmolz zu einem Stöhnen. »Sie wissen nicht, was ich zu verbergen habe«, sagte sie atemlos. »Sie dürfen es nie erfahren.«

»Warum?« Er leckte an der salzigen, weichen Stelle hinter ihrem Ohr.

»Weil«, hauchte sie fast unhörbar. Dann legte sie die Hände auf seine Brust und drückte sich ab, bis sie sich wie ein Schlangenmensch in seinen Armen zurückbog.

Ihre Stimme wurde kräftiger, die Verzweiflung übertönte das heisere Verlangen. »Weil man manchmal von Geheimnissen abhängig wird, wenn man sie zu lange für sich behält. Das ganze Leben könnte auseinanderbrechen, wenn man sie enthüllte.«

»Erzählen Sie es mir«, drängte er und packte sie fester. »Erzählen Sie mir, was Sie ängstigt. Sprechen Sie über Ihre Geheimnisse, und ich werde alles für Sie zusammenhalten.«

»Muss ich?«, fragte sie klagend und schmiegte sich wieder an ihn, fuhr mit den Lippen über die Stelle, wo sein Kiefer in seinen Hals überging. »Muss die Vergangenheit so viel bedeuten, jetzt, da Sie zurück sind, und ich bin, wer ich bin, und nicht mehr, wer ich war?«

Sie redete Unsinn, aber das war nicht so wichtig. Ihr Mund hinterließ einen feuchten Pfad auf seinem Kiefer und steuerte quer über die Wange gefährlich schnell auf seinen Mund zu. Cole hatte das deutliche Gefühl, dass sie ihn mit der verlockenden Berührung ihrer Lippen nur ablenken wollte.

Und es funktionierte, verdammt.

Die Bestie in ihm schnurrte und knurrte zugleich, als er den Kopf drehte und ihren suchenden Mund in Besitz nahm. Ihre Zungen glitten umeinander in einem Tanz aus feuchter Seide und ungebrochenem, unkompliziertem Verlangen.

Sie sollte ihre verfluchten Geheimnisse bei sich behalten, beschloss Cole, solange sie weiter so weich und begierig in seinen Armen lag und seine verfeinerten Sinne überwältigte, bis die Welt um sie herum verschwand. Der Raum verblasste, und selbst der Mond schien schwächer zu werden neben der aufflammenden Begierde, die ihn mit der weißglühenden Hitze eines Blitzschlags durchfuhr. Der Kosmos neigte sich, zog sich zusammen und dehnte sich wieder aus, und sie hingen an einem ewigen Firmament, das nur durch die kleinen Explosionen unbekannter Sterne erleuchtet war.

Sie nahm sein Gesicht in beide Hände, die eine nackt und warm, die andere noch im Handschuh. Cole kostete sie, verschlang sie, und doch hielt ihr sanfter Griff ihn gefangen. Ihre Hände glitten seinen Hals hinunter und ließen ihn überall erschaudern, bevor sie über die Muskeln seiner Brust strichen und an den Revers seines Fracks zupften.

Ein leiser Fluch entfuhr ihm, die Lungen arbeiteten schwer unter ihren Händen. Heiße Lustschauder liefen ihm den Rücken hinauf und hinunter, schossen ihm bis in die Fingerspitzen und verbrannten die Nervenenden, bis er das Gefühl hatte, ein Inferno herbeizuführen, wenn er nicht bald seine Kleider loswurde.

Sie löste sich von ihm, und beinahe hätte er sie nicht freigegeben. Als er seine Wange an die ihre legte, spürte er einen Hauch von Feuchtigkeit auf der Haut, er hatte eine einzelne Träne zwischen ihnen zerdrückt. »Ich könnte mich in Sie verlieben, wenn Sie mich ließen.«

Ihr banges Flüstern erschütterte den Boden unter seinen Füßen. Sie schwebten nicht mehr in einem phantastischen Mitternachtshimmel, sondern landeten wieder auf der harten und unnachgiebigen Erde, die sich um sich selbst drehte und auf einer endlosen Umlaufbahn ins Vergessen flog.

Diese Frau lag hier in seinen Armen. War nicht eingeschlossen in einer fast vergessenen Erinnerung, stand nicht auf dem Podest, das er aus der Vergangenheit gebaut hatte. Sie war hier. Und sie bot ihm ihr sanftes, aufrichtiges Herz.

Coles Mund öffnete sich, eine Antwort auf den Lippen wie ein Taucher am Rand einer Klippe.

Aber als ihre Hand tiefer glitt und über der Hose die geschwollene Form seiner Erektion betastete, wurde offensichtlich, dass keiner von ihnen je erfahren würde, was er sagen wollte.

Mit dieser einen Liebkosung hatte sie den Rest seiner Selbstkontrolle zerschlagen, und seine Menschlichkeit lag in den zerbrochenen Scherben des Mondlichts auf den dicken Teppichen unter ihnen. Die Bestie kam brüllend an die Oberfläche, ein heiserer Laut entfuhr seiner Brust, und er küsste sie rau.

Cole hob sie hoch, presste sie an sich und ging mit ihr rückwärts, bis er gegen ein massives Möbelstück stieß. Ein Schreibtisch. Hervorragend. Er drehte sich mit ihr um, setzte sie darauf und drängte seine Zunge in die seidige Hitze ihres Mundes, bis ihre Beine sich öffneten, um ihm Platz zu machen.

Sie klammerte sich an ihn, als könnte sie noch fallen, ihre Röcke bauschten sich, als sie die überraschend kräftigen Schenkel um ihn legte, ihn mit Armen und Beinen fest umschlang.

Aber plötzlich genügte selbst das nicht mehr. Er musste ihre Haut an seiner spüren. Ihre Wärme, ihr feuchtes Verlangen. Er brauchte rhythmische Bewegung, wollte sehen, wie ihre geschmeidigen Muskeln sich anspannten und dehnten, wenn sie kam.

Irgendwie schaffte er es, seine eigenen Handschuhe auszuziehen, bevor er ihre Röcke packte und über die Knie hochzog. Mit der linken Hand hielt er sie an sich gedrückt, die rechte fuhr ihren Schenkel hinauf, bis er die satinweiche Haut oberhalb der Strumpfbänder spürte.

Sie keuchte und wand sich, knetete die gewölbten Muskeln seines Rückens, als er die unendlich glatte Haut auf der Innenseite ihrer Schenkel liebkoste. Haut, die wärmer wurde, je höher er kam, bis er die Öffnung in ihrer Unterhose fand, hinter der pulsierende Hitze ihn schamlos einlud.

Er fühlte sich gleichzeitig schlecht und willkommen, als er durch die Öffnung griff und den weichen Flaum berührte, der ihre heiße Scham schützte. Provoziert und demütig zugleich legte er die Hand auf den feuchten Hügel.

Zischend stieß sie den Atem aus und überflutete seine Sinne mit Champagner und Sex, als sie die Hüften vorschob und den schönen Rücken zurückbog, genau wie er es sich wünschte.

Er murmelte drängende Worte an ihrem Mund, leise, animalische Lobpreisungen, die an ihren weichen Lippen hart und vulgär klingen mussten.

Aber seine Hand blieb sanft, als er die prallen Lippen auseinanderspreizte, hinter denen sich ihr Geschlecht verbarg, und einen Finger in ihr feuchtes Verlangen tauchte.

Ihr gemeinsames Ausatmen war eine verzweifelte, heisere Beschwörung. Cole beugte sich weit über sie, legte den Mund auf ihre Kehle, die sie ihm darbot, als seine Finger die weichen Falten ihres Schoßes streichelten. Er liebte diese zarte Haut. Spreizte und liebkoste sie, bis sie flehende, kleine Schreie ausstieß und ihre Hüften sich in ungeübtem, aber unmissverständlichem Verlangen an ihn drängten und versuchten, den geschickten Bewegungen seiner Finger zu folgen.

Lächelnd rieb er sein Gesicht an ihrer zarten Kehle und berührte mit einer feuchten Fingerspitze die kleine, pulsierende Perle ihrer Lust. Einmal. Zweimal. Genoss es, wie sie erschauderte. Wie sie sich mit ihren kleinen Fäusten an seinen Kleidern festklammerte und daran zerrte, als würde sie sie ihm vom Leib reißen wollen.

Sie keuchte seinen Namen, wand sich, drängte sich dichter an ihn heran. Flehte mit ihrem Körper, dass er sie von ihrer Qual erlösen möge. Und schließlich gab er nach, glitt mit dem längsten Finger in die zarte Spalte und fand den weichen, engen Ort, den ihr Körper seinetwegen mit Feuchtigkeit überzogen hatte, während er gleichzeitig den Daumen auf das pochende Knöpfchen ihrer Empfindung und Lust legte.

Ein leiser Schluchzer entfuhr ihr, als der Finger ganz in sie eintrat, ihr Körper saugte ihn mit festem Schaudern in sich hinein. Er staunte, dass ein so enger, schmaler Ort in der Lage war, sich so zu dehnen, dass er die Länge und den Umfang eines Mannes in sich aufnehmen konnte.

Er bewegte sich in ihr, betastete die einzigartige Seide, die es nur im Geschlecht einer Frau gab. Dann krümmte er leicht den Finger, während er gleichzeitig mit dem Daumen über ihre pochende Klitoris rieb. Als er einen sanften, langsamen Rhythmus gefunden hatte, zuckte sie und wand sich, und ihr Atem kam schnell und keuchend, unterbrochen nur von zitternden Seufzern. Ihr Körper umspannte ihn, schloss sich um ihn mit süßen, samtweichen Krämpfen, die zusammen mit den Lauten ihrer Lust heftiger wurden.

»Cole?«, wimmerte sie, als ihre Hüfte sich über dem Schreibtisch hob, sich an ihn presste, und sie mit weichen, wiegenden Bewegungen praktisch seine Hand ritt.

»Ich bin hier«, beruhigte er sie und fuhr mit dem Mund zu ihrem. »Ich bin hier, meine Süße.«

»Lass. Mich. Nicht. Los«, flehte sie im Rhythmus der Bewegungen seiner Hand.

»Niemals«, schwor er, als sie an ihm zog und riss, und ihr Geschlecht sich in einem wunderschönen, kräftigen Pochen um ihn zusammenzog.

Er trank die ekstatischen Laute von ihren Lippen, als er spürte, wie seine Finger bei ihrem zitternden Klimax noch feuchter wurden. Es erfüllte ihn mit Begehren und Ehrfurcht, ihre Lust zu spüren, die sich weiter und weiter in die Höhe schraubte, bis er sich fragte, ob sie jemals enden würde. Bis er wollte, dass sie niemals endete. Diese Frau, dieser unglaubliche Schatz … er wollte ihr Stunden der Lust schenken für jeden Augenblick des Schmerzes, den sie hatte ertragen müssen.

Das konnte ein Leben lang dauern.

Wollte er ihr ein solches Leben wirklich anbieten?

Als ihre Ekstase abebbte, löste sie ihre Lippen von seinen und kam langsam wieder zu Atem, während sie sein Gesicht mit Küssen bedeckte – sanft wie die eines Schmetterlings.

Cole löste seine Hand von ihr und schloss die Augen, als ihre Lippen seine Lider berührten wie alles andere auch. Jeder Muskel seines Körpers spannte sich an, bis er fürchtete, etwas könnte reißen. Er brauchte sie. Er musste in ihr sein. Er wusste, ihr weicher, enger Kanal war jetzt feucht genug, um ihn aufzunehmen. Er konnte in ihre Wärme hineinschlüpfen, und sie würde ihn an sich ziehen.

Aber er rührte sich nicht. Er wagte es nicht.

Sie war betrunken ... und er war eben doch ein verdammter Gentleman.

Verflucht.

Cole drückte den Mund auf ihr Haar neben ihrem Ohr und zwang seine Erektion, zu vergehen. Zwang die Bestie, zurückzuweichen. Ermahnte sich, dass es falsch wäre, sie jetzt zu nehmen. Dass es ...

»Ich habe dich vermisst«, gestand ihre sanfte Stimme an seiner Schläfe. »Ich habe dich so schrecklich vermisst. Ich hatte nicht das Gefühl, das Recht dazu zu haben, aber ich tat es trotzdem. Die ganze Zeit habe ich an dich gedacht. Mir ... Sorgen um dich gemacht.«

In diesem Moment schmolz sein Herz, wurde warm und weich. Sie hatten sich nur wenige Tage nicht gesehen.

Doch er hatte sie auch vermisst.

Unfähig, diese Worte herauszubringen, zog er sie an sich – ein warmes Bündel aus Seide und Sex – und umarmte sie still. Ihre Herzen schlugen ganz nah beieinander. Sie wiegten sich ein wenig, sie mit matter Zuneigung, und er mit wachsender, rhythmischer Begierde.

Sie schlang die Beine höher um ihn, presste die Hüfte an ihn. »Cole«, flüsterte sie. »Ich will, dass du– «

Es klopfte an der Tür, und abrupt lösten sie sich voneinander und Cole zog die Röcke wieder über ihre Beine.

»Herein«, sagte sie atemlos, als hätte sie geantwortet, ohne es zu meinen.

Cole kämpfte gegen den Drang, ihr die Hand über den Mund zu legen, als jemand die Klinke betätigte.

»Lady Anstruther?«, rief eine weibliche Stimme. »Imogen, sind Sie da drin? Ist alles in Ordnung?«

»Oh, es ist Millie.« Sie glitt vom Tisch auf ihre unsicheren Beine und wankte immer noch angetrunken zur Tür. »Ich komme!«, sang sie.

Cole packte sie um die Taille. »Du kannst so nicht da rausgehen«, zischte er an ihrem Ohr. »Dein Haar und dein Kleid sind völlig derangiert, und dein Ruf wird ruiniert sein. Werd' sie los.«

Sie lehnte sich ein wenig an ihn, bevor sie antwortete. »Er sagt, ich soll Sie loswerden, sonst bin ich ruiniert!«

»Das habe ich nicht–«

Jetzt wurde heftig an der Tür gerüttelt. »Wer hat das gesagt?«, fragte eine andere weibliche Stimme. Cole glaubte, Lady Northwalk zu erkennen. »Imogen, wer ist bei Ihnen? Sind Sie verletzt?«

»Ich fühle gar nichts«, antwortete Imogen, als würde sie sich selbst am meisten darüber wundern. »Es hat nicht einmal wehgetan, als er mich gebissen hat.«

»Gottverdammt.« Cole stieß den Fluch mit einem Knurren aus und hielt ihr diesmal wirklich den Mund zu. »Keine Sorge, Lady Northwalk, sie hatte nur ein bisschen zu viel–«

»Gebissen! Wer hat Sie gebissen? Ist Trenwyth da bei Ihnen?« Das Türschloss wurde auf eine harte Probe gestellt, als jetzt beide Ladies hektisch daran rüttelten. »Machen Sie sofort die Tür auf!«

»Geben Sie uns einen Moment, verdammt«, knurrte Cole. Er musste seine Gedanken sammeln und seine schmerzhafte Erektion zwingen, nachzulassen. Das sich windende kleine Biest in seinen Armen war dabei keine große Hilfe. »Halt still, verdammt«, befahl er an ihrem Ohr.

Eine männliche Stimme sprach eine Warnung aus, dann gab die Tür unter dem Gewicht eines rothaarigen Riesen nach.

Cole überlegte den Bruchteil einer Sekunde, ob es mehr Schaden anrichten würde, seine Hand auf Imogens Mund zu lassen, oder sie wegzunehmen. Er entschied sich schließlich für Letzteres, ließ allerdings ihre Taille nicht los.

»Mr. Argent«, grüßte Imogen fröhlich, als würde sie einen Gast in ihrem Salon willkommen heißen. »Was tun Sie denn hier?«

Argents kleine schwarzhaarige Frau folgte ihm auf den Fersen und durchbohrte Cole mit Blicken von der Farbe schwärzesten Obsidians, gefolgt von der besorgten Lady Northwalk.

»So wie es aussieht, sind wir hier, um Ihre Tugend zu beschützen«, sagte die Schauspielerin erregt.

»Meine Tugend braucht Ihren Schutz nicht mehr«, sagte Imogen mit einem wehmütigen Seufzer. »Er hat sie mir längst genommen.«

Argent wandte sich ihm zu, in seinen kalten Augen blitzte tödlicher Zorn.

»Wir sind gar nicht so weit gekommen.« Trenwyth hob abwehrend die Hand, auch wenn ihm schuldbewusst Hitze den Hals hinaufkroch. »Wir haben uns nur … geküsst.« Das klang selbst in seinen eigenen Ohren nach einer Lüge.

»An einem anderen Abend haben wir sehr viel mehr getan«, gestand Imogen mit einem verlegenen Kichern.

Er hätte ihr doch lieber den Mund zuhalten sollen, dachte er mit einigem Bedauern.

»Schämen Sie sich, Euer Gnaden.« Lady Northwalk ging

um die beiden wütenden Argents herum und kam näher. »Sie sollten sie beschützen.«

»Das habe ich.« Cole hielt Imogen fest, als die engelsgleiche Farah die Hand nach ihr ausstreckte. »Das tue ich noch. Sehen Sie sie an. Sie ist nicht in der Verfassung, um –«

Argent trat näher. »Sie ist nicht in der Verfassung von einem gierigen, zügellosen Idioten verführt zu werden. Jetzt übergeben Sie sie uns und bereiten sich auf die Prügel vor, die Sie verdienen.«

»Lassen Sie doch! Ich bin in einer ganz wunderbarer Verfassung, um verführt zu werden«, protestierte Imogen mit jetzt stärker ausgeprägtem Lallen. »Ich fühle mich wirklich beschwingt.«

Ein absurdes Lachen löste sich aus Coles Kehle, das er sofort bereute. Sie war verdammt noch mal so liebenswert wie unwiderstehlich.

»Geben Sie dem Champagner ein paar Stunden«, gab Millie zu bedenken und runzelte mit wissendem Mitgefühl die Stirn. »Und Ihr Gefühl wird sich ganz schnell ins Gegenteil verkehren.«

Cole musste zugeben, dass er Prügel verdient hatte. Nicht dass er Argent erlauben würde, ihm diese zu verabreichen. Ausgerechnet dieser heuchlerische Bastard musste sich über die Grenze zwischen Schutz und Nötigung auslassen. Er hatte Cole erzählt, wie er die Frau, die er später geheiratet hatte, praktisch entführt hatte.

»Chief Inspector, wann sind Sie denn gekommen?« Imogen beugte sich zu dem blonden Mann vor, der in Abendgarderobe und verwirrten Argwohn gehüllt in dem zersplitterten Türrahmen stand.

»Anscheinend gerade noch rechtzeitig«, sagte er in seiner üblichen beherrschten Art. »Was ist hier los?«

»Keine Sorge, niemand ist tot«, teilte ihm Imogen mit ernster Stimme mit.

»Noch nicht«, fügte Argent hinzu und stieß mit dem Finger nach Trenwyth, um keinen Zweifel daran zu lassen, dass sie ganz sicher noch einmal auf diesen Punkt der Diskussion zurückkommen würden.

Cole erwiderte herausfordernd seinen wütenden Blick, das Feuer in seinem Blut wechselte von Erregung zu Aggression. »Ich werde Lady Anstruther nach Hause bringen«, ließ er sie wissen.

»Damit sie zu Ende bringen können, was Sie angefangen haben?«, stieß Millie hervor. »Verdammt unwahrscheinlich.«

»Damit ich sie ins Bett bringen kann«, erklärte er durch Zähne, die er nicht auseinanderbekam. »Natürlich allein«, fügte er hinzu, als er Farah Blackwells alarmierten Blick sah.

Morley trat vor. Der Chief Inspector schien vorsichtig um Lady Northwalk herumzugehen und sogar die Berührung ihrer ausladenden Röcke zu meiden. »Eigentlich wollte ich mit Ihnen sprechen, Euer Gnaden.«

»Kann das nicht warten?« Cole bemühte sich nicht, seine Ungeduld zu verbergen.

»Es ist …« Der Chief Inspector warf einen verstohlenen Blick auf die Frau in seinen Armen. »Es geht um das Problem, über das wir neulich gesprochen haben. In der St. James Street.«

Imogen kippte ein wenig nach vorn, als Cole das verschlossene Gesicht des klugen Polizisten nach Hinweisen durchsuchte und seine Arme plötzlich schlaff wurden.

Hatte Morley Ginny gefunden?

Cole kämpfte gegen tausend Emotionen, die auf und ab wogten wie das Meer in einem Sturm. Wagte er, es zu hoffen? Wollte er es überhaupt wissen? Sollte er an einer Frau – an einer Erinnerung – genau so festhalten wie an der Lady in seinen Armen? Für die er ebenso starke Gefühle entwickelt hatte. Die er mit derselben Leidenschaft begehrte.

Und über die er fast ebenso wenig wusste.

Widerwillig entließ er Imogen in die wartenden Arme von Farah Blackwell. Millie gesellte sich zu ihr und stützte sie auf der anderen Seite.

»Ich werde morgen früh nach Ihnen sehen«, murmelte er in Imogens Haar, als er ihre Stirn küsste. Sie mussten über einiges reden.

Er musste ihr etwas sagen, unabhängig von dem, was Morley ihm enthüllte.

Inzwischen blinzelte sie mit der matten Schwere Betrunkener, auch wenn auf ihren vom Küssen geröteten Lippen ein träumerisches Lächeln lag. »Nacht, Euer Gnaden«, murmelte sie, und mit ihrer trägen Zunge klang sein Titel eher wie *Eur Gnan*.

Argent warf ihm einen letzten warnenden Blick über die Schulter zu, dann folgte er den drei Frauen wie ein ungeschlachter Wächter. Sie war sicher in ihrer Begleitung, das wusste Cole, dennoch war er noch nicht bereit, sie aus den Augen zu lassen.

Er sah Morley an und bemerkte, wie die wachsamen blauen Augen des Chief Inspectors weich wurden, als sie der wankenden Imogen nachblickten. Er entdeckte ein Zartgefühl darin, das ihn mit besitzergreifender Empörung füllte.

»Stimmt es, wessen man Sie beschuldigt, Trenwyth?« Der Inspector wandte sich von Imogen ab und durchbohrte Cole mit einem Blick, als wollte er eine tote Motte aufspießen. »Haben Sie ihren Zustand ausgenutzt?«

»Nein«, leugnete Cole, seinem Gefühl nach zum tausendsten Mal. »Wir haben uns geküsst und … vielleicht ein wenig mehr, aber wir haben das ehrlich gesagt schon mehrmals nüchtern getan – nicht, dass es Sie etwas anginge.« Cole fuhr sich unsicher durchs Haar und fühlte sich langsam wie der Schuft, der zu sein ihm vorgeworfen wurde. »Warum glauben Sie überhaupt, Sie in Schutz nehmen zu müssen?«, fragte er skeptisch. »Was bedeutet sie Ihnen?«

Etwas in Morleys Miene flackerte leicht und erregte Coles Aufmerksamkeit. »Sie erinnert mich an jemanden … jemanden, den ich sehr geliebt habe. Jemand, der von Männern wie Ihnen schlecht behandelt wurde.«

»Was meinen Sie damit, Männer wie ich?«

»Aristokraten. Soldaten. Alle, die eine hübsche, unschuldige Frau in einer verzweifelten Lage ausnutzen.«

»So jemand bin ich nicht, Morley.« Coles Stimme wurde gefährlich sanft.

»Doch, das sind Sie.«

»Nicht so. Nicht, wenn es um sie geht.«

Morleys Augen wurden schmal, und er betrachtete ihn so interessiert, wie dies ein Insektenforscher mit der bereits aufgespießten Motte tun würde.

»Über Lady Anstruther wollte ich in der Tat mit Ihnen reden.«

Cole blinzelte und wünschte, er hätte einen Drink zur Hand. »Sie sagten doch, sie wollten über die Kätzchen der St. James Street sprechen.«

In dem schwachen Licht, das aus dem Flur hineinfiel, öffnete Morley eine Schreibtischschublade, dann eine zweite, bis er Streichhölzer fand und eine Gaslampe anzündete. Danach lehnte er sich an den Schreibtisch und verschränkte die Arme in einer Pose entspannter Bereitschaft. »Es hat mich ein wenig Zeit gekostet, die Verbindung zwischen den Morden zu ermitteln, über die wir gesprochen haben, aber ich bin mir ziemlich sicher, dass ich sie gefunden habe … und sie es tatsächlich ist.«

Cole nahm eine ähnliche Haltung ein und runzelte ärgerlich und verwirrt seine Stirn. »Sie meinen, diese Morde sind mit Lady Anstruther verknüpft?«

»Ich fürchte, ja.« Morley nickte.

Coles Herz, schon durch Erregung und Zorn beschleunigt, trat bei dieser neuen Wendung mit der Kraft eines Maultiers gegen seine Rippen. »Wie ist das möglich?«

»Sobald mir aufgefallen war, dass sie zwei der Opfer kannte, waren die übrigen Verbindungen leicht zu finden. Lady Broadmore wurde, wie Sie wissen, in ihrem Garten gefunden. Und dann war da eine Molly Crane, eine Krankenschwester, die vor ihrer Zeit als Countess mit ihr im St. Margarets gearbeitet hatte. Ich ging dem nach und habe mir Lady Anstruthers Vergangenheit als Imogen Pritchard angesehen.«

Morley machte eine Pause und warf Cole einen Blick zu, wie um sich zu vergewissern, dass er das Gesagte überhaupt hören wollte.

»Und?«, drängte Cole ungeduldig.

»Ich habe noch weitere Opfer entdeckt, die in das Profil passen – womit ich meine, dass sie Lady Anstruther in Alter, Aussehen, Gewicht und Haarfarbe ähneln. Wenn man chronologisch vorgeht, ist da zunächst eine Miss Jane Raleigh, eine unverheiratete Frau, die vor etwa sechs Monaten nicht weit von Ihnen und den Anstruthers entfernt lebte. Ihre Eltern glaubten, sie sei mit einem Liebhaber davongelaufen, aber ich gehe von einem Mord aus. Sie hatte kein Geld und keine Habseligkeiten mitgenommen, und ich habe Beweise für einen Kampf im Garten gefunden.

Etwa zu der Zeit, als Sie sich im Krankenhaus von Ihrer Gefangenschaft erholten, wohnte Miss Pritchard mit ihrer Familie einen Monat lang in der Nähe des Gerichtsgebäudes in der Londoner Innenstadt, während der Earl of Anstruther eine Heiratsgenehmigung beantragte. In diesem Monat wurde keine drei Türen weiter ein junges, blondes Kindermädchen namens Ann Keaton vergewaltigt und erwürgt aufgefunden. Vor dieser Zeit hatte Imogen Pritchard gearbeitet, um ihre Familie in eher trostlosen Räumen nahe der Wapping High Street unterzubringen. Eine Zugehfrau in ihrem Gebäude, Rose Tarrly, erlitt dasselbe Schicksal wie Lady Broadmore, Miss Crane, Miss Keaton und Miss Raleigh. Gewiss erkennen Sie das Muster.«

»Natürlich.« Cole nickte und atmete unruhig aus. »Allerdings sehe ich keine Verbindung zum Nackten Kätzchen oder zu Ginny.«

»Darauf wollte ich gerade zu sprechen kommen«, murmelte Morley und trat unbehaglich von einem Fuß auf den anderen. »Die Verbindung mag nicht wirklich zwingend sein, aber ich hatte Ihnen doch von dem ersten Opfer erzählt, einer Miss Flora Latimer, die genau wie die anderen ermordet wurde.«

»Ja, Sie haben sie in Ihrem Brief erwähnt.«

»Von den früheren Nachbarn der Pritchards habe ich erfahren, dass der Vater der Familie, Mr. Pritchard, ein ständiger Gast im Nackten Kätzchen war. In der Tat hatte er enorme Schulden bei Ezio del Toro, dem ehemaligen Besitzer.«

Bei diesen Worten stieß Cole sich vom Schreibtisch ab und ließ die Arme sinken. »Hatte dieser Pritchard etwas mit Ginny zu tun? Wo ist er jetzt?«

»Ebenfalls tot«, stellte Morley fest. »Und hier wird das Ganze ziemlich undurchsichtig. Pritchard ist lange vor Miss Latimer oder den anderen gestorben, und so weit ich es weiß, hatte seine Familie nichts mehr mit dem Nackten Kätzchen zu tun.«

»Woher haben Sie diese Information?«

»Vom aktuellen Besitzer des besagten Etablissements, einem Mr. Jeremy Carson. Er hat mir die Zeiträume genannt, und es kommt alles hin. Lady Anstruthers Vater starb, bevor Ginny anfing, dort zu arbeiten. Wie ich schon sagte, wenn es überhaupt eine Verbindung gibt, scheint sie recht fraglich zu sein.«

Cole ging erregt durch den Raum. Etwas nagte an diesem Ort in seinem Inneren, kratzte an der verschlossenen Tür in seinem Kopf. Eine Erinnerung. Eine Verbindung. Etwas, das vor Kurzem passiert war …

»Warten Sie.« Er erstarrte mitten im Gehen und wirbelte zu Morley herum. »Wie, sagten Sie, heißt der Besitzer des Nackten Kätzchens?«

»Mr. Carson«, antwortete Morley.

»Nein.« Cole ging gestikulierend auf den Chief Inspector zu. »Nein, nein, nein«, sagte er im Rhythmus des hektischen Pochens in seiner Brust. »Sein Vorname, Sie sagten, er sei Jeremy?«

»Ja«, antwortete Morley langsam und betrachtete ihn zögernd. »Aber hatten Sie nicht selbst mit dem Mann gesprochen.«

»Das habe ich«, bestätigte Cole. »Aber er hat mir nie seinen Vornamen genannt.«

»Ich fürchte, ich kann Ihnen nicht folgen.« Morley zupfte an seinem hohen Kragen. »Was hat der Vorname des Mannes mit dem Fall zu tun?«

»Alles.« Cole konnte nicht länger still stehen, konnte nicht länger in diesem Haus, in diesem Raum bleiben. Er musste handeln. Er musste diesem Rätsel bis zum Ende nachgehen, und er hatte eine ziemlich genaue Vorstellung davon, wo er zu suchen hatte. »Als ich in der Nacht, in der Lady Broadmore getötet wurde, in Lady Anstruthers Garten war, hat sie mich im

Dunkeln mit jemandem verwechselt. Sie hat mich bei seinem Namen gerufen. Seinem Vornamen.«

»Ja?« Morleys Augenbrauen krochen seine Stirn hinauf. »Und dieser Name war …«

Cole hatte das deutliche Gefühl, dass der kluge Polizist ihn ohnehin schon kannte, aber er wollte es bestätigt haben, und so tat er es mit der ganzen Schwere des riesigen Steins, der ihm plötzlich im Magen lag.

»Sie nannte mich Jeremy.«

22

Wenn Cole aus seiner Zeit als Spion etwas gelernt hatte, dann, dass Geheimnisse immer enthüllt werden wollten.

Er wusste nicht, wie lange er in Imogens Garten gestanden und zum Himmel hochgeblickt hatte. Lange genug, dass Argent und Millie LeCour sie ins Bett bringen und eine Weile Wache halten konnten. Bevor sie nach Hause gingen, hörte er noch, wie sie sich mit O'Mara und Rathbone berieten.

Er mied die Polizisten auf ihrem Rundgang und wartete darauf, dass seine Gedanken sich zu einer Art Plan zusammenfügten und sich dann im Kosmos verstreuten, so willkürlich wie die Position der Sterne.

Als ihm eine kühle Sommerbrise durch das Haar fuhr, atmete er tief durch, um sich zu beruhigen, und überlegte, wie merkwürdig es doch war, dass Menschen immer versucht hatten, im Nachthimmel Bedeutungsvolles zu finden. Sie verbanden die Himmelskörper miteinander und machten aus ihnen, was sie wollten – was sie zu finden hofften, wenn sie zu den Sternen aufblickten. Einen gefallenen Helden. Die Umrisse eines Geschöpfes. Oder oftmals einen Gott oder eine Göttin.

Cole kannte die Sternenbilder. Er konnte viele von ihnen aus zahlreichen Teilen der Welt benennen. Aber in Wahrheit hatte er nie sehen können, was Astronomen und Philosophen entdeckt hatten. Nie hatte er den Jäger Orion in der Handvoll blasser Sterne erkannt oder Kastor und Pollux im Bild der Zwillinge gesehen. Es waren Männer gewesen, bestenfalls Legenden. Vielleicht Mythen, die die Barden des Altertums erdacht hatten. Aber auf keinen Fall waren es diese von frühen Theologen gezeichneten Linien, die sie im ewigen Jenseits unsterblich machten. Wenn diese mythischen Männer je gelebt hatten, waren sie sicherlich gestorben und hatten den Weg alles Lebendigen genommen.

Schon in seiner Jugend hatte Cole begriffen, dass er kein Talent für romantische Phantasien hatte. Er war unfähig, die nötigen Verbindungen herzustellen, um das wunderbar Göttliche im Alltag zu finden. Er begriff Wahrheiten, die viele ablehnten. Dass es oft zu Gerechtigkeit führte, das Gesamtbild zu sehen. Dass die meisten Konstrukte der Gesellschaft imaginär und unsichtbar waren, vor allem für jene in Orions Position oben am Himmel, hinter dem Mond. Wenn der Jäger real wäre und, wie der Mythos behauptete, unsterblich dort am Nachthimmel hing, dann könnte er hinunterblicken und doch nichts von all dem sehen, für das Männer kämpften und sich gegenseitig umbrachten.

Denn Landesgrenzen waren nur Linien auf einer Karte, nicht auf der Erde selbst. Und Geld war nichts als eine Idee, über die man sich einig geworden war, ein Wert, den man hübschen Metallen zuschrieb. Eine Ökonomie bestand aus einem komplizierten Netz aus Interessen, aus Produktion und Konsum, und schien dafür wie gemacht, immer wieder irgendwann zusammenzubrechen.

Denn jede Gesellschaft, jede Zivilisation schien eine einfache und offensichtliche Wahrheit zu leugnen: Der Mensch war trotz des ganzen Fortschritts im Grunde nicht mehr als ein Tier. Gesteuert von Urinstinkten und mächtigen, umfassenden Trieben. Auch wenn er noch so sehr versuchte, seine primitive Fleischeslust auf unterschiedliche und mit den Epochen wechselnde Dämonen der Unterwelt zu schieben – ein Mann war ganz allein für seinen bösen Willen verantwortlich.

Während er diese eher nihilistische Sichtweise gehegt und mit düsteren Lebenserfahrungen untermauert hatte, hatte er langsam begriffen, dass er bei seiner Einschätzung der Menschheit etwas sehr Wichtiges vergessen hatte …

Frauen.

Ganz andere Geschöpfe, geschaffen aus unzähligen Widersprüchen. Sowohl mächtig als auch verfolgt. Zu gleichen Teilen aus Angst und Gerechtigkeit gemacht. Verstand und Weisheit.

Kraft und Geheimnissen.

Natürlich hatten auch Frauen niedere Instinkte, aber in der Regel existierten sie auf einem höheren Niveau als die grausame und egoistische männliche Gegenseite. Sie waren freundlich und altruistisch, besaßen Moral und Verständnis, was für Männer nicht immer galt. Vor allem nicht für Männer wie ihn.

Imogen, das war anzunehmen, hatte mehr Geheimnisse als die meisten Frauen. Geheimnisse, die für sie beide von Bedeutung waren und enthüllt werden mussten.

Cole drehte eine letzte Runde durch den Garten, der inzwischen für ihn bedeutungsgleich mit ihr war, mit Imogen. Hier hatte sie zuerst seine Aufmerksamkeit gefangengenommen, dann seine Lippen und irgendwann sein Herz.

Es hatte lange gedauert, bis er nach seiner Verletzung wieder zu klettern gelernt hatte, aber seine Höhlenexpedition in Amerika war eine unschätzbare Erfahrung und Übung gewesen. Er legte sein Jackett auf die Bank, auf der sie erst vor wenigen Tagen zusammen gesessen hatten, packte das Spalier mit seiner gesunden Hand und begann den Aufstieg.

Mit dem Haken in der Handfläche der Prothese, die mit den Gurten um seinen Körper gesichert war, konnte er sich nur in einer Position halten, aber mit der anderen Hand und den Füßen arbeitete er sich fast so geschickt wie früher nach oben. Sobald der Balkon im ersten Stock in Reichweite war, sprang er und hielt sein ganzes Gewicht mit einer Hand. Er stieß einen üblen Fluch aus, als die Wunde in seinem Arm schmerzte, als wollten die Stiche reißen, und mit einer letzten Kraftanstrengung rammte er den Haken in das hölzerne Geländer. Dann suchte er Halt mit den Füßen, kletterte über das Geländer und landete in der Hocke auf dem dunklen Balkon.

Im Erdgeschoss gab es viele doppelt gesicherte Schlösser, aber die meisten Fenster und Türen des Obergeschosses waren nur mit einem Haken verschlossen.

Er drückte den Hebel an seiner Prothese und erschrak, als die dünne Klinge mit einem metallischen Geräusch hervorsprang. Vorsichtig schob er sie zwischen die Balkontüren und dann langsam nach oben, bis der Haken sich mit einem leisen Klicken löste.

Dann zog er die Klinge wieder zurück, machte die Tür auf und betrat von niemandem bemerkt wie ein Schatten das Haus.

Er hatte das schon unzählige Male getan, aber nie hatte sein Puls so gedonnert. Nie hatte es seinen Verstand so beschäftigt.

Nie war er mit dem Herzen dabei gewesen.

Wie konnten Ginny und Imogen durch einen jungen, unerfahrenen Zuhälter und Buchmacher miteinander verbunden sein? Natürlich gab es mehr als einen Jeremy auf der Welt, aber er konnte diesen Zufall unmöglich außer Acht lassen. Eine Prostituierte und eine Frau, die sich der Rettung von Prostituierten widmete … es war durchaus möglich, dass sie sich einmal getroffen hatten.

Oder wenigstens gemeinsame Bekannte hatten.

Wenn Imogens Vater ein langjähriger Kunde im Nackten Kätzchen gewesen war und dem Etablissement Geld geschuldet hatte, dann mussten seine Hinterbliebenen etwas mit dem ehemaligen – oder aktuellen – Besitzer zu tun gehabt haben. Wahrscheinlich hatte Imogen sich geschämt, das zuzugeben.

Noch dazu einem zugegebenermaßen feindseligen Duke gegenüber.

Sollte je herauskommen, dass die Countess Anstruther mit einem Luden aus Piccadilly Umgang pflegte, wäre das mehr als ein Skandal. Es wäre ihr Ende.

Der Balkon gehörte zur Suite des Hausherrn – Cole nahm an, dass Imogen diese bewohnte. Aber als er über die weichen Teppiche zum Bett schlich, fand er zu seiner Überraschung eine füllige, grauhaarige Frau in tiefem Schlaf vor.

Ihre Mutter, begriff er, und ein Schmerz meldete sich in seiner Brust. Imogen hatte ihr die größten und komfortabelsten Zimmer überlassen. Sie selbst wohnte höchstwahrscheinlich in der Suite der Countess wie zu Lebzeiten des Earls.

Es passte zu ihr, dachte er mit einem widerstrebenden Lächeln, den Luxus denen zu überlassen, die sie liebte.

Im Flur blieb er zögernd stehen und blickte auf die wenige Schritte entfernte Tür zur Suite der Countess.

Dort würde er Imogen finden. Sie würde schlafen nach dem vielen Champagner. Weich, anschmiegsam und warm. Gott, wie verlockte es ihn, diese Tür zu öffnen und die Dunkelheit entscheiden zu lassen, was als Nächstes passierte.

Aber ihre Geheimnisse würde er in ihrem Bett nicht finden.

Die befanden sich in einem anderen Zimmer, dachte er voll Zuversicht.

An dem Tag, an dem er vor ihrer Tür gegen die Verbrecher gekämpft hatte, hatte sie ihn durch einen langen Gang zur Hintertreppe geführt. Als sie bemerkt hatte, dass eine bestimmte Tür nur angelehnt gewesen war, hatte sie sie rasch abgeschlossen und ihm einen schuldbewussten Blick zugeworfen.

Ihm war sofort klar geworden, dass sich in dem Zimmer etwas befand, das er nicht sehen sollte. Damals hatte er höflich so getan, als hätte er es nicht bemerkt.

Damals hatte er noch nicht gewusst, dass ihre Vergangenheit mit der seinen verknüpft war.

Er wandte sich der Treppe zu und stieg leise ins Erdgeschoss hinunter. Dann schlich er auf lautlosen Sohlen durch die Eingangshalle und den Gang zu jener Tür. Natürlich war sie abgeschlossen, aber er brach mühelos das Schloss auf, und die Tür öffnete sich auf leisen, gut geölten Angeln.

Das Zimmer lag in der Mitte des Hauses und hatte daher keine Fenster, und auch der Gang davor wurde nur vom Mond und dem schwachen Licht einer Lampe erhellt, die man wahrscheinlich brennen ließ, falls jemand nachts noch in die Küche wollte.

Merkwürdige eckige Formen schienen sich in diesem Zimmer zu häufen, fast wie die Skyline einer Stadt. Er holte die Lampe vom Ende des Ganges und hielt sie hoch.

Gemälde?

Gleichermaßen angezogen von Bewunderung und Furcht trat er in das große, dunkel getäfelte Zimmer. Hier war ihre Zuflucht, der Ort, wo sie die Bilder ihrer Erinnerung aufbewahrte.

Die Staffelei stand an der hinteren Wand, und ihre Malutensilien lagen in einer für Außenstehende nicht nachvollziehbaren Ordnung daneben. Dort lehnte auch die Skizze von Achilles, die durch ein paar grobe Farbschichten schon ihre endgültige Form angenommen hatte.

Über manche der größeren Leinwände waren staubige Überwürfe gehängt, aber ebenso viele waren unbedeckt. Ein paar Landschaftsbilder versetzten ihn in die Provinz, ein anderes in eine Gasse des East End. Dann gab es Gemälde von Orten, die sie nur auf anderen Bildern gesehen haben konnte.

Marokko oder Marrakesch, Indien und, wenn er sich nicht irrte, die Alpen. Gemalt mit sehnsüchtiger, wehmütiger Hand. Es war, als würde sie ihre Unwissenheit akzeptieren und mit dem Pinsel ihre eigene Vorstellung eines Orts kreieren. Diese Landschaften hatten etwas Unfertiges, Erwartungsvolles, als würden sie darauf warten, das sie sie endlich bereiste und die Realität die Phantasie ergänzte, damit die Bilder als vollendet betrachten werden könnten.

Sie war talentierter als er angenommen hatte, dachte Cole. Vielleicht sollte er einmal mit ihr an diese Orte reisen. Wahrscheinlich war er schon einmal dort gewesen, nur führe er diesmal nicht hin, um Informationen zu beschaffen oder jemandem eine Falle zu stellen, sondern ganz allein zum Vergnügen.

Und vielleicht würde er finden, was er seit Ewigkeiten suchte, während er ihr dabei zusah, wie sie die Schönheit, die ihre sanften Augen entdeckten, auf die Leinwand übertrug.

Frieden. Sinn. Ein Ziel.

Liebe?

Obwohl er wusste, dass niemand in diesem Stockwerk schlief, bewegte Cole sich mit größter Vorsicht. Er hatte das Gefühl, auf geweihtem Boden zu stehen. Eine erwartungsvolle Stille durchdrang den Raum, eine heilige Stille, die ihn gleichzeitig lockte und abstieß.

Er stellte die Lampe auf eine der Truhen, die im Raum standen, und griff unsicher nach einer der abgedeckten Leinwände.

Geheimnisse waren immer verdeckt, und wenn man sie einmal enthüllte, fanden sie nicht mehr in die Dunkelheit zurück.

Er zögerte, seine Finger spürten die rauen Erhebungen dick aufgetragener Ölfarbe unter dem Baumwolltuch.

Erzählen Sie mir, was Sie ängstigt. Sprechen Sie über Ihre Ge-

heimnisse, und ich werde alles für Sie zusammenhalten.« Das hatte er ihr vor wenigen Stunden versprochen.

Muss ich?, hatte sie entgegnet. *Muss die Vergangenheit so viel bedeuten, jetzt, da Sie zurück sind, und ich bin, wer ich bin, und nicht mehr, wer ich war?*

Wer war sie gewesen?, fragte er sich, als er die Abdeckung mit einer einzigen Bewegung herunterriss.

Er stolperte nicht rückwärts – ein Mann mit seinen Reflexen neigte nicht zu einer solchen Reaktion. Aber er musste feststellen, dass er, plötzlich mit seinem eigenen Gesicht konfrontiert, auf einmal ein paar Schritte weiter hinten stand.

Rot. Wieder sah er überall nur Rot, alles war mit der Farbe des Blutes übermalt. Nein, das stimmte nicht. Nicht alles. Die Farbe befand sich nur auf der Leinwand vor ihm. Kühn. Reuelos.

Unmissverständlich.

Ein mächtiges Gefühl ließ seinen Körper erzittern, die Dunkelheit zog sich um ihn zusammen, und er hätte schwören können, dass die Anspannung seiner geballten Fäuste und hochgezogenen Schultern einen dichten, nervenzerreißenden Ton erzeugten.

Ein rotes Zimmer. Eine einzelne Lampe. Ein nackter Mann.

Er.

Nicht so, wie er jetzt war. Nicht so vernarbt, so alt oder gebrochen. Sondern damals. Dort. In jenem Augenblick, als er vor Jahren in jenem roten Zimmer gestanden hatte. Damals war er von Gram erfüllt, aber noch ganz gewesen. Und hungrig. Hungrig nach der Zuneigung und der sanften Gnade, die er an diesem Ort zuallerletzt vermutet hatte.

Nur eine einzige Frau hatte ihn so gesehen, wie er auf diesem verfluchten Bild dargestellt war. Die Lider halb geschlossen von Alkohol und Erregung. Die Gesichtszüge verkrampft durch schlecht verborgenen Kummer. Die Muskeln angespannt durch kaum beherrschte Lust.

Ginny.

Gin-ny. Langsam sprach er den Namen in seinem Kopf aus, als er versuchte, ein von Alkohol verzerrtes Bild aus der Vergangenheit zu packen, das unter so viel Brutalität und Blut begraben war. Ginny … Imogen …

Er hatte es für einen albernen Spitznamen gehalten. Ginny. Nach dem schwarz gebrannten Gin, der von miesen Betrügern wie Ezio del Toro verkauft wurde.

Plötzlich kam die so lange verlorene Erinnerung mit rasender Geschwindigkeit zu ihm zurück. Sie kroch in seine Seele. Sie erschuf ihn, zerstörte ihn und baute dann etwas Neues aus den Scherben, als er auf diese Darstellung seiner Vergangenheit blickte.

Ginny. Seine Ginny … war niemand anders als Imogen Pritchard.

23

Wie sich herausgestellt hatte, reagierte Imogen genau wie ihr Vater auf übertriebene Mengen Alkohol. Das heißt, eher schnell. Sie hatte allerdings auch seine beneidenswerte Immunität gegen die scheußlichen Nachwirkungen geerbt, unter denen so viele nach einem übermäßigen Genuss litten. Ein Segen. Aber vielleicht auch ein Fluch, dachte sie. Ohne die schlimmen Folgen wirkte die Trunkenheit weniger gefährlich, und das mochte sicherlich dazu führen, dass es öfter vorkam. Für ihren Vater hatte der Alkohol letztlich den Ruin bedeutet. Das durfte sie nie vergessen.

Es war das Knurren ihres leeren Magens, das sie aus dem Bett trieb, noch bevor die Sonne den Horizont berührte. Sie beschloss, ihren Hunger – und ein bleibendes Gefühl der Trauer – mit ein wenig kaltem Huhn, einem Apfel und warmer schäumender Milch zu bekämpfen.

Den Morgenmantel ließ sie liegen. Die Sommernacht war viel zu mild, und das weiße Nachthemd, das Millie für sie ausgewählt hatte, bestand bereits aus mehreren Lagen Spitze, Baumwolle und Seide. Ihr war wirklich sehr warm, fast zu warm, als sie barfuß durch die mit dicken Teppichen ausgelegten Gänge des Hauses ging. Vielleicht hatte auch der Champagner etwas damit zu tun.

Sie würde sich bei Christopher und Millie entschuldigen müssen, dachte sie und wand sich innerlich. Sie waren so wundervoll gewesen. So umsichtig und freundlich, als sie sie nach Hause gebracht hatten. Argent hatte sie allein gelassen, und

Millie hatte ihr beim Umkleiden geholfen und sie ins Bett gebracht. Was für liebe Freunde es doch waren.

Sie würde dafür sorgen müssen, dass Argent nicht länger wütend auf Cole war. Er hatte ihren Zustand nicht ausgenutzt, auch wenn er sie verführt hatte. Genau wie vor drei langen Jahren, und seitdem hatte ihr verräterischer Körper sich nach der Lust gesehnt, die seine geschickten Finger ihr bereitet hatten.

Gähnend blieb sie einen Moment auf der großen Treppe stehen, dann lief sie den Rest des Weges umso schneller auf den Zehenspitzen. Ihr war dieser Fudge eingefallen, den sie vor nicht allzu langer Zeit gekauft hatte, und sie eilte rasch durch die große Halle, die nur durch ein paar Oberlichter erhellt war.

Goldenes Lampenlicht lockte sie in den langen Gang zur Hintertreppe, und sie folgte ihm am Arbeitszimmer vorbei, an der Bibliothek und –

Oh, Mist.

Die Lampe, die normalerweise mit niedriger Flamme im Flur brannte, stand nicht an ihrem Platz. Das Licht, dem sie gefolgt war, kam aus dem Zimmer.

Aus ihrem Zimmer. Dem dunklen, fensterlosen Raum, in dem sie ihre Bilder aufbewahrte.

Angst leckte an ihrem Rückgrat mit ihrer grässlichen, rauen Zunge. Ein Fremder war im Haus. Jemand hatte diesen Raum aufgebrochen, zu dem nur sie einen Schlüssel besaß. Nicht einmal die Haushälterin durfte hinein, um Staub zu wischen, wie Cheever schon viel zu häufig missbilligend bemerkt hatte.

Wer also? Mr. O'Mara? Oder der dunkle, gefährlich aussehende Rathbone? Unwahrscheinlich.

Der Mörder vielleicht? Barton? Der verschlagene Verbrecher, der auf seinem schändlichen Weg so viele Frauen erwürgt hatte?

Aber was wollte er mit ihren Bildern?

Jetzt war nicht der Moment, um das herauszufinden. Sie machte auf der Stelle kehrt, hob den Saum ihres Nachthemds und lief auf leisen Füßen los. Sie würde zu den Polizisten gehen, die Morley für sie abgestellt hatte. Die würden wissen, was zu tun war. Dann würde sie nach Isobel sehen, nur um sicher zu gehen, dass es ihrer Schwester gut ging.

Drei Schritte. Sie machte drei armselige Schritte, bevor ein beängstigend großer Schatten das Licht der Lampe versperrte und den Gang in Dunkelheit tauchte.

»Es wird dir nichts nützen, wegzulaufen.«

Bei den tonlos gesprochenen Worten fror Imogen am Boden fest. Sie musste sich nicht umdrehen. Sie kannte bereits sein Gesicht. Sie hatte jeden Zentimeter von ihm auswendig gelernt wie ein geliebtes Gedicht. Das Versmaß geregelt durch die Zahlen, die seine unmögliche Größe anzeigten. Die Worte erwählt aus der poetischen Schönheit seiner arroganten Züge und brutalen Linien. Der Aufbau so solide wie seine mächtigen Knochen und Muskeln, die etwas so Episches aus ihm machten, wie selbst Dante es sich nicht hätte ausdenken können.

Imogen drehte sich mit winzigen, unmerklichen Bewegungen zu ihm um. Dachte absurderweise, dass Dante in seinem *Inferno* die Worte benutzt hatte, die jetzt auf den Duke passten.

Wild und rau. Es strahlte ein solcher Zorn von ihm aus, dass sie erzitterte.

Er wusste es. Er hatte das Bild gefunden.

»Cole, ich –«

Der Schatten bewegte sich und packte sie, bevor sie einen Gedanken aus dem panischen Sumpf ihres Gehirns pflücken und zu einem halbwegs logischen Satz arrangieren konnte. Sein Griff tat ihr weh, als er sie in das Zimmer, hin zu der Leinwand zog.

»Was zum Teufel ist das?« Er deutete wild gestikulierend auf sein Konterfei. »Sag mir, wer du bist!«

Mit benommener Distanz betrachtete Imogen das Gemälde und überlegte, wer sie nicht war. Sie war zum Beispiel nie eine Dichterin gewesen. Aber sie hatte versucht, in dem Bild die Gefühle darzustellen, die er in ihr geweckt hatte. Die Trauer, als er verschwunden war. Die Euphorie, die sie bei seiner Rückkehr empfunden hatte. Das Verlangen, das ihren Körper ergriff, wenn sie sich der Sehnsucht nach ihm hingab. Und jetzt die Angst, da die Enthüllung dieses Beweises ihre ganze Existenz in Gefahr brachte.

Die Halterung seiner Prothese grub sich in ihre Schulter, als er sich dicht hinter sie stellte, und sie fast hochhob vor der Leinwand, die beinahe so groß war wie sie selbst. Sie spürte es kaum. Stattdessen horchte ihr Körper auf den Mann. Auf das Feuer seines Zorns, das nur dazu diente, die eisigen Dolche seines Schmerzes zu schmelzen.

Er schüttelte sie wie ein mechanisches Spielzeug, das nicht funktionierte. »Erklär mir das.«

»Ich denke, das ist nicht nötig, oder?«, sagte sie zu dem Bild. Zu dem Cole, der sie anblickte wie damals, sinnlich auffordernd und mit sanftem Verständnis. Nicht der wütende Mann, der er geworden war.

Er wusste, wer sie gewesen war. Wer sie nicht mehr war.

»Sag. Den. Namen. Sag ihn!«

Imogen begriff, dass er umso gefährlicher war, je leiser seine Stimme wurde. Und doch weigerte sie sich. »Du wirst sie hier nicht finden, Cole. Nur mich.«

Er war nicht nur ein Mann, der sie umklammert hielt, sondern auch etwas anderes. Menschlich und unmenschlich zugleich. Wie der Minotaurus, eine Kreatur mit dem Körper eines Mannes und dem Kopf eines Tieres. Eines gefährlichen Tieres.

Mit heftigen, ruckartigen Bewegungen riss er ihr das Nachthemd hoch, und Imogen ließ ihn gewähren. Sie wusste, was er suchte. Warum er still geworden war. Denn auf ihrem Po war das Muttermal. Das er vor über drei Jahren geküsst und dessentwegen er sie geneckt hatte.

»Ginny.« Obwohl er flüsterte, war das Wort weder eine Beschwörung noch ein Segen. Es war eine Klage. Ein Trauergesang.

»Ich bin nicht sie«, sagte Imogen mit einer Kraft, von der sie nicht gewusst hatte, dass sie sie besaß. »Nicht mehr.« Ginny war ein Opfer gewesen. Jung, verletzlich und naiv. Unerfahren, unwissend und für die Machenschaften egoistischer und gleichgültiger Männer missbraucht worden.

Diese Frau war sie nicht mehr.

Imogen betrachtete das Gemälde, das sie in den ersten Monaten nach ihrer Hochzeit gemalt hatte.

Als sie erfahren hatte, dass der gebrochene Duke of Trenwyth sich im Krankenhaus erholte. Als sie sich ständig immer wieder ins Gedächtnis rufen musste, warum sie nicht zu ihm gehen konnte. Ihre Schwester, ihr sterbender Mann, seine mangelhafte Erinnerung, ihre Wohltätigkeitspläne und ihr Ruf. Die Tatsache, dass sie für ihn eigentlich nur eine Dirne gewesen war, die er in einer verzweifelten, gramerfüllten Nacht begehrt hatte.

Jetzt schien das alles bedeutungslos geworden zu sein.

Sein Atem wurde rauer, und der kleine Hebel in seiner Prothese grub sich in den Stoff über ihrer linken Hüfte. Er erinnerte sie daran, dass sie beide andere Menschen geworden waren seit jener Nacht in dem roten Zimmer.

Sie hörte einen Riss. Und spürte die Nachtluft in ihrem Rücken, als ihr Nachthemd seinem aufsteigenden Zorn zum Opfer fiel. Die Atmosphäre veränderte sich, die Peitsche seines

Zorns schlug mit samtener Härte auf sie ein. Sie hatte ihn angelogen. Und dafür würde er sie mit Sicherheit bestrafen.

Imogen wusste, dass O'Mara und Rathbone abwechselnd um das Haus herum patrouillierten. Sie öffnete den Mund, um zu schreien, aber es kam nur ein Schluchzen heraus. Sie wand sich in seinem unerbittlichen Griff und fragte sich, warum er einfach nur dort stand. Und sie gefangen hielt.

Die Finger seiner rechten Hand zitterten ein wenig, und er lockerte den Griff.

Gott, er war so stark, dass kleine Angstschauer sie überliefen, gefolgt von Schaudern der Erregung. Die Muskeln seiner Brust wölbten sich an ihrem Rücken, und die Riemen und Schnallen gruben sich in ihre Haut, so dicht standen sie beieinander. An ihrem nackten Po spürte sie seine kräftigen Oberschenkel unter dem weichen Leinen seiner Hose. Und die endlose Länge, harter, wütender Männlichkeit.

Fast panisch hob sie den Arm. Sie wollte ihn schlagen oder kratzen. Irgendetwas tun, das sie aus diesem stummen, schrecklichen Griff befreite. Aber es war fast unmöglich, jemanden anzugreifen, der hinter einem stand.

Sie kam nur an sein Haar, packte es und zog einmal kräftig daran.

Er knurrte.

Dann gerieten sie aus dem Gleichgewicht und fielen, aber sie ließ ihn nicht los, und er lockerte auch nicht seinen Griff. Stattdessen schien er ihren Sturz auf den Boden zu bestimmen.

Der Teppich scheuerte über ihre Knie, auch wenn sie so langsam gefallen waren, dass sie beim Aufprall keinen Schmerz empfand. Er landete hinter ihr auf den Knien, zog sie mit dem linken Arm so an sich, dass ihr nackter Hintern sich perfekt an seine Vorderseite schmiegte. Seine heiße, harte Erektion drückte gegen die Spalte ihres Pos, wurde nur aufgehalten durch den dünnen Stoff seiner Hose. Sein Griff um ihre Mitte war eisern, sein Atem vulkanisch in ihrem Nacken.

Dann biss er sie.

Imogen wollte gerade schreien, aber er leckte schon über die Stelle, die er so markiert hatte, und ihr Schmerzensschrei entfuhr ihr als ein heiserer Seufzer der Unterwerfung.

Mehr musste er nicht hören.

Er riss noch einmal an dem weichen Nachthemd, und es war weg. Sie drehte sich um, um zu protestieren, aber noch bevor sie etwas sagen konnte, raubte er ihr den Atem, indem er seine Lippen auf ihre presste.

Ihre Finger packten sein Haar fester, aber diesmal versuchte sie nicht, ihn wegzustoßen, sondern zog ihn an sich.

Der Kuss war explosiv. Seine Zunge brannte sich einen Weg in ihren Mund. Es war erstaunlich, wie viel ein Kuss vermitteln konnte. Unerwiderte Bedürfnisse und ein trostloses Leben. Seine kultivierten Manieren, seine aristokratische Erziehung hatten in keiner Weise die rohe, primitive Sünde in der Seele dieses Mannes unterdrückt. Er kostete sie nicht, er verzehrte sie. Verschlang sie. Bis Imogen sich fragte, ob sie auch vergessen würde, wer sie für ihn gewesen war. Und wer sie geworden war.

Zu schnell unterbrach er den Kuss, legte sie bäuchlings über eine Truhe und hielt sie mit seinem Gewicht darauf fest. Seine Hand glitt zwischen ihre beiden Körper, und nach ein paar abrupten Bewegungen packte er wieder ihre Hüften.

Die Hitze, die von seiner Erektion ausging, bereitete sie nur einen Atemzug lang darauf vor, dass die Spitze seines Schwanzes den Eingang zu ihrem Schoß berührte. Dort sammelte sich feuchtes Verlangen, und sie wimmerte, als ihre intimen Muskeln sich in süßer Vorfreude auf ihn weiteten. Ihr Körper war bereit, seine Herrschaft zu akzeptieren, auch wenn sie es vielleicht nicht war.

»Warte –« Ihre Stimme klang zu dünn. Zu tief. Zu heiser, um ihre eigene zu sein.

»Halt mich nicht auf«, befahl er, auch wenn ein Hauch von Verzweiflung in dem Befehl lag.

Sie schwieg.

Und er ließ sich nicht aufhalten.

Glühend heiß und roh drang er in sie ein. Es war, als würde er sie mit einem Blitz durchbohren, er schlug in sie ein und erfüllte sie mit einer unbestimmbaren Strömung, die jeden Muskel in Krämpfe schmerzhafter Lust versetzte.

Sie warf den Kopf zurück, ein Schluchzer oder ein Schrei wollte sich aus ihrer Kehle lösen, aber er legte ihr die Hand auf den Mund, als er sie dehnte und vollkommen erfüllte.

Er hörte erst auf, als er tief in ihr war. Tiefer als zuvor. Und wie durch ein Wunder an Disziplin und Willen blieb er reglos in ihr, völlig still, die Knochen seiner Hüften gruben sich in ihren weichen Po.

»Irgendwie hatte ich vergessen, wie du aussahst«, keuchte er ihr schließlich ins Ohr, die feuchte Hitze seines Atems rief tief in ihr ein leises Zittern hervor. Ein Zittern, das auch er fühlen musste, denn seine großen Muskeln reagierten mit einem ähnlichen Beben. »Aber ich habe nie vergessen, wie eng du warst«, fuhr er zwischen zusammengebissenen Zähnen fort. »Ich habe nie vergessen, wie es sich anfühlte, in dir zu sein.«

Dicke Tränen lösten sich aus ihren Augen und rannen ihr über die Wangen und über die Hand, mit der er ihr den Mund zuhielt.

Sie weinte nicht, weil er ihr wehtat. Oder weil er sie auf diese Weise nahm – wie ein Tier, wie eine gewöhnliche Hure.

Sondern weil er sich erinnerte. Und weil sie sich jede Nacht ihres Lebens leer gefühlt hatte, außer in jener einen Nacht, und jetzt, da er sie wieder ausfüllte. Vielleicht hatte sie später Zeit, es zu bereuen. Vielleicht würde sie dann ihren Stolz oder ihre Bestimmung wieder finden, und ihr würden all die Gründe einfallen, warum das hier falsch war.

Aber jetzt spürte sie nur seinen Herzschlag in der heißen, harten Erektion in ihr. Und wollte, dass er sich endlich bewegte.

Sie rieb sich an ihm. Dehnte und bog sich an ihm. Packte ihn mit den Muskeln ihres Geschlechts und lockte ihn. Und flehte mit allem um Lust außer ihrer Stimme.

Der Laut, den er von sich gab, war triumphierend und ein wenig grausam.

Aber er tat, was sie verlangte.

Er zog sich heraus. Fast ganz. Dann stieß er wieder hinein. Wieder. Und wieder.

Ihr Körper öffnete sich, wenn er in sie stieß, klammerte sich schwermütig an ihn, wenn er sich wieder zurückzog.

Imogen sah auf, als sie rhythmisch und mitleidlos gegen das Leder der Truhe gepresst wurde. Der Mann auf dem Bild betrachtete sie mit lüsternen Kupferaugen wie ein perverser Voyeur. Er war ihr einziger Liebhaber gewesen, und sie verglich ihn trübe mit dem, der sie jetzt nahm.

Sie waren so verschieden. Der Cole, den sie gemalt hatte, war selbstbewusst gewesen, rücksichtsvoll und ein wenig betrunken, aber er hatte ihr selbstlos Lust geschenkt.

Der Mann hinter ihr – der Mann in ihr – war ein fremdartiges Wesen. Ein urtümliches Tier, einzig und allein getrieben von Instinkt und Gefühlen. Von Lust. Schmerz. Verlangen. Wut.

Trotzdem hatten beide neben Namen, Titel und Körper noch eine andere Gemeinsamkeit. Und zwar den Wunsch ihrer Hingabe. Das unerklärliche Bedürfnis, in ihr zu sein – und in der Tat waren beide dafür ziemlich weit gegangen.

Der eine hatte ein kleines Vermögen bezahlt. Der andere war bei ihr eingebrochen.

Und Imogen wollte sie beide. Den stolzen Duke und den hungrigen Wolf.

Jenseits des Gemäldes, jenseits des Lichtes der Lampe, fast in der Dunkelheit konnte sie heisere, hohe Laute der Ermutigung hören. Der Freude. Und war überrascht, als sie erkannte, dass sie selbst diese Laute ausstieß.

Und war noch einmal überrascht, als er ihr einen Finger in den Mund steckte, dann einen zweiten. Ihre Augen weiteten sich, als er mit der Prothese gegen ihren Po drückte und ihre Beine spreizte, um noch tiefer in sie zu stoßen. Ihre Muskeln verkrampften sich, als sie das kalte Metall an ihrer weichen, warmen Haut spürte, und sie erschauderte bei dem brutalen Laut, den er von sich gab. Es klang fast wie ein Bellen, wenn ein Mensch zu so etwas imstande war.

Eine zerstörerische Welle aus Feuer und Macht durchwogte sie mit so beängstigender Geschwindigkeit, dass sie fürchtete, das Bewusstsein zu verlieren, als ihr Unterleib sich zusammenzog. Ein Krampf jagte den nächsten in unerbittlicher, pochender Glückseligkeit. Sie brachen sich alle mit solcher Kraft über ihr, dass sie wie aus weiter Ferne überlegte, ob es sich so anfühlte, zu sterben.

Dann biss sie in seine Finger, und der Laut, den er ausstieß, war das unmenschlichste Lustgeräusch, das sie je gehört hatte. Es wurde zu einem Stöhnen, dann zu einem Knurren, und seine Erektion schwoll noch weiter an, bevor sie sich entlud und ihren Leib in den quecksilbernen Ausstoß seines Orgasmus tauchte.

Benommen hörte sie durch ihre eigene Lust, dass er in der

Tat nicht knurrte, als er zitternd zum Höhepunkt kam, sondern ihren Namen rief.

Ihren Namen. Nicht Ginnys.

Imogen.

Ihre Schauder der Befriedigung verblassten vor den seinen, und sie sank auf die Truhe, mit Muskeln wie aus geschmolzenem Wachs. Sie war nass vor Schweiß und … anderen Flüssigkeiten. Warm, matt und vollauf zufrieden.

Danach schwiegen sie eine lange Weile. Ihre Atemzüge beruhigten sich im selben Rhythmus. Sie spürte, wie die Spannung aus seinen und ihren Muskeln wich, und ließ sich in die skandalöse Intimität des Augenblicks fallen.

Weshalb sie es nicht ganz fassen konnte, dass er sich, noch in ihr, zu ihr vorbeugte und mit seiner düstersten Stimme sagte: »Du hast mich angelogen.«

24

Es war eine Sache, nichts anzuhaben, eine andere, vollkommen nackt zu sein. Unverhüllt. Entblößt.

Als Cole sich von ihr löste – sich aus ihr entfernte – und nur sein Vorwurf ihr noch im Ohr brannte, dachte Imogen, dass sich wahrscheinlich noch nie jemand so absolut nackt gefühlt hatte wie sie in diesem Moment. Ihr Geheimnis war nicht nur gelüftet worden, sondern im wahrsten Sinn des Wortes aus einer Wolke von Staub und Nachforschung aufgetaucht.

Sie erhob sich auf die Knie und blickte hinter sich, wo er sich von ihr abgewandt hatte und seine Hose zumachte. Imogen gefiel es überhaupt nicht, zu knien, während er anklagend und zornig über ihr aufragte.

Also würde es jetzt wohl geschehen, dachte sie stumm, seufzte schwer und versuchte, ihre Gedanken zusammenzusammeln, die von Leidenschaft und Lust auseinandergetrieben worden waren wie Nachtschatten von der Morgendämmerung. Ihr weißes Nachthemd war zerrissen, aber sie hob es vom Boden auf, mit Armen so schwer wie das Schweigen zwischen ihnen.

Sie stand auf und sah ihn an. Gott, sie war so müde, und vielleicht doch noch ein wenig betrunken, obwohl sie nicht sagen konnte, ob von Champagner oder Leidenschaft.

»Ich nehme an, du hast eine ganze Reihe von Entschuldigungen parat.« Er verschränkte die Arme vor der breiten Brust wie eine Mutter, die eine Erklärung von ihrem ungezogenen Kind erwartete.

Imogen hielt sich den Rest ihres Nachthemds vor die Brüste, die Spitze des voluminösen Gewandes fiel bis über die Knie hinunter. Sie bemerkte, dass sein Blick wie kupferfarbenes Feuer über ihre nackten Schultern, ihr zerzaustes Haar und die unbedeckten Teile ihres Körpers wanderte, bevor er ihn auf einen Punkt hinter ihr richtete. Wie konnte ein Mensch gleichzeitig so schön und so verbittert sein? Es war, als hätte ihn ein alter Gott berührt, mit ungewöhnlicher Stärke und Pracht gesegnet und dann arglistig verflucht.

»Hast du nichts dazu zu sagen?«, fragte er. »Du musst gewusst haben, dass ich es irgendwann herausfinden würde.«

»Ehrlich gesagt, hatte ich gehofft, es würde nicht so weit kommen.« Sie bemerkte am Zucken seines Wangenmuskels, dass sie etwas Falsches gesagt hatte. »Ich meine, ich wollte es dir ja sagen, aber es gab nie die –«

»Du hattest zwei Jahre Zeit.« Er hielt ebenso viele Finger in die Luft. »Zwei verfluchte –« Er formte die Finger zu einer Faust und sah sich hektisch um, als hindere ihn der plötzliche Wunsch etwas zu zerstören daran, den Satz zu beenden, und als suche er den Raum nach einem Opfer ab.

Sie nahm Zuflucht hinter der Truhe, die ihr nur bis zu den Schenkeln ging, und hob beschwichtigend die Hand. »Ich weiß, dass du zornig bist.«

»Du hast nicht die geringste Ahnung, was ich fühle.«

Imogen zögerte und erinnerte sich daran, dass sie einmal etwas ganz Ähnliches zu ihm gesagt hatte. »Du weißt nicht, was passiert ist, während du –«

»Ich habe den ganzen verfluchten Erdball nach dir abgesucht, und du hast dich die ganze verdammte Zeit nebenan versteckt!« Er holte kräftig aus und schleuderte die Truhe, die zwischen ihnen stand, mit einer einzigen Handbewegung gegen die Wand.

»Hör auf, du weckst das ganze Haus«, bat sie.

»Und das würde ja nicht gehen, stimmt's?«, fragte er höhnisch, und seine schönen Züge wurden zu einer Maske hässlicher Wut. »Der arme Cheever darf schließlich nicht herausfinden, dass seine kostbare Countess einmal eine billige Hure war.«

Imogens ganze Sorge und ihr schlechtes Gewissen verpufften in der Hitze ihrer Empörung. »Cheever weiß Bescheid«, erklärte sie ihm – und sie musste sich zwingen, nicht zurückzuweichen, als ihm der Rest Farbe aus dem Gesicht wich und die Linien um seinen Mund weiß wurden. »Er weiß, dass ich einmal bezahlt wurde. Für eine Nacht. Dass du mit zwanzig Pfund eine Jungfrau zu einer Prostituierten gemacht hast. Ich habe mich vielleicht an dich verkauft, Euer Gnaden, aber ich war nicht billig.«

»Du hast mich mehr gekostet, als du denkst«, zischte er.

»Und umgekehrt!«

Sein Blinzeln war der einzige Hinweis darauf, dass sie ihn verblüfft hatte. Aber sie wusste nicht, ob es ihre Worte gewesen waren, oder die Vehemenz, mit der sie sie ausgesprochen hatte. Nun, sie war so oder so noch nicht fertig.

»Du hast Ginny gesucht, dich nach ihr gesehnt, weil du bei ihr etwas empfunden hast, was dir fehlte. Weil sie deine Bedürfnisse befriedigt hat und du sie begehrt hast. Weil sie dich vielleicht für einen Augenblick glücklich gemacht hat. Aber hast du jemals an ihr Glück, ihre Bedürfnisse, ihr Begehren gedacht?«

»Hör auf über sie zu reden, als ob sie tot wäre«, knurrte er. »Du bist immer noch sie.«

»Das bin ich eben nicht, Cole. Wir sind uns nicht einmal ähnlich.« Imogen trat dichter an die Lampe und redete sich ein, dass sie nicht zurückwich, sondern nur ins Licht wollte. Der Lampenschein ließ ihr Haar wie Gold aussehen, und es legte sich schimmernd um ihre Schultern und die Rundungen, die ganz anders aussahen als damals. »Du erinnerst dich an eine halbverhungerte Frau mit angemaltem Gesicht und einer schwarzen Perücke, die einen falschen Namen benutzt hat. Sie war fügsam und ängstlich. Hilflos und verzweifelt. Siehst du denn nicht, dass ich das nicht bin, Cole.« Zitternd trat sie einen Schritt vor und berührte sein raues, angespanntes Kinn mit ihrer Hand, in der Hoffnung, die harten Wahrheiten dadurch mildern zu können. »Du weißt nicht, wie leid es mir tut, dass du meinetwegen gelitten hast. Aber nur weil du Ginny für eine Nacht bezahlt hast, heißt das nicht, dass ich dir gehöre. Ich schulde dir nichts und am allerwenigsten eine Erklärung.«

Seine Gesichtsmuskeln wurden unter ihrer Berührung zu Eisen, dann packte er ihre Hand und riss sie weg, als hätte sie ihn verbrannt. »Und ob du mir etwas schuldest. Du schuldest mir die Wahrheit, du grausame, egoistische–«

»Und was wäre passiert, wenn ich zu dir gekommen wäre? Hättest du mich zu deiner Geliebten gemacht? Deiner offiziellen Hure?« Sie wand sich aus seinem Griff, und er ließ sie los. »Natürlich! Der hochwohlgeborene Duke hätte sich herabgelassen, eine gewöhnliche Prostituierte zu sich zu erheben. Hätte sie in einer hübschen Wohnung untergebracht und ihr in seiner Freizeit Besuche abgestattet, bis er ihrer überdrüssig geworden wäre. Niemand wird leugnen –«

»Ich hätte dich geheiratet!« Das Geständnis schien sogar ihn selbst zu überraschen.

»Sei nicht lächerlich.« Ein raues Lachen entfuhr ihr.

Seine Miene lag irgendwo zwischen verwirrt und mörderisch.

»Allein wie du dich mir gegenüber verhalten hast, seit du mich als Countess Anstruther kennst.« Obwohl er fast doppelt so groß war wie sie, ging diesmal sie auf ihn zu, und sie spürte trotz ihres Zorns ein Gefühl von Triumph, als er einen Schritt zurücktrat. »Zu welchem Zeitpunkt hätte ich dir mein Geheimnis denn deiner Meinung nach verraten sollen? Als du die Tasse nach mir geworfen hast? Als du mich öffentlich vor all meinen Gästen gedemütigt hast? Oder als du im Garten gedroht hast, mich zu ruinieren und dich mir an jeder Ecke entgegenzustellen. Du weißt von allen am Besten, dass das Wissen um unsere gemeinsame Nacht in den Händen meiner Feinde eine Waffe wäre. Du, der Duke of Trenwyth, verdammt«, schimpfte sie. »Seit du aufgewacht bist, nachdem ich dir das Leben gerettet hatte, hast du mich behandelt, als stünde ich unter dir. Wie kommst du bitte darauf, ich könnte dir etwas in die Hand geben, mit dem du mein Leben ruinieren kannst, wie du so leidenschaftlich geschworen hast?«

Er machte den Mund auf, dann zu, dann wieder auf. Sein Ausdruck verlor etwas von seiner Hitze.

»Außerdem ist es arrogant und beleidigend anzunehmen, dass ich dich überhaupt nehmen würde«, fuhr sie fort. »Auch ich habe mich nach dem Mann gesehnt, der mir vor drei Jahren das Herz geraubt hat. Ich habe ihn tausend Mal in dir gesucht. Ich habe dir wirklich jede Chance gegeben, dieser Mann zu sein, und manchmal sogar geglaubt, ihn in deinen Augen, in deinem Lächeln zu sehen. In einer freundlichen Geste …« Ihre Stimme brach, und sie bemühte sich um Fassung, bevor sie weitersprach. »Ihm hätte ich mich zu erkennen gegeben.« Imogen wusste nicht, was sie wütender machte, der Mann, der vor ihr stand, oder die Tränen, die ihr über die Wangen liefen, obwohl sie so entschlossen dagegen angekämpft hatte. »Aber es gibt ihn nicht mehr. Genauso wenig wie Ginny.«

Cole öffnete erneut den Mund, aber ein unheilvolles, metallisches Geräusch kam ihm zuvor.

»Eine Bewegung, und Sie sind tot.« Die unglaublich tiefe Stimme wies den Eindringling als imposant, Afrikaner und Autoritätsperson aus, noch bevor Inspector Rathbone in Person erschienen war und die Pistole auf den Duke richtete. »Treten Sie zurück«, befahl er.

Tödlich wie eine Seuche, geschickt wie ein Löwe und dunkel wie ein Schatten – das war Roman Rathbone. Offensichtlich hatte er sich überstürzt ankleidet, da sein Hemd offen stand und die glänzende, teakholzbraune Brust freigab.

Seine nachlässige Kleidung half trotzdem nicht gegen die Scham, die Imogen angesichts ihres eigenen Grades der Enthüllung empfand. Vor allem aber fehlten ihr die Worte, als ihr klar wurde, dass er sie fast bei dem erwischt hatte, was sie vor nur wenigen Minuten über dieser Truhe getan hatten.

»Euer Gnaden?« Rathbones dunkles Gesicht wirkte unentschlossen, als er die Pistole etwas, aber nicht völlig sinken ließ. Seine auffälligen grauen Augen erfassten rasch den zwanglos gekleideten Duke, die weinende Countess, das Aktbild und die umgekippte Truhe. Das genügte, um die Waffe weiterhin auf den anderen gefährlichen Mann in diesem Raum zu richten.

Imogen fragte sich, ob man vor Scham sterben konnte.

»Man muss Sie wirklich loben, Inspector«, spottete Cole höhnisch, auch wenn er so geistesgegenwärtig war, sich langsam zu dem bewaffneten Mann umzudrehen. »Wäre ich der Mörder, hätte ich die Countess und alle anderen getötet, bevor Sie sich aus ihrem warmen Bett herausbequemt hätten.«

»O'Mara hatte Wache«, erklärte der Inspector, und seine Verwirrung wurde zu Sorge.

»Und wo ist er dann?«, stieß Cole zwischen zusammengebissenen Zähnen hervor.

Der Ire war noch dabei, sich das Hemd in die Hose zu stecken, als er um die Tür herumschlitterte, die brutalen Züge ein wenig gerötet, den Blick verlegen.

»Trenwyth?«, rief er erfreut. »Ich … war gerade dabei, eines der Hausmädchen ins Bett zu bringen, als ich Lärm hörte –« Die Szene, in die er geraten war, schien langsam bei ihm anzukommen und zeigte sich in einer fast komischen Veränderung seiner Miene. »Was in Gottes Namen geht hier vor? Hat er Sie verletzt, Lady Anstruther?«

Imogen erkannte nicht, dass sie selbst den bitteren Laut ausstieß, der nun erklang. Natürlich war sie verletzt, und Cole war der Grund, wenn auch nicht in der Weise, die O'Mara annahm. Sie hatte ihn in sich hineingelassen. Hatte gehofft, er würde ihren Körper nehmen, weil er sie begehrte, nicht um sie zu beschämen oder zu bestrafen.

Doch sie und die Hoffnung waren noch nie gute Freunde gewesen. Vor allem nicht, wenn es um ihn ging.

»Drücken Sie ab und schießen Sie ja nicht daneben. Denn sonst ist es Ihr Ende«, sagte Cole warnend zu Rathbone. Er würde sich nicht festnehmen oder bedrohen lassen. Auch nicht von einem Mann des Gesetzes.

Imogen nahm all ihre restliche Kraft und angeschlagene Würde zusammen und trat vor. »Bitte, Inspectors, es ist nicht nötig, Gewalt anzuwenden. Er hat nicht … es ist nicht, wonach es aussieht.«

Rathbone senkte schließlich die Waffe, und sein Blick wanderte klug und neugierig von einem zum anderen. »Wir sollen … Sie beide allein lassen?«

Imogen wagte nicht, Cole anzusehen. Brachte es nicht über sich, dem Tadel oder der Kritik in seinen Augen zu begegnen. »Vielleicht könnten Sie Seine Gnaden hinausbegleiten«, flüsterte sie plötzlich erschöpft.

»Machen Sie sich keine Mühe.« Coles herrischer Ton ließ den Rest der Wärme gefrieren, die sie noch für ihn empfand. »Ich bin schon weg.«

Mit ein paar wenigen wütenden Schritten war er verschwunden, und sie blieb mit zwei äußerst verlegenen Männern allein.

»Verzeihen Sie, Countess, aber … soll ich jemanden für Sie holen?«, fragte O'Mara. »Ihre Schwester vielleicht, oder Ihre Mutter?«

»Nein, danke, Inspector, ich … muss einfach ins Bett. Bei Tageslicht wird sich alles aufklären.«

Die beiden Männer wandten respektvoll den Blick ab, als sie das Nachthemd um sich wickelte und zwischen ihnen hindurchging, das Kinn so hoch erhoben, wie sie es vor nicht langer Zeit bei der Queen gesehen hatte. Die Tränen fielen schneller in der Dunkelheit der Treppe, als eine Erinnerung hochkam, die sie einst geliebt hatte. Die schlaftrunkenen Worte, die Cole in sanfter Vertrautheit vor einer Ewigkeit zu ihr gesagt hatte.

»Du bist ein seltener Fund, Ginny.«

»Warum?«

»Eine aufrichtige Person in einer Welt voller Hinterlist. Ist Ginny dein richtiger Name?«

»Nein.«

»Dann musst du ihn mir sagen.«

Das hatte sie, nachdem er eingeschlafen war, aber das war jetzt kaum noch wichtig. Eigentlich hatte es überhaupt keine Bedeutung mehr. Es überlief sie eine Kälte, die nichts mit ihrer mangelnden Bekleidung zu tun hatte, und zum ersten Mal, seit er zurück war, fühlte Imogen sich wirklich verloren und einsam. Ihr luxuriöses Heim kam ihr zu groß und zu leer vor, und ihr sonst so volles Herz war … zu klein und zu leer. Emotionen kämpften mit Fragen, die nach Antworten verlangten, die sie nicht herbeizaubern konnte. Es tat weh zu atmen.

Vielleicht hatte er recht gehabt, und dies war unvermeidlich. Von all den schrecklichen Konsequenzen, die auf die Enthüllung ihrer Lüge folgen konnten, hatte sie sich auf diese eine nicht vorbereitet.

Auf den Tod der Hoffnung.

Seit der Nacht, in der sie sich kennengelernt, geliebt und wieder getrennt hatten, hatte sie diese sonderbare, schwache Hoffnung im Hinblick auf den Duke of Trenwyth gehegt. Diese Hoffnung hatte sie aufrechterhalten, solange er vermisst wurde, und war in jedes Gebet eingeflossen, das sie für sein Wohlergehen gesprochen hatte. Die Hoffnung war aufgeflammt, als er ins St. Margarets eingeliefert und wie durch ein Wunder ihrer Pflege überlassen worden war. Sie hatte sich damals mehr um ihn gesorgt, als irgendjemand hatte ahnen können.

Und ein wenig Glut von diesem Hoffnungsfeuer hatte sie immer in sich getragen, wie sie in den Monaten seit seiner Rückkehr begriffen hatte. Imogen hatte sie zärtlich bewahrt, mit ihrem Atem am Leben gehalten. Vielleicht würde er die Feindseligkeit gegen sie überwinden. Vielleicht, wenn sie geduldig genug, wenn sie freundlich genug, wenn sie fröhlich und witzig und schön genug war ... würde er Ginny vergessen. Genau wie seine hochfahrende Arroganz. Seine Wut. Seinen Schmerz. Seinen Verlust und seine Einsamkeit.

Und sich in sie verlieben ... in Imogen.

Denn sie hatte ihn die ganze Zeit geliebt. Das wusste sie jetzt. Liebe hatte ihr erlaubt, freundlich zu sein, wenn er unnachgiebig war. Hatte ihr erlaubt, ihm seine Grausamkeit zu vergeben, seinen Schmerz zu verstehen.

Aber sie war eine Närrin gewesen, diese Hoffnung zu hegen. Wenn ein Mann, vor allem ein Mann seiner Herkunft, eine Frau wollte, dann dessentwegen, was sie für ihn sein konnte. Was sie ihm geben konnte, während er seinen Leidenschaften und Zielen hinterherjagte. Ein Zuhause. Einen Erben. Trost, Sex und Nahrung. Das waren die Pflichten einer Frau.

Aber wenn diese Frau selbst Leidenschaften und Ziele hatte? Wenn sie den vorgeschriebenen Platz hinter ihrem Herrn verlassen und ihren eigenen Weg gehen wollte? Die Geschichte war voll von Helden, die ihrem Schicksal folgten, die ihre Feinde mit ehrlichen oder unehrlichen Mitteln besiegten.

Der Mann, den sie liebte, war dazu bestimmt, ihr Feind zu sein. Das war ihre Tragödie. Er sehnte sich nach Ginny, und Imogen wies er zurück.

In seiner Arroganz war er sich sicher gewesen, dass ein Platz als Frau an seiner Seite die Erfüllung all ihrer Wünsche war. Dass es die schlimmste Strafe wäre, die Chance auf eine Ehe mit ihm zu vertun.

Aber so war es nicht. Imogens Herz war gebrochen, aber sie hatte jedes Wort gemeint, das sie gesagt hatte.

Sie hatte ein Ziel. Sie hatte eine Leidenschaft. Sie würde ihr Leben lang gegen die Laster und die Niedertracht kämpfen, unter denen die Frauen und Kinder dieser Stadt leiden mussten, und die auch ihr einst alles genommen hatten. Sie würde nicht vor den Gerichten oder im Parlament kämpfen wie Dorian und Farah. Nicht durch das Gesetz wie Morley.

Sie würde das Einzige geben, was sie hatte. Geld, Güte und Fürsorge. Sie würde so viele Zufluchtsstätten schaffen, wie ihr möglich waren, um den Menschen zu geben, was sie verloren hatten. Was auch sie selbst verloren hatte.

Hoffnung.

Wenn sie etwas glaubte, dann dass jeder eine zweite Chance verdiente.

Sie hatte auf diese Chance mit Cole gehofft … aber es hatte nicht sein sollen. Sie waren zu verschieden. Er hatte sich von dem ihm widerfahrenen Unrecht in einen Menschen voller Härte und Wildheit verwandeln lassen. Ihr dagegen war man mit Güte und Gnade begegnet, und beides war in ihr aufgekeimt. Nur hatte sie ihr neues Leben mit Geheimnissen schützen müssen und die Chancen bei dem Mann, den sie wollte, dadurch zerstört.

Das Schicksal schien zu wollen, dass sie sich zwischen ihren Leidenschaften entschied.

Und das hatte sie. Denn letztlich wollte sie beides von einem Mann: seine Liebe und seine Unterstützung auf ihrem Weg.

Vor Verzweiflung wurden ihr die Knie weich. Sie schaffte es gerade noch, durch die offene Tür ihres Schlafzimmers zu taumeln. Nachdem sie sie hinter sich geschlossen hatte, lehnte sie sich schwer dagegen.

Ein paar Mal atmete sie gierig ein, dann ließ sie das Nachthemd auf den Boden fallen, ging nackt zu der Waschschüssel und goss etwas Wasser hinein. Benommen nahm sie einen Waschlappen und die Seife und wusch sich. Zuerst ihr tränenüberströmtes Gesicht, dann kühlte sie Hals und Brust, die erhitzt waren vor Scham. Schließlich wusch sie sich zwischen den Beinen und dachte über die möglichen Folgen dessen nach, was sie von ihren Schenkeln abwusch. Was er in ihr hinterlassen hatte.

Sie hatte nicht die Kraft, sich jetzt darüber Sorgen zu machen, und Sehnsucht dämpfte die Unruhe, die sich in ihrem Bauch verkrampfte. Sie legte den Lappen beiseite und drehte sich zu ihrem zerwühlten Bett um. Ihr Zimmer war so heimelig, vor allem im Mondlicht und seinen nächtlichen Schatten. Es war von einem schönen blassen Grün mit zarten, weißen Möbeln, und in den exotischen Vasen standen immer frische Blumen. Sie hatte nie auch nur davon geträumt, jemals einen halb so schönen oder halb so großen Ort für sich zu haben. Und jetzt …

Ein Schluchzer entfuhr ihr. Brach keuchend aus ihr hervor.

Jetzt würde sie hier für immer allein schlafen. Nur weil sie sich in einen sturen, hochmütigen, unnachgiebigen, unwiderstehlichen, prinzipientreuen, beschädigten Mann verliebt hatte.

Es war zu schrecklich.

Weinend verfluchte sie ihre eigene Sturheit neben der von Männern im Allgemeinen und stapfte zu ihrer Garderobe, um sich ein frisches Nachthemd zu holen. Sobald sie eines gefunden hatte, schloss sie die Tür und mühte sich mit den kleinen Knöpfen ab, ein Vorhaben, das von der Dunkelheit und ihren Tränen erschwert wurde. Endlich hob sie es über den Kopf.

»Tu das nicht.« Die Stimme gehörte nicht Cole. Und keinem der beiden Männer, die sie gerade im Erdgeschoss zurückgelassen hatte.

Der Befehl war sanft, aber der Eindringling erstickte ihren überraschten Aufschrei mit seiner starken Hand und presste ihr ein Stück Stoff auf Mund und Nase. »Nackt gefällst du mir viel besser.«

Imogens Angst wurde Asche in ihrem Mund, als sie sich wehrte und den stechenden Geruch von Chloroform erkannte. Ein starkes Betäubungsmittel.

Sofort erstarrte sie und hielt den Atem an, aber in ihrem Kopf war schon alles verschwommen, und die Bewusstlosigkeit drohte und lockte sie zugleich.

Diese Stimme. Sie war so vertraut. Die Stimme eines Freundes. Der geschworen hatte, ihr niemals wehzutun.

»Trockne deine Tränen, meine Liebste«, flüsterte er, als er sie fast wie Cole vor wenigen Minuten mit dem Rücken an sich zog. »Ich bin hier. Und du bist endlich mein.«

25

Cole zerstörte in seiner Raserei alles, was sich ihm in den Weg stellte, in der Hoffnung, den Druck loszuwerden, den der Kampf zweier Extreme miteinander in ihm hervorgerufen hatte. Feuer und Eis. Seine Haut brannte so höllisch, dass er sie sich am liebsten vom Leib gerissen hätte. Der Zorn hatte ein Inferno entfesselt, das drohte, ihn zu Asche zu verbrennen.

Wäre da nicht auch das Eis gewesen. Eine trostlose, erschreckende Kälte überzog sein Inneres mit Raureif wie die Fenster im Januar. Seine Brust fühlte sich gleichzeitig zerbrechlich und taub an, als könnte ein einziger leichter Schlag sie in scharfe, kleine Scherben zerspringen lassen.

Er hinterließ einen Pfad der Zerstörung, als er durch Trenwyth Hall stürmte. Die Scherben der unbezahlbaren Vasen seiner Mutter. Einen zersplitterten antiken Tisch, den Robert in Sumatra gekauft hatte. Ein umgeworfener Schaukasten mit seltenen Münzen, die zu sammeln sein Vater sein ganzes Leben gebraucht hatte.

Plunder. Alles Plunder. Zurückgelassene Kinkerlitzchen. Von Menschen, die auch ihn zurückgelassen hatten. Sie hatten nichts ins Jenseits mitnehmen können. Das Vermächtnis einer in sich hohlen Familie, die auf kaum etwas anderes als Tradition baute und von unbedeutenden Dingen zusammengehalten wurde. Geld. Erwartungen. Titel.

Ein Name.

Was ist ein Name?, hatte einmal eine berühmte Frau gefragt, deren Liebe unter einem schlechten Stern stand. Ja, was?

Er betrat sein Arbeitszimmer und schloss die Tür ab. Ihm war klar, dass gleich jemand vom Personal hochkommen würde, um zu sehen, was los war.

Was uns Rose heißt, wie es auch hieße, würde lieblich duften. Ist eine Frau mit einem anderen Namen dieselbe Frau?

Offensichtlich nicht.

Amerikanische Ureinwohner hatten ihn gelehrt, dass ein Name Macht besaß, ein Glaube, der von vielen geteilt wurde, sogar von der katholischen Kirche. Wenn man einen Teufel austreiben wollte, musste man zuerst seinen Namen kennen.

Er lehnte sich ans Fenster und blickte in den Garten hinunter, der ihm so fremd und doch so schmerzlich vertraut war. Cole wusste, es würde mehr nötig sein als nur ein Exorzismus, um sich von ihr zu befreien.

Nicht von Ginny. Von Imogen.

Verdammt. Er machte eine Faust und hob sie, ließ sie dann aber nur sanft gegen die kalte Scheibe fallen.

Irgendwie war sie in diese leere Höhle in seiner Brust eingedrungen, die von so vielen verlassen worden war. Sie hatte sie mit lebendigen Farben gefüllt. Hatte sie eingefordert mit diesem Lächeln, das ihr so leicht zu entlocken war, und ihrem sturen und ärgerlichen Altruismus. Sie war ein Teil von ihm geworden, ohne dass er es überhaupt bemerkt hatte.

Eine gütige, fürsorgliche, kluge, schöne Frau. Eine vollendete Lügnerin.

Sein Unterkiefer mahlte, während er mit übermächtigen Emotionen und Zweifeln kämpfte. Die ganze Zeit. Sie hatte sich direkt vor seinem Fenster befunden.

Und er hatte sie nicht für wert gehalten, sie zu beachten. Damit hatte sie recht gehabt.

Sie hatte mit vielem recht gehabt.

Er schloss die Augen und lehnte die Stirn an die Scheibe, das Glas kühlte die Hitze seiner Haut. In der Dunkelheit hinter den Lidern konnte er endlich Ginnys Gesicht heraufbeschwören. Imogens Gesicht.

Sie war mager und blass gewesen, scharfe, hervorstehende Knochen und große, traurige Augen. Er hatte sie für eine ätherische Geistererscheinung gehalten, eine dunkelhaarige, zarte Schönheit. Hatte er die Verzweiflung und Armut nicht erkennen wollen, als er sie vor sich gehabt hatte? Er hatte angenommen, sie hätte sich so stark geschminkt, um zu gefallen, nicht um etwas zu verbergen: Haut von einer ungewöhnlichen Farbe und mit ein paar Sommersprossen.

In jedem Moment in diesem höllischen Gefängnis hatte er Teile ihrer Begegnung betrachtet und auseinandergenommen. Teile von ihr. Der überrascht stockende Atem, als er ihr Lust bereitet hatte. Ihre Wimpern auf der blassen Wange, als Schüchternheit sie überkam. Der Glanz ihres rabenschwarzen Haars. Die Wärme ihres Körpers, als er in sie eingedrungen war. Ihre köstlichen Lustschauder. Ihre süßen, geflüsterten Worte.

Und beim Auseinandernehmen war das Ganze verloren gegangen. Natürlich hatte er getrunken, und da waren Dunkelheit und Täuschung gewesen, die alles noch mehr durcheinanderbrachten. Aber wenn er Ginny wirklich betrachtet hätte, hätte er sie vielleicht erkannt. Und hätte er sich die Zeit genommen, um in Imogen, Lady Anstruther, mehr zu sehen als nur die Etiketten, die er ihr bereits angehängt hatte, dann hätte er vielleicht gefunden, was er seit Jahren gesucht hatte.

Er war so wütend auf sie. Aber nicht mehr als auf sich selbst.

Er hatte gedacht, sein Hochmut würde ihn beschützen, hatte geglaubt, er könnte von seinem hohen Ross auf die Welt hinunterblicken und einfach aussperren, was sein Überleben und seinen Verstand bedrohte.

Aber dabei hatte er eine wirklich wichtige Sache vergessen. In welchem Raum er sich auch immer einschloss, welche mit Verachtung und Grausamkeit bewehrte Mauer er auch immer um sich errichtete – er würde niemals seinem schlimmsten Feind entkommen:

Sich selbst.

Und auch nicht seiner Vergangenheit, seinen Alpträumen, seiner Erinnerung. Seinen Vorurteilen, seiner Erziehung, seinem Titel.

Er öffnete die Augen und blickte in den Garten, ihren Garten, und es tat weh.

Imogen hatte sich verändert. Sie war gesund, energisch, ungeniert. Sie nahm ihr Schicksal selbst in die Hand. Ein Schicksal, in dem er vielleicht nicht vorkam, weil er sich nie als jemand Verlockendes gezeigt hatte. Immer nur als ein Gegner.

Er hatte hochmütig gedacht, die Dirne, in die er sich verliebt hatte, würde ihn mit all seinen Eigenschaften nehmen. Dass sie mit Freude diesen gebrochenen, bitteren, barbarischen Mann akzeptieren würde, der er sich erlaubt hatte zu werden.

Ihm war nie in den Sinn gekommen, dass sie mehr erwarten könnte. Oder dass er kein Recht auf ihre Geheimnisse hatte. Dass ihm ihr Herz nicht gehörte.

Langsam spürte er die Kälte auf der Haut, da sein Zorn und seine Inbrunst abgekühlt waren. Jetzt, da die Wärme, die er in ihrem Körper gefunden hatte, verblasste, und die Hitze ihrer Leidenschaft kalte Abweisung geworden war.

Sie hatte ihn höflich und freundlich aus ihrem Haus geworfen. Aus ihrem Leben.

Gerade wollte er nach seiner Jacke greifen, als er innehielt. Er hatte sie auf die Bank gelegt, bevor er das Spalier zum Balkon hinaufgeklettert war. Er blickte aus dem Fenster zu der leeren Bank hin, dann das Spalier hinauf, bis zu dem Balkon, wo die Türen zu den Zimmern des Hausherrn nur angelehnt waren.

In seinen Jahren als Spion hatte er eine Regel gelernt und sich immer daran gehalten: Wenn man unbemerkt ein Haus betreten und wieder verlassen will, hinterlässt man die Dinge exakt so, wie man sie vorgefunden hat.

Er hatte die Balkontür hinter sich wieder geschlossen.

Und wenn er, abgelenkt durch seine Selbstgerechtigkeit, einen Killer in Imogens Haus geführt hatte? Was, wenn er zu spät käme?

Wenn sie ein Opfer seines Stolzes würde?

Trenwyth stürmte aus dem Arbeitszimmer und fiel beinahe über seinen Butler. »Schicken Sie nach Inspector Morley«, befahl er. »Jemand ist in Anstruthers Haus eingebrochen.«

Gottlose Furcht jagte ihn durch seinen eigenen Garten zu dem Riss in der Mauer unter dem Baum. Steine und Rinde scheuerten über seine Haut, als er sich durch die enge Spalte quetschte, durch die er sich in der Vergangenheit mit Vorsicht einen Weg gebahnt hatte. Aber er nahm es nicht einmal wahr. Die Verzweiflung trieb ihn voran.

Ein Pfeil der Angst durchbohrte sein Herz und warf ihn beinahe um, als er seinen Alptraum Wirklichkeit werden sah.

Die Suite der Countess war kleiner als die des Hausherrn, und sie besaß keinen Balkon, weil ein hoher, runder Erker vorgebaut war, in dem sich ein Fenstersitz befand. Die Räume lagen, mit Ausnahme des Dachbodens, höher als alle anderen, und die Dame des Hauses konnte von diesem wettergeschützten, erhöhten Platz aus den schönen Panoramablick genießen.

Aus diesem Erkerfenster versuchte Jeremy Carson, Imogens schlaffen Körper in einer improvisierten Hängematte aus Bettlaken hinunterzulassen, die, so flehte Cole innerlich zu Gott, hoffentlich sicher verknotet war.

Cole empfand eine Angst, so kalt wie die Ostsee, und stürmte mit einer Schnelligkeit vor, wie er sie noch nie bei sich erlebt hatte. Wenn Carson sie jetzt losließ, würde selbst er es nicht rechtzeitig schaffen.

»Sie ist nicht tot. Aber einen Schritt weiter, und sie wird es sein.«

Bei der Drohung wuchsen Coles Füße am Boden fest, jeder Muskel war gespannt wie ein Bogen. Wut und Verzweiflung trieben den Druck in den roten Bereich, Hitze sammelte sich in seinem Blut, doch es gab kein Ventil. Er musste nachdenken. Er musste ruhig bleiben.

Imogens Leben hing davon ab.

»Ich liebe sie. Liebe sie wohl länger als Sie«, rief Carson beiläufig herunter, und Cole hatte in seinem Leben genug Lügen gehört, dass er die Wahrheit erkannte. »Aber ich schick sie eher in den Himmel, als dass ich zulasse, dass Sie sie noch einmal beschmutzen. Ich mach's wirklich.«

Noch eine Wahrheit.

Cole hob die Hände, das Metall der Prothese glänzte leicht im Mondlicht. Er hoffte, dadurch weniger bedrohlich zu wirken. Er bemerkte, dass Carson die Laken zwar mit beiden Händen festhielt und den Stiefel auf das Fenstersims stützte, aber sich nicht anzustrengen schien.

»Wie schaffen Sie es nur, sie so festzuhalten?«, fragte er und kämpfte darum, seiner Stimme Festigkeit zu verleihen, die vor Angst beinah versagte.

Auf dem entwaffnend jungen Gesicht des Mannes zeigte sich ein höhnisches Grinsen. »Wenn man 'ne Weile auf den Docks arbeitet, lernt man 'n bisschen was über Hebelkraft. Aber so'n feiner Pinkel wie Sie hat wahrscheinlich keinen einzigen Tag im Leben ehrliche Arbeit verrichtet.«

Cole ließ sich nicht provozieren. »Haben Sie ihr wehgetan?«

Zu seiner Überraschung ließ Carson ein schroffes Lachen hören. »Echt zum Piepen aus Ihrem Mund.« Er blickte höhnisch auf ihn herab und verzog angeekelt den Mund. »Sie war rein wie ein Engel, bevor sie Sie getroffen hat. Bevor Sie sie zu einer Hure gemacht haben.«

Cole war sich dessen nur zu bewusst, und Scham gesellte sich zu seiner Wut und Panik. Sie liebten sie beide. Diese Erkenntnis konnte er zu seinen Gunsten nutzen. »Warum bewegt sie sich nicht, Carson? Sind Sie sicher, dass sie noch lebt?«

Der Schurke stieß einen verächtlichen Laut aus. »Hab sie nur mit dem bisschen Chloroform betäubt, das ich dieser zickigen Krankenschwester Molly vom St. Margarets abgekauft hatte, bevor ich sie kaltgemacht hab.«

Es war schwierig, die ganzen Informationen in dem Satz zu verarbeiten und gleichzeitig die Galle hinunterzuschlucken, die die Angst in seinem Bauch aufgewühlt hatte.

Richtig angewandt war Chloroform ein starkes Betäubungsmittel. Er hatte es selbst während seiner Zeit als Spion benutzt. Aber in großen Dosen war es tödlich, vor allem wenn man es mit Alkohol mischte.

»Sie haben Lady Broadmore und die anderen getötet.«

Ein weiteres Geschehen drängte sich durch seine Angst hindurch: Roman Rathbone schlüpfte durch die Tür des Sonnenzimmers in den Garten und blieb unter dem Balkon stehen. Er hatte Hemd und Schuhe ausgezogen und trug nur eine dunkle Hose. Die Finsternis und seine Haut verschmolzen zu der Farbe von Johannisbrot.

Wenn Cole es schaffte, Carson weiter zum Reden zu bringen, hatte Rathbone vielleicht eine Chance, sich unter Imogen zu positionieren, ohne dass der Irre es merkte.

»Ich hab es getan, um Ginnys Leben zu retten«, sagte Carson. »Sie wollten sie besitzen. Sie wollten sie holen, wollten sie leiden sehen, aber das hab ich nicht zugelassen. Ich habe ihnen Ersatz gebracht, um ihren Hunger zu stillen. Zuerst Flora, die freche Hure. Dann diese Waschfrau in ihrem Haus. Das Kindermädchen und die Krankenschwester. Ich wollte nicht, wissen Sie. Aber sie haben mich dazu gebracht. Sie hatten Hunger darauf.«

»Wer sind ›sie‹?«, fragte Cole ruhig.

»Sie. Sie eben.« Carson schlug sich mit der Hand gegen die Schläfe. »Sie. Sie. Sie.« Er rief es im Rhythmus zu den Schlägen.

Als Carson das Bündel mit der verletzlichen Imogen nicht mehr mit beiden Händen festhielt, schwankte es gefährlich, und Cole machte unwillkürlich einen Schritt vorwärts.

»Zurück hab ich gesagt!« Carson sah jetzt wild aus, sein Verstand schien ihm zu entgleiten.

Rathbone schlich sich an der Wand entlang, aber Cole hatte furchtbare Angst, dass er Imogen nicht rechtzeitig erreichen würde. Und selbst wenn, konnte man nicht sicher sein, ob ein Fall aus dieser Höhe nicht genügte, um beiden irreparablen Schaden zuzufügen.

»Jeremy.« Cole blieb stehen. »Mr. Carson, wir beide lieben diese Frau und wollen sie beschützen –«

»Sie lieben sie nicht!« Carson machte eine wütende Geste, sein Griff lockerte sich und Imogen fiel ein paar Zentimeter, bevor er wieder mit beiden Händen zupackte.

Cole starb ein wenig in diesem Moment.

»Sie wissen nicht mal, was Sie wegen Ihnen durchgemacht hat, oder?« Die Verachtung in Carsons Stimme war eine Schmach für Cole.

Wusste er es? »Ich wollte ihr nie wehtun.«

»Leere Worte, sagen sie.« Jeremy schloss die Augen und schüttelte den Kopf, als wollte er ihn klar bekommen. »Leere Worte von einem leeren Mann. Sie hat ihre Anstellung im Krankenhaus verloren, weil sie Ihr wertloses Leben gerettet hat, wussten Sie das? Und als das passiert ist, ist sie zu mir gekommen. Nicht zu Ihnen. Mir hat sie erzählt, welche Sorgen sie sich gemacht hat, dass ihre Familie hungern muss. In derselben Nacht hat jemand sie in der Gasse angegriffen. Sie hat auf den Mann eingestochen und ihn fast umgebracht. Aber ich hab's zu Ende gebracht, damit das Blut nicht an ihren Händen klebte. Damit sie noch immer in den Himmel kommen konnte. Damit sie sie nicht dorthin mitnehmen, wo sie herkommen.«

»Sie?«, fragte Cole.

»Teufel. Teufel. Teufel Teufel …« Jeremy sagte das Wort zuerst schwach, dann wiederholte er es lauter. »Sie wollen sie. Sie wollen ihr Licht. Aber ich beschütz' sie vor ihnen. Deshalb hol ich sie doch, versteh'n Sie? Ich bring' sie an einen Ort, wo sie sie nicht finden.«

Gütiger Gott, der Mann war wirklich verrückt. »Wer sind diese Teufel?«, fragte Cole und bedeutete Rathbone sich zu beeilen. »Wo sind Sie? Ich helfe Ihnen, gegen sie zu kämpfen.«

Jeremy Gesicht fiel auseinander. Plötzlich sah er nicht mehr jung aus.

Eine Wolke schob sich vor den Mond und tauchte die Nacht in reine Dunkelheit. Cole ließ die Arme sinken und zog gleichzeitig die verborgene Klinge in seiner Prothese aus ihrem Versteck. Er löste sie langsam von dem Federmechanismus, seine Finger gehorchten ihm kaum bei seiner wachsenden Angst. Er konnte Carson nicht mehr sehen, das Fenster war ein dunkles, schwarzes Loch geworden.

Er blickte zu Imogen, die leblos in dem weißen Laken hin- und herschwang. Nur eine Strähne ihres rotgoldenen Haars und ein zart gewölbter Fuß waren zu sehen. Er hatte nie gebetet, aber als er sorgsam und ruhig daran arbeitete, das Messer von der Prothese zu lösen, betete er zu jeder Gottheit, von der er auf seinen ausgedehnten Reisen gehört hatte. Er verhandelte. Er bettelte. Und er schwor.

Vergib mir, Gott, aber ich würde mich selbst mit dem Teufel verbünden, um sie zu retten.

»Wir haben alle unsere Dämonen, nicht wahr, Euer Gnaden?« Die Stimme kam vom Fenster. Es war nicht mehr Jeremy Carson. Sondern jemand anders. Jemand, der in ihm wohnte, ein Gebilde seines kranken Hirns.

Cole wusste, dass man mit diesem Jemand nicht verhandeln konnte. »Tun Sie nichts Dummes«, befahl er und ließ Wut in seine Stimme sickern. »Wer auch immer Sie sind – Sie werden es zu spüren bekommen, falls ihr etwas geschieht.«

»Ich bin einer von ihnen«, bestätigte die Stimme, enttäuschend unverzagt. »Ich weiß wirklich nicht, was ich komischer finde: dass Jeremy geglaubt hat, sie vor mir verbergen zu können, oder dass Sie denken, Sie könnten sie vor mir retten.« Das böse Lachen, das aus der Dunkelheit zu ihm drang, bohrte sich wie ein Messer in Coles Magen.

Imogen rutschte erneut ein ganzes Stück auf einmal hinunter und hielt dann mit einem Ruck, ihr Körper schwang gegen die Mauer des Hauses.

Ein rohes Knurren entfuhr Cole, und er stürzte vor.

»Sie können sie nicht retten«, spottete die Stimme. Erneut ließ der Mann los und hielt sie mit einem grausamen Ruck wieder auf.

Cole zwang sich, stehen zu bleiben. Er konnte kaum den Sturm in seinem Inneren bändigen. »Was wollen Sie?«, fragte er knapp und fühlte sich gleichzeitig hilflos und mörderisch.

»Ich überlege, was lustiger ist – Sie dabei zusehen zu lassen, wie sie auf diese Weise stirbt, oder sie wieder hochzuziehen und zu sehen, ob Sie schnell genug hier sind, bevor ich ihr mit bloßen Händen die Luftröhre zerquetsche.«

Coles Atem stockte, er blickte abwechselnd zu den Wolken, zu Rathbone, zu Imogen und auf sein Messer.

»Sie werden heute sterben«, schwor er. »Aber ich gebe Ihnen eine letzte Chance, mit allen Gliedmaßen an Ihrem Körper im Grab zu landen. Lassen Sie sie herunter. Jetzt. Oder die Folgen werden schmerzhafter, als Sie sich vorstellen können.«

»Ich soll sie runterlassen?« Die Wolken verschoben sich, gerade genug …

»Ihre Entscheidung.« Coles Stimme war hart. Brutal. Fast so dämonisch wie die des Mannes, der Imogen gefangenhielt. »Sie lassen sie herunter und sterben schnell. Sie machen irgendetwas anderes und sterben unter Schreien.«

»Sehr gut …« Carson klang jetzt listig. Fast fröhlich. »Sie haben mich überredet. Ich lass' sie runter.«

Und das tat er.

Cole warf die Klinge mit tödlicher Präzision, und drei Dinge geschahen absolut gleichzeitig. Rathbone fing Imogen auf und rollte sich mit ihr über dem Boden ab, um den Sturz abzumildern. O'Mara trat die Tür zur Suite der Countess ein. Und Carson stürzte kopfüber aus dem Fenster, nachdem sich das Messer, das er nicht gesehen hatte, in seine Brust gegraben hatte. Er landete als ein Haufen in sich verdrehter und gebrochener Glieder auf der Erde.

Atemlos rannte Cole zu Imogen und rief ihren Namen. Er entriss sie Rathbone und drückte sie an seine Brust.

Rasch untersuchte er sie in der Dunkelheit, tastete ihren nackten Körper nach Beulen oder Brüchen ab, bevor er sie vorsichtig wieder in das Laken wickelte.

»Sie ist nicht tief gefallen«, erklärte Rathbone. »Er hatte sie ein ganzes Stück runtergelassen, während er Sie verspottet hat, und ich konnte sie problemlos auffangen.«

Aber warum bewegte sie sich dann nicht?

»Atmet sie?« Rathbones Stimme wurde tief vor Sorge.

Cole hielt die Wange an ihr Ohr und ließ sie dort länger als nötig, bevor er die Kraft aufbrachte, seinen Blick zu heben. »Holen Sie einen Arzt.«

26

Imogen war in Versuchung, nie wieder aufzuwachen. In ihren Träumen fand sie das Glück, das ihr so lange verwehrt war. Das vielleicht für immer verloren war.

Cole hielt sie umschlungen wie eine lange, geschmeidige, schützende Hülse. Er wärmte sie und flüsterte ihr sanfte, sehnliche, unverständliche Worte ins Ohr.

Manchmal besuchten auch andere ihre Träume und versuchten, sie ins Bewusstsein zurückzulocken. Ihre Mutter, ängstlich und aufmunternd. Ihre Schwester, schüchtern und tränenreich. Und ihre Freunde. Dr. Longhurst mit seinen knappen, direkten Anweisungen. Argents glatte und finstere Stimme, unterbrochen von Millies lebendigem Alt. Ein schottischer Akzent und sanfte, unterstützende Worte.

Aber dann wurden sie von seiner dunklen Gegenwart wieder vertrieben, und sein Schatten legte sich mit köstlicher Vertrautheit über sie. Sie wusste, es war Cole, denn auch wenn Gott ihn schimmernd und stark wie Metall gemalt hatte, war er ein Geschöpf dieses Ortes. Der Dunkelheit.

Und sie war es nicht. Sie brauchte Sonne und kräftige Farben und sanften Trost.

Aber sie wollte ihn nicht im Dunkeln allein lassen. Also würde sie etwas länger hier bleiben, so lange sie konnte. Hier, wo er ihr Worte ins Ohr flüsterte. Wunderschöne, erstaunliche Worte, die er ihr in ihren Phantasien schon immer gesagt hatte.

»Ich liebe dich, Imogen. Dich. Nicht die Erinnerung. Nicht

Ginny.« Sie spürte ein sanftes Gewicht auf ihrem Mund und war unendlich froh, aber nur für einen Moment.

Dann war der Stachel des Schmerzes zurück, und ihr fiel wieder ein, dass es nur ein Traum war.

»Wachen Sie auf«, drängte Cole sie leise, seine Hand lag sanft und fordernd auf der ihren. »Wachen Sie auf, Imogen, es ist Zeit.«

»Muss ich?«, fragte sie erschöpft. »Muss ich aufwachen? Muss ich dich im Dunkeln allein lassen?«

»Es ist nicht dunkel«, sagte die Traumstimme jetzt ein wenig barsch. »Es ist Tag. Und Sie müssen aufwachen, damit ich Sie untersuchen kann. Können Sie die Augen öffnen? Können Sie meine Hand drücken?«

Sie tat, worum sie gebeten wurde. Nun, das war ganz untypisch lieb von ihm, sie –

Mit einem Schlag war Imogen bei Bewusstsein. Sie hatte seine Hand gedrückt. Seine linke Hand.

Sie schlug die Augen auf und begegnete dem entspannten, freundlichen Blick von Dr. Longhurst, der über sie gebeugt war, umrahmt von dem vertrauten Himmel ihres eigenen Betts.

Mist. Sie blinzelte die Tränen der Enttäuschung weg und betrachtete die Staubkörnchen, die im silbrigen Dämmerlicht tanzten.

»Willkommen zurück«, sagte er so sanft, wie er eben konnte.

Sie versuchte, ihren Kummer zu verbergen, aber an der besorgt gerunzelten Stirn sah sie, dass sie nicht erfolgreich gewesen war.

»Wie fühlen Sie sich?«, fragte er alarmiert.

Sie machte eine Bestandsaufnahme ihres Körpers. Wackelte mit den Fingern und Zehen, spannte die Muskeln an, testete ihre Gelenke. »Abgesehen von einer leichten Übelkeit und einem sehr trockenen Mund fühle ich mich gut. Mir tut nur ein wenig die Schulter weh.«

»Darf ich?« Er hielt das Stethoskop hoch, und sie nickte und ließ die Untersuchung über sich ergehen.

Nachdem er mit Ausnahme der spitzen fast alle Instrumente aus seinem Koffer benutzt hatte, schenkte er ihr ein Glas Wasser ein. Jemand hatte fürsorglich einen Krug auf den Nachttisch gestellt.

Sie rutschte zum Sitzen hoch, lehnte sich gegen die vielen Kissen und nahm das Glas in Empfang. Wieder brannten Tränen hinter ihren Lidern, und sie rieb sich über ihre juckende Nase.

»Lungen sind frei. Reflexe gut. Haut zeigt Anzeichen normaler Blutzirkulation. Ihr Puls ist regelmäßig, wenn auch ein wenig verlangsamt«, informierte Longhurst sie und versuchte, ihre offensichtlichen Gefühle zu ignorieren, als würden sie ihn verlegen machen. »Man glaubt, wenn Chloroform tödlich ist, dann, weil es das Herz schädigt. Aber Ihr Herz ist kräftig, da bin ich ganz zuversichtlich.«

»Sind Sie das?«, flüsterte sie und versuchte, durch den hohlen Schmerz in Ihrer Brust zu atmen. »Ich bin mir nicht sicher.« Ihr Herz fühlte sich nicht kräftig an. Es war gebrochen. Wahrhaft beschädigt. Sie hatte natürlich einen Zusammenbruch erwartet, nachdem alles gesagt und getan war – nachdem Cole ihre Geheimnisse aufgedeckt hatte –, aber nicht diese entsetzliche Trostlosigkeit.

Jemand stürmte so brachial in den Raum, dass die Tür des Zimmers gegen die Wand schlug.

Imogen erschrak keuchend und hielt sich eine Hand an die Brust. Ihr Herz funktionierte jetzt ganz hervorragend und donnerte wie eine Herde galoppierender Gnus.

Und nicht nur, weil sie sich erschreckt hatte. Sondern weil

Cole an das Fußende ihres Bettes trat und kaum gezügelte Gefühle um ihn herum lauerten. Er stand dort, trug nur ein zerknittertes weißes Hemd und eine dunkle Hose und sah sie von oben bis unten mit funkelnden Kupferaugen an. Wieder erinnerte er sie an einen Erzengel – solch perfekte Gesichtszüge besaßen nur diese himmlischen Krieger, da kein Mensch sie verdiente. Er verdiente sie jedenfalls nicht, dachte sie stur.

»Was macht er hier?«, hauchte sie und wandte sich unbewusst an Longhurst statt an Cole. Sie war noch nicht bereit … Sie war gerade erst aufgewacht und konnte jeden Moment wieder ins Koma fallen.

Der so Genannte zog die grausamen Augenbrauen zusammen und blickte sie finster an.

»Er wartet hier, seit er Ihnen das Leben gerettet hat«, informierte Dr. Longhurst sie mit einem leidgeprüften Seufzer. »Gut, dass Sie überlebt haben«, murmelte er und warf dem Duke einen Blick zu. »Gut für uns beide.«

»Wie geht es ihr?«, fragte Cole und wandte sich ebenfalls an Dr. Longhurst, auch wenn er die Augen nicht von ihr abwandte, nicht aufhörte, sie anzusehen.

Er hatte ihr das Leben gerettet? Jeremy war in ihrem Zimmer gewesen, als er sie angegriffen hatte, also … war Cole noch einmal zurückgekommen.

»Mir … mir geht es gut«, stammelte sie.

Er hob die Hand, um sie zum Schweigen zu bringen, und Imogens Erstaunen wandelte sich zu einer Art Empörung.

»Wie geht es ihr?«, fragte Cole noch einmal mit der Stimme eines Mannes, der nicht gewohnt war, sich wiederholen zu müssen. »Ist sie bei dem Sturz verletzt worden? Gibt es irgendwelche bleibenden Schäden?«

»Der Sturz? Welcher Sturz?« Imogens Frage traf auf taube Ohren.

Dr. Longhurst runzelte die Stirn. »Chloroform und Alkohol haben ihre Wirkung anscheinend gegenseitig verstärkt, was zu einem längeren Bewusstseinsverlust führte. Die fehlende Körperspannung hat ihr, obwohl sie aus einer recht großen Höhe gefallen ist, wahrscheinlich das Leben gerettet – «

»Ich bin aus großer Höhe gefallen?«, fragte sie, diesmal sehr viel lauter.

»Wie geht es ihr?«, explodierte Cole und machte einen drohenden Schritt auf den Arzt zu.

Longhurst sprang auf und war offensichtlich froh, dass das Bett zwischen ihnen stand. »Mit einem Wort: gut.«

»Ausgezeichnet. Raus.«

Imogen gab durch einen entsetzten Laut zu verstehen, dass sie keineswegs damit einverstanden war, als der Arzt seine Instrumente zusammenpackte. Endlich fand sie ihre Stimme wieder. »Ich habe schon gesagt, dass es mir gut geht. Ich will, dass mir jemand erklärt, was passiert ist.«

Longhurst erstarrte und runzelte unentschlossen die Stirn.

»Raus.« Cole presste die Zähne zusammen und zog knurrend die Lippen zurück. Der gute Doktor überließ sie mit unangemessenem Eifer Coles wütendem Blick.

Imogen schloss die Augen, um Kraft zu finden, aber ihre Reserven waren leer. »Ich weiß, du bist noch wütend.« Sie seufzte. »Aber ich habe einfach nicht die Kraft, zuzuhören, wenn du – «

»Du wirst mir zuhören, Frau, und du wirst mir gut zuhören.« Sein Ton duldete keinen Widerspruch, und seine Augen glitzerten warnend, als würden sie mit den Funken von Hephaistos Hammer wetteifern, als dieser die Donnerkeile des Zeus schmiedete. »Du wirst mich heiraten, Imogen, und zwar aus folgenden Gründen.« Er zählte die Gründe an seinen Metallfingern ab. »Zuerst, weil ich es so will, und zufällig bin ich ein sehr mächtiger Mann, der üblicherweise bekommt, was er will. Zweitens, weil es viel leichter sein wird, deine philanthropischen Ziele als eine Duchess zu erreichen, als als einfache Countess.«

»Einfache Countess?« Hatte das je vorher jemand gesagt? Hatte er ihr gerade … einen Antrag gemacht? Das konnte nicht stimmen.

»Ich bin noch nicht fertig«, sagte er knapp.

Sie stieß einen erstaunten Laut aus, irgendetwas zwischen einem Quieken und einem Stöhnen. Träumte sie vielleicht noch? Oder litt sie unter einer merkwürdigen und schlimmen Reaktion auf das Chloroform? Das war sicher so, denn es klang, als wäre er einverstanden mit ihrer Wohltätigkeitsarbeit und böte ihr sogar seinen Titel als Unterstützung an.

»Drittens.« Er blickte sie streng an. »Nach den Ereignissen der letzten Nacht – nein, streich das – aufgrund deiner erschreckenden und äußerst ärgerlichen Tendenz der letzten Jahre, verschiedene Feinde und besessene Irre anzuziehen – nicht zu vergessen deiner Neigung, dich in gefährlichen Situationen wiederzufinden –, ist es nur logisch, dass wir zusammenziehen, damit ich nicht ständig nach nebenan laufen muss, um dir das Leben zu retten. Was, so scheint es, meine neue Berufung ist und entschieden zu viel Zeit in Anspruch nimmt. Und schließlich weil –«

»Weil du mich liebst?«, fragte Imogen, und beim Einatmen spürte sie, was sie glaubte, verloren zu haben.

Hoffnung.

Er senkte die Lider und mied ihren Blick. »Natürlich liebe ich dich«, sagte er zu dem Bettpfosten und betastete zerstreut und unruhig die Schnitzerei. »Ich habe dich und deinen gesamten Haushalt gestern Nacht etwa eine Million Mal darüber informiert, als ich glaubte …« Er verstummte, und Imogen sah, wie sein Hals sich bewegte, als würde er Glasscherben schlucken.

»Cole«, murmelte sie sanft. »Sieh mich an.«

»Ich kann nicht.« Er starrte weiter auf den Bettpfosten und kämpfte einen stummen, verzweifelten Kampf mit seinem größten Gegner. Sich selbst. »Ich stehe so etwas nicht noch einmal durch«, gab er schließlich mit verdächtig heiserer Stimme zu. »Lieber gehe ich wieder ins Gefängnis, als dich noch einmal in solcher Gefahr sehen zu müssen. Es war die furchtbarste Erfahrung meines ganzen Lebens.«

Imogen blickte auf seine Prothese, die man ganz sah, weil er die Ärmel hochgekrempelt hatte. Das konnte er nicht ernst meinen.

Aber … hatte sie vielleicht gar nicht geträumt, dass er neben ihr gelegen hatte? War er wirklich da gewesen?

»Ich meine es genau so.« Sein Tonfall ließ keinen Zweifel zu.

Halb ergriffen, halb überrascht ließ sie den Atem fahren und streckte die Arme nach ihm aus, und plötzlich war er da.

Die Decke war fort und stattdessen lag er über ihr und nahm wild und sanft ihren Mund. Sie schmiegte sich an ihn und genoss die Hitze, die in ihr wuchs, antwortete auf die heißen Flammen, die er fordernd in ihren Mund hervorrief. Sie konnte seine Liebe schmecken. Seine Liebe und seine Angst, und dass er sie wirklich brauchte.

Verlangen durchströmte sie, ihre Muskeln waren gleichzeitig entspannt und angespannt. Sie schmolz unter ihm, ihre Beine spreizten sich unwillkürlich, ihr Körper machte Platz für sein Gewicht.

»Oh, Gott«, stöhnte er. »Ich werde dich überall kosten.«

Er umfing jede Seite ihres Gesichtes wie ein Mönch beim Gebet, mit einer warmen Hand und einer aus kaltem Stahl. Das waren die Gegensätze dieses Mannes.

Langsam rieb er die Lippen über ihre, nahm ihre Oberlippe und zupfte zärtlich daran. Dann schlüpfte seine Zunge wieder in ihren Mund, erkundete ihn mit unmissverständlicher Sinnlichkeit. Sein Stöhnen war das einer verdammten Seele, die eine Zuflucht gefunden hatte. Seine Zunge ein seidiges Schwert, das rhythmisch in sie eindrang und sich zurückzog und Imogens Lenden mit Leidenschaft überflutete.

Plötzlich wich sie zurück. »Wo sind die anderen?«

Mit verwirrter Empörung runzelte er die Stirn, seine Lippen schwebten feucht und hart über ihr, als er die Worte zwischen keuchenden Atemzügen wachsender Lust zu verstehen versuchte. »Du hast den wahrscheinlich besten Kuss in der Geschichte Englands unterbrochen – um eine solche Frage zu stellen?«, sagte er barsch.

Sie liebte diese arrogante und knurrige Bestie. »Ich bin kurz davor, mit Ihnen zu schlafen, Euer Gnaden, und will nicht dabei unterbrochen werden.«

Die Temperatur in seinen Augen stieg von flüssig zu explosiv. »Deine Mutter hat alle gezwungen in die Kirche zu gehen, um für dich zu beten.« Zärtlich stupste er mit der Nase an ihre, woraufhin Imogens Herz zur doppelten Größe anschwoll, während seine Hand gefährlich nah an ihre Brüste kam. »Eine gute Frau, deine Mutter.«

»Gott segne ihr frommes Herz«, sagte Imogen, dann wölbte sie sich ihm entgegen und bat ihn stumm, weiterzumachen.

Er entzündete ihr Blut mit dem nächsten Kuss, dann erhob er sich auf die Knie, um sein Hemd auszuziehen.

»Lass mich das tun.« Imogen schlug seine durch die Erregung ungeschickte Hand beiseite, knöpfte sein Hemd auf und schob es über die breiten, atemberaubenden Schultern hinunter. »Dich an- und auszuziehen wird wohl eine meiner vielen Pflichten als deine Ehefrau sein«, sagte sie, warf das Kleidungsstück auf den Boden und legte ihre Hände auf die vertraute breite Brust.

»Ich habe einen Kammerdiener«, wandte er überheblich ein, dann wurde er still, hörte sogar auf zu atmen, obwohl sein Herz unter ihrer Hand donnernd schlug. »Hast du gerade Ehefrau gesagt?« In seiner Stimme lag ein Zögern, das sie nie zuvor bei ihm gehört hatte.

Sie nickte, konnte kaum sprechen vor lauter Gefühlen. »Ich liebe dich auch«, brachte sie heraus.

Stumm sah er sie an, und in seinen Augen glänzte etwas, das mächtiger war als Hitze, ewiger als Lust. Selbstloser als Verlangen.

Sanft und langsam schob er ihr das Nachthemd über die Schultern, und sie half ihm, es ihr auszuziehen.

Sein heißer Blick wanderte über ihren Körper wie ein ungeduldiger Geometer über nicht kartiertes Land, als könnte er nicht entscheiden, was er zuerst erkunden sollte. Er entschied sich für ihren Hals und bestürmte ihn mit Küssen, während sie ihn gemeinsam vom Rest seiner Kleider befreiten.

Warme Wellen kribbelten über ihre Haut, als er bei ihren Brüsten ankam und ihre Brustwarzen in den Mund nahm, die sich zu festen, weichen Spitzen aufrichteten. Sie gab einen leisen Laut der Begierde von sich und grub die Finger in seine mächtigen, harten Schultern. Sie merkte gar nicht, dass sie ihn weiter nach unten schob, bis er nachgab. Seine straffen Muskeln bewegten sich, als er nach unten wanderte und den Weg mit seiner Zunge markierte.

Oh Gott, vielleicht war sie noch nicht bereit dafür. Zu sagen »Ich liebe dich«, war eine Sache, aber … zuzulassen, was er … nun, das war etwas völlig anderes.

»Oh …« Ihr stockte der Atem, als er ihre Schenkel einfach öffnete und ohne jede Vorwarnung mit der flachen Zunge ihr Geschlecht spreizte.

Keuchend hob Imogen die Hüften. Sie spürte die Feuchtigkeit an dieser Stelle, die nicht nur von seinem Mund, sondern auch aus ihrem Körper stammte.

Sein genussvolles Stöhnen vibrierte an ihr, und die Lust hallte in ihrem ganzen Körper wider. Ein weiteres langsames Lecken spaltete ihre Welt in zwei Teile, auch wenn er innehielt, bevor er die zitternde Perle ihrer Klitoris erreichte. Stattdessen umkreiste er sie, neckte hier, knabberte dort und quälte sie mit geschickten Ausweichmanövern.

»Cole«, flehte sie und griff verzweifelt in sein Haar. »Bitte.«

Er stöhnte zufrieden, und bei diesem sinnlichen Versprechen krampften sich die Muskeln ihres Schoßes zusammen, und erneut hob sie fordernd die Hüften. Jetzt legte er den Mund ganz auf ihr Geschlecht und seine kluge Zunge rieb und leckte und schürte in ihr überwältigende Lust.

Heiser schrie sie zum Betthimmel hinauf, als die Ekstase sich in Wellen über ihr brach. Ihr Atem kam keuchend, in unartikulierten Worten. Es fühlte sich an, als flösse Glückseligkeit von seiner Zunge in ihren Körper, der unter ekstatischen Krämpfen erzitterte, bis Imogen nicht mehr versuchte, Cole an sich zu ziehen, sondern ihn wegzudrücken, bevor sie noch vor Lust starb.

Seine glänzenden Lippen lösten sich von ihr mit einem sündhaften, männlichen Lächeln, und er kam wieder zu ihr hoch. Er wischte sich den Mund, bevor er über ihr etwas unsicher einen Platz für seinen linken Arm suchte.

Imogen bemerkte sein Zögern und griff nach seiner Prothese.

»Die brauchst du nicht«, beruhigte sie ihn. »Nicht bei mir.« Er sah sie nicht an, als sie die Schnallen löste und die Prothese beiseite legte, auch wenn ihm ein fast unhörbares Keuchen entfuhr, als sie sanft über die Abdrücke der Riemen strich, die ganz ähnlich aussahen wie die ihrer Strumpfbänder, wenn sie sich abends auszog.

Dann zog er sie rasch und kraftvoll unter sich.

Seine Erektion stieß an ihren Schoß und fand den Eingang, den ihre Lust geöffnet und feucht gemacht hatte. Er sah ihr mit einer Zärtlichkeit in die Augen, die sie vorher nie darin gesehen hatte, dann schob er die Hüfte vor und drang Zentimeter für Zentimeter in sie ein, bis er sie vollkommen erfüllte.

Ihren Körper. Ihr Herz.

Er zog sich zurück und glitt mit Hilfe ihres feuchten Verlangens wieder hinein, und mit jedem sanften Stoß versank er ein wenig tiefer in ihr. Als er nicht weiter konnte, wurde er in ihr still. Heißer Stahl umhüllt von Samt und Seide.

Es brach Imogen das Herz, wie er sie ansah. Mit dem ungläubigen Erstaunen, das Lazarus' Schwestern empfunden haben mochten, als ihr Bruder von den Toten wieder auferstand. Ein Ende des Kummers. Eine Offenbarung von etwas, das ewig verloren geglaubt war.

Ein wenig Anbetung, ein wenig Ungläubigkeit. Ein Blick so verletzlich in seinem Noch-Nicht-Begreifen des Glücks.

»Wie kann ich es nicht gewusst haben?«, stöhnte er und senkte den Kopf, um sie mit kleinen, ehrfürchtigen Küssen zu bedecken. »Wie kann ich dich nicht daran erkannt haben, wie sehr ich dich wollte?«

Langsam zog er sich zurück und stieß noch einmal vor, ihre Atemzüge waren völlig synchron. »Das hier wollte.« Feucht und pulsierend senkte er sich wieder in sie hinein. »Nur dich. Keine außer dir …« Er verstummte, verlor die Fähigkeit, Worte zu formulieren, als er sich auf die wachsende Intensität seines Rhythmus konzentrierte.

Imogen genoss das Gefühl des harten, männlichen Körpers, der sich in ihr, über ihr bewegte. Die Kraft seiner sehnigen

Arme. Das Gewicht seiner Brust auf ihren Brüsten. Die kraftvolle Anspannung seines Bauches bei jedem Stoß. Selbst das raue Haar seiner muskulösen Beine, das an der Innenseite ihrer Schenkel kitzelte.

Er stieß tiefer in sie hinein, immer tiefer, und sie hob ihm die Hüften entgegen, suchte eine bestimmte Empfindung, die in ihr summte, das Versprechen, wenn sie nur in diesem einen Winkel …

Da. Mit einem langen, geschmeidigen Stoß öffnete er sie weiter, als sie für möglich gehalten hatte, erfüllte sie mit einer so herrlichen Empfindung, dass sie über den Rand eines Abgrundes fiel, von dem es kein Zurück gab. Wie aus weiter Ferne hörte sie ihn ihren Namen stöhnen, und sie versuchte, ihm durch eine Lust zu antworten, die sie in tausend Teile zerschellen ließ.

Erst als sich beide zufrieden aneinanderschmiegten, kehrte Imogen zu sich selbst zurück. Überwältigt von ihren Gefühlen, umarmte sie ihn, strich mit einer Hand über seinen Rücken, mit der anderen durch sein volles Haar.

Er stieß einen so langen und schweren Seufzer aus, dass sie sich fragte, ob in diesem Seufzer alle Anspannungen und Gefühle von drei langen Jahren gelegen hatten.

Sie blieben umarmt liegen, nun nicht mehr durch Geheimnisse oder Mauern voneinander getrennt. Ihre Herzen schlugen dicht beieinander, als eine spröde Sonne sich über der Stadt zeigte.

Endlich löste er sich ein wenig von ihr, in seinen Zügen standen Sorge und Scham.

»Letzte Nacht …«

Sie drückte ihre zarten Finger auf seine harten Lippen. »Wir müssen nicht über die Vergangenheit reden.«

Er küsste ihre Hand, dann bedeckte er sie mit der seinen

und verschränkte seine Finger mit ihren. »Ich war so verletzt«, gestand er. »Es hat mich gekränkt, dass du nicht nach mir gesucht hast. Dass ich so lange Zeit allein und in absoluter Dunkelheit verloren direkt vor dir gestanden habe, und du nicht zu mir gekommen bist … Ich werfe es dir nicht vor, ich verstehe es, nur …«

»Ich kann dir nicht sagen, wie oft ich zu dir wollte«, sagte sie. »Aber ich hatte Angst. Ich wusste nicht, wie ich dich finden sollte. Ob du noch da warst. Ob du mich überhaupt noch wolltest.«

Er strich ihr eine Haarsträhne aus dem Gesicht, und reine Verehrung trat an die Stelle des Bedauerns, das sie in seinen Zügen sah. »Wie sollte jemand nach so langer Zeit im Schatten die Wärme der Sonne nicht spüren wollen?« Er wurde ernst. »Du bist das einzige Licht, das ich je gekannt habe. Und ich muss dich vorwarnen, die Sonne scheint nicht mehr so hell für mich, seit ich im Dunkel gelebt habe.« Er hielt den Stumpf hoch, und sie umfasste ihn mit einer Hand. »Jenes Jahr hat mich verändert. Es hat mich von mir abgetrennt, bis ich mich kaum noch im Spiegel erkannt habe. Ich habe mich zu einer gewissen Menschlichkeit zurückgekämpft, aber ich fürchte – ich weiß –, dass ich nicht mehr der Mann bin, der ich war, als wir uns einst begegneten.«

Imogen hob den Kopf und rieb ihre Nase an ihm, schmolz bei dem scharfen Geräusch, das tief aus seiner Kehle drang. »Ich werde den Mann lieben, der du jetzt bist. Und wenn du im Dunkel stehst, werde ich sonnige Winkel für dich finden, und wenn du kannst, wagen wir uns gemeinsam dorthin vor.«

Er zog sie so verzweifelt an sich, dass es fast wehtat. »Ich will dich für dein Licht lieben, wenn du mich in den dunklen Zeiten lieben kannst. Und diese Liebe wird wie der klare Nachthimmel bei vollem Mond sein. Nicht wie die Sonne … aber wunderschön und hell genug, dass wir unseren Weg finden.«

Eine einzelne Träne löste sich aus Imogens Auge, aber es war eine Träne der Freude, nicht des Kummers.

Sie bemerkte etwas besorgt, dass er noch immer in ihr war und sein Körper sich anspannte, obwohl es nichts mit Lust zu tun hatte.

»Was ist los?«, fragte sie und strich besänftigend über seine straffen Muskeln.

»Wenn ich daran denke, was ich zu dir gesagt habe, wie ich dich gestern Nacht genommen habe …« Er vergrub sein Schamgefühl in ihrem Haar. »Gott, ich war so ein Tier.«

»Du bist ein Tier«, neckte sie ihn, bewegte ihre Hüften und lächelte, als er in ihr zuckte. »Für mich warst du immer ein Wolf.« Sie blies über seinen Hals und sah, wie die Gänsehaut kam und ein Beben über die Muskeln seines Rückgrats fuhr. Dann spürte sie sein Geschlecht wieder in ihr hart werden. »Kennst du den Wolf aus dem Märchen, der das arme unschuldige Mädchen verschlingt, als es sich in seine Nähe wagt?« Sie wand sich unter ihm und fühlte sich unanständig und glücklich und bereit für ein bisschen Spaß nach so viel Arbeit und Angst.

»Das bin ich, meine Liebste«, knurrte er, biss sie ins Ohr und in den Hals und legte dann die Lippen auf die richtige Stelle und beruhigte sie mit der Zunge. Hitze sammelte sich feucht zwischen ihren Beinen.

»Ich könnte dich mein Leben lang fressen und würde nicht genug von dir bekommen«, knurrte er.

»Dann –«, ihr Atem stockte, als er anfing sich zu bewegen, »musst du mich wohl Stück für Stück verschlingen.«

»Gern«, flüsterte er. »Und ich werde jeden Bissen genießen.«

Sie brauchten nicht ein Leben lang. Nur ein paar verzauberte Stunden.